Michelle Rowen est née à Toronto, Ontario. Quand elle était enfant, elle rêvait de devenir hôtesse de l'air, voleuse de bijoux et écrivaine. Un sur trois, ce n'est déjà pas si mal ! Elle avoue être bibliophile, posséder un chat maléfique appelé Nikita, être accro à la téléréalité et entretenir une relation malsaine avec tout ce qui touche à la série *Buffy contre les vampires.*

www.milady.fr

Michelle Rowen

Mordue

Sarah Dearly – 1

Traduit de l'anglais (États-Unis) par Anne-Virginie Tarall

Milady

Milady est un label des éditions Bragelonne

Titre original : *Bitten & Smitten*

Suivi d'un extrait de : *Fanged & Fabulous*

ISBN : 978-2-8112-0379-5

Bragelonne – Milady
35, rue de la Bienfaisance – 75008 Paris

E-mail : info@milady.fr
Site Internet : www.milady.fr

À mes parents, pour leur amour, leur soutien
et leur incroyable patience avec la sale gosse que je suis.

Remerciements

Mille mercis à :

Jim McCarthy, mon merveilleux agent. Je n'oublierai jamais tes bons conseils et tes encouragements.

Melanie Murray, ma fabuleuse éditrice. Tu as fait de mon premier roman une expérience complètement positive, et ça a été un plaisir de travailler avec toi.

Et enfin, Bonnie Staring, mon incroyable amie, bêta lectrice et supportrice, qui peut jouer les Simon Cowell avec mon travail quand elle veut.

Chapitre premier

Pour une morte, je me sentais étonnamment bien. Je supposai que j'étais décédée, puisque la première chose dont je m'avisai quand j'ouvris les yeux, ce fut que l'on m'enterrait. Je n'étais qu'à quelques centimètres sous la surface du sol, mais de grosses mottes de terre froide atterrissaient régulièrement sur ma poitrine, formant un monticule qui grossissait rapidement.

L'air sentait la mousse et l'humus… et l'eau de Cologne bon marché.

L'eau de Cologne bon marché ?

Je levai et tournai la tête pour regarder autour de moi. Une pierre tombale gravée se dressait à moins d'un mètre cinquante de mon visage. Je clignai des yeux. Il faisait noir, mais j'étais pratiquement sûre qu'elle n'était pas gravée à *mon* nom.

Le paquet de terre suivant m'atteignit en pleine figure.

— Hé ! réussis-je à m'écrier avant de me mettre à tousser.

Je libérai ma main droite pour m'essuyer.

— Oh, vous êtes réveillée, dit une voix d'homme teintée de surprise, sur ma gauche.

— Qu'est-ce qui se passe ?

— Vous êtes réveillée, et vous posez des questions, poursuivit-il, consterné. C'est bien ce que je craignais.

Quelque chose de métallique atterrit derrière ma tête. Au son, ce devait être une pelle. Puis son propriétaire s'accroupit, et son visage fin et pâle se pencha au-dessus du mien.

— Salut là-dedans, dit-il.

C'était Gordon Richards, mon rendez-vous arrangé, mais j'avais déjà reconnu sa voix bien sûr. Et son eau de Cologne. Elle était nasale et geignarde, et elle me donnait l'impression d'appartenir à une personne exigeant beaucoup d'attention. Enfin, la voix, pas l'eau de Cologne. Plus la soirée s'était prolongée, plus j'avais eu la certitude qu'elle ne mentait pas sur sa personnalité.

— Salut ? dis-je, commençant à me tortiller. Sortez-moi de là, espèce de dingue, avant que j'appelle les flics !

Il fronça les sourcils.

— Mais la terre est très importante dans le processus de guérison.

— Le « processus de guérison » ? J'ignore ce que vous m'avez fait, mais *vous* aurez besoin d'un médecin dès que je serai à l'air libre !

— Navré.

Gordon commença à me dégager, et je luttai pour m'extirper du sol meuble. Il me tendit la main pour m'aider, mais je n'y fis pas attention et réussis à me relever toute seule.

Je voulus brosser la terre qui s'accrochait à ma robe en soie neuve et, fallait-il ajouter, terriblement chère, tout en essayant de ne pas paniquer. Mon manteau trois-quarts en cuir rouge foncé serait facile à nettoyer, mais je compris aussitôt que le reste de ma tenue était irrémédiablement fichu. Évidemment, c'était le cadet de mes soucis en cet instant.

Ce type était visiblement un psychopathe.

Je regardai autour de moi. Comme je l'avais deviné grâce à la pierre tombale, nous étions dans un cimetière. Mon rendez-vous arrangé venait juste d'essayer de m'enterrer dans un *cimetière*. Plein de cadavres. Et d'insectes.

Je frissonnai, puis le regardai. Il attendait patiemment près de moi.

— Merci beaucoup pour la soirée. (J'essayais de paraître aussi détendue que possible : calme, la tête froide, pas du tout prête à flipper. Du moins pas encore.) Je pense que je devrais rentrer, maintenant.

— De quoi vous souvenez-vous ?

Je m'efforçai de sourire.

— Que je me suis bien amusée. Il va falloir que je remercie Amy de nous avoir présentés. Je peux vous dire qu'elle n'a pas fini d'en entendre parler. Enfin, c'était super de vous rencontrer.

Je voulus partir, mais il m'attrapa par le bras et m'obligea à lui faire face.

— Quelle est la dernière chose dont vous vous souvenez ? insista Gordon, d'une voix plus dure. C'est important.

Je déglutis péniblement.

— Nous avons eu un délicieux dîner. Puis nous sommes allés faire un tour. (Je jetai un coup d'œil alentour.) Mais pas ici. Près du fleuve et du pont, le Bloor Viaduct. Nous regardions l'eau couler, et euh… vous me disiez quelque chose…

— Combien vous êtes jolie, murmura-t-il en laissant sa main courir le long de ma manche.

Je serrai les dents et me dégageai vivement. Pourquoi n'avais-je jamais accepté de participer à ce cours d'autodéfense auquel Amy voulait que nous allions ? Je fronçai les sourcils à cette pensée. Amy. J'allais la tuer pour m'avoir fourrée dans un tel pétrin !

— Oui. (Je plaquai un sourire plaisant sur mon visage.) Que je suis jolie. Peu importe. Et ensuite…

J'essayai de me souvenir, mais tout était confus.

— Je vous ai offert l'éternité.

Ah, oui, ça me revenait. C'était l'instant précis où je m'étais dit que tout cela avait assez duré. Puis…

J'écarquillai les yeux et les levai vivement vers lui.

— Et vous m'avez *mordue*, espèce de malade !

Gordon eut l'air contrit.

— Ça guérira très vite, je vous le promets.

Je touchai mon cou, puis regardai ma main, constatant avec horreur que mes doigts étaient tachés de sang.

— Vous m'avez mordue à la gorge ? Mais quel genre de pseudo-vampire psychotique êtes-vous ?

Je ramassai mon sac, resté à mes pieds. J'avais toujours sur moi une bombe anti-agression… ou du moins avait-ce été le cas pendant longtemps. L'avais-je toujours ? Ces trucs avaient-ils une date de péremption ? Aucune importance ! S'il le fallait, je m'en servirais pour lui flanquer un coup sur le crâne.

— Je ne suis pas un pseudo-vampire. (Il eut l'audace d'avoir l'air insulté.) Je *suis* un vampire.

Il est dingue, pensai-je. *Complètement dingue.*

— Écoutez, dis-je, vous avez eu ce que vous vouliez. Je ne suis pas vraiment fan de jeux de rôle, ou quel que soit le nom que vous donnez à ce genre de scène, et la morsure ne semble pas être sérieuse. Je crois. Alors, disons qu'il n'y a pas de mal et restons-en là, d'accord ?

— Dès l'instant où je vous ai vue le mois dernier, devant le stand du vendeur de hot dogs, près de votre bureau, j'ai su que vous deviez être mienne, Sarah.

Il eut un sourire triste.

Ses dents paraissaient bien un peu pointues, à présent que j'y regardais de plus près, mais ça pouvait n'être qu'un jeu de lumière. Néanmoins, ce n'était pas rassurant. Et ça ne l'était pas non plus d'apprendre que quelqu'un m'avait secrètement observée quand j'achetais ma dose quasi quotidienne de saucisse.

— Je devais être vôtre, hein ? (Je le considérai un moment.) Et vous ne pouviez pas faire ce qu'aurait fait n'importe quel homme et me saouler ?

D'habitude, il suffisait que je plaisante pour me sentir mieux. Mais en cet instant, cela ne fit qu'empêcher ma voix de trembler.

— Il m'a fallu une éternité pour entrer dans les bonnes grâces de votre amie, afin qu'elle nous organise ce rendez-vous, mais ça en valait la peine. Maintenant, vous êtes mienne. Nous sommes ensemble pour toujours.

Sans un mot de plus, je tournai les talons et commençai à m'éloigner vivement. Toujours calme. Toujours très maîtresse de moi-même.

Gordon me cria après une ou deux fois, puis il se mit à courir et me rejoignit en trois foulées. M'attrapant par le coude, il me força de nouveau à lui faire face.

— C'est très impoli de tourner le dos à quelqu'un qui vous offre l'éternité.

Je n'aimais pas sa façon de me regarder. Non, pas du tout. Et sa voix n'était plus désespérée.

Je dégageai brusquement mon bras.

— Gardez-la. Je n'en veux pas.

Il m'empoigna de nouveau. Malgré son apparente maigreur, il possédait une grande force.

— Lâchez-moi…, commençai-je, puis il me frappa au visage du revers de la main.

Mon champ de vision explosa en vagues de couleurs, et mes dents se déchaussèrent un peu alors que le coup m'ébranlait jusqu'au bout des orteils.

— Il est trop tard pour ça, salope. (Son rictus coléreux me dévoila ses dents, véritablement longues et pointues.) La morsure sur ton cou prouve que tu m'appartiens. Il ne s'agit pas d'une babiole que tu peux retourner dans l'espoir d'être remboursée !

Puis il sembla recouvrer ses esprits. Son visage se détendit et il fronça les sourcils alors qu'il tendait la main vers moi. Je m'empressai de me mettre hors de sa portée, les yeux ronds, choquée, une main pressée contre ma joue brûlante.

— Oh, mon Dieu, je suis navré, balbutia-t-il tout en s'approchant encore. Je ne voulais pas faire ça. À quoi diable ai-je bien pu penser ?

J'attrapai la bombe de gaz froide au fond de mon sac. Je n'y voyais toujours pas très clair, mais je réussis à la sortir et à lui en vaporiser une bonne dose en pleine figure. Il hurla de douleur et se griffa le visage.

Je tournai les talons et fis ce que toute fille qui se respecte, avec une blessure à la gorge, ferait en se retrouvant dans un cimetière à minuit avec un fou qui se prenait pour un vampire.

Je pris mes jambes à mon cou.

Fou. Oui. Complètement bipolaire, et avec un sérieux besoin d'une bonne thérapie. Cela devait venir d'un truc qui lui était arrivé dans son enfance, et qui l'avait transformé en parfait barjo. J'avais fait un peu de psychologie durant l'année où j'avais pris des cours à l'université de Toronto, avant de tout lâcher. Dément. C'était mon verdict professionnel. Il avait grand besoin d'aide.

Et moi aussi, d'ailleurs, là, tout de suite. Je traversai le cimetière en courant. C'était immense. Où donc était cette satanée route ?

Enfin, j'aperçus le portail à double battant, droit devant. J'entendis Gordon, qui n'était pas loin derrière moi, me crier de ralentir. Dans ses rêves, oui ! Il n'en était pas question.

Le talon de huit centimètres de l'un de mes escarpins choisit cet instant précis pour se casser. Ils m'avaient coûté presque un mois de salaire, alors j'étais plutôt déçue qu'ils ne puissent pas résister à un peu de pression. Je m'écrasai au sol, en tas, et rebondis aussitôt sur mes pieds, comme l'un de ces punching-balls Bozo le clown. L'adrénaline qui avait envahi mes veines m'aidait à tenir le coup, mais j'étais prise de vertige. Ce devait être la conséquence de la perte de sang occasionnée par la blessure à ma gorge. Peut-être était-ce plus sérieux que je ne l'avais d'abord cru.

Je retirai ce qui restait de ma chaussure, pivotai et la jetai sur mon poursuivant.

— Aïe ! hurla-t-il.

Oui, bien visé, elle avait atteint sa cible !

Puisqu'il m'était impossible de courir avec une jambe plus haute que l'autre, j'ôtai la seconde et l'envoyai dans la même direction, tel un petit missile hors de prix en cuir italien.

— Allons ! cria Gordon. Sarah, ma chérie, nous pouvons régler ça !

Je franchis les portes du cimetière et me jetai tête la première contre quelque chose de ferme, qui ne céda pas d'un pouce. Je levai les yeux. C'était grand, musclé, avec les yeux bleus. Un lampadaire brillait au-dessus de lui comme une lumière céleste.

— Doucement, mademoiselle, dit l'étranger aux pectoraux impressionnants. Ralentissez un peu.

Je haletai, cherchant mon souffle, après mon sprint.

— Oh, merci mon Dieu ! Aidez-moi, je vous en supplie !

Le regard de l'homme glissa de la blessure sur mon cou à mon rendez-vous venu des Enfers, qui nous avait rejoints.

— Ne vous inquiétez pas, ma belle, répondit-il en souriant.

Ses dents étaient extraordinairement blanches au clair de lune.

Deux autres hommes sortirent des ombres, l'un aussi mince qu'un fil, avec des cheveux filasse et mous, l'autre grand et costaud, avec tellement de tatouages qu'ils dépassaient du col et des manches de sa chemise noire et de sa veste. Je n'avais pas remarqué leur présence avant qu'ils bougent.

Mais, hé, plus on est de fous, plus on rit !

L'homme aux belles dents blanches m'écarta gentiment.

— Ne bougez pas, ma belle. Nous nous occuperons de vous dans un instant.

Je hochai la tête et exhalai profondément. Eh bien, j'avais beaucoup de chance que ces gentilshommes se soient justement promenés dans le cimetière.

À minuit passé.

Je fronçai les sourcils. Que faisaient-ils ici en pleine nuit ? C'était une drôle de coïncidence, si vous voulez mon avis. Mais puisque la situation m'était favorable, je gardai mes questions pour moi.

Gordon s'arrêta brutalement devant nous, clignant rapidement des paupières. Il se frotta les yeux pour essayer de se débarrasser des effets du gaz. Il avait une petite marque rouge sur le front, sans doute due à l'impact de la chaussure.

J'avais croisé les bras et étreignais mon propre buste pour m'empêcher de trembler de froid. Je m'étais habillée pour un rendez-vous, pas pour une course dans un cimetière fin novembre ! Pour cela, j'aurais au moins mis une jolie écharpe. Je me sentais un peu malade, parce que j'avais peur, que j'avais perdu beaucoup de sang… et peut-être aussi parce que j'avais mangé trop de *fajitas* au dîner.

— Pourquoi cours-tu ainsi ? demanda Gordon, l'air confus. Je ne te veux aucun mal.

— C'est ça ! dis-je. (J'allais le poursuivre pour m'avoir attaquée. Je pourrais même obtenir une injonction qui l'obligerait à garder ses distances.) Oh, attendez, vous m'avez bien mordue, non… espèce de psychopathe !

Il leva les yeux au ciel.

— Il va falloir que tu cesses de m'en vouloir pour ça, si nous voulons que notre relation ait une chance de fonctionner.

Gordon comprit que nous n'étions plus seuls.

— Oh, fut tout ce qu'il réussit à émettre quand les hommes convergèrent vers lui. Écoutez, les gars, ce n'est pas du tout ce que vous pensez.

Je lui jetai un regard noir, puis essayai de sourire à Dents Blanches. Bon sang, il était vraiment craquant. Ma soirée n'était peut-être pas un si gros gâchis, après tout. Ma chance semblait bien avoir tourné.

— Écoutez, si vous pouviez m'aider à trouver un taxi, j'aimerais vraiment rentrer chez moi. Et si en plus vous pouviez vous assurer que ce dingue ne m'approchera plus jamais, je vous devrais une fière chandelle.

Dents Blanches eut un large sourire.

— Regardez ce que nous avons là. Le petit ami vampire et sa chérie vampire sont en pleine prise de bec.

— Ce n'est pas mon petit ami, rétorquai-je.

— Je ne suis pas un vampire, renchérit Gordon à mi-voix.

— C'est marrant. Il m'a dit le contraire il y a une minute. C'est pour ça qu'il m'a mordue. (Je me frottai précautionneusement le cou.) Il est fou, je vous le dis !

— Oui, complètement, dit Dents Blanches, avant de se tourner vers ses compagnons. Ça nous en fait combien, cette nuit ?

Celui aux cheveux filasse répondit :

— La chasse a été bonne. Peut-être cinq ? Non, six.

— Écoutez, messieurs… (Gordon semblait mort de trouille.) Nous pouvons nous arranger. J'ai de l'argent…

Dents Blanches lui flanqua un coup de poing dans l'estomac. Gordon se plia en deux et tomba à genoux, toussant et crachant.

— Hé ! protestai-je, fronçant les sourcils. Je ne crois pas que ce soit nécessaire. Écoutez, je vous demande seulement de m'aider à rentrer chez moi. C'est tout.

— Ferme-la, aboya Dents Blanches.

Gordon se releva tant bien que mal, et il prit un autre coup, à la mâchoire cette fois.

Ce n'étaient pas des façons de traiter un malade mental. Il avait besoin d'être surveillé, pas d'être maltraité.

Je m'avançai vers Dents Blanches et lui attrapai le bras.

— Assez. Ce n'est pas la peine de jouer les grosses brutes…

Il m'étudia un instant, puis il sourit.

— Chérie, il va falloir apprendre à rester à ta place.

Il me poussa suffisamment fort pour que je tombe à la renverse. Je criai de douleur quand ma cheville se tordit.

Mes prétendus sauveurs avaient maintenant tous quelque chose à la main… quelque chose qui réfléchissait la lumière. Du métal. Des lames ! Cheveux Filasse avait un couteau à cran d'arrêt, et Costaud tenait une petite hache. Je remarquai également qu'ils avaient des pieux en bois, très pointus, passés à la ceinture.

Puis Gordon hurla. Dents Blanches était si près de lui qu'ils semblaient danser un slow, leurs corps bougeant en tournoyant lentement. Quand Dents Blanches s'écarta, je vis que le manche d'un couteau dépassait du ventre de Gordon.

— Mais je vous ai dit que j'avais de l'argent, haleta-t-il.

Dents Blanches tendit la main en arrière, comme un chirurgien attendant qu'on lui passe son instrument suivant. On lui remit un pieu.

J'ouvris la bouche pour dire quelque chose, mettre un terme à tout ça avant que cela aille plus loin, mais je ne réussis qu'à pousser un couinement ridicule.

— Mais, vampire, c'est bien plus drôle que de l'argent, dit Dents Blanches en reculant le bras pour prendre de l'élan et plonger son arme dans la poitrine de Gordon.

Je portai une main à ma bouche, muette d'horreur, et rampai à reculons, sur les fesses. Un élancement douloureux traversa ma cheville quand j'essayai de me relever et échouai lamentablement. Mon cœur battait follement. Cheveux Filasse et Costaud s'étaient à présent joints à Dents Blanches, et frappaient, tailladaient et découpaient mon rendez-vous à tour de rôle. Ils étaient si occupés qu'ils semblaient avoir oublié que j'étais là. Et finalement, ce n'était peut-être pas une mauvaise chose.

Enfin, je pus me mettre debout en chancelant. Mais la scène tout droit sortie d'un film d'horreur qui se jouait devant moi me tétanisa. J'avais changé d'avis : je ne voulais plus de leur aide. Ça non, alors ! Et qu'avait dit Dents Blanches ? Qu'ils s'occuperaient de moi dans une minute ?

Gordon ne hurlait plus et ne les suppliait plus de lui laisser la vie sauve. Il avait également cessé de gémir. Il ne bougeait plus. En fait, il semblait être en train de se désintégrer. Plus ils poignardaient son corps à terre, moins il paraissait en rester, jusqu'à ce qu'il n'y ait plus que ses vêtements vides au milieu de la mare écœurante qui s'étalait sur l'asphalte.

Puis Dents Blanches se tourna vers moi. Je reculai, un pas douloureux après l'autre. Mon cerveau me criait de fuir, et je décidai finalement que c'était la meilleure idée que j'avais eue de la soirée. Je pivotai sur moi-même, mais Cheveux Filasse s'était silencieusement glissé derrière moi. Il repassa son pieu ensanglanté dans sa ceinture avec un large sourire, puis m'attrapa par les poignets pour m'attirer vers lui. J'essayai de me dégager.

— Où crois-tu aller, vampire ?

Son haleine sentait l'œuf pourri.

J'aurais voulu protester, lui dire que je n'étais pas une vampire, parce que les vampires, ça n'existe pas. J'aurais également voulu lui conseiller d'investir dans un bon bain de bouche. Mais je n'avais toujours pas recouvré l'usage de la parole. Une larme brûlante roula sur ma joue alors que je jetais un coup d'œil aux deux autres hommes et prenais une inspiration saccadée. J'avais la drôle d'impression qu'ils avaient envie d'ajouter d'autres taches à ma robe déjà fichue à cause de l'herbe et de la terre.

Si seulement j'avais encore une chaussure à jeter.

— Regardez-la, dit Dents Blanches. Elle est pétrifiée !

— Elle est nouvelle, répondit Costaud. C'est presque cruel de l'exterminer si vite. Elle est plutôt bonne, vous ne trouvez pas ? Visez-moi ces jambes. On pourrait peut-être attendre le matin ?

Le sourire de Dents Blanches s'élargit.

— Oui, ça peut sûrement se faire. Qu'en dis-tu, chérie ? Tu veux gagner un peu de temps ?

— Dans tes rêves, réussis-je à feuler.

Il éclata de rire.

— Il n'y a qu'une seule réponse possible, ma belle, et c'est la mienne. Maintenant, viens un peu ici, ou bien…

Je décidai que je préférais ce « ou bien ». L'homme que j'avais trouvé si séduisant quand je lui étais rentrée dedans, mon héros potentiel, me semblait à présent grotesque et laid. Son visage était tout éclaboussé du sang de Gordon.

J'essayai encore d'échapper à Cheveux Filasse, mais il ne lâcha pas mes poignets. Son regard était concupiscent.

— Bien essayé, dit-il.

Je haussai les épaules, puis je lui flanquai un coup de genou dans les parties intimes. Il me libéra immédiatement. Je coulai un regard par-dessus mon épaule à Dents Blanches, puis, en dépit de la douleur cuisante dans ma cheville, je pris mes jambes à mon cou.

Pendant que Cheveux Filasse gémissait, Costaud laissa entendre un grognement agacé et dit :

— Ce n'est jamais facile, hein ?

Sur ces paroles, leurs bottes claquèrent sur le bitume : ils s'étaient lancés à ma poursuite.

Tout semblait bien différent, tard dans la nuit, et il n'y avait presque pas de lampadaires pour m'aider à deviner où j'étais. Je savais que le Bloor Viaduct, ce grand pont qui enjambait la Don, n'était pas très loin. Si je pouvais le traverser, je trouverais un téléphone ou quelqu'un qui pourrait m'aider.

J'ignorais cependant durant combien de temps encore je pourrais courir. Mes poumons étaient en feu, et avec ma cheville tordue, je boitais vite plutôt que je ne sprintais. Et il fallait ajouter à cela que mes pieds, sans la protection de la moindre semelle, me criaient d'arrêter tout de suite. Mais je savais que si je leur obéissais, ce serait la fin. Mes poursuivants me massacreraient de la même manière que Gordon. Ou pire. Je frissonnai en repensant à la manière lubrique dont Cheveux Filasse m'avait reluquée. Je devais continuer. Je n'avais pas le choix.

Soudain, je fus surprise que les hommes ne m'aient pas très vite rattrapée. En fait, je ne les entendais plus derrière moi. Mes foulées ralentirent, mais rien qu'un instant. Je risquai un petit coup d'œil derrière moi.

J'étais au milieu d'un parc. J'entendais des voitures rouler, alors je devais être près de Bloor Street, mais tout ce que je voyais, c'étaient des arbres. J'étais seule.

Je m'arrêtai en titubant, la respiration si courte et saccadée que j'étais certaine de commencer à hyperventiler.

Ils avaient dû laisser tomber. Peut-être avais-je été trop rapide pour eux. J'étais allée à la gym un peu plus souvent que d'ordinaire, ces derniers temps, afin de faire honneur à mes Bikinis, en vue de mon grand voyage à Puerto Vallarta. Amy et moi le planifiions depuis presque un an, et il ne restait plus qu'un mois à attendre avant de faire nos valises. Voilà, c'était la réponse. J'étais dans une forme éblouissante. Aussi bien roulée et dangereuse que cette fille dans *Terminator*.

Puis j'entendis un moteur rugir, et des pneus crisser. Une Jeep arrivait dans le lointain, projetant des gravillons de sous ses roues.

Sème donc ça, Terminator, pensai-je, sentant la panique me gagner de nouveau.

Merde.

Je pouvais les entendre maintenant, ces hommes à qui j'avais pensé, stupidement, avoir échappé. Ils braillaient et hurlaient alors qu'ils se rapprochaient. Ce devait être ainsi qu'ils prenaient leur pied.

J'atteignis enfin le pont. Dans le lointain, j'aperçus la ligne des toits de Toronto.

Je poursuivis ma course, sans faire attention à la douleur. Le trottoir en ciment était frais à travers mon collant en nylon troué et contre mes pieds blessés. Je regardai autour de moi, espérant que quelqu'un allait s'arrêter pour me porter secours, mais les voitures passaient l'une après l'autre sans même ralentir pour me jeter un coup d'œil. Quand je tentai ma chance sur la voie pour arrêter l'une d'elles, l'automobiliste me klaxonna rageusement et m'évita de justesse d'un coup de volant. Je remontai aussitôt sur le trottoir.

Il semblait que cela allait se jouer entre moi, Dents Blanches et ses amis.

Et l'ombre d'une silhouette perchée sur l'une des poutres métalliques du pont. Elle se tenait de l'autre côté de ce qu'on appelait le « voile » : de fines barres de métal installées à intervalles réguliers pour que nul ne puisse passer par-dessus le parapet et faire le saut de la mort. Mais une section en avait été endommagée, tordue et écartée pour qu'une personne puisse passer à travers. Je m'empressai de me faufiler dans le trou pour rejoindre l'inconnu, pressant mon dos contre la rambarde. Derrière moi, j'entendis la Jeep freiner brutalement et les portières claquer quand les hommes en descendirent pour me donner la chasse.

— Hé ! apostrophai-je l'inconnu.

Il portait un long manteau que le vent semblait vouloir lui arracher, ce qui lui donnait l'air d'une figure de proue ornant un bateau de pirates. Ou peut-être de Kate Winslet « volant » à l'avant du *Titanic*… mais en moins joyeux. Et en certainement moins féminin.

— Partez.

Sa voix était profonde et morose.

— Bon sang, c'est terriblement haut, hein ? (Je me glissai plus près de lui, en crabe.) Aidez-moi !

— Aidez-vous vous-même. Ne voyez-vous pas que j'ai l'intention de me tuer ? répondit l'homme, regardant en bas, vers les eaux sombres.

— Aidez-moi d'abord, et tuez-vous ensuite, raisonnai-je.

J'étais suffisamment près à présent pour voir son visage. Il semblait avoir entre trente et trente-cinq ans, et était vêtu de noir de la tête aux pieds. Si j'avais eu une seconde pour considérer ses traits dans cette situation qui était une question de vie ou de mort, j'aurais dit qu'il était terriblement sexy. Mais il avait surtout l'air malheureux. Et j'ignorais si c'était ce qui le poussait au suicide, ou s'il réagissait ainsi parce que je l'avais interrompu.

— Un ami à toi ? demanda la voix de Dents Blanches, qui était juste de l'autre côté du voile de barres métalliques.

Je me raidis et tournai la tête pour le regarder.

— Un *excellent* ami. Et il va vous botter le cul si vous ne me laissez pas tranquille !

Il m'adressa un sourire qui n'avait rien d'amical.

— J'aimerais bien voir ça.

De son perchoir, l'inconnu nous observait sans grand intérêt. Il semblait totalement oublier que nous étions à des dizaines de mètres au-dessus du vide. Je vis son regard glisser jusqu'à ma gorge, et je la touchai.

— Des chasseurs de vampires, dit-il.

— Et à qui avons-nous l'honneur ? demanda Dents Blanches.

Il tira un cigare d'une poche intérieure de sa veste de cuir et l'alluma. Il devait se douter qu'il avait tout le temps nécessaire.

Je me rapprochai encore plus de l'étranger. Même s'il était suicidaire, et donc aussi dingue que tous les autres hommes que j'avais eu l'infortune de rencontrer ce soir, il était pour le moment ma meilleure chance d'en sortir en un seul morceau.

— Qui je suis n'a aucune importance, répondit-il à Dents Blanches. Vous envahissez mon espace vital. Allez vous amuser ailleurs.

Dents Blanches lui adressa un regard noir.

— Nous sommes simplement venus réclamer ce petit bout de vampire. Quand nous l'aurons, nous repartirons, et vous pourrez retourner à… (Il regarda autour de lui.) À vos occupations.

J'attrapai le bord du manteau de l'inconnu et m'y accrochai.

— Ne les laissez pas me faire de mal, je vous en prie !

Il m'arracha son vêtement des mains.

— Je ne veux rien avoir à faire avec ça.

— Trop tard.

Dents Blanches essayait de passer à travers une section dépourvue de protection, à hauteur de ses genoux, son cigare coincé entre les dents.

— Dire que je voulais être un gentilhomme et te tuer vite. Enfin, assez vite. Maintenant, je te promets que je vais prendre tout mon temps pour te tailler en pièces. Tu vas sentir chaque seconde de ton agonie.

Dents Blanches était en partie passé et il tendit le bras vers moi. Je me mis hors de portée et lui flanquai un coup de mon pied nu. Il y eut un bruit humide et écœurant quand mon gros orteil rencontra son œil. C'était la chose la plus dégoûtante que j'avais jamais sentie.

Il hurla de douleur et se prit le visage à deux mains. Le cigare se détacha de ses lèvres et disparut dans la rivière. Je glissai, mais l'étranger tendit le bras et me rattrapa avant que je suive le cigare, enlaçant ma taille et m'attirant vers lui.

— Merci, réussis-je à peine à dire, car mes dents claquaient violemment. Je croyais que vous ne vouliez pas m'aider.

— Simple réflexe, répondit-il.

Les deux chasseurs de vampires, qui ne hurlaient pas à la mort – même si Cheveux Filasse semblait marcher avec les jambes un peu arquées, depuis que mon genou avait fait connaissance avec son bas-ventre – tirèrent leur ami en arrière. Puis ils voulurent m'atteindre à leur tour.

Mon sauveur baissa les yeux sur les eaux noires.

— Je suppose qu'il va falloir sauter.

Je haussai les sourcils et m'accrochai à lui alors que les chasseurs de vampires me saisissaient par les jambes.

— N'était-ce pas ce que vous vouliez faire ? Et n'était-ce pas ainsi que vous comptiez vous tuer ?

— Avec la chance que j'ai ce soir, cette chute ne me tuera pas, rétorqua-t-il, resserrant son étreinte. Mais vous, vous y parviendrez peut-être.

Il prit son élan et sauta, et nous tombâmes pendant ce qui me sembla une éternité, avant de nous enfoncer dans l'eau glaciale.

Chapitre 2

Je luttai pour ne pas me faire distancer par l'inconnu après que nous fûmes sortis de l'eau terriblement froide, tels deux rats mouillés. Il grimpait la pente raide de la colline herbeuse si vite qu'on aurait dit qu'il ne voulait pas que je le suive. Mais que pouvais-je faire d'autre ? Il venait de me sauver la vie. Le moins qu'il pouvait faire, c'était de s'assurer que j'étais toujours en un seul morceau ! Un morceau terrifié, tremblant et dégoulinant.

Jusqu'ici, il n'y avait plus signe des dingues qui avaient essayé de me tuer. Nous les avions peut-être semés. Je supposai qu'ils n'avaient pas eu envie de sauter après nous. Et je ne pouvais les en blâmer.

Cela avait été une chute diablement longue. Comment avions-nous survécu, c'était un mystère, et cela n'avait pas d'importance. J'allais bien. J'avais désormais besoin d'un téléphone, d'un taxi, de porter plainte et d'une longue douche chaude. Pas nécessairement dans cet ordre.

— Hé, attendez-moi ! criai-je à « monsieur Grand-Ténébreux-et-Dégoulinant ».

Tout ce que je voyais de sa personne, depuis notre baignade impromptue, c'était l'arrière de sa tête, qui s'éloignait de moi. Alors, je fus surprise qu'il s'arrête. Je vis ses larges épaules monter, puis redescendre, comme s'il venait de soupirer profondément.

Il se tourna vers moi.

—Quoi encore ?

—Où allez-vous ?

—Chez moi. Je vous suggère de faire de même. Allez retrouver votre créateur et laissez-moi tranquille.

—Mon quoi ?

—Votre créateur.

—C'est quoi, ça ?

Il désigna ma gorge de la tête.

—Celui qui vous a fait ce suçon. Vous allez avoir besoin de votre créateur pour qu'il vous apprenne ce que vous devez savoir.

Je touchai mon cou et tressaillis.

—Ces salauds ont tué l'homme qui m'a fait ça.

Ma gorge se serra alors que je prononçais ces mots. Ce qu'ils avaient fait à Gordon repassait en boucle dans ma tête. Quelques larmes débordèrent sur mes joues, et je les essuyai avec ma manche mouillée.

—C'était un con, un cas passionnant pour un asile d'aliénés, mais il ne méritait pas... ça. Ils l'ont assassiné et ils voulaient me faire subir le même sort. C'était horrible.

—Ils ont tué votre créateur, répéta l'inconnu.

Il n'ajouta rien. Il se contenta de me dévisager.

Je commençai à me sentir gênée. Enfin, plus que je l'étais déjà. Je décidai donc que rentrer chez moi était une excellente idée. Je pourrais appeler la police de mon appartement.

—Avez-vous bu ? demanda-t-il enfin.

—Quoi ?

Il soupira.

— Vous a-t-il donné à boire à sa source avant d'être mis à mort ?

— Eh bien, j'ai bu quelques margaritas avec le repas.

— Ce n'est pas ce que je veux dire.

Je clignai des paupières.

— Alors, non. Il ne m'a rien fait boire après le dîner. Écoutez, merci de… (J'ignorais comment appeler notre plongeon désespéré, alors je me contentai de regarder en direction du pont.) Pour ce que vous avez fait là-bas.

Il ne répondit pas.

Je fourrai mes mains dans les poches trempées de mon manteau en cuir. La terre, c'était une chose, mais l'eau, c'était une autre histoire. Lui aussi devait être bon à mettre à la poubelle, maintenant. C'était bien ma chance. Je me forçai à sourire avant de tourner le dos et de commencer à m'éloigner de l'étranger.

— Attendez ! appela-t-il quand j'eus parcouru un demi-pâté de maisons. Êtes-vous certaine que votre créateur soit mort ?

— Oui, répondis-je d'un air sinistre.

Je revis les vêtements vides dans ma tête. Qu'était-il arrivé au corps ? Mes yeux avaient dû me jouer des tours. La nuit était noire, et les margaritas avaient toutes été des doubles.

— Quel est votre nom ?

Il s'avança vers moi.

J'hésitai à lui répondre. J'en avais assez, je voulais rentrer à la maison.

— Sarah, dis-je enfin. Sarah Dearly.

Son expression était tendue, comme s'il débattait intérieurement de quelque chose. *Je ne devrais pas traîner avec cet homme*, me dis-je. Je me fichais bien qu'il m'ait sauvé la vie. Il essayait de se suicider, ou du moins était-ce ce qu'il avait prétendu. Ce n'était pas un comportement normal et équilibré.

— Votre créateur vous a-t-il expliqué quoi que ce soit avant de mourir ?

— J'ignore pourquoi vous n'arrêtez pas de l'appeler « mon créateur ». C'était mon rendez-vous. Un rendez-vous arrangé, si vous voulez tout savoir.

— Bien. Est-ce que votre… rendez-vous… vous a parlé de quoi que ce soit ?

— À quel sujet ?

— De votre gorge, et de ce que cela signifie.

Je touchai ma blessure d'un geste absent, et je tressaillis.

— Il a dit qu'il était un vampire, et que j'en étais une aussi, maintenant.

L'inconnu hocha la tête.

— C'est un début. Et ensuite ?

— Ensuite, je lui ai pulvérisé un peu de ma bombe anti-agression en pleine figure, et j'ai pris mes jambes à mon cou. Il était dingue.

Il me regarda en fronçant les sourcils.

— Il ne mentait pas.

— Oh, je suis sûre qu'il croyait ce qu'il disait. C'est l'un des symptômes de la folie, non ?

L'inconnu se rapprocha encore, et je l'étudiai de plus près pour la première fois. Son beau visage était très pâle au clair de lune, et ses yeux semblaient argentés et capables de réfléchir la lumière, même s'il n'y en avait pas beaucoup, comme ceux d'un chat.

Quand il parla, je remarquai ses crocs.

— Vous *êtes* une vampire, Sarah.

D'un geste vif, je tirai de nouveau la bombe de mon sac. Je la levai à hauteur de son nez.

— Allez-vous-en. Tout de suite !

— Votre seul lien avec votre nouveau monde a été massacré. Vous devez m'écouter, si vous voulez survivre.

— Les vampires n'existent pas.

Mon ton était ferme, mais à l'intérieur je tremblais comme une feuille.

— Si, nous sommes bien réels.

Je pressai sur le spray, mais il vola loin de moi quand l'inconnu écarta ma main sans le moindre effort. Il m'attrapa par les épaules, et je luttai pour avoir la vie sauve, griffant et frappant comme un animal sauvage.

— Arrêtez ! siffla-t-il. Je ne vais pas vous faire de mal.

Je ne pouvais pas me battre contre lui. Il était si fort que je parvenais à peine à bouger. Des larmes brûlantes coulaient le long de mes joues. J'étais épuisée à force de courir, de me défendre et de nier ce qu'on me disait.

Mon cou me faisait mal. Je laissai mes bras retomber le long de mon corps. Je fus soudain prise de vertige, et je vis des explosions de couleurs envahir mon champ de vision, comme lorsque Gordon m'avait giflée. Je m'efforçai de me concentrer sur l'inconnu dont les bras étaient la seule chose qui m'empêchait de tomber à la renverse sur l'asphalte froid et dur.

— Tout va bien. (Sa voix semblait venir de très loin, et elle s'évanouissait dans la distance.) Je vais m'occuper de vous.

Tout devint noir.

J'ouvris les yeux. J'étais allongée sur un canapé en cuir dans une pièce inconnue et sombre. Je m'assis lentement. Ma tête me faisait mal comme si j'avais la pire gueule de bois de ma vie.

J'ai fait un rêve complètement dingue.

Je regardai autour de moi.

Où suis-je ?

J'entendis un bruit sur ma gauche, et une porte s'ouvrit. L'inconnu émergea de ce qui semblait être un coin cuisine. Il tenait un verre d'eau dans une main et il ne sourit pas quand il vit que j'étais réveillée.

Ah. Je dois être encore en plein rêve. Bon sang, tout ça paraît pourtant réel.

— Qui êtes-vous ?

Je reculai aussi loin de lui que le sofa me le permit. Ma voix était rauque, comme si j'avais dormi longtemps. Ce qui était étrange, puisque je n'avais encore jamais rêvé que je dormais.

— Je m'appelle Thierry de Bennicœur, dit-il.

— Français.

— À l'origine.

— Vous n'avez aucun accent.

— Plus maintenant.

— Et vous êtes un vampire.

— Oui.

— Où sommes-nous ?

— Chez moi.

Cet homme n'était pas bavard. Je me creusai la cervelle pour trouver autre chose à dire. Si je gardais le silence trop longtemps, il se pourrait que je recommence à paniquer. Je me fichais que ce soit un rêve ; c'était vraiment trop bizarre !

— Pourquoi vouliez-vous vous suicider ? demandai-je d'un ton absent.

Il me considéra longuement, mais il ne répondit pas à la question.

— Comment vous sentez-vous maintenant ?

— Comme si j'avais passé la soirée à boire et que je m'étais fait renverser par un bus. Je veux rentrer chez moi.

Je voulus me lever, mais un élancement me traversa le crâne et m'arrêta net. Était-on censé avoir mal dans un rêve ? Cela ne semblait pas normal.

— Avant ça, nous avons une petite chose à régler.

— Quoi ? (Je lui jetai un regard, et j'écarquillai les yeux quand je vis qu'il tenait un couteau.) Qu'allez-vous faire avec ça ?

Il haussa un sourcil devant mon ton paniqué. Mes yeux s'arrondirent encore plus quand il passa la lame sur son poignet.

Bon sang, il allait se tuer devant moi ! C'était tellement… pervers.

Je me sentais si faible que je dus me contenter de gémir quand le sang se mit à couler. Il tint son bras au-dessus du verre et laissa de grosses gouttes écarlates tomber dans l'eau. Puis il prit une cuiller et remua pour bien mélanger le tout.

— Si votre première fois n'est pas avec votre créateur, il vaut mieux que ce soit un peu dilué, expliqua-t-il.

Je regardai le cocktail de sang et d'eau, incrédule. Puis je jetai un regard à son poignet : la coupure disparut rapidement, jusqu'à ce qu'il ne reste plus qu'une fine ligne rose.

— Buvez.

Il me tendit le verre.

J'agitai la main pour le refuser.

— Je préfère un Coca light, si ça ne vous ennuie pas.

Il posa le verre sur la table basse, noire et brillante, et se leva.

— Laissez-moi vous dire quelques petites choses, Sarah Dearly. Premièrement : votre créateur n'a pas fini de faire de vous une vampire avant d'être tué. La blessure sur votre gorge le prouve. S'il avait terminé ce qu'il a commencé, elle serait maintenant guérie. Deuxièmement : pour devenir l'une des nôtres, vous devez boire le sang d'un vrai vampire. Puisque je ne vois pas d'autre volontaire, je pense devoir vous offrir le mien. Alors, ne faites pas la difficile.

— Je refuse de boire le sang de qui que ce soit, dis-je avec fermeté.

Il haussa les épaules.

— Parfait. Dans ce cas vous mourrez avant que le jour se lève. Il y a une toxine dans les crocs d'un vampire, et elle infecte sa victime quand il boit profondément à sa source. C'est cette toxine qui fait d'un individu un vampire. Si votre… rendez-vous… n'avait voulu que vous goûter, la question ne se poserait pas. Mais d'après vos symptômes, ses intentions étaient claires : faire de vous l'une des nôtres. La toxine qui affecte votre corps doit être contrée avec ça.

Il indiqua le verre d'eau rosée.

— C'est aussi simple que ça.

Je fronçai les sourcils et me frottai le cou.

— Mais pourquoi aurait-il fait ça ? Me mordre, je veux dire. Je refuse d'être une vampire diabolique et suceuse de sang. (Je croisai son regard.) Sans vouloir vous offenser.

— Votre expérience est fort malheureuse. Votre créateur n'a pas respecté la règle non écrite qui stipule qu'on ne change pas quelqu'un qui ne le souhaite pas. Et les vampires ne sont pas diaboliques.

— Bien sûr que si !

— Non, ils ne le sont pas ! Du moins pas tous. Certains le sont, d'autres non. Comme les humains. Devenir vampire ne transforme pas un humain en monstre : il garde sa personnalité d'avant.

Des plis barraient toujours mon front.

— Ça n'a pas de sens.

Il soupira.

— J'ignore pourquoi je prends seulement la peine de vous aider. Il est évident que vous ne durerez pas longtemps.

— Que voulez-vous dire, je ne durerai pas ?

J'étais faible, terrifiée, et encore convaincue que tout cela n'était qu'un rêve étrange, même si tout semblait terriblement réel. Mais je pouvais quand même me sentir insultée.

Il compta sur ses doigts.

— Votre créateur est mort. Vous paraissez attirer les chasseurs de vampires comme un aimant. Et vous ne savez absolument rien à notre sujet.

Je le foudroyai du regard et croisai les bras sur ma poitrine.

— Je vous ferais savoir que je connais des tas de choses sur les vampires. Anne Rice est l'un de mes auteurs préférés.

Thierry grimaça.

— Vous irez loin, avec ça.

Je sentis monter la colère, étouffant ma peur.

— Je n'ai besoin de personne. Je me débrouille très bien toute seule. Je ne vous ai pas demandé de m'amener dans votre… (Je regardai autour de moi, la pièce au décor spartiate.) Dans votre nid d'amour souterrain, monsieur. Et je vais vous dire autre chose…

Une douleur aussi soudaine que cuisante me terrassa. Je m'agrippai au bord du sofa et griffai le cuir souple avec mes ongles à la french manucure parfaite.

— Oh mon Dieu. Oh mon Dieu, gémis-je, à l'agonie. Que m'arrive-t-il ?

— Vous mourez, répondit-il d'un ton neutre. Mais ça devrait être fini avant l'aube, alors ne vous inquiétez pas.

— Je meurs ? glapis-je.

Je commençais à le croire. Je me pliai en deux quand une nouvelle vague de douleur me balaya, et je me laissai glisser sur le sol.

— Aidez-moi, réussis-je à articuler, la peur me transperçant comme la lame d'un couteau transperce une motte de beurre. Pourquoi restez-vous là à ne rien faire ? Faites quelque chose !

— Je ne peux rien faire de plus. (Son beau visage était inexpressif.) Je vous ai donné mon sang. Je ne peux pas le boire pour vous.

L'eau rosâtre, mêlée de sang, était toujours posée sur la table basse, alors que je souffrais le martyre juste à côté. Après une autre crampe, je pris le verre et le portai à mes lèvres tremblantes, pour le boire d'un coup, sans respirer.

La douleur cessa immédiatement. C'était comme du Red Bull pour vampire. Je restai allongée sur le dos, sur le plancher de Thierry, et j'étudiai le plafond quelques minutes. Puis je me relevai en poussant sur mes mains et inspirai longuement, essayant de remettre de l'ordre dans mes idées.

—Vous en voulez encore ? demanda Thierry.

—Non, merci.

—Vous devriez rentrer chez vous maintenant. L'aube approche et le soleil sera vite levé.

Je hochai fermement la tête.

—Je ne peux plus sortir au soleil, n'est-ce pas ? Je serais aussitôt incinérée.

Il eut presque l'air de partager mon humour.

—Avez-vous appris ça à l'école d'Anne Rice ? Le soleil n'est pas bon pour les vampires, c'est vrai. Vous serez toujours plus forte la nuit. Le jour, vous vous sentirez plus faible, et par moments, la lumière vous semblera bien trop vive. Mais je vous promets qu'elle ne vous brûlera pas.

—Vraiment ? C'est bon à savoir !

—Si cela vous ennuie trop, parce que vous venez à peine de naître dans notre monde, je vous suggère de vous déplacer en ville par le réseau de galeries souterraines. Comment l'appellent-ils ici, à Toronto ? Le PATH[1] ?

—Et pendant combien de temps serai-je considérée comme un bleu ? demandai-je.

—Une cinquantaine d'années.

---

1. À Toronto, le PATH est un ensemble de galeries souterraines pédestres reliées entre elles, situé sous le centre-ville. Il facilite le déplacement entre les bâtiments, les stations de métro, etc., tout en faisant office de centre commercial. (*NdT*)

— Oh.

Je réfléchis à cela. Je serais considérée comme une petite nouvelle jusqu'à mon soixante-dix-huitième anniversaire. Je serais alors aussi vieille que l'oncle Jim, qui avait dit adieu aux hivers canadiens pour s'établir définitivement en Floride.

— Alors, c'est vrai que les vampires sont éternels ?

Il fronça les sourcils.

— Nous ne mourons pas des maladies qui affectent les humains, et nous cessons de vieillir dès l'instant où nous sommes transformés en vampire, si c'est ce que vous voulez dire.

Intéressant. C'était totalement impossible, mais très intéressant.

— Alors, quel âge avez-vous ?

Il prit le verre vide que je tenais toujours et l'emporta à la cuisine. Puisqu'il ne ferma pas la porte, je le vis le rincer dans l'évier, puis le mettre dans un lave-vaisselle dernier cri à la façade chromée.

— Je suis vieux.

— D'accord, mais à quel point ?

— Plus de six cents ans.

J'en restai bouche bée… littéralement.

— Ouah ! Je veux dire, vous avez l'air en forme pour vos six cents ans. J'aurais pensé que vous seriez tout ratatiné et décrépit, à cet âge. C'est stupéfiant.

Il détourna les yeux avec une drôle d'expression sur son visage épargné par les siècles.

— Oui, stupéfiant.

Il n'y avait pas le moindre enthousiasme dans sa voix.

— Je suppose qu'il va me falloir un peu de temps pour m'habituer à être une morte-vivante.

— « Une morte-vivante » ?

— Eh bien, oui. Un cadavre animé. Une vampire. (Je haussai les épaules.) Vous savez bien.

Il eut l'air exaspéré.

— Respirez-vous ?

Mon front se barra de plis alors que je me concentrais pour m'assurer que j'inspirais et expirais.

Oui.

— Évidemment.

— Et votre cœur bat toujours ?

Je pressai une main contre ma poitrine et trouvai les battements de mon cœur, un peu erratiques, mais forts.

— Oui.

— Et le mien, bat-il ?

Je levai les yeux vers lui, puis appliquai ma paume contre sa poitrine ferme, chaude et terriblement mâle. Il me fallut un petit instant pour que je me rappelle pourquoi je le touchais. Ah, oui, je cherchais les battements de son cœur.

Je hochai la tête.

— Oui.

Il recula d'un pas, et ma main retomba.

— Alors, qu'est-ce que ça vous apprend ?

— Pas mort-vivant ?

— Correct.

Je me levai. Étant donné ce que j'avais enduré ce soir, je me sentais étonnamment bien.

— Je vais y aller. Pouvez-vous m'appeler un taxi, ou… (J'essayai de sourire, et y parvins.) Ou puis-je me transformer en chauve-souris et rentrer chez moi à tire-d'aile ?

Il m'étudia quelques secondes.

— Je vous appelle un taxi.

Il passa un coup de fil, et nous attendîmes dans un silence gêné pendant une dizaine de minutes.

J'étais un peu déçue au sujet de cette histoire de chauve-souris. Cela aurait été vraiment cool.

Ce rêve était sans doute le plus étrange que j'aie jamais fait ; haut la main ! Encore plus étrange que celui dans lequel j'épousais un hobbit et allais vivre sur Mars. Dommage que tout cela ne soit pas réel, parce que ce Thierry était hyper craquant, même dans le genre suicidaire. Peut-être l'avais-je vu dans un magazine au salon de coiffure l'autre jour, et mon cerveau l'aurait conservé dans mon subconscient pour un usage ultérieur ?

Mais c'était bel et bien un rêve. Je veux dire, des vampires ? Des chasseurs ? Mon rendez-vous en train de se faire transformer en passoire avant de se liquéfier en une grosse flaque visqueuse ? Pitiéééé ! J'étais au pays des rêves ! J'étais surprise de ne pas y avoir pensé plus tôt ; ce qui m'aurait évité bien du stress, propre à entretenir mes futures rides.

Quand le taxi arriva enfin, je me levai du canapé sur mes pieds nus et me rendis compte que je n'avais plus mal à la cheville. Elle n'était pas foulée, après tout. Je ramassai mon sac, posé par terre, et pris mon manteau, que Thierry avait mis sur le dos d'une chaise pour qu'il sèche. Il avait dû me l'enlever pendant que je dormais. Puisque ma robe en soie n'était pas transparente, même mouillée, je n'en fis pas toute une histoire.

Je souris à Thierry.

— Merci pour tout. Même si je vais me réveiller demain et me rendre compte que tout cela n'est qu'un rêve, au moins je pourrai me dire qu'il était vraiment intéressant.

Je voulus sortir, mais il m'attrapa par le bras.

— Vous ne rêvez pas, Sarah. Vous devez prendre cela très au sérieux. Les choses sont différentes pour vous désormais, que vous le vouliez ou non.

Je haussai les épaules.

— Je ne me sens pas différente.

— Mais vous l'êtes. Avec ces chasseurs dans les parages, vous devez prendre votre sécurité très au sérieux. Vous avez eu un aperçu de ce qu'ils appellent s'amuser, ce soir. (Il fouilla sa poche et en tira une carte de visite.) Prenez ça. (Il la pressa dans ma paume.) Rendez-vous à cette adresse demain soir. Vous y trouverez de l'aide pour bien débuter votre nouvelle vie.

Je la glissai dans mon sac sans y jeter un coup d'œil.

— Merci, Thierry, de tout cœur. Prenez soin de vous, d'accord ?

Je voulus ajouter : « N'allez pas essayer de vous suicider. » Mais je me dis que c'était un peu grossier.

Ses intenses yeux argentés plongèrent dans les miens.

— Vous aussi.

Il me tint la porte, et je sortis de chez lui et montai dans le taxi.

— 111 Ashburn Avenue, dis-je au chauffeur, qui démarra aussitôt.

Je me retournai sur mon siège. La porte de la maison de Thierry s'était déjà refermée sur lui, et toutes les fenêtres de la façade étaient noires. Je ne le reverrais sans doute jamais.

Je sortis la carte de mon sac trempé.

« ÉCLIPSE DE MINUIT, INSTITUT DE BRONZAGE »

Ça ne peut pas être celle-là, pensai-je, et je fouillai encore. Une brosse à cheveux, un porte-monnaie, un rouge à lèvres, un tampon. Mais il n'y avait pas d'autre carte.

Je devais me rendre dans un salon de bronzage, nommé l'*Éclipse de Minuit*, pour y commencer ma nouvelle vie ?

Je haussai les épaules, intérieurement. J'allais m'envoler pour le Mexique le mois suivant. Maintenant que j'y pensais, ce serait peut-être une bonne idée d'avoir un léger hâle avant d'arriver là-bas.

Chapitre 3

— Alors, comment s'est passé ton rendez-vous ?

Je levai la tête pour regarder Amy Smith, ma meilleure amie ces quatre dernières années et mon Cupidon personnel, et je tentai de hausser un sourcil pour lui jeter un regard disant : « Descends tout de suite de mon bureau ! ».

J'avais un mal de crâne qui allait sans doute causer ma mort dans les minutes qui suivaient. Mais une migraine mortelle n'était pas une raison pour utiliser l'un de mes précieux jours de maladie chez Saunders-Matheson, « l'agence de marketing et de publicité la plus en vogue de Toronto » ; du moins d'après notre site Internet. Je réservais généralement mes congés maladie pour les jours où je me sentais vraiment bien.

J'étais l'assistante de la moitié Saunders du nom de l'entreprise. Amy était celle de Matheson, et c'était grâce à elle que j'avais obtenu mon boulot. Elle avait glissé un mot en ma faveur quand l'assistante précédente avait fait une dépression nerveuse, trois ans plus tôt.

— Ouah, tu as l'air d'une déterrée, dit Amy.

— Merci beaucoup.

— Tu n'as pas assez dormi, hein, espèce de petite débauchée, gloussa-t-elle.

Si j'avais été moi-même à cent pour cent, je me serais probablement levée, aurais mis mes mains autour de la gorge à la peau laiteuse d'Amy et l'aurais étranglée sur place, à quelques centimètres de sa vie de blonde écervelée. Mais les choses étant ce qu'elles étaient, je dus me contenter de prendre l'air d'une femme au bord de la crise de nerfs. Ce qui ne fut pas difficile.

— Tu plaisantes, j'espère ! Ce type était un vrai loser.

— Impossible. (Elle secoua la tête.) Il conduit une Porsche. Une *rouge*.

— Je m'en veux de devoir t'ôter tes illusions, mais je crois que nous avons eu tout faux à ce sujet, toutes ces années. La voiture ne fait pas l'homme. Ce type était un loser, qui m'a saoulée aux margaritas et m'a abandonnée au milieu de nulle part.

Amy fronça les sourcils, une expression que je ne voyais presque jamais sur son visage toujours hyper positif.

— Il t'a abandonnée ? Quel salaud ! D'accord, oublie-le. J'ai quelqu'un d'autre qui serait parfait pour toi.

— Attends avant de continuer à jouer les marieuses. D'où tu les sors, ces mecs ? Et puis, tu es célibataire aussi, alors pourquoi tu ne te les gardes pas ?

Amy m'adressa un regard qui voulait clairement dire : « À ton avis ? »

— Parce que, Sarah, ils sont parfaits pour *toi*. Pas pour moi.

— Les salauds sont parfaits pour moi ?

— Tu sais très bien ce que je veux dire.

— En fait, non, pas du tout.

Amy était certainement la fille la plus positive-au-sujet-du-grand-amour de Toronto, et absolument rien de ce que j'aurais réussi à dire n'aurait la faire changer d'avis. Elle sortait avec environ dix hommes différents tous les mois, à la recherche du « bon ». Elle était sûre que son âme sœur l'attendait quelque part, et elle s'était juré de la trouver ! Moi... j'étais pareille, avant, mais maintenant, j'étais plus réaliste. Dernièrement, mon âme sœur, c'était ma carte Visa. Nous nous amusions régulièrement ensemble, à l'Eaton Centre : mon centre commercial préféré.

La dernière fois que j'avais eu un petit ami régulier, c'était avant de commencer à travailler chez Saunders-Matheson. Alors, je sortais avec un acteur au chômage super mignon ; ce qui était parfait, puisque j'étais moi-même une belle actrice au chômage. C'était le petit ami rêvé, même s'il était un peu flemmard, jusqu'à ce qu'il trouve un rôle dans un soap, à Los Angeles. J'étais rentrée un jour et avais trouvé un court message de rupture sur mon répondeur automatique. Le jeter par la fenêtre du dixième étage n'y avait rien changé... sauf pour la machine elle-même.

—Alors, poursuivit Amy, baissant les yeux sur sa main pour inspecter ses nouveaux ongles en acrylique rose bonbon. Si tu es rentrée tôt, pourquoi as-tu cette tête-là ?

Même si le peu de sommeil que j'avais eu avait été perturbé par ce rêve complètement dingue où j'étais devenue une vampire, je ne pensais pas avoir l'air si mal en point que cela. Mais maintenant que j'y réfléchissais, je ne me rappelais pas m'être regardée dans un miroir de la matinée. Je m'étais levée si tard que j'avais à peine eu le temps de m'habiller avant de sortir sous un soleil scandaleusement aveuglant.

C'est parce que les vampires n'ont pas de reflet.

Je fronçai les sourcils à cette idée. Je n'étais pas une vampire. Ce n'était qu'un rêve, bon sang!

— As-tu un poudrier sur toi ? demandai-je.

Amy enfouit une main dans la poche de sa veste rose et en sortit de la poudre compacte.

— Tiens.

J'ouvris le poudrier et jetai un coup d'œil dans le minuscule miroir. Un très long coup d'œil.

Elle avait raison. J'avais l'air d'une déterrée, avec de profonds cernes sous les yeux. Mais le fait que je puisse me voir, même si j'avais une tête à faire peur, fit taire ma paranoïa. Cela n'avait vraiment été qu'un cauchemar. C'était officiel.

— Oh, non. La chienne des Enfers vient juste d'arriver.

Amy m'arracha son poudrier des mains et, sans ajouter un mot, s'empressa de regagner sa place à l'autre bout de la pièce remplie de box. Un instant plus tard, elle avait disparu derrière son ordinateur.

Ma patronne, Anne Saunders – mais vous pouvez l'appeler madame Saunders, surtout jamais mademoiselle! –, revenait de son petit déjeuner d'affaires du vendredi, qu'elle prenait avec le client le plus important du moment.

Elle me regarda alors qu'elle sortait de l'ascenseur et passait près de mon bureau, mais elle ne dit rien. Elle ne me fit même pas un signe de la tête, pour dire « bonjour ». Je devinais ce qu'elle pensait : *Sarah a une tête de déterrée, aujourd'hui*. Normalement, je ne me laissais pas atteindre par son manque d'humanité.

Faire les corvées les plus folles pour *madame* Saunders, envoyer ses e-mails, aller chercher ses vêtements chez le teinturier… il faudrait bien que je m'en contente jusqu'à ce que j'aie enfin trouvé ce que je voulais faire du reste de mon existence. À moins que je gagne à la loterie. Et cela pouvait arriver d'un jour à l'autre.

Au moins, j'avais mon fabuleux voyage au Mexique pour me remonter le moral. À vingt-huit ans, ce serait la première fois que je mettrais les pieds hors du Canada. À moins de compter les quelques fois où j'étais allée faire des courses de l'autre côté de la frontière, à Buffalo. Je ressemblais beaucoup à ma tante Mildred sur la photo de mon passeport, mais je ne pouvais pas m'en plaindre. Des tonnes de piña coladas et un beau bronzage, voilà ce qui m'attendait !

Un beau bronzage.

Pour quelque obscure raison, les mots « Éclipse de Minuit » me traversèrent l'esprit. Ah, oui, c'était ce qui était marqué sur la carte de visite que Thierry m'avait donnée, dans mon rêve.

Des vampires et un institut de bronzage ? Je secouai la tête à cette idée ridicule. Cela n'avait vraiment aucun sens.

Je me dirigeai vers la cuisine pour mettre la cafetière en marche et me rendis compte que je n'avais pas encore pris ma dose de caféine du matin. Bizarre. C'était généralement la première chose à laquelle je pensais en arrivant au boulot. Je devais être encore plus à côté de mes pompes que je le pensais.

Puis je retournai travailler… ou du moins à ma partie de Solitaire.

Deux minutes plus tard, mon téléphone sonna.

— Sarah, j'aimerais vous voir dans mon bureau, dit la voix de Mme Saunders d'un ton brusque.

Puis elle raccrocha.

J'abandonnai mon jeu de Solitaire, repoussai ma chaise loin de mon bureau et me frayai un chemin dans le labyrinthe de box où travaillaient mes collègues, des designers graphistes aux simples administratifs, comme moi. J'ouvris la porte tout en verre du bureau de ma patronne et jetai un coup d'œil à l'intérieur, plissant les yeux à cause de la trop forte luminosité.

Elle leva les yeux et me fit signe d'entrer d'un doigt. J'obéis, pénétrant dans la pièce aveuglante pour me tenir devant elle, mal à l'aise, handicapée par mon étrange gueule de bois.

Enfin, elle reposa brutalement le combiné sur son socle sur un dernier :

— Faites-le jusqu'au bout ou pas du tout !

Oui, c'était une vraie charmeuse.

Elle me regarda.

— Prenez un siège, Sarah.

Sa voix était redevenue calme et posée. Je l'avais déjà vu faire ce genre de transition. Un instant elle hurlait sur un employé, le suivant elle était tout miel avec un client. Elle croisa mon regard, sans ciller ; une habitude qui était des plus agaçantes. Ceux qui n'étaient pas capables de relever ce genre de défi ne faisaient pas long feu dans l'entreprise D'ordinaire, j'étais une vraie championne à ce jeu moi aussi, mais ma migraine infernale ne me facilitait pas les choses. Je détournai les yeux et me massai les tempes.

— Quelque chose ne va pas, Sarah ? demanda Mme Saunders, me décochant un sourire parfait – presque trop parfait – et sentant le vernis de porcelaine hors de prix à plein nez.

— Non, répondis-je en m'asseyant sur la chaise en face d'elle. Je me suis couchée tard.

— Vous avez besoin de votre sommeil réparateur. La beauté d'une femme est son plus grand atout dans le monde des affaires.

Je souris, mais je jetai subrepticement un coup d'œil à son calendrier, pour m'assurer que nous n'étions pas revenus cinquante ans en arrière.

Elle fouilla dans une pile de courriers et de papiers, sur son bureau.

— Sarah, je sais que j'ai un retard terrible concernant votre évaluation, cette année.

Oh, merde. Qu'est-ce que cela signifiait ? J'allais subir une évaluation inattendue de mon travail sans avoir eu le temps de me préparer ? Génial. Vraiment *génial*.

Elle remarqua mon air affolé.

— Ne vous inquiétez pas. Je vais vous rendre les choses aussi indolores que possible. Je pense que vous faites un travail exceptionnel. Et normalement, vous êtes également toujours à votre avantage. Je ferai donc abstraction d'aujourd'hui, puisque c'est la première fois que je vous vois… (Elle lorgna ma tenue.) autrement que tirée à quatre épingles.

J'avais été paresseuse, concernant la lessive, cette semaine, et parce que je m'étais levée tard, je n'avais pas pu faire la difficile. Je lissai ma jupe bleu marine d'un geste absent. Je l'avais trouvée roulée en boule dans un coin de ma chambre. Hé, elle sentait encore suffisamment le propre !

— Je vous recommande de continuer à bien faire votre travail. Je change votre titre pour celui d'assistante de direction *senior*, et je vous augmente de trois pour cent, à dater de votre prochaine paie. Félicitations.

Ouah, trois pour cent. J'allais pouvoir avancer mon plan de retraite anticipée à soixante-quinze ans, au lieu de quatre-vingts. Quelle chance !

— Merci, dis-je. C'est très généreux.

— De rien.

Mme Saunders hocha la tête et s'empara d'un ouvre-lettres doré à l'or fin pour s'attaquer à sa pile de courrier.

Je me levai et me retournai pour partir : je ne voulais pas forcer ma chance.

— Zut ! s'exclama-t-elle, et je pivotai sur les talons. (Elle tressaillit et montra d'un mouvement de tête l'ouvre-lettres, qu'elle avait lâché sur son bureau.) Cette maudite chose a glissé. Je vais sans doute avoir besoin de points de suture. Soyez gentille et allez me chercher le kit de premiers secours.

Elle leva son index gauche et fronça les sourcils devant le flot de sang qui coulait de sa coupure. Quelques gouttes écarlates tombèrent sur les enveloppes encore fermées étalées devant elle.

Je me sentis prise de vertige.

Je clignai des yeux.

Quand je les rouvris, je n'étais plus debout près de la porte, prête à sortir. J'étais accroupie près du fauteuil en cuir importé de Mme Saunders, et je lui tenais fermement le poignet…

… pendant que je suçais bruyamment son doigt.

Je hurlai et la lâchai immédiatement, reculant en chancelant. Je voulus m'accrocher à son bureau pour ne pas tomber, mais j'atterris quand même sur les fesses, emportant une bonne partie de ce qui était sur la table dans ma chute.

Elle tenait son doigt blessé aussi loin d'elle que possible, et elle me regardait, les yeux écarquillés, avec une expression où le choc se mêlait au dégoût.

Je me relevai tant bien que mal et m'essuyai la bouche avec le dos de la main.

Que venait-il de se passer ?

— Je… je… je… je suis navrée, réussis-je enfin à dire. J'ignore… Je n'aurais jamais fait ça… J'ai juste…

Mme Saunders ramena sa main contre sa poitrine, sans doute pour se protéger d'un nouvel assaut.

— Sortez, dit-elle à mi-voix.

— Oui. Je retourne travailler immédiatement. Veuillez encore accepter mes excuses. Voulez-vous que je vous apporte un peu de café ?

— Non, vous ne retournez pas à votre bureau, dit-elle, perdant peu à peu son calme. Je veux que vous sortiez d'ici, espèce de monstre. J'ignore ce qu'on a pu vous raconter, mais je ne suis pas ce genre de femme. Vous êtes virée ! Maintenant, sortez avant que j'appelle la sécurité !

— Mais… Et l'évaluation… ?

— *Dehors !* hurla-t-elle.

Je fis un pas vers elle, pour essayer de lui expliquer de manière rationnelle ce qui venait d'arriver, mais elle eut un mouvement de recul dans son fauteuil, montrant qu'elle avait peur de moi. Je levai les mains.

— Je n'ai pas l'intention de vous faire de mal. Je vous le promets. Je veux juste m'expliquer.

Elle attrapa le téléphone sans me quitter des yeux et enfonça quelques touches.

— Allô, sécurité ? J'ai besoin de vous au cinquième…

Je n'eus pas besoin d'en entendre davantage. Je sortis en courant et traversai le labyrinthe de box. Que venait-il de se passer ? Qu'est-ce qui m'avait pris de faire une chose aussi dégoûtante ? Y avait-il une rumeur disant que Mme Saunders aimait les filles ? Parce que cela pouvait expliquer bien des choses…

Mais je n'eus pas le temps de penser à cela, ni à la situation. Je comptai sur mon instinct pour me sortir de là, et il me disait de prendre mes affaires et de me tirer d'ici aussi vite que possible si je ne voulais pas être raccompagnée dehors de façon musclée par deux agents.

De retour dans mon espace de travail, je pris le troll aux cheveux roses accroché à mon écran par une ventouse. Puis j'ouvris le tiroir du haut pour en tirer ma petite boîte de chocolats Godiva. Tous les jours à 15 heures, je prenais ma dose de chocolat.

Oh mon Dieu, je venais d'être virée…

Non, je ne devais pas penser à cela. Pas maintenant. J'y penserais plus tard. Je hochai la tête et ramassai mon sac. Il était encore trempé, après son bain forcé.

Trempé d'avoir plongé avec moi du haut d'un pont, en compagnie de Thierry de Bennicœur, le vampire sexy-bien-que-suicidaire. Tout cela avait donc été bien réel ? Non. Je devais avoir été si saoule que j'avais pris une douche tout habillée en rentrant… habillée, et avec mon sac. Mais pouvais-je tout mettre sur le dos des margaritas ?

J'entendis le « ding ! » de la porte de l'ascenseur, qui s'ouvrit. Deux agents de sécurité apparurent, et je vis Mme Saunders avancer vers eux, tenant sa main blessée et gesticulant dans ma direction. Je ne pouvais pas entendre ce qu'elle leur disait, et je n'en avais pas vraiment envie. La dernière chose que je voulais, c'était que tous mes anciens collègues me voient être traînée hors de l'entreprise parce que j'avais sucé le doigt de ma patronne. Le mot « embarrassant » n'aurait pas été assez fort pour couvrir cela.

Je me dirigeai droit vers les escaliers, ce qui m'amena près du bureau d'Amy, qui tapait sur son clavier avec une régularité de métronome. Elle leva les yeux, surprise, quand elle me vit passer. Je levai la main, pouce et auriculaire dressés, faisant le geste universel signifiant : « appelle-moi », puis je disparus dans la cage d'escalier.

Je descendis les marches jusqu'au parking. Là, j'ouvris une porte sur ma droite et me retrouvai dans le PATH [1] du centre de Toronto : cet immense dédale de tunnels sous le quartier des affaires. J'avais toujours aimé le PATH, parce qu'il m'aidait à éviter les intempéries les jours où je portais des chaussures hors de prix. La neige fondue et les talons aiguilles ne faisaient pas bon ménage.

En fait, les appeler des tunnels était presque une offense. Ils étaient plutôt comme des galeries étroites dans un centre commercial. Il y avait des boutiques et des restaurants partout, reliant les hauts buildings du centre entre eux. Le sol carrelé menait dans toutes les directions. Des panneaux accrochés au plafond et sur les parois indiquaient Adélaïde, King Street ou la Baie. Bien sûr, les utilisateurs réguliers n'avaient pas besoin de les regarder. Ils se contentaient d'avancer, leurs lèvres pressées contre le gobelet en polystyrène contenant leur capuccino, ou le nez plongé dans le *Globe and Mail*, tandis qu'ils se frayaient un chemin dans la foule. Les touristes marchaient comme s'ils venaient de pénétrer dans un monde souterrain surréaliste. C'étaient eux qui généralement étaient toujours dans mon chemin.

Je tournai à droite, passai de grandes portes vitrées et montai dans le métro. Les yeux rivés droit devant, sans ciller, les seules choses que je défiai du regard désormais, c'étaient les stations grises qui défilaient par les fenêtres.

Je sortis à mon arrêt et marchai méthodiquement jusqu'à mon appartement. Là, je pris l'ascenseur jusqu'au dixième. Je glissai ma clé dans la serrure, ouvris et rentrai chez moi, refermant automatiquement sur mes pas.

Je sentais encore le goût du sang de Saunders sur ma langue. Et c'était incroyablement bon.

Mes genoux se dérobèrent sous moi et je tombai sur le sol, juste derrière la porte d'entrée, près du réfrigérateur. La brume qui m'enveloppait l'esprit commençait à se dissiper, laissant apparaître l'étrange vérité que j'avais essayé de nier toute la journée.

Cela n'avait pas été un rêve.

J'étais une vampire.

Qu'étais-je censée faire ?

Chapitre 4

Dormir me sembla être la chose la plus sage à faire. Certains prétendraient peut-être avoir sombré dans l'inconscience, sous le choc, en apprenant qu'ils étaient devenus un monstre buveur de sang. Moi, j'appelais cela une sieste réparatrice.

Quand j'ouvris les yeux, mon appartement était plongé dans l'obscurité ; ce qui me parut étrange, car j'avais quitté le bureau bien avant midi. Je me levai du sol de la cuisine et allumai la lumière. La pendule du four indiquait 19 h 30.

Je venais de dormir durant près de huit heures. Ce n'était pas bon signe.

Ma bouche était sèche. Je me versai un verre de vin d'une bouteille à moitié vide que je trouvai au fond du frigo, et je le bus tout en essayant de remettre de l'ordre dans mes pensées.

Je suis une vampire. Ces mots tourbillonnaient dans ma tête. *Un vampire qui mord les gorges et porte une cape. Un vampire avec un grand V.*

Je commençai de nouveau à me sentir un peu dans les vapes.

J'attrapai le téléphone posé sur le comptoir. Il y avait cinq messages dans ma boîte vocale. Le premier était de ma mère.

— Sarah ? Tu es là, ma chérie ? Décroche ! (Elle commençait toujours ses messages par ces mêmes mots.) Juste pour te rappeler : la répétition du mariage et du dîner commence à 16 heures, lundi, mais nous aimerions te voir avant. Appelle-nous pour nous dire quand tu arrives, d'accord ?

Je soupirai. Je devais être demoiselle d'honneur au mariage de ma cousine dans ma ville natale, Abottsville, dans l'Ontario. Je décidai de jouer les Scarlett O'Hara et d'y penser demain. J'avais des questions plus pressantes à régler pour le moment.

Les quatre messages suivants étaient d'Amy. Elle était désespérée et elle voulait savoir pourquoi j'avais été virée. Apparemment, les rumeurs allaient bon train dans l'entreprise, chaque version étant plus fantasque que la précédente. L'une d'elles voulait que j'aie fait du plat à Mme Saunders.

Je me cognai doucement le front contre la porte fraîche du réfrigérateur. Génial, vraiment génial. Avec mon bol actuel, j'allais sans doute être poursuivie pour harcèlement sexuel.

Que pouvais-je répondre à Amy, qui ne sonne pas complètement dingue ? Je décidai de ne pas la rappeler avant d'avoir trouvé la réponse à cela. Je me servis un autre verre et je l'avalai cul sec. Puis je songeai à m'en verser un troisième, mais il n'y avait pas assez de vin sur la planète pour m'aider à me détendre.

Je pris une douche rapide, puis je me glissai dans un pantalon de yoga rose criard – je ne faisais pas de yoga, mais ils étaient à la mode – et enfilai un tee-shirt blanc avec le mot « DIVA » imprimé sur le devant, en rose et violet pailletés. C'était ce que je mettais quand je voulais être à l'aise, généralement les soirs où cela n'allait pas, pour regarder *Sex and the City* en DVD.

Mais pas ce soir. J'avais besoin de réponses et je savais où je les trouverais. J'attrapai mon sac et fouillai dedans. Pendant une seconde, paniquée, je crus avoir perdu ce que je cherchais. Mais elle était là, sous tout le reste, collée à un bonbon contre la toux. Je détachai le losange au miel et au citron de la carte de visite et étudiai cette dernière avec appréhension : « ÉCLIPSE DE MINUIT, INSTITUT DE BRONZAGE »

D'accord, monsieur Thierry de Bennicœur, pensai-je. *Vous allez devoir m'expliquer quelques petites choses.*

Moins d'une heure plus tard, je regardai de nouveau la carte, plissant les yeux, pour m'assurer que j'étais à la bonne adresse. Puis je relevai la tête et fis la grimace devant la façade de l'institut. Il était aussi décrépit que toutes les autres constructions de ce quartier de l'ouest de Toronto. Il n'y avait pas un *Starbucks* à plusieurs pâtés de maisons à la ronde.

Mais je n'avais pas besoin qu'il s'agisse d'un spa quatre étoiles et dernier cri. Tout ce que je voulais, c'étaient des réponses.

Mon visage picotait à cause de la neige cinglante. Il faisait encore plus froid que la nuit précédente, et il était inutile de me bercer d'illusions : encore deux semaines, et je serais dans cette chose blanche et glacée jusqu'aux hanches. D'où le choix de la date, pour notre voyage au Mexique.

Je fourrai la carte dans la poche de ma veste en cuir noir : ma veste de secours, puisque la plus chère, la plus belle, celle qui était lie-de-vin, était complètement foutue depuis mon plongeon imprévu. Je poussai la porte en verre couverte de givre du salon.

À l'intérieur, je vis un grand bureau de réception et le logo de l'*Éclipse de Minuit* – essentiellement un cercle noir portant les mots « Éclipse de Minuit » – peint sur le mur. À part cela, il était nu. Un palmier en plastique se dressait sans beaucoup de dignité dans un coin. À droite, il y avait une porte noire, à gauche, deux blanches. Si l'on ajoutait la carpette verte et trempée sur laquelle je me tenais, l'entrée n'avait rien d'autre à offrir.

Je fronçai les sourcils, tendue. Où étaient-ils donc tous ? Si cela avait été fermé, je n'aurais pas pu entrer, non ? Cela ne ressemblait pas à un endroit que monsieur Grand-Brun-et-Intimidant pouvait fréquenter. Pourquoi m'avait-il envoyée là, d'ailleurs ? Était-ce une sorte de plaisanterie ? Après la journée que je venais de passer, je n'étais pas d'humeur à rire. Peut-être étais-je d'humeur à pleurer, à être hystérique et à parler pour ne rien dire. Mais à rire, non.

— Tu dois être Sarah, dit une voix.

— Bonjour ? dis-je, regardant autour de moi et ne voyant personne. Il y a quelqu'un ?

— Je m'appelle Barry.

Un homme très petit émergea de derrière le bureau. Il ne devait pas faire plus d'un mètre vingt. Il portait un smoking et un chapeau perché de travers sur sa tête.

— Barry Jordan. (Il tendit sa petite main vers moi.) Je t'attendais.

— Salut. (Je lui serrai la main automatiquement ; il était inutile d'être grossière, après tout.) Euh, je suis Sarah, je suppose.

— Parfait. Je pense que tu es ici pour le grand tour ?

Mon regard glissa de la plante en pot à la réception.

— Parce qu'il y a un grand tour ?

— Évidemment.

Le sourire de Barry me révéla ses dents pointues. Il lâcha ma main.

Un vampire miniature. Collectionnez-les tous !

— Tu es un vampire ?

— Oui, bien sûr.

Je soupirai.

— Bien. J'ai tellement de questions…

Il agita la main.

— Chaque chose en son temps. Prête ?

Je le regardai sans ciller pendant un moment.

— Euh… Oui, d'accord.

Barry sourit de nouveau de toutes ses dents, passa sur la droite et ouvrit l'une des portes blanches, qui donnait sur un vestiaire avec des toilettes, un lavabo, trois placards et un banc en bois.

— Les vestiaires, annonça-t-il.

— Ah.

Il referma et se dirigea vers l'autre porte. Celle-ci s'ouvrit sur deux lits de bronzage, qui n'étaient pas utilisés. Une serviette sale était roulée en boule dans un coin. Un autre palmier en plastique était posé près de la porte.

— La salle de bronzage. (Il fit un grand moulinet du bras, comme si tout cela était de nature à m'impressionner.) Les employés bronzent gratis.

— Les vampires peuvent bronzer ? dis-je, le front barré de plis de perplexité. Mais je pensais…

Il écarta ma curiosité d'un geste de la main.

— Ne m'interromps pas, s'il te plaît.

Barry Jordan commençait à devenir indésirable, si vous voyez ce que je veux dire.

Il referma la seconde porte et passa devant moi pour atteindre la troisième et la dernière de toutes. Je l'arrêtai d'une main.

— Écoute, je ne veux pas te faire perdre ton temps davantage. Je ne suis pas vraiment intéressée par la manière dont tout ça fonctionne. Sans vouloir t'offenser.

— Mais tu dois absolument voir ça !

Il semblait vraiment déçu : même son nœud papillon était soudain tout de travers.

Je soupirai, trahissant ainsi mon impatience.

— Très bien. Vas-y, montre-moi.

Il hocha la tête, remit de l'ordre dans sa tenue et tendit le bras pour ouvrir la porte.

Une vague de voix, de musique forte, de fumée et d'obscurité sembla rouler sur moi. Je restai bouche bée devant ce que je vis de l'autre côté.

— Voici la vraie *Éclipse de Minuit*, dit fièrement Barry. Ici, c'est réservé aux vampires.

Je clignai des yeux d'incrédulité. De toutes les choses que je m'étais attendue à trouver derrière cette porte, c'était bien la dernière. Mais je supposai que c'était parfaitement logique. Une boîte de nuit pour les vampires. Un endroit où ils pouvaient se détendre et décompresser après une dure journée à éviter la lumière du soleil et les objets pointus.

Finalement, mes yeux s'habituèrent à la demi-obscurité. Un long bar en laque noire occupait le mur sur la gauche. Les tables individuelles et celles des box étaient couvertes de nappes rouges et sensuelles, et chacune avait sa petite lampe. Au fond de la salle, une magnifique chanteuse aux cheveux noirs, parfait sosie de Bettie Page, chantait une version rauque de *Fever*.

— As-tu déjà été serveuse ? demanda Barry.

— Quand j'étais à la fac, répondis-je d'une voix à peine audible. Mais je suis sûre que ça me reviendrait vite.

— Parfait.

Je fermai la bouche.

— Attends un peu. Oublie ce que j'ai dit. Je ne veux pas travailler ici.

— Je croyais que tu étais là pour un entretien d'embauche ?

— Non. Il faut que je parle à Thierry.

— Thierry ? (Barry eut l'air choqué.) Tu veux dire, *le maître* ?

— « Le maître » ?

— Ne dis pas ça sur ce ton !

— Quel ton ?

— Sans aucun respect. Il faut respecter le maître.

Je jetai un coup d'œil dans le club. Quelques paires d'yeux s'étaient tournées vers moi. J'avais attiré la curiosité des vampires. C'était drôle, parce que si on ne m'avait pas dit qu'ils étaient tous des créatures de la nuit, je ne l'aurais jamais deviné toute seule. Ils me paraissaient tous parfaitement normaux. Pas un seul n'avait le style gothique. Pas un, non plus, n'avait le teint blanc de Marilyn Manson, ou ses goûts vestimentaires.

Barry prit une profonde inspiration et son sourire revint.

— Tu es nouvelle. Il a mentionné que tu n'avais pas de créateur, alors je suppose qu'il faut s'attendre à ce que tu fasses des bévues de ce genre.

— « Des bévues » ? (Ma patience s'amenuisait très, très vite.) Écoute, Smoking Boy, Thierry est là ou pas ?

Son sourire s'effaça de nouveau et ses yeux lancèrent des éclairs. Zut. Je n'avais pas l'intention de lui faire péter un vaisseau ou quelque chose comme ça.

— Barry, dit une voix profonde et suave sur ma gauche. Tout va bien, Barry. S'il vous plaît, laissez-moi m'occuper de mademoiselle Dearly.

Le son de sa voix descendit le long de ma colonne vertébrale comme le premier verre de tequila un soir de bizutage. La sensation fut choquante et inattendue, mais pas désagréable.

Je me retournai, sachant déjà qui était là.

Le maître.

Il était différent de la veille. Bien plus *maître* de lui. Beaucoup moins suicidaire. Ses cheveux sombres, presque noirs, étaient peignés de côté. Il avait des pommettes hautes, un nez droit et une mâchoire carrée couverte de chaume, comme c'était à la mode. Ses lèvres pleines ne souriaient pas, bien sûr, et ses yeux gris qui semblaient presque argentés m'étudiaient comme s'il n'y avait personne d'autre que moi dans la pièce.

Contrairement aux autres, il était entièrement vêtu de noir. Il portait une chemise en soie sans cravate, dont les premiers boutons étaient ouverts, et un costume deux pièces. L'obscurité accentuait sa pâleur, mais celle-ci n'était pas repoussante, bien au contraire, et elle ne lui donnait pas un teint de carton-pâte. On aurait dit qu'il irradiait le pouvoir, une énergie venant du plus profond de lui, qui me faisait frissonner de la tête aux pieds.

— Sarah, dit-il. Je n'étais pas sûr que vous veniez.

Je me forçai à sourire.

— Et pourtant, me voici.

Barry émit un son, et je fis la grimace. Sans doute voulait-il que je m'incline devant le maître, ou quelque chose comme ça. Comme si j'allais faire une chose pareille !

Le regard de Thierry alla se poser sur l'homme minuscule.

— S'il vous plaît, allez nous chercher quelque chose à boire, à mademoiselle Dearly et à moi.

Barry s'inclina comme le petit lèche-bottes qu'il était. Puis il recula et se dirigea vers le bar. Thierry me prit par le coude et m'entraîna vers un box.

— Asseyez-vous, s'il vous plaît, dit-il.

J'obéis.

Il prit place en face de moi et croisa mon regard.

— J'imagine que tout cela vous dépasse.

— On peut dire ça comme ça. (Je me renfonçai dans mon siège et essayai d'avoir l'air aussi à l'aise que possible étant donné la situation.) Je croyais qu'il s'agissait d'un institut de bronzage.

Il haussa un sourcil.

— C'est le cas. Mais comme vous pouvez le constater, c'est bien plus que ça. L'ancien propriétaire trouvait que c'était une bonne blague. Un club pour les vampires derrière la façade d'un salon de bronzage.

— Très drôle.

Thierry ne sourit pas.

Je déglutis pour essayer de faire taire ma nervosité.

— Cet endroit est donc à vous ?

— Oui.

— Super.

Qu'il partage ou non mon sentiment, il n'en laissa rien paraître.

Je me forçai encore à sourire.

— Écoutez, j'ai des tonnes de questions à vous poser au sujet de cette histoire de vampirisme.

— Donc, vous avez pris conscience que vous ne rêviez pas.

Je détournai les yeux et me concentrai pour lisser un pli de la nappe rouge.

— Pour être honnête, je pensais vraiment qu'il s'agissait d'un cauchemar. J'en étais certaine. Jusqu'à ce qu'il se passe un truc vraiment bizarre.

— Qu'est-il arrivé ?

J'étais très gênée, mais je devais répondre pour pouvoir lui poser mes vraies questions, aussi me lançai-je aussitôt dans un résumé de l'incident du doigt coupé, que j'avais sucé. S'il trouva cela amusant, il n'en laissa rien paraître.

— C'était à prévoir, dit-il quand j'eus terminé. Votre corps est affamé de sang. Vous avez agi par instinct.

— Eh bien, je n'en veux pas de cet instinct. Que dois-je faire pour m'en débarrasser ?

— Vous ne le pouvez pas.

Barry s'arrêta à notre table avec deux verres sur un plateau. Il plaça un verre à martini rempli d'un liquide rouge en face de Thierry.

— Votre boisson habituelle, maître. Et un « spécial bleu ».

Il posa un autre verre de Red Bull pour vampire devant moi. De l'eau à peine rosée. Je grinçai des dents et regardai Thierry.

— Je dois vraiment boire ça ?

— Non.

Je lorgnai le sang très dilué.

— Mais si je ne bois pas, j'aurai de nouveau une migraine d'enfer, n'est-ce pas ?

Il marqua une pause avant de répondre.

— C'est exact.

— Très bien, alors, cul sec.

Je n'en bus qu'une partie. Et bon sang, c'était délicieux ! Je me dégoûtais terriblement, mais c'était quand même mieux que de me mettre à genoux pour téter des doigts.

Au bout d'un moment, je reposai le verre vide sur la table et m'essuyai la bouche du revers de la main.

— C'était bon ? demanda Thierry.

Je haussai les épaules.

— Je ne veux pas boire de sang.

— Vous ne sembliez pas avoir un problème avec ça il y a moins d'une minute.

Je le foudroyai du regard.

— Il faut ce qu'il faut.

— Oui, admit-il, et ses lèvres frémirent, comme s'il réprimait un sourire.

Contente de voir qu'il me trouvait amusante.

— Alors, je suis une vampire ? Pour de vrai ?

— Oui.

— Mais j'ai toujours un reflet. (Je passai ma langue sur mes dents.) Et je n'ai pas de crocs.

Il secoua la tête.

— Bien sûr que non. Vous êtes encore bien trop jeune… à peine une novice. Ces choses prennent du temps pour se développer.

Je fronçai les sourcils.

— Donc, si cela est bel et bien en train de m'arriver, ça veut dire que tout ce qui s'est passé la nuit dernière est vrai aussi. Gordon a bien été tué.

— J'en ai bien peur. Je suis navré pour votre perte.

Ma lèvre inférieure se mit à trembler légèrement à ce souvenir.

— C'était un salaud. Mais il ne méritait pas de mourir. (Je touchai ma gorge ; la morsure avait presque entièrement disparu.) Pourquoi m'a-t-il mordue ?

— Il n'aurait pas dû. Pas avant d'en avoir discuté avec vous auparavant.

— S'il en avait discuté avec moi, j'aurais dit non. En fait, j'aurais dit non à tout ce qu'il pouvait avoir derrière la tête, la nuit dernière. Nous n'étions absolument pas faits l'un pour l'autre. (Je frissonnai de la tête aux pieds me rappelant ce qui s'était passé.) Mais ça n'aurait quand même pas dû lui arriver. Pauvre Gordon.

— Les chasseurs sont très dangereux.

Je me raidis.

— Qui sont ces chasseurs ? Croient-ils qu'ils sont une bande de *Buffy, la tueuse de vampires* ? Qu'est-ce qui leur donne le droit de massacrer des gens ?

Il porta son verre à ses lèvres et but une gorgée avant de me répondre.

— Les chasseurs pensent rendre un service à la société en débarrassant le monde d'un mal perçu. (Il sourit alors, un vrai sourire, mais pas des plus plaisants.) Ils ne pourront jamais être convaincus que nous ne sommes pas dignes de leur attention. Nous ne sommes pas les monstres qu'ils croient.

— Comment les arrête-t-on ?

Il croisa de nouveau mon regard, et j'eus le souffle coupé par son intensité, surtout maintenant, étant donné le tour qu'avait pris notre conversation.

— Nous n'en faisons rien. Nous les évitons du mieux que nous le pouvons pendant la saison de la chasse.

— « La saison de la chasse » ?

— Oui, les principaux groupes de chasseurs vont d'une ville à l'autre, d'un pays à l'autre, aux endroits où les vampires forment des communautés. Comme ici, à Toronto. Bien sûr, quelques-uns resteront, mais le gros de la bande partira bientôt ailleurs. Pour le moment, c'est notre tour, ici, d'être prudents.

— Mais il doit bien y avoir un moyen de leur parler ! De leur faire comprendre que ce qu'ils font est mal…

— Non, aucun, m'interrompit-il. Tout ce que nous pouvons faire, c'est nous tenir éloignés d'eux et éviter de faire n'importe quoi.

— Ou ils nous planteront leurs pieux dans le cœur. Et nous nous transformerons en une flaque visqueuse, comme Gordon ?

Thierry cligna des yeux.

— « Une flaque visqueuse » ?

— Quand les chasseurs ont tué Gordon, il s'est désintégré, liquéfié en une flaque de matière visqueuse. J'avais toujours cru que les vampires devenaient poussière, mais je suppose que c'est seulement à la télé. C'est dégoûtant, cependant.

— La façon dont nous mourons est déterminée par le temps que nous avons passé en tant que vampire. Si vous êtes imprudente et que vous êtes tuée par des chasseurs, vous ne deviendrez pas une flaque visqueuse. (Il grimaça devant le choix de ces mots.) Vous mourrez, c'est tout.

» Votre créateur devait être très vieux. Seuls les anciens se décomposent ainsi quand ils meurent, comme ils l'auraient fait dans une tombe humaine naturelle.

— Beurk. (Je frémis.) Ces chasseurs se sont bien acharnés sur Gordon. C'était horrible. Il a dû être difficile à éliminer.

Thierry secoua la tête.

— Il suffit toujours d'un seul coup en plein cœur, avec un objet pointu en bois ou en argent. Le reste, les chasseurs le font pour leur propre plaisir pervers.

Je restai silencieuse un moment, songeant à tout ce que j'avais entendu. Être un vampire semblait incroyablement dangereux. Et les avantages étaient insignifiants.

Mais je devais voir le bon côté des choses. À part les chasseurs, être un vampire n'était peut-être pas si mal. Un vampire ne vieillissait pas. Cette idée me plaisait. Tous les clients du club paraissaient parfaitement heureux. Ils étaient comme des gens normaux, sauf qu'ils étaient jeunes et beaux pour toujours.

Thierry m'observa un instant sans rien dire.

— Je pense que vous devriez travailler ici un moment, à l'*Éclipse de Minuit*.

Je secouai la tête.

— Je ne veux pas être serveuse.

— Vous n'aurez pas à le faire, si vous n'en avez pas envie. Il y a bien assez d'autres choses à faire pour vous occuper. Peut-être préféreriez-vous être hôtesse ?

— Pourquoi faites-vous ça ? Pourquoi m'offrir du travail ?

Il but une autre gorgée, me laissant attendre.

— Vous êtes sans emploi, non ?

— Oui, mais qui vous dit qu'il n'y a pas cinquante personnes qui frappent à ma porte pour m'avoir ?

— Que faisiez-vous dans votre ancien boulot ?

Cette fois, ce fut mon tour de marquer une pause.

— Eh bien, ça ne sonne sans doute pas très glamour, mais j'étais assistante de direction.

Thierry me considéra.

— Vous avez raison, ça ne sonne pas du tout glamour.

Je me mordillai la lèvre.

— Écoutez, j'ai sans doute fait une erreur en venant ici.

Quand je me levai pour partir, Thierry tendit le bras à travers la table et m'attrapa le poignet.

— Vous devez rester ici. Asseyez-vous.

Quelque chose dans sa manière de dire cela, comme s'il était effectivement le maître, me mit hors de moi. Je voulus me dégager, mais il était bien trop fort.

— Je ne dois rien faire du tout, sifflai-je. Lâchez-moi.

Il me retint encore une seconde, puis il me libéra si vite que je faillis retomber sur la banquette.

— Je m'inquiète seulement pour votre sécurité.

— Et pourquoi ça ? (Soudain, j'étais terriblement en colère.) Vous ne me connaissez même pas ! Ce n'est pas parce que j'ai interrompu votre petite tentative de suicide la nuit dernière...

Ses yeux lancèrent des éclairs, et l'expression de son visage m'empêcha d'en dire davantage.

— Vous ne parlerez plus jamais de ça.

C'était surprenant comme son beau visage pouvait devenir effrayant à la vitesse de l'éclair. Ce n'était pas le genre d'homme que je voulais avoir pour ennemi.

Je déglutis péniblement et me rassis.

— Écoutez, je suis désolée. Ce que vous voulez faire de votre vie ne me regarde pas. Tout ce que je désire... (Je marquai une pause et décidai de reformuler ma phrase.) Tout ce que je *demande*, c'est un peu d'aide.

Il me regarda longuement, et je vis sa fureur refluer peu à peu.

— Je croyais que vous saviez déjà tout ce qu'il y a à savoir grâce à votre amie Anne Rice, et à cette personne que vous appelez Buffy.

— C'était avant de prendre l'index de ma patronne pour un biberon.

Il tambourina des doigts sur la nappe.

— Et que puis-je espérer en retour ?

Je me renfonçai de nouveau dans mon siège et lui fis mon plus beau sourire.

— Mon amitié.

À ma grande surprise, il rejeta la tête en arrière et rit à gorge déployée.

— Votre amitié ? Qu'est-ce qui vous fait croire que je veuille, ou que j'aie besoin, de quelque chose comme ça venant de vous ?

Je haussai les épaules.

— Juste une intuition.

— Eh bien, elle est fausse.

Je n'allais pas me laisser décourager.

— D'accord, alors, que dites-vous de ça ? Ces chasseurs allaient me tuer, la nuit dernière. Vous m'avez sauvé la vie. Donc, vous êtes désormais responsable de moi, que vous le vouliez ou non.

Cela jeta un froid sur son hilarité. Il me détailla alors, lentement, de mes cheveux bruns coupés aux épaules, fraîchement lavés et sagement coincés derrière mes oreilles, en passant par mon visage sans fard, mon long cou, jusqu'à mon tee-shirt « DIVA ». Les paillettes le ramenèrent brutalement à la réalité. Ses yeux revinrent se poser plus haut.

— Il y a une raison pour que les vampires aussi vieux que moi ne créent pas d'autres vampires.

Son ton était sérieux, il n'y avait plus la moindre trace d'humour.

— Vous ne m'avez pas créée, rappelai-je. Mais vous êtes libre de m'adopter.

J'essayai d'avoir l'air mignonne. Puis je laissai tomber. J'aurais dû prendre dix minutes pour me maquiller ; j'avais l'impression de briller.

Quand il ne dit rien, je commençai à me sentir très mal à l'aise. Mais après tout, j'étais assise dans un club de vampires du mauvais côté de la ville, en face d'un spécimen de plus de six cents ans, alors j'avais bien le droit d'être un peu intimidée.

Je me levai. Mieux valait partir de mon propre chef plutôt que de risquer d'être de nouveau mise dans l'embarras.

— Je suppose que je ferais mieux d'y aller.

Je m'attendais un peu qu'il me retienne encore.

Il n'en fit rien.

Je repoussai une mèche rebelle derrière mon oreille et hochai la tête.

— Il semblerait que je sois toujours en train de vous dire au revoir.

Thierry dit quelque chose, mais je ne réussis pas à saisir ses paroles.

Je me penchai.

— Hein ?

Il leva la tête.

— Alors, n'en faites rien.

— Ne pas faire quoi ?

— Ne me dites pas au revoir.

Il regarda autour de lui. La chanteuse faisait une pause, et l'orchestre jouait seul. J'attendis, sans me rasseoir, ni me diriger vers la sortie, jusqu'à ce qu'il se décide à ajouter quelque chose.

— J'accepte votre offre, dit-il enfin. Mais à une condition.

J'essayai de lui cacher ma surprise.

— Laquelle ?

Il captura mon regard de ses intenses yeux argentés.

— Vous devrez laisser votre ancienne vie derrière vous.

— Qu'est-ce que ça veut dire, exactement, laisser mon ancienne vie derrière moi ?

— Vous avez pu constater combien il est dangereux d'être un vampire. Vous n'êtes plus la personne que vous étiez hier. La réalité que vous connaissiez n'est plus. Trouvez un nouvel appartement. Dites adieu à votre famille et à vos amis. Il vaut mieux ne plus avoir de contact avec eux. Faites ce que je vous dis, et vous réussirez peut-être à éviter les chasseurs.

Je fronçai les sourcils.

— Je ne sais pas. Pourquoi ne puis-je pas rester où je suis et simplement être extra-prudente quand je sors ? Quelle différence ça ferait ?

— Toute la différence du monde !

Thierry se leva, me toisant de toute sa hauteur. Son front était barré de plis. Je me demandai s'il lui arrivait de se détendre et de s'amuser. Peut-être devrait-il prendre des vacances dans un pays tropical ? Hum, c'était sans doute hors de question.

— La vie d'un vampire et celle d'un humain normal sont incompatibles. C'est trop dangereux.

Je secouai la tête.

— Mais je me sens exactement pareille qu'avant ! Rien n'a changé.

— Au contraire, absolument tout a changé. Vous ne le sentez pas encore parce que vous êtes si nouvelle.

— Mais…

Il leva une main pour m'arrêter.

— Mais rien, Sarah. C'est ma condition. Si vous refusez de faire ce que je vous demande, alors je ne peux pas vous aider.

Je n'aimais pas cela du tout. Ma vie n'était pas vraiment parfaite, mais je n'étais pas prête à la laisser tomber. Elle était confortable et familière. J'étais censée lui tourner le dos juste parce que j'avais un petit problème d'addiction qui se présentait sous la forme d'une eau légèrement rosée ?

Mais d'un autre côté, je savais que j'avais besoin de l'aide de Thierry. Si j'étais vraiment une vampire, alors j'étais certaine c'était la personne qu'il me fallait comme mentor. Et puis, il était terriblement sexy.

Je n'aurais probablement pas besoin de lui plus d'une semaine ou deux. Juste le temps d'apprendre les ficelles. Puis je trouverais un autre boulot et retournerais à l'existence que j'avais toujours connue. Aucun problème. Thierry n'avait pas besoin de savoir cela, évidemment.

— D'accord, répondis-je fermement, avec un grand sourire.

— Parfait. Revenez demain soir, et je ferai ce que je peux pour vous, Sarah. Mais je ne peux rien vous promettre.

— N'essayez pas d'avoir l'air si positif ! plaisantai-je.

Il eut un hochement de tête.

— Maintenant, si vous voulez bien m'excuser…

Et sur ces mots, il tourna les talons, traversa le club et disparut par une porte dans le fond, au bout du bar.

Je posai une main sur ma hanche.

— Oui, à plus tard.

Il allait falloir travailler le côté « chaleureux et enthousiaste ». Puis je secouai la tête, étouffant un rire. Je venais d'accepter l'enseignement d'un vampire vieux de plusieurs siècles et d'abandonner ma vie d'avant.

Ma mère serait si fière de moi.

Chapitre 5

Je quittai l'*Éclipse de Minuit* un peu tendue. Voire plus qu'« un peu ». D'accord, Thierry avait accepté de m'aider, mais cela ne résolvait aucun de mes autres problèmes. J'ignorais toujours ce que j'allais pouvoir dire à Amy pour expliquer mon renvoi. Devais-je lui avouer que j'avais été transformée en vampire ? Voudrait-elle toujours partir en vacances avec moi ?

Et puis, devais-je m'inventer une excuse pour éviter d'aller au mariage ? Si je me décommandais, ma cousine Mindy prendrait un pieu et me le planterait elle-même dans le cœur.

Je vis le néon d'un bar clignoter en face du club des vampires. Après réflexion, je traversai la rue et y entrai. Il fallait que j'appelle un taxi, de toute manière, alors autant m'offrir un verre, dans lequel n'entrait aucune goutte de sang, en l'attendant.

Cela me semblait un excellent plan.

Le bar s'appelait le *Clancy's*. Je n'en avais jamais entendu parler. C'était un établissement sans prétention : des tabourets le long d'un bar, quelques tables, encore des tabourets, et des tables de billard dans le fond. Et ce « magnifique » décor se perdait dans une épaisse fumée de cigarette et sans doute d'autres substances un peu moins légales.

Je commençai par trouver le téléphone public et appelai une compagnie de taxi. Puis je m'installai au bar. Le barman, un grand costaud qui devait bien peser dans les cent cinquante kilos, prit ma commande. Je décidai de boire un bloody mary. C'était tout à fait dans l'esprit de la soirée, non, alors qu'aurais-je pu boire d'autre ?

Un homme était assis non loin de moi. Il regardait au fond de son verre de bière ambrée comme s'il pouvait y trouver les réponses aux mystères de l'univers. Il était seul. Et il était plutôt mignon. Il portait un jean délavé et un tee-shirt vert. Ses cheveux blonds étaient un peu trop longs et ébouriffés. Il avait un beau visage, dans le style gamin. Il dut sentir qu'on le regardait, car il tourna la tête vers moi, et ses yeux d'un bleu profond rencontrèrent les miens.

— On dirait que vous venez de perdre votre chien, dis-je.

Normalement, je ne parlais pas aux étrangers de sexe masculin croisés dans les bars, à moins d'avoir au moins une amie de sexe féminin en renfort. Mais je n'allais pas rester plus de quelques minutes, et je me sentais d'humeur à bavarder, après ma conversation tendue avec Thierry.

— Vraiment ? répondit-il. Ce n'était juste pas mon jour.

— Ni le mien.

Il baissa les yeux sur ma poitrine. En toute autre occasion, je me serais sentie insultée, mais je portais mon tee-shirt qui disait « DIVA » en lettres brillantes. C'était comme une flèche qui disait : « Hé, vise un peu ça ! »

— Joli tee-shirt.

— Merci.

Cela me valut un sourire. Un large sourire. Mais il n'atteignit pas ses yeux.

— C'était quoi, son nom ? demandai-je.

— Le nom de qui ?

— Votre chien. Celui qui vient de mourir.

Il eut un autre sourire.

— Non, je n'ai jamais eu de chien. Juste quelques problèmes de famille. Rien de très intéressant. J'ai pensé que j'allais m'installer à ce bar un moment pour noyer tout ça.

— Vous vous y prenez mal. Pour noyer vos chagrins, vous devez boire de la tequila. La bière ne fait que les exacerber.

— Vous êtes sûre ?

— Affirmative. Croyez-moi, je l'ai testé.

Son sourire s'élargit encore. Il se rapprocha, venant s'asseoir sur le tabouret à côté du mien. Plus il était près, plus je le trouvais beau. Pas beau à tomber raide – sans mauvais jeu de mots –, comme Thierry, mais terriblement sexy quand même.

Il tendit la main.

— Mon nom est Michael Quinn, mais mes amis m'appellent Quinn.

Je lui rendis son sourire et lui serrai la main.

— Sarah Dearly.

Quinn attira l'attention du barman.

— Deux tequilas, s'il vous plaît. Avec du citron vert. (Puis il se tourna vers moi.) Alors, qu'est-ce qu'une gentille fille comme vous fait dans un endroit pareil ?

Ah, oui. Elle n'était pas prête de se démoder, cette réplique. Mais je décidai de laisser glisser.

— Qu'est-ce qui vous fait croire que je suis gentille ?

— Vous voulez dire que vous ne l'êtes pas ?

— Oh, non, je le suis. Très gentille. Envers les gens que j'aime, je veux dire.

— Et les autres ?

J'essayai de prendre un air sérieux.

— Pas si gentille.

— C'est bon à savoir.

Je sentis un courant d'air froid quand la porte s'ouvrit. Je coulai un regard vers l'entrée et vis trois hommes entrer dans l'établissement déjà bondé. Ils saluèrent Quinn, qui leur répondit.

Les tequilas arrivèrent avec une petite assiette de quartiers de citron vert.

Quinn s'empara de la salière.

— Alors, c'est censé être la solution miracle, hein ?

— Je ne peux rien promettre avec un seul verre, mais nous allons essayer.

— À quoi buvons-nous ?

Je réfléchis.

— Aux nouveaux commencements.

— Ça me plaît. Aux nouveaux commencements !

Nous bûmes cul sec et mordîmes dans un quartier de citron.

Dix minutes plus tard, mon taxi n'était toujours pas arrivé, et nous venions de boire notre troisième tequila. Je décidai que Michael Quinn allait devenir mon nouveau meilleur ami. Il faisait partie de ma nouvelle vie. En d'autres termes, j'étais déjà passablement éméchée. Je n'avais jamais eu une très haute tolérance à l'alcool, alors ce n'était pas ma faute, d'accord ?

— À quoi buvons-nous, cette fois ? demanda Quinn d'une voix légèrement pâteuse quand la quatrième tournée arriva.

J'ignorais combien il avait bu de bières avant que j'arrive.

— À ma nouvelle vie, répondis-je.

— Votre nouvelle vie ? (Il leva son verre d'une main droite tremblante.) Pouvez-vous élaborer un peu, Sarah Dearly ?

Je hochai la tête.

— Eh bien, pourquoi pas ? À ma nouvelle vie, en tant que vampire, vie qui pourrait ne jamais s'achever. (Je portai un toast.) À ma nouvelle vie d'immortelle. Puisse mon plan retraite devenir colossal.

Quinn opina du chef.

— À Sarah, la nouvelle vampire.

Nous trinquâmes, et il avala sa tequila.

— Oui !

Je voulus l'imiter, mais la moitié du liquide atterrit sur mon tee-shirt.

Quinn posa un coude sur le bar, avec une prudence exagérée, afin de pouvoir s'appuyer à quelque chose.

— Vous ne devriez pas plaisanter à ce sujet, vous savez.

— Quel sujet ?

— Sur le fait d'être un vampire. Ce n'est pas un sujet de plaisanterie.

— Qui a dit que je plaisantais ? Je *suis* une vampire.

— Non, c'est faux.

— Pourtant, je vous assure… j'en suis une.

Un sourire stupide me fendit le visage alors que je regardais Quinn.

Il me regardait aussi, ayant visiblement beaucoup de mal à accommoder.

— Vous *êtes* une vampire ?

— Oui.

— Vous n'en avez pas l'air.

Je fronçai les sourcils.

— Et à quoi devrait ressembler un vampire, selon vous ?

— Je ne sais pas. (Quinn se pencha en arrière sur son tabouret pour m'étudier de la tête aux pieds.) Plus équilibré, je crois. Entièrement vêtu de noir. Et avec des dents pointues… ne devriez-vous pas avoir des crocs ?

Je changeai de position pour pouvoir croiser les jambes. C'est vrai qu'un pantalon de yoga rose et un tee-shirt blanc imprimé du mot « DIVA » en lettres pailletées ne criaient pas vraiment « créature de la nuit ». Je devais aller au centre commercial dès que possible pour me refaire une garde-robe.

— Le noir ne me va pas au teint : il me fait paraître bien trop pâle, expliquai-je. Et apparemment, les dents poussent avec le temps.

— Je vois.

Il sembla réfléchir à cela.

— Alors, vous me croyez ?

— Oui, dit-il. (Il fourra la main dans sa poche pour en tirer un pieu en bois, qu'il posa devant lui sur le bar.) Je vous crois.

Je dessaoulai à la vue du pieu qui était exactement identique à ceux que Dents Blanches et ses copains avaient utilisés la nuit précédente pour transformer Gordon en une mare sombre et visqueuse devant le cimetière.

Pauvre idiote.

Ma réaction initiale serait de me mettre à hurler, mais au lieu d'y céder, je me forçai à rire ; mais même moi je pus dire que mon rire sonna plus hystérique que léger.

— Ai-je dit que j'étais un vampire ? C'est tellement drôle ! Voyez-vous, je suis censée prendre ce médicament. Il est là, quelque part. (Je tapotai mes poches vides.) J'ai des hallucinations, vous comprenez. Des images et des idées bizarres flottent dans ma tête. Hier, je croyais être Marie-Antoinette.

— Ouais, dit Quinn. Des hallucinations. Bien sûr.

— Enfin. C'est génial de vous avoir rencontré. Merci pour la tequila. (Je tournai la tête vers les verres vides et mon bloody mary à moitié plein : ce n'était pas un choix si judicieux, après tout, maintenant que j'y repensais.) Je dois rentrer à l'hôpital psychiatrique, avant qu'ils se rendent compte de mon absence.

— Vous n'irez nulle part.

— Ah bon ?

Je grimaçai alors que mon regard allait de nouveau se poser sur le pieu terriblement pointu.

Pas bon. Pas bon du tout. Je commençai à me dire que Quinn ne serait finalement pas mon nouveau meilleur ami. Disons que c'était une intuition.

Il se pencha vers moi, et je pus sentir, dans tous les sens du terme, son haleine chargée d'alcool.

— Je tue les vampires, voyez-vous. C'est pour ça que je suis en ville. J'aime tuer les créatures démoniaques, et je le fais bien.

— Alors, c'est une très bonne chose que je ne faisais que plaisanter. À propos d'être une vampire, je veux dire. Allez, je m'en vais, maintenant.

Je voulus le contourner, mais son bras aussi dur qu'une barre de fer me bloqua le passage.

— Sortons, et faisons ça vite et bien.

Les yeux de Quinn s'étaient plissés. Ils étaient maintenant animés d'une lueur mauvaise, sans plus aucune trace de la camaraderie et de la séduction qu'ils irradiaient plus tôt.

Je jetai un coup d'œil autour de moi pour voir si quelqu'un pouvait m'aider, mais personne ne faisait attention à nous.

Je croisai le regard de Quinn.

— Je ne suis pas démoniaque. Pitié, ne me faites pas de mal !

Il secoua la tête.

— Dommage. Vous sembliez tellement normale. Si vous ne me l'aviez pas dit, je n'aurais jamais deviné.

— Ne pourrions-nous pas oublier ce fâcheux épisode ? demandai-je, pleine d'espoir.

— Non.

J'étais terrifiée. C'était la deuxième fois en deux nuits que j'étais prise au piège par un homme qui voulait me tuer. Je me demandais si c'était une sorte de record : cela faisait moins de vingt-quatre heures que j'étais une vampire, et j'allais être exterminée. Soudain, ces histoires d'immortalité me semblaient être beaucoup de bruit pour rien.

— Allons dehors, dit Quinn.

Je secouai vigoureusement la tête.

— Pas question. Je n'irai nulle part avec vous.

— Alors, ce sera plus salissant que prévu.

Je déglutis avec difficulté, et à ma grande honte, je dus admettre que des larmes coulaient sur mes joues.

— Que faites-vous de tous ces témoins ? Je pense qu'ils auront quelque chose à dire si vous commencez à me maltraiter.

Il regarda autour de lui, puis ses yeux revinrent se poser sur moi.

Son expression ne changea pas. Sans doute pensait-il que mes larmes étaient feintes. Ou bien c'était un connard. Je pariai sur la seconde option.

— N'importe où ailleurs, vous auriez eu raison. Mais vous avez été assez stupide pour entrer dans le repaire local des chasseurs de vampires. Je connais presque tous les hommes qui sont ici.

Mes yeux s'écarquillèrent. Le repaire local des chasseurs de vampires était juste en face du club de vampires secret de Thierry ? Alors, ça, pour une drôle de coïncidence !

Quinn m'attrapa douloureusement le bras, serrant si fort que je crus qu'il allait me démettre le coude ou l'épaule. Il ne prenait aucun risque. Pour autant qu'il sache, j'avais peut-être une force surhumaine de vampire.

Et il avait peut-être raison !

Je me concentrai pour me dégager et l'envoyer valser à travers la pièce.

Sans succès. Je n'avais pas de super force.

Zut !

Il se tournait vers la porte au moment où elle s'ouvrit. Un homme plus âgé, aux cheveux grisonnants, entra et darda sur lui son regard dur.

— Ah, te voilà enfin, dit-il. Il était temps que je te trouve.

Quinn ne relâcha pas sa prise, mais son expression changea à la vue du nouvel arrivant.

Celui-ci secoua la tête.

— Je ne veux pas entendre ce que tu as à dire. Tu me rends malade, mon garçon. Les autres sont dehors, à faire leur devoir, et tu es terré ici en compagnie d'une traînée locale.

J'ouvris la bouche pour protester, mais je la refermai immédiatement. Les traînées ne se faisaient pas massacrer à coups de pieu dans le cœur. Je décidai donc de lui laisser sa première impression.

— Mais, papa, je…, commença Quinn.

L'homme leva une main pour l'arrêter.

— Ferme-la, crétin. Tu es pathétique. On dit que tu es devenu un couard. Il n'y a pas de place pour les petits garçons terrorisés dans mes plans. Nous sommes ici pour annihiler les forces du mal et débarrasser la terre des démons une fois pour toutes.

— Je sais. (Quinn me regarda, et je vis de la haine dans ses prunelles.) C'est exactement ce que j'essaie de faire.

Son père combla la distance entre eux et l'attrapa par le devant de son tee-shirt, le poussant contre le mur. Quinn dut libérer mon bras.

— J'ai déjà bien assez honte de toi comme ça, alors n'aggrave pas ton cas, siffla son père. (Puis il se tourna brièvement vers moi, évitant presque de croiser mon regard, comme si cela l'aurait sali.) Vous. Sortez, si vous savez ce qui est bon pour vous.

— Mais, papa…

— Boucle-la, gronda son père.

L'expression de Quinn avait changé. Cela aurait pu être de la honte, mais pour moi, cela ressemblait beaucoup à du désespoir. Mais je m'en moquai.

Je reculai, cherchant la poignée de la porte à tâtons derrière moi. Quinn aurait pu annoncer à tout instant que j'étais une vampire, mais il ne dit pas un mot de plus. Son père ne lui en aurait pas laissé le loisir, d'ailleurs. Ces deux hommes avaient apparemment une relation pleine de tendresse… si on vivait en enfer.

Je me retournai et fis de mon mieux pour sortir dans la rue aussi calmement que possible. Mon taxi était finalement arrivé et il m'attendait. Je montai à l'arrière et faillis me pencher pour embrasser le conducteur sur la bouche, tellement j'étais contente de le voir. Mais je me retins. Il n'était pas mon type, de toute manière.

Non, mon type, c'était apparemment les hommes qui voulaient me tuer.

La semaine avait décidément bien mal tourné. Dieu merci, c'était vendredi !

Chapitre 6

Dès que le taxi me déposa devant mon immeuble, je courus vers l'ascenseur, montai jusqu'à mon appartement et fermai la porte à clé derrière moi.

Comme j'avais été stupide de donner mon vrai nom à Quinn ! Stupide. Stupide. Stupide.

La seule chose qui m'empêchait d'hyperventiler à l'idée de mon monstrueux manque d'intelligence, c'était l'ascendant que son père avait sur lui. Il ne laisserait sans doute pas mon nouvel admirateur hors de sa vue suffisamment longtemps pour qu'il puisse me chercher.

Du moins l'espérais-je.

J'étais tendue. Les muscles de mes épaules étaient noués. Normalement, j'aurais pris un long bain chaud, plein de bulles, avec la dernière édition de *Cosmopolitan* pour m'aider à recouvrer mon calme. Mais ce n'était pas le moment de se détendre. Pour autant que je l'imaginais, Quinn m'avait suivie à la maison et il serait bientôt là pour ajouter un peu de grain à mon régime. Du grain de bois, bien sûr.

Je jetai mon sac dans un coin de mon minuscule salon, puis je pensai à quelque chose et allai le ramasser. Je cherchai frénétiquement la carte de visite, mais il me fallut bien admettre que j'avais dû la perdre. Quelque part entre ici et le club des vampires.

Je pris le téléphone et appelai les renseignements. Ils me donnèrent le numéro de l'*Éclipse de Minuit*, sur Lakeside Drive. Je le notai sur un Post-it, que je collai sur la porte de mon frigo, puis je composai les chiffres sur mon téléphone sans fil.

J'appelais Thierry. Il saurait quoi faire.

Je laissai sonner une fois, puis raccrochai. Je ne pouvais pas faire cela. Il penserait que j'étais encore plus dingue qu'il le croyait déjà. Non, c'était mon problème. Il n'était pas question que je l'embête avec mes ennuis une fois de plus. Du moins pas avant la nuit suivante.

Je m'assis sur le canapé et allumai la télévision. Les infos de 23 heures se terminaient tout juste. Je zappai pendant un moment, puis j'abandonnai et éteignis le poste. Je croisai les jambes et attrapai l'un de mes gros coussins brodés pour le serrer contre ma poitrine, comme si c'était un ours en peluche. Si seulement il avait pu m'aider à chasser les monstres.

Excepté qu'à présent, c'était *moi*, le monstre. Je pris mentalement note de louer tous les films de vampire que je pourrais trouver pendant le week-end. J'avais besoin de matériel de recherche.

Tous les bruits, tous les craquements, même les sons qui me parvenaient de la rue, me faisaient sursauter. Je n'arriverais pas à dormir cette nuit. J'étais bien trop énervée. Mais c'était aussi bien. J'étais prête à réagir. Par instinct. À me protéger. À me battre pour rester en vie, et tout ça.

Personne n'allait se glisser jusqu'à moi sans que je le sache. C'était certain. Qu'ils essaient, pour voir !

Mais au bout d'une demi-heure, mes paupières commencèrent à se faire lourdes. Je luttai un moment, puis je les fermai. Serrant le coussin un peu plus fort, je m'endormis.

J'avais bu quatre tequilas et un demi-bloody mary, après tout. J'étais un vampire, pas une machine.

Quand je me réveillai, le soleil entrait à flots par la porte-fenêtre vitrée donnant sur mon balcon. Mes jambes étaient toujours sur le canapé, mais le reste de ma personne avait glissé, et mon visage était pressé contre la moquette beige. En plus, je bavais. Je devais offrir une vue plutôt dégoûtante.

Je me redressai tant bien que mal. Ma nuque était douloureuse d'être restée dans une position inconfortable si longtemps. Je dus me couvrir les yeux pour me protéger de la lumière aveuglante.

Quelqu'un frappait à ma porte, avec insistance. Qui cela pouvait-il être ? Avant d'arriver là, cette personne aurait dû sonner en bas.

À moins que…

Je me levai si précipitamment que j'en eus le vertige. J'avais presque oublié ce que qui s'était passé la nuit dernière. C'était Quinn. Il m'avait trouvée. Il était venu me tuer. Qu'allais-je pouvoir faire ?

Me défendre, voilà ce que j'allais faire ! Il était peut-être un chasseur de vampires complètement macho, mais c'était mon appartement. Je regardai autour de moi. Oui, *mon* petit cinquante-cinq mètres carrés, que je louais. Il n'y avait nulle part où se cacher, alors je supposai que la seule option, c'était de me défendre.

On frappa de nouveau. Le poids de la peur ajouta aussitôt dix kilos sur mes épaules. Je me dirigeai lourdement vers la cuisine et ouvris le tiroir à ustensiles. Il devait bien y avoir un couteau quelque part. Un *grand* couteau.

Je fronçai les sourcils. Non, je n'en avais aucun. Comment était-ce possible ? Quel genre de cuisinière étais-je donc ? Ah, oui, le genre qui commandait des plats tout faits.

Je me rabattis sur une pelle à tarte que l'on m'avait offerte et que j'avais trouvée moche. Elle était relativement pointue. Elle ferait sans doute l'affaire. Une fois, dans un film, j'avais vu quelqu'un se faire embrocher avec un épi de maïs. Ma pelle à tarte paraissait bien plus dangereuse que cela !

Il y eut un autre coup. J'approchai de la porte pour regarder par le judas.

Si je fais cela, est-ce qu'il va m'enfoncer son pieu dans l'œil ? L'image sanglante fut assez forte pour me faire reculer.

Juste un petit coup d'œil. Je regarde et je recule. J'espionne et je cours me cacher…

Serrant ma pelle à tarte, j'avançai jusqu'à la porte. Alors que je n'étais plus qu'à quelques centimètres, les coups reprirent, et je sursautai si fort que je faillis tomber à la renverse. Je lâchai un hurlement, je me plaquai aussitôt une main sur la bouche. La pelle m'échappa et fit un boucan d'enfer sur les carreaux en céramique.

Merde.

Le tambourinement cessa de nouveau.

— Sarah ? appela Amy à travers le battant. Tu es là ? Ouvre-moi !

J'écarquillai les yeux, et poussai un soupir si long et si fort qu'il aurait probablement réveillé les voisins… s'ils ne l'avaient pas déjà été par l'insistance de ma meilleure amie. Je tournai le loquet et appuyai sur la poignée.

Amy se tenait sur le seuil, se massant les articulations.

— J'étais malade d'inquiétude ! me gronda-t-elle, avant d'entrer dans l'appartement. Pourquoi n'as-tu répondu à aucun de mes coups de fil ?

— Je dormais.

— J'ai essayé de te contacter depuis ton départ du boulot, hier. Je t'ai appelée environ un milliard de fois. Je suis même passée hier, avant mon rendez-vous, mais tu n'étais pas là.

— Oh, dis-je en m'éclairant. Comment s'est passé ton rendez-vous ? Le dentiste, c'est ça ?

Elle fit la moue.

— Il a dit que j'avais besoin de porter des bagues. Cet homme n'est définitivement pas mon âme sœur.

— Quel dommage !

— À qui le dis-tu ! (Elle fronça les sourcils, et les coins de sa bouche peinte en rose tombèrent.) Hé, attends une minute, nous parlions de toi ! Pourquoi ne m'as-tu pas rappelée ?

— Je suis terriblement navrée. J'ai eu des tas de choses à faire.

Elle se jeta sur mon canapé dans un geste dramatique, et je décidai de faire du café. Le soir, c'était de l'alcool. Le matin, c'était de la caféine. C'était le yin et le yang de ma vie. Mes mains tremblaient alors que je mesurais la bonne quantité de café moulu.

Je me demandai si Amy avait déjà pris son petit déjeuner. Et je me rendis compte que je n'avais rien mangé depuis longtemps. Pas une seule bouchée depuis le repas mexicain en compagnie de Gordon. Je n'avais pas faim. Peut-être n'aurais-je plus jamais faim.

Amy m'observait en silence, mais pleine de curiosité, alors que le café passait. Je m'efforçai de ne pas croiser son regard. J'avais décidé de ne pas lui parler de mon petit problème. Du moins, pas tout de suite. J'ignorais comment elle prendrait la nouvelle que sa meilleure amie était devenue une vampire. Connaissant Amy, soit elle trouverait ça *cool*, soit elle s'enfuirait en courant et je ne la reverrais jamais. La dernière fois que j'avais annoncé que j'étais une vampire, j'avais failli me faire mettre en pièces. Bien sûr, je ne m'attendais pas à quelque chose d'aussi bizarre de la part d'Amy… Je ne sais pas. Ce n'était pas le bon moment, voilà tout.

Je nous versai une tasse à chacune et y ajoutai de la crème et du sucre : nous prenions notre café de la même manière. Son regard ne me quitta pas un instant alors que je lui tendais la sienne. Elle attendait mon explication. Normalement, nous nous disions tout ce qui se passait dans nos vies. Malheureusement, cette fois, ce ne serait pas le cas.

— Eh bien ? demanda-t-elle enfin, les sourcils haussés en une accusation silencieuse.

— Eh bien quoi ?

Je bus une gorgée. Le café me sembla insipide et il pesa lourdement au creux de mon estomac. Je posai ma tasse sur la table basse.

— J'étais inquiète pour toi.

— Je sais, tu l'as déjà dit. Je vais bien.

— Saunders refuse de parler de ce qui s'est passé. Pourquoi as-tu été virée ?

Je gardai le silence un moment, le temps de trouver une réponse logique.

— Elle n'aimait pas ma façon de travailler. Elle m'a mise à la porte. Fin de l'histoire.

Amy exhala bruyamment, et son éternel sourire joyeux réapparut.

— Je savais que c'était quelque chose comme ça ! Tu ne croiras jamais ce que certains racontent…

— Et que disent-ils ?

Elle secoua la tête.

— Tu ne veux pas savoir. Vraiment. Mais si j'étais toi, je ne m'approcherais pas de Sally de la compta, si tu vois ce que je veux dire…

Non, pas du tout, mais je ne posai aucune question. Je n'avais aucune envie de voir quoi que ce soit en rapport avec « Sally la sale ».

— D'accord, alors tu as été virée parce que Saunders est une salope.

— En gros, oui.

— Ça n'explique toujours pas où tu étais depuis hier, ni pourquoi tu ne m'as pas rappelée. Tu ne sais pas que c'est très grossier de disparaître quand des gens s'inquiètent pour toi ?

— Désolée, je… j'ai été ici et là. J'étais trop bouleversée pour répondre au téléphone. Je crois que je me suis apitoyée sur mon sort.

Elle buvait son café sans faire de commentaire sur son manque de corsé. Peut-être étaient-ce mes papilles qui déconnaient ?

Elle me regarda en plissant les yeux.

— Tu sembles différente.

— Vraiment ?

Je me passai aussitôt la main dans les cheveux.

— Oui. (Elle se pencha plus près.) En fait, tu es superbe.

Mes sourcils se haussèrent à ce commentaire.

— Tu me trouves superbe, donc pour toi je suis différente de ce que je suis d'habitude ? Merci !

Elle agita une main.

— Tu sais ce que je veux dire. Tu sembles tellement resplendissante. Ce bouton que tu avais sur la joue hier, eh bien, il a déjà disparu. Et… (Elle se pencha davantage.) Tu ne portes pas de maquillage, et tu n'as pas une tête à faire peur.

Je reculai un peu.

— Je suppose que j'ai bien dormi.

Amy écarquilla les yeux. Elle se leva si précipitamment qu'un peu de café déborda de sa tasse et atterrit sur moi.

— Je crois savoir ce que c'est.

— Qu'est-ce qui est quoi ?

— Pourquoi tu as l'air si radieuse. Je n'arrive pas à le croire, Sarah. Je ne peux pas croire que tu ne m'aies rien dit. (Sa lèvre inférieure tremblota.) Nous sommes censées être les meilleures amies, non ?

Je sentis que le peu de couleur qu'avaient encore mes joues s'effaçait. Comment avait-elle pu deviner si vite ? C'était une gentille fille, mais pas une lumière. Du moins, pas en temps normal.

— Je suis sûre que ce n'est pas ce que tu crois.

— Il n'y a pas d'autre explication. Tu disparais pendant une journée entière, et tu ne me rappelles pas. Et tu as l'air différente.

Elle attrapa son sac et commença à fouiller dedans. Je la regardai, incrédule. Bon sang, elle avait compris que j'étais une vampire et elle cherchait une arme! Je ne voulais pas me battre avec ma meilleure amie. Cela mettrait une mauvaise ambiance pendant notre voyage au Mexique. Ce n'était pas bon. Pas bon du tout.

Elle cessa de chercher pour lever les yeux sur moi.

— Tu l'es, n'est-ce pas?

Peut-être ferais-je mieux de l'admettre. Tout mettre sur la table.

Ou peut-être pas. Nier était une chose merveilleuse.

Je me levai.

— Je ne sais pas de quoi tu veux parler.

J'étais prête à lui sauter dessus, mais elle se contenta de sortir son poudrier. Le tenant mollement, elle se renfonça dans son siège.

— Tu es amoureuse, accusa-t-elle. Et tu n'as pas la décence de m'en parler. Je me sens tellement blessée.

— Je suis… amoureuse?

— Qui est-ce? Oh, attends, je suis sûre que ce genre d'information n'est pas pour moi!

J'étais si soulagée que je faillis m'évanouir. Elle pensait que j'avais disparu toute une journée et que j'étais superbe parce qu'un homme me faisait tourner la tête! Quoiqu'en y repensant, il avait bien fallu, pour que j'accepte de sauter de ce pont…

Je me renfonçai dans mon siège également alors qu'elle se poudrait le nez.

— Il n'y a personne, je t'assure. Si c'était le cas, tu sais que tu serais la première à le savoir. Je te promets que je suis toujours pathétiquement célibataire.

Elle m'étudia un long moment.

— C'est vrai?

— On ne peut plus vrai.

Elle referma son poudrier et le rangea dans son sac.

— Si j'ai ta parole, alors, je suppose que je te crois.

— Tu as ma parole.

Elle me fit un large sourire.

— Alors, il faut absolument que nous allions au centre commercial pour fêter ta libération de ce boulot sans avenir ! Qu'en penses-tu ?

C'était une excellente idée. J'avais envie de sortir, peu importait où nous irions. Après la nuit que je venais de passer, mon appartement me rendait claustrophobe.

J'enfilai rapidement un jean et un pull bleu foncé orné d'un petit Titi sur le devant. Puis je pris ma veste et mon sac, tout cela en moins de dix minutes. Ce devait être un record.

Le Eaton Centre était à quatre stations de métro, et il était accessible par le PATH. Je trouvai la lumière trop vive dans le centre commercial et décidai de garder mes lunettes de soleil. Amy crut que j'essayais de rester incognito, au cas où nous aurions rencontré quelqu'un de l'agence. Je voulais juste ne pas devenir aveugle. Heureusement, le ciel commençait à se couvrir. Le bulletin météorologique prévoyait de la neige dans la soirée.

Je vis Amy sortir sa carte bleue pour se payer une paire de boucles d'oreille en diamant. J'en fus tellement jalouse. Si j'avais toujours eu mon job, j'aurais peut-être pu faire la même chose, mais dorénavant, je devais faire des économies. L'argent que j'avais devrait durer… du moins jusqu'à ce qu'il n'en reste plus.

Nous achetâmes à déjeuner sur place. Je n'avais toujours pas faim, mais je pris quand même un plat mexicain : *burritos* nappés de crème aigre, et haricots refrits. Et un Coca light pour arroser le tout. C'était l'un de mes menus préférés. Mais après la première bouchée, je dus admettre que tout me semblait bien fade et pesait sur mon estomac. Je repoussai mon assiette.

Amy me regarda jouer avec la nourriture devant moi d'un air absent, tandis qu'elle mangeait son cheeseburger accompagné de frites. Puis je la vis poser son sandwich et le couvrir d'une serviette en papier.

— Tu as raison. Nous ne devrions pas manger ça. C'est bien trop calorique.

Du coin de l'œil, je vis quelqu'un approcher de notre table et venir s'asseoir à côté de moi. Il y avait du monde, et les places libres étaient rares, mais je ne pensais pas que nous aurions dû partager notre table. La personne aurait au moins pu nous demander avant de s'installer. C'était très grossier !

Je me retournai pour voir de qui il s'agissait, et un halètement me resta coincé en travers de la gorge.

C'était Quinn.

Il me regardait, le visage fendu par un large sourire.

— Crois-tu au destin, Sarah ? Ou bien n'est-ce qu'une coïncidence que nous nous rencontrions de nouveau, si vite ?

J'ouvris la bouche, mais il n'en sortit pas un son.

Il regarda Amy.

— Et vous êtes ?

— Amy, répondit-elle sans hésiter.

— Moi, c'est Quinn, dit-il, et il hocha la tête à mon adresse. Un excellent ami de Sarah. N'est-ce pas ?

Je déglutis et jetai un coup d'œil à Amy. Elle souriait toujours, mais son regard était accusateur. Elle pensait qu'il s'agissait de mon mystérieux amant.

Comment avait-il pu me retrouver si facilement ? Ça, c'était le vrai mystère. Peut-être était-ce bien un tour du destin. J'en étais malade. Il n'avait pas besoin de venir à mon appartement. Je lui avais mâché la tâche en venant me mettre sur sa route.

J'étais morte.

Chapitre 7

— Je vais m'en aller.

Amy se leva de table, passa son sac sur son épaule et me jeta un regard noir.

Je lui renvoyai un air désolé, mais je n'essayai pas de la retenir. Il n'y avait pas de raison qu'elle soit blessée, elle aussi.

— Je t'appellerai.

— Fais ce que tu veux. (Elle tourna son sourire forcé vers Quinn.) Ravie de vous avoir rencontré.

— De même.

Elle allait partir, pourtant elle semblait hésiter.

Bien, Amy, pensai-je. *Fais un truc courageux. Fais une scène. N'importe quoi, ce sera super.*

Elle pivota sur les talons, et sans croiser mon regard, elle prit le reste de son cheeseburger, enveloppé dans des serviettes, et le fourra dans son sac.

Puis ma meilleure amie depuis quatre ans m'abandonna entre les griffes d'un chasseur de vampires, dont le pieu avait mon nom gravé dessus.

Quinn regarda Amy s'éloigner jusqu'à ce qu'elle ne soit plus qu'un point rose qui entrait dans une boutique de vêtements, à l'autre bout de la galerie. Acheter, c'était une thérapie, quand votre meilleure amie vous avait trahie.

Il se tourna de nouveau vers moi avec un large sourire.

— Alors, où en étions-nous ?

J'inspirai par le nez, doucement, et expirai tout aussi lentement par la bouche. Je pouvais garder le contrôle. Je n'allais pas lui montrer combien j'avais peur.

— Avant ou après que tu aies décidé de me tuer ?

— Je pense que nous en sommes restés au moment où je décide de te tuer.

Je pris une autre profonde inspiration.

— En fait, je pense que nous en sommes restés au moment où ton papa t'a donné la fessée parce que tu avais été un vilain petit garçon.

Son sourire trembla un peu, et il prit un moment avant de répondre.

— C'est un homme difficile à satisfaire.

Je haussai les épaules.

— Tes problèmes de famille ne sont pas mes affaires.

— C'est vrai, tu as raison.

Je m'efforçai de la fermer et de ne pas envenimer les choses, mais ma bouche refusa de m'écouter.

— Alors, dis-je, ta maman aussi te donne la fessée, ou c'est juste ton papa ?

Cette fois, son sourire ne fit pas que trembler, il disparut.

— Ma mère est morte.

— Oh. (Mon estomac se serra.) Je suis désolée.

Pourquoi m'excusais-je ? J'avais tendance à mettre les pieds dans le plat. M'excuser était juste un réflexe.

— Oui, poursuivit-il, même si j'aurais préféré qu'il se taise. Quand j'étais enfant, elle a été tuée par l'un des tiens.

— Une secrétaire ? proposai-je.

— Un vampire. Un monstre assassin, vicieux et sans cœur comme toi.

— Tu m'as mal cernée. Tu ne me connais même pas.

— J'en sais assez.

— Écoute, je suis navrée pour toi, vraiment. Mais je ne suis pas ce que tu crois.

Il secoua la tête.

— Tu es nouvelle. Je comprends ça. Mais ça ne change rien. Tu es l'une d'*eux*. Mon seul but dans la vie, c'est de débarrasser le monde des choses dans ton genre.

Je plissai les yeux.

— Je n'apprécie pas vraiment d'être traitée de « chose ». C'était quand, la dernière fois que tu as eu une conversation avec une femme ? Je veux dire, sans avoir eu besoin de lui donner ton numéro de carte bancaire ?

Il me foudroya du regard.

— Tu as une langue acerbe.

Je soupirai.

— Écoute, je veux juste que tu t'en ailles et que tu me laisses tranquille. Que dois-je faire pour ça ?

— Ne pas être une vampire.

— C'est donc la seule qualification requise pour ne pas finir du mauvais côté d'un pieu ? Que penses-tu du fait que je suis totalement innocente ?

— Innocente, ricana-t-il. Aucun vampire ne l'est.

— Oui, moi je pensais que tous les vampires étaient dangereux et sexy. Ça m'est passé très vite.

Il haussa un sourcil.

— Tu n'es pas dangereuse et sexy ?

Je marquai une pause pour l'étudier. Bon, que faisait-il, là ? Il me menaçait ou il flirtait avec moi ?

Je regardai autour de moi. La cour des restos était bondée et bruyante. Un gamin venait de faire tomber son cornet de glace et braillait à pleins poumons à deux tables de la mienne.

— J'ai une question, Quinn.

— Laquelle ?

— Ta mère serait-elle fière de toi ?

— Quoi ?

Le mot claqua comme un coup de feu.

— Ta mère, répétai-je. Serait-elle fière que tu tues des femmes sans défense et innocentes, au nom de la vengeance ? J'en doute, vois-tu. Elle aurait probablement honte que tu sois son fils.

Je saisis ma chance, sachant que c'était tout ce que j'avais. D'un geste rapide, je lui jetai mon plateau à la figure, frappant aussi fort que je le pus. Mes haricots refrits, auxquels je n'avais pas touché, l'atteignirent en plein dans l'œil droit. Cela allait piquer ! Il se leva d'un bond, glissa sur les aliments et la boisson renversés, et tomba. J'attrapai mon sac et courus aussi vite que possible à travers la foule, quittant la cour où étaient rassemblés les restaurants.

On pourrait croire qu'avec toutes mes courses folles, dernièrement, j'avais opté pour de bonnes chaussures. Grossière erreur ! Je portais des plates-formes une taille trop petite, avec un talon de cinq centimètres. Elles étaient d'enfer avec mon jean, mais c'était au prix de tout confort.

Je poussai la première porte donnant accès au sous-sol et dévalai une volée de marches, dédaignant l'entrée du métro. Le PATH était pratiquement désert le samedi après-midi, puisqu'il visait davantage les travailleurs du lundi au vendredi. Il y avait bien quelques badauds, des gens qui faisaient du lèche-vitrines, même si elles étaient noires, la majorité des boutiques étant fermées.

Je jetai un coup d'œil par-dessus mon épaule sans ralentir. Quinn était sur mes talons, se frottant les yeux. J'espérai qu'il ne connaissait pas aussi bien les lieux que moi. Mais d'un autre côté, il était plus rapide et me rattraperait sans doute avant que j'aie pu le semer. Ce n'était pas bon.

Je jurai que si je m'en sortais, je ne porterais plus que des Nike. Des chaussures pratiques. C'était ma promesse aux forces supérieures.

Je tournai à gauche. Directement en face de moi, il y avait la porte à tambour d'une tour d'entreprise. J'entrai, puis je me retournai pour l'attraper à mi-parcours. J'avais bien vu mon coup. Quinn n'eut aucune chance de stopper à temps et il rentra tête la première dans la vitre propre, avant de retomber en glapissant.

Il cria mon nom, comme si cela suffirait à m'arrêter. Je ne ralentis même pas. Je pris une autre double porte. Malheureusement, cette fois, elles n'étaient pas à tambour. Les tunnels s'étiraient à l'infini et se ressemblaient tous. J'étais près de la sortie sur Dundas Street. Je passai devant une vitrine dans laquelle un mannequin portait une très jolie robe. Je pris mentalement note de l'adresse et continuai à courir.

Je pouvais entendre Quinn derrière moi, qui se rapprochait. Sa respiration était laborieuse. Je jetai un petit coup d'œil dans sa direction, et faillis paniquer quand je vis le pieu dans sa main. S'il me rattrapait, il me tuerait, pas de doute.

Le couloir sur ma gauche portait une pancarte disant « en construction ». Je sautai par-dessus les bandes interdisant l'entrée et le regrettai immédiatement. Un mur se dressait à peine vingt pas devant. Une impasse. Qu'avais-je cru qu'« en construction » signifiait ? J'allai aussi loin que possible.

Quinn apparut et m'emboîta le pas. Il me regarda droit dans les yeux, le souffle court, et secoua la tête.

— Bien essayé.

Bizarrement, je n'étais pas du tout essoufflée. Endurance physique. Je pris note que c'était un autre avantage à être une vampire. Malheureusement, puisque j'allais mourir, cela ne me servirait pas.

— Pourquoi n'allons-nous pas boire un café pour en parler ? demandai-je. C'est moi qui offre.

— J'aime ça, que tu n'abandonnes jamais. J'aimerais presque pouvoir dire oui.

Il avançait toujours vers moi et il ne fit pas mine de ranger son pieu.

— Oublie le café. (Je commençais à paniquer. Je devais continuer à parler.) Allons prendre quelques tequilas. Nous nous sommes bien amusés, la nuit dernière, non ?

Il marqua une pause.

— Oui.

— Il y avait une connexion entre nous, tu ne penses pas ?

Je le regardais droit dans les yeux, mais le pieu dans sa main m'empêchait de me concentrer.

— Tu veux dire que nous devrions oublier nos différences pour être amis ?

Je hochai la tête.

— C'est exactement ça.

— Tentant, répondit-il lentement. Mais non. Je sais ce que j'ai à faire, que je le veuille ou pas. Navré, mais il est temps de se dire adieu.

Je me pressai contre le mur et lâchai un petit cri terrifié. Il fit encore un pas, et leva son arme. Je plongeai mes yeux dans les siens si bleus. Il n'avait pas une expression démente, comme Dents Blanches. Quinn n'éprouvait aucun plaisir à faire cela. Il sentait que c'était son devoir. Son boulot. Nettoyer les ordures, même si cela puait.

Je n'aimai pas être comparée à des ordures, mais d'un autre côté, c'était ma propre analogie.

J'écarquillai les yeux.

— Ne fais pas ça.

— Je suis désolé, Sarah.

Une forme noire poussa Quinn par le côté. Il tomba lourdement, et son pieu lui échappa. Je haletai. Que venait-il de se passer ?

Quelqu'un clouait Quinn au sol, lui levant les bras au-dessus de la tête, à califourchon sur lui. L'homme tourna la tête vers moi. Il était d'âge moyen, avec une grosse bedaine et une barbe. Il portait un costume gris qui devait coûter très cher.

— Tu vas bien ? demanda-t-il.

Je luttai pour recouvrer ma voix.

— Je crois.

— Tu as de la chance que nous ayons été là.

Quinn essayait de se dégager, mais l'impact avec le sol lui avait coupé le souffle.

— Laissez-moi me relever ! Cette histoire ne vous regarde pas !

L'homme le foudroya du regard.

— Ce sont mes affaires quand quelqu'un veut du mal à la nouvelle petite amie du maître.

La nouvelle quoi du maître?

Un autre homme tourna au coin.

— Dan! Ah, te voilà. Que s'est-il passé?

Quinn se débattait toujours; Dan lui cogna la tête contre le sol pour le calmer.

— Un tueur de vampires, dit-il à son ami. Il s'en prend à une nouvelle en plein samedi après-midi. Aucun respect!

— Monstres, gémit Quinn. Vous êtes tous des monstres.

— En fait, je suis avocat, dit Dan. Alors, on m'a traité de bien pire.

J'étais surprise.

— Oh? Vous n'êtes pas un vampire?

Dan leva les yeux sur moi.

— Si, je suis aussi un vampire. Mais être avocat paie les factures. Je ne pouvais pas laisser toutes ces années d'études être gâchées, après tout.

Son ami se rapprocha. Il me toucha le bras, et je tressaillis.

— Tu es sûre que ça va?

— Oui, ça ira. Dans quelque temps. Éventuellement. (Je montrai Quinn d'un hochement de la tête.) Qu'allez-vous faire de lui?

— Ne t'inquiète pas pour ça.

La façon dont Dan dit cela était pleine de menace. « Ne t'inquiète pas pour ça » devait se traduire en « nous allons le découper en petits bouts sanguinolents et le jeter dans les toilettes les plus proches ». Mais peut-être était-ce mon interprétation. Je l'espérais, en tout cas.

Je regardai l'ami de Dan, qui me montra ses crocs pointus dans ce qui devait être un sourire amical. Ces dents me semblaient plus longues qu'une minute plus tôt.

— Tu ferais bien de partir maintenant, ma jolie.

Mon estomac se serra. Merde. Ils allaient le tuer. Je voulais ne rien ressentir. Après tout, Quinn avait essayé de m'exécuter deux fois, et je n'avais pas envie de savoir quelles autres exactions il avait commises depuis son arrivée à Toronto. Mais je suppose que c'est ce qui nous différenciait. Même après ce qu'il avait essayé de me faire, je ne voulais pas qu'il soit blessé. Je souhaitais simplement qu'il me laisse tranquille.

— Ça devrait envoyer un message clair aux chasseurs, dit Dan à Quinn. Vous et vos amis avez pourchassé ma femme, la semaine dernière. Nous venions de nous marier.

— Et alors ? cracha Quinn. Je suis sûr que cette garce l'avait mérité.

Un grondement sourd émana de la gorge de Dan.

J'en étais malade. Je ne voulais pas partir. Je voulais aider Quinn. Mais même si j'y parvenais, alors quoi ? Devais-je me bercer d'illusions et croire qu'il me pardonnerait pour ce qu'il voyait comme un défaut rédhibitoire ? Non. Il essaierait encore de m'éliminer. Il était du genre têtu.

L'ami de Dan s'agenouilla près de lui, attrapa la tête de Quinn et la tourna, exposant son cou.

Puis je l'entendis, ce son qui me hanterait. Le bruit de crocs qui s'enfoncent dans la chair tendre et les muscles.

Le cri bref et plein de terreur de Quinn. Je me plaquai une main sur la bouche. Pourquoi n'avait-il pas supplié qu'ils lui laissent la vie sauve ? Pourquoi les avait-il nargués ainsi, insistant sur le fait qu'il était directement ou indirectement responsable de ce qui était arrivé à la femme de Dan ?

Dan me regarda de nouveau. Ses yeux étaient si sombres qu'ils semblaient entièrement noirs. Ses lèvres étaient retroussées sur ses dents. Sa bouche était couverte de sang. Je reculai d'un pas en tremblant.

— Ouste ! dit-il, avant de se retourner vers Quinn.

Incapable de penser, je tournai les talons et courus loin d'eux. Je sortis du couloir en construction. Je fuis la scène dont je venais d'être témoin. Si seulement je pouvais l'éjecter de mon esprit. Oublier ce que j'avais vu, mais c'était imprimé dans ma tête comme un Polaroid horrible.

Poussant la porte des toilettes publiques les plus proches, je me précipitai dans un box et essayai de vomir. Mais il n'y avait rien à purger. Mon estomac était vide.

Je me dirigeai vers le lavabo et m'aspergeai le visage à l'eau froide, puis je me regardai dans le grand miroir. Il y avait quelque chose dans mes yeux – une folie, une peur profonde – que je n'y avais jamais vu, et je n'aimai pas cela. Il y avait également autre chose, quelque chose qui n'était pas normal au sujet de mon reflet. Je le regardai fixement, puis je compris.

Je pouvais voir la porte du box derrière moi.

Je clignai des yeux et les focalisai. Oui. Ce n'était pas flagrant, mais je pouvais voir ce qui était derrière moi à travers mon reflet. Même le graffiti sur le battant : « Johanna aime Tony. »

Mon estomac se serra plus fort. Ce n'était pas censé arriver si vite. Pas encore. J'avais toujours un reflet, mais il commençait déjà à s'effacer.

J'étais une vampire. Pour de vrai.

Un monstre assassin, vicieux et sanguinaire.

Mes genoux se dérobèrent, et je m'évanouis sur le sol crasseux des toilettes pour dames.

Chapitre 8

Une femme de ménage me poussa du bout de sa chaussure confortable. Je clignai des paupières et la regardai.

— Vous avez besoin d'une ambulance ? demanda-t-elle dans un anglais hésitant.

Je cherchai mon sac à tâtons et me relevai lentement, en tremblant.

— Non.

— Vous êtes droguée ?

— Non, pas de drogue.

Elle haussa les épaules et recommença à laver le sol.

Pendant combien de temps avais-je été inconsciente ? Pas très longtemps. Mon visage était encore humide de l'eau avec laquelle je l'avais aspergé.

Je quittai les toilettes sans savoir où aller. Je laissai mes pieds décider pour moi. Ils choisirent de monter dans le premier métro. Il ne me ramenait pas à la maison. Nous allions à l'*Éclipse de Minuit*.

Le quartier avait l'air différent, en fin d'après-midi. Il me parut encore plus miteux, ce qui ne m'aurait pas semblé possible. J'essayai la porte de devant, mais elle était close. Il y avait une pancarte accrochée derrière la porte, disant : « fermé ». Cela ouvrait à 9 heures, et ils ne parlaient sans doute pas du matin.

Je frappai quand même.

Je ne pouvais pas rentrer chez moi. Je ne pouvais pas être seule. Rester seule aurait signifié repenser à ce que je venais de voir. J'avais laissé un homme mourir et je n'avais pas dit un mot pour le sauver. Je me sentais tellement coupable que j'avais l'impression que cela me dévorait vivante.

Il avait été tué par des vampires. Des vampires comme moi.

Non, *pas* juste comme moi. Je passai la langue sur mes dents du haut. Elles me semblèrent normales. Aucune n'était plus pointue que d'habitude. Et c'était exactement tel que je les aimais.

Je frappai de nouveau, mais personne ne répondit. Je me dis qu'il y avait sûrement une porte de derrière, alors je contournai le bâtiment. Une grosse poubelle verte vomissait son trop plein dans la neige fraîchement tombée. Il y avait bien une porte rouge, mais elle n'avait pas de poignée.

Je frappai à celle-là aussi, à me faire mal aux articulations. Puis j'attendis quelques minutes, avant de recommencer.

Au bout d'un moment, je me retournai pour partir. Mes joues étaient humides à cause de la neige. Oui, c'était elle qui fondait sur ma peau. Je ne pleurais pas. Sûr.

La porte fit un « clic » dans mon dos, et je pivotai vivement. Elle s'ouvrit, et Thierry me regarda.

— Oh, c'est vous, dit-il.

Je courus vers lui et le serrai très fort, sanglotant comme un bébé, dans sa chemise noire. Il ne me rendit pas mon étreinte, mais il me conduisit à l'intérieur et referma derrière nous. Je pouvais sentir son vague inconfort, mais il attendit patiemment que je cesse de gémir et de m'accrocher à lui.

Enfin, je le lâchai et levai des yeux rouges et gonflés sur lui.

— Vous n'étiez pas supposée revenir avant ce soir, dit-il.

Je ne répondis pas. Même si je l'avais voulu, j'en aurais probablement été incapable. Je continuai à river sur lui mes prunelles humides, et il finit par hocher la tête.

— Très bien. Vous pouvez rester, puisque vous êtes ici. Personne d'autre n'est encore arrivé. Nous n'ouvrons pas avant 18 heures.

Il m'emmena dans un petit bureau. Il y avait un canapé très semblable à celui de son salon. J'y grimpai et appuyai ma joue contre le cuir frais. Je commençai à me calmer un peu. Je me sentais en sécurité, ici. Avec Thierry. Il me regardait, attendant que je lui explique pourquoi j'avais interrompu son face-à-face avec lui-même. Mais je n'étais pas encore prête à en parler. Alors que la peur refluait, elle laissait derrière elle comme une épaisse couverture d'épuisement.

Tout ce que je voulais, c'était fermer les yeux. Ne plus rien voir. Me lever plus tard et comprendre que tout cela n'avait été qu'un horrible cauchemar.

La douleur me réveilla. C'était comme une lame chauffée au rouge qui s'enfonçait dans tout mon corps. Je m'assis trop vite, et le mouvement soudain m'obligea à me plier en deux.

J'eus un bref instant de répit pour rassembler mes esprits, avant que la seconde vague frappe. Je glissai du canapé avec un sentiment de déjà-vu et lâchai un râle.

Ou plutôt un couinement. Non, c'était davantage un cri qui s'était coincé en travers de ma gorge parce que je n'avais plus d'air.

Je décidai, enfin, et formellement, alors que je me tordais de douleur sur le sol du bureau de Thierry, qu'être un vampire craignait. J'aurais voulu que Gordon soit toujours en vie pour pouvoir le tuer moi-même parce qu'il m'avait fourré dans ce pétrin.

La porte sur ma droite s'ouvrit, et je levai les yeux. Thierry entra et me regarda avec inquiétude. Il avait un couteau dans une main et un verre d'eau dans l'autre.

Il allait me préparer un « spécial bleu ».

Je me fichai bien désormais que ce soit du sang. Sang humain, sang de vampire, sang de porc… ou même du sang de hamster. *Allez, viens voir maman.*

Une autre vague me secoua jusqu'au tréfonds de moi-même et je criai de nouveau. Thierry secoua la tête, marmonnant quelque chose comme :

— Trop longtemps. Je n'aurais pas dû la laisser dormir si longtemps.

Il passa la lame sur son poignet. Dès que le liquide écarlate apparut, je griffai sauvagement le siège en cuir derrière moi. Il prit le verre d'eau qu'il avait posé sur sa table au moment où j'agrippai le bas de sa chemise. Le verre lui échappa et explosa en mille morceaux sur le sol.

Je me soulevai un peu pour pouvoir attraper son poignet blessé et, comme par instinct, je le portai à ma bouche. Il haleta de surprise quand mes lèvres entrèrent en contact avec sa blessure.

Dès que son sang toucha ma langue, la douleur s'évanouit comme si elle n'avait jamais existé. Ce fut comme un grand verre d'eau fraîche après avoir souffert de la soif dans le désert pendant un mois. Ce fut comme du bon champagne, des fraises à la crème, de la sauce au chocolat sur de la glace à la vanille Bourbon, de l'ambroisie, nourriture des dieux. Choisissez.

Son bras se raidit un instant, puis Thierry se détendit peu à peu alors que je buvais. Je levai les yeux et m'avisai que les siens étaient sombres et mi-clos. Il avait une expression insondable sur le visage.

« Il y a une raison pour que les vampires aussi vieux que moi ne créent pas d'autres vampires. »

Je fis courir ma langue contre son poignet alors que ses paroles me revenaient en mémoire, ces mots qu'il avait dits la veille. Je me serais sans doute interrogée, si j'avais encore pu réfléchir. Mais je ne pensais plus. Du moins pas de manière rationnelle.

Nos regards restèrent soudés pendant ce qui sembla une éternité. Puis, lentement, très lentement, son expression changea et il reprit ses esprits.

— Assez, Sarah.

Sa voix était rauque.

Assez ? pensai-je. *Non, pas encore. Juste un peu plus.* Je me sentais comme Oliver Twist : « S'il vous plaît, monsieur, j'en veux encore. »

Il grogna alors qu'il essayait de se dégager ; je devais le serrer plus fort que je le pensais.

— Assez, répéta-t-il, autoritaire.

Il m'obligea à me relever et, plaçant une main sous mon menton, il me força à détacher ma bouche de son poignet.

Je me sentais toute drôle, j'avais un peu le vertige. Je regardai Thierry, sentant encore son goût sur mes lèvres.

À voir son expression sinistre, je me dis qu'il allait me repousser et sortir de la pièce en vitesse.

Mais au lieu de cela, il m'agrippa par les épaules et m'attira contre lui, puis il broya mes lèvres sous les siennes, me buvant comme je l'avais bu plus tôt. Je l'enlaçai, enroulant mes bras autour de sa taille, et lui rendis son baiser… si profond, oh si profond, que je crus que j'allais me noyer.

C'était seulement alors qu'il me repoussa pour sortir en vitesse du bureau.

Je chancelai jusqu'au canapé, à reculons, et je m'y laissai tomber lourdement, essayant de respirer aussi normalement que possible. Je portai mes doigts à mes lèvres, encore sous le choc de ce qui venait de se passer.

D'accord, être une vampire, ce n'était peut-être pas si mal, après tout. Le jury délibérait toujours.

Quelques minutes passèrent avant que j'entende un léger coup frappé à la porte. Je relevai la tête, m'attendant à voir Thierry. J'ignorais ce que j'allais lui dire. « Merci pour le coup à boire » ? « Vous embrassez terriblement bien » ? Rien de ce que j'aurais pu prononcer n'aurait été un tant soit peu intelligent. Heureusement, je n'eus pas à y réfléchir, puisque ce n'était pas lui.

Une rousse au visage parsemé de taches de rousseur passa la tête dans la porte entrouverte et cligna des yeux en me voyant. Elle avait l'air d'une adolescente.

Elle me sourit.

— Salut.

Je m'assurai être la seule personne dans la pièce avant de répondre :

— Salut.

— Sarah, dit-elle.

— C'est drôle, c'est aussi comme ça que je m'appelle.

J'essayais de plaisanter. Elle trouva cela plus qu'un petit peu drôle et rejeta la tête en arrière pour lâcher un rire caquetant, qui me dévoila ses crocs et réussit à me faire un peu peur. J'allais devoir ajouter à ma liste de phobies : « vampires adolescentes rousses et bruyantes. »

— Non. *Tu* es Sarah. Moi, c'est Zelda.

— Zelda ?

— Oui.

J'ignorais quoi ajouter. Étions-nous censées avoir une conversation ? Je ne me sentais pas d'humeur bavarde pour le moment.

— Thierry m'a appelée pour me demander d'apporter des vêtements pour toi.

Le reste de sa personne apparut de derrière le battant, et elle entra. Elle portait une jupe noire et un chemisier vert émeraude. On aurait dit qu'elle avait emprunté la tenue à sa mère. Elle me tendit une brassée d'habits pliés, mais je ne les pris pas. Je me contentai de les regarder avec un air interrogateur, tout en me levant. Je ne ressentais plus aucune douleur. En fait, j'étais dans une forme éblouissante, tout bien considéré.

— Pourquoi Thierry t'a-t-il demandé de m'apporter des vêtements ?

Elle eut l'air d'hésiter.

— Hum, parce que tu es de service ce soir, et… euh… les jeans ne font pas partie de l'uniforme. Mais j'aime bien ton pull.

Je touchai le Titi sur ma poitrine d'un geste absent.

— Tu plaisantes, hein ? Je suis de *service* ?

— Non, je ne plaisante pas.

Je pris le temps d'inspecter les vêtements. Elle mesurait cinq centimètres de plus que moi, mais nous avions les mêmes mensurations. Si ces habits lui appartenaient, ils devraient m'aller. Une jupe et des collants noirs, des escarpins et un chemisier rouge à manches longues. Ils n'étaient pas à mon goût, mais ils feraient l'affaire.

Je fronçai les sourcils.

— Qu'est-ce que tu veux dire exactement par : « tu es de service » ?

Zelda haussa les épaules.

— Pour servir aux tables. Thierry a dit que tu allais nous aider, ce soir.

Mes sourcils se haussèrent, et une vague brûlante d'agacement monta en moi.

Quel culot ! Nous avions passé un accord. Il devait m'apprendre à me faire à la vie de vampire sans que je me fasse tuer, et en retour je l'utilisais pour obtenir toutes les informations nécessaires avant de retourner à ma vie normale. Quelle partie n'avait-il pas bien saisi ? D'accord, peut-être n'avais-je pas été très claire concernant certains détails, mais je n'avais jamais donné mon accord pour jouer les serveuses dans son club de vampires.

Je secouai la tête.

— Impossible. Ma carrière de serveuse est derrière moi depuis très longtemps. Je détestais ce boulot, alors, et je refuse d'y replonger.

Zelda me considéra un moment, puis elle éclata en sanglots.

— Mais… il a dit… que tu… nous aiderais.

Je levai les deux mains pour la calmer. Que venait-il de se passer ?

— Désolée, dis-je en lui tapotant maladroitement l'épaule pendant qu'elle pleurait. Je n'ai rien contre le métier de serveuse. C'est une belle et noble profession. Elle n'est juste pas faite pour moi. Ça n'a rien de personnel. Merci pour les vêtements.

— Non, ce n'est pas ça. C'est juste… juste…

— « Juste » quoi ?

— Ralph ! gémit-elle.

— « Ralph » ? Qui est Ralph ?

— Ralph est mort !

Je secouai la tête.

— D'accord, Zelda. Respire un grand coup et dis-moi de quoi tu parles.

Les grandes eaux ralentirent un peu.

— Ralph était serveur ici. Jusqu'à ce soir. Il est mort. Les chasseurs l'ont eu.

— Oh, navrée.

Qu'aurais-je pu dire de plus ? Un autre venait de mordre la poussière.

Elle renifla bruyamment et frotta le dos de sa main contre son nez.

— Il pensait qu'il vivrait éternellement.

— Eh bien… il était immortel, non ?

— Il refusait de croire que quoi que ce soit de mal pouvait lui arriver. Et pourtant c'est le cas.

— Ça craint.

— Alors, ce ne sera pas pour toujours, tu vois ? Juste le temps de lui trouver un remplaçant. Thierry a dit que tu n'y verrais pas d'inconvénient.

— Oh, il a dit ça, hein ?

Zelda m'adressa un air plein d'espoir. Génial. À présent, si je refusais, j'allais me sentir coupable. J'avais assez de culpabilité à affronter pour la journée sans en ajouter encore. Je soupirai.

— D'accord, mais c'est juste pour ce soir.

Un sourire radieux chassa les larmes de Zelda.

— Merci. Je suis au bar, alors nous pourrons bavarder encore.

— Super. (Tout enthousiasme percevable dans ma voix était feint.) Alors, tu peux servir de l'alcool, hein ? Je croyais qu'il fallait avoir dix-neuf ans.

— Aucun problème, dit Zelda. Puisque j'ai fêté mes trois cent dix-neuf ans mardi dernier.

— Oh. (Je marquai une pause pour assimiler l'information.) Euh, joyeux anniversaire ?

— En fait, j'ai arrêté de les fêter quand j'ai atteint deux cents ans. (Elle gagna la porte.) Je serai au bar. Si tu as des questions, n'hésite pas.

— D'accord. Merci.

Je regardai la barmaid rousse vieille de plus de trois siècles sortir, et je secouai la tête. Les apparences pouvaient être si trompeuses.

Et me voilà, embarquée à jouer les serveuses à la place d'un vampire mort qui avait répondu au nom improbable de Ralph. Dans un sens, c'était peut-être une bonne chose que j'aie trouvé à m'occuper. Cela m'empêcherait de penser à ce qui s'était passé dans les sous-sols. Je pouvais très bien me fondre dans la jungle des créatures de la nuit qui aimaient les clubs enfumés et les chanteuses jazzy aux cheveux noirs. Peut-être en apprendrais-je davantage sur les chasseurs et comment échapper au sort de Ralph. Il se pourrait même que j'entende la véritable histoire de l'énigmatique monsieur de Bennicœur.

Et qui sait, je pourrais avoir la réponse à la question la plus importante de toutes : les vampires laissaient-ils de bons pourboires ?

En plus de ses vêtements, Zelda avait été assez gentille pour me laisser sa trousse de maquillage. Après avoir appliqué du rouge sur mes lèvres, je découvris que mes problèmes commençaient à s'estomper. Ou du moins réussis-je à les oublier tandis que je me concentrais sur mon reflet un peu transparent pour appliquer les peintures de guerre. Quand j'eus fini, les souvenirs affluèrent aussitôt.

Pauvre Quinn. Je sentais un frisson me parcourir la colonne vertébrale chaque fois que j'y repensais. Pourquoi ne pouvais-je pas être plus détachée ? Cela viendrait peut-être avec le temps, mais pour le moment, j'avais l'impression d'avoir participé à un meurtre, et de l'avoir sanctionné.

Au bout de quelques minutes, je sortis du bureau et balayai le club du regard, cherchant Thierry. Mais il n'était pas là. Grosse surprise. J'étais toujours gênée concernant ce qui s'était passé. J'ignorais ce qui m'embarrassait le plus, lui avoir sucé le poignet, ou bien la langue ? Les deux arrivaient à égalité.

Mais il fallait désespérément que je lui parle. Si je devais servir aux tables, je voulais que cela en vaille la peine. Je devais commencer mon tutorat immédiatement. Je n'avais pas de temps à perdre, surtout après ma mésaventure de l'après-midi.

Barry se dirigea droit vers moi. Il portait un smoking semblable à celui de la veille, mais ce soir, il avait une rose rouge à la boutonnière. Il m'adressa son sourire un rien condescendant, montrant ses petites dents.

— Bonsoir, Sarah, dit-il sèchement, comme si le fait que je réponde n'avait aucun intérêt pour lui.

— Salut, répondis-je. Me voici, prête à vous aider. Juste ce soir. Pourquoi ne me dis-tu pas par où je dois commencer ?

Je lui laissai une ouverture, l'invitant à dire quelque chose de grossier ou d'opportun, mais soit cela lui passa au-dessus de la tête, soit il n'était pas d'humeur à jouer. Franchement, moi non plus.

— Je ne crois pas que nous aurons beaucoup de monde. Alors rends-toi disponible pour les clients qui viendront ce soir. Notre carte est limitée. Les gens commandent surtout des boissons : beaucoup d'entre nous ne peuvent pas manger de nourriture solide, alors…

— Oh, vraiment ? l'interrompis-je. Je pense que ça explique bien des choses.

Il cligna des paupières.

— Expliquer quoi ?

— Mon appétit qui a disparu. C'est bon à savoir qu'il ne s'agit que d'un truc normal de vampire.

Il se racla la gorge.

— Oui, c'est normal. Mais comme je le disais avant que tu m'interrompes si grossièrement… George sera là aussi, mais il ne commence qu'à 23 heures. J'ai essayé de le contacter plus tôt, mais il ne répondait pas au téléphone.

— Je crois que je m'en sortirai. (Je jetai un coup d'œil au club désert.) Où est Thierry ? J'ai besoin de lui parler.

L'expression de Barry s'assombrit.

— Le *maître* est sorti pour s'occuper d'une affaire. Il rentrera bientôt.

Je baissai les yeux, fronçant les sourcils.

— Pourquoi tu l'appelles « maître » ? C'est très formel.

Il soupira lourdement.

— Comme je l'ai déjà dit, c'est une marque de respect. Il est le plus vieil individu de notre espèce que je connaisse, et je l'appelle maître… (Il chercha brièvement les mots justes.) Parce que c'est comme ça qu'on l'appelle.

— D'accord. Quelle est la boisson qu'il boit d'habitude ?

— Pardon ?

— Quand tu nous as servis, la nuit dernière, tu lui as servi sa boisson habituelle. Qu'est-ce que c'est ? Je devrais savoir ce genre de choses, pour qu'il n'ait pas à demander. Il ne faudrait pas que le maître ait soif.

Je lui adressai un sourire moqueur.

Barry m'étudia plus longuement qu'il me parut confortable, puis il cracha :

— Du jus de canneberge.

J'en fus surprise.

— Pas de sang ?

— Il boit rarement du sang en public.

— Intéressant.

Barry haussa ses petites épaules.

— Si tu le dis. Maintenant, si tu veux bien m'excuser.

Il me fit un bref signe de la tête, puis il s'éloigna à sa façon très raide. Sérieusement, je me demandais où il avait pu trouver un balai assez petit pour se le fourrer où je pensais. Il n'était pas l'homme que je préférais en ville, mais que pouvais-je y faire ? Peut-être souffrait-il du complexe de Napoléon ? Celui des hommes petits avec un sérieux problème d'attitude.

Je sentis qu'on me tapait sur l'épaule, et me retournai.

Un homme râblé, qui portait une combinaison vert olive et un tee-shirt noir, me tendit un bon de livraison.

— Pouvez-vous signer pour le fût d'O négatif ?

— Le fût de quoi ?

— O négatif. Contentez-vous de signer sur la ligne en pointillés.

Il tapota son porte-bloc à pince du doigt.

Derrière lui, je vis un fût argenté, que j'aurais cru rempli de bière. Normalement. Je me dis qu'O négatif n'était pas un code pour « alcool ». Mais qui livrait des fûts de sang aux bars ?

Je regardai le bon de livraison. La compagnie s'appelait Les Livreurs de Sang. Eh bien, c'était logique.

Je signai sur les pointillés, comme une bonne employée, puis l'homme m'arracha le papier des mains et repartit vers la porte de derrière. Il semblait très pressé. Je me demandai combien de livraisons il devait faire. Combien y avait-il d'autres lieux réservés aux vampires, à Toronto ?

Les clients commencèrent à arriver, et pas un seul ne me sembla aussi étonné et mal à l'aise que je l'avais été la veille. Au contraire, ils paraissaient être venus bien des fois et être habitués à pénétrer dans le club par un salon de bronzage. Le groupe envahit la scène à 21 h 30 et leur musique sombre et sensuelle imprégna l'air enfumé.

Si j'essayais d'écarter de mon esprit la pensée que tous ces gens étaient des vampires, alors il me semblait être dans n'importe quel bar. Il n'y avait rien qui sorte de l'ordinaire. Aucun d'eux ne cherchait les ennuis. Ils venaient pour oublier les problèmes qu'ils avaient dehors, pour être en sécurité pour quelques heures. Tout comme moi.

Ce fut une pensée rassurante. Pendant un instant.

Puis je me souvins de Dan et de son ami, et de ce qu'ils avaient fait à Quinn. Qu'avait dit Thierry ? Que les vampires pouvaient être bons ou mauvais… comme les humains.

— Que puis-je faire pour vous ce soir ? demandai-je en approchant du couple qui venait d'entrer.

Après une ou deux heures, je me faisais au boulot. Personne ne me rendait la vie dure. Bien sûr, certains me dévisageaient. Soit ces personnes se demandaient qui j'étais, soit ils pensaient que j'étais la nouvelle petite amie de Thierry. Je ne perdis pas mon temps à essayer de les faire changer d'avis. Thierry ne s'était toujours pas montré, et c'était la seule chose qui me causait du stress. À part cela, je me sentais très à l'aise à l'*Éclipse de Minuit*.

L'homme assis à la table me sourit. Il me fut difficile de l'appeler un « homme », parce qu'il avait l'air d'un étudiant après une longue soirée de révision. Il avait des cheveux blonds bien coupés, et un visage lisse et imberbe. Il portait un polo à manches courtes rayé bleu et blanc et un jean sombre.

— Un AB positif et un jus d'orange, s'il vous plaît.

Il a les moyens, pensai-je. L'AB positif était un groupe rare, et j'avais appris que plus le sang était rare, plus le verre était cher. Pourquoi pas, dans une logique à la Stephen King ?

— Bien, dis-je en notant la commande sur un carnet que j'avais trouvé dans le bureau de Thierry. (Ma mémoire n'était pas très bonne.) Et pour vous ?

Je me tournai vers sa petite amie. Contrairement à lui, elle n'était pas du genre soigné. De tous ceux qui étaient là ce soir, elle était la seule qui semblait avoir sa place dans un club de vampires. Elle était vêtue d'un chemisier noir au décolleté si plongeant qu'il laissait peu de place à l'imagination, sur un jean de la même couleur. Son visage était d'une telle pâleur qu'elle semblait malade. Son rouge à lèvres était d'un rouge très sombre, et elle avait souligné ses yeux d'eye-liner. Ses cheveux noirs étaient si longs qu'elle devait probablement porter des extensions. Son nez et son sourcil étaient percés de petits anneaux argentés.

Elle leva vers moi une expression morose très à la mode.

— Vodka. Nature.

— Pas de sang ?

Si elle disait non, elle serait la première, ce soir.

— Non.

— Rien d'autre ?

— Non.

Je tournai les talons et gagnai le bar pour communiquer tout cela à Zelda.

— Une vodka ? dit-elle, fronçant les sourcils.

— Oui. Pas de sang.

— Pour qui est-ce ?

Je jetai un coup d'œil par-dessus mon épaule.

— La douze.

Zelda scruta l'obscurité et secoua la tête.

— Oh, non, pas encore eux.

Je me retournai pour suivre son regard.

— Qui ?

— C'est Timothy Langdon et sa petite amie humaine.

Je haussai les sourcils.

— *Elle* est humaine ?

— Une aspirante vampire.

— Et alors ?

Zelda secoua la tête.

— Si Thierry découvre qu'ils sont ici, il va être furieux.

— Pourquoi, quel est le problème ?

À cet instant, je vis quelque chose bouger sur ma gauche. La porte du club, celle donnant sur l'institut de bronzage, s'ouvrit en grand, et un bel homme entra. Il s'avança aussitôt vers nous. Enfin, vers Zelda. Il me regarda à peine. Ses cheveux étaient de la couleur du sable doré et ils lui tombaient juste sous les épaules. Il était taillé comme un Chippendale et semblait utiliser régulièrement les cabines de la partie publique du club. Ses pectoraux étaient visibles sous son fin tee-shirt blanc, qu'il portait avec un pantalon en cuir moulant.

— Zelda, trésor, dit-il.

Il suffit de ces deux mots, prononcés par ses lèvres pleines et parfaites, pour que je comprenne que ce magnifique spécimen de mâle était on ne peut plus gay. Quel gâchis.

— Quelle est l'urgence ? D'après le message que Barry m'a laissé, on aurait dit que le monde touchait à sa fin.

— C'est le cas, George. Tiens-toi bien. (L'expression de Zelda était triste.) Peut-être devrais-tu t'asseoir.

Il se raidit. Il assit son postérieur ferme sur un tabouret et regarda la barmaid avec appréhension.

— Crache le morceau.

— Ralph est mort.

— Quoi ? (Le mot jaillit comme un gémissement.) Comment ?

Zelda tendit la main et toucha le bras de George dans un geste réconfortant.

— Les chasseurs, bien sûr.

— Merde. (La voix de George tremblait.) Merde, merde, merde. (Il prit une profonde inspiration, saccadée.) Ça veut dire que je dois travailler double ?

Zelda marqua un temps d'arrêt.

— Non.

— Dieu merci. Eh bien, tu sais quoi ? C'est bien fait pour Ralph de s'être fait embrocher. Il ne regardait jamais ni à gauche ni à droite avant de traverser la rue, si tu vois ce que je veux dire. (George se tourna enfin vers moi.) Bonjour, beauté. À qui ai-je l'honneur ?

Je lui tendis la main.

— Sarah.

Il prit ma main, mais au lieu de la serrer, il l'embrassa.

— Content d'avoir quelque chose de nouveau et de magnifique à regarder pendant le travail.

— Seigneur, souris-je. C'est gentil. Et dire que j'avais cru que tu étais gay.

— Je le suis, trésor. Mais je ne suis pas aveugle.

J'ignorais si je haïssais cet homme d'emblée ou si j'avais envie d'aller faire du shopping avec lui. Le temps le dirait.

Zelda tira un verre d'AB positif du fût le plus proche. Je la regardai avec curiosité.

— D'où vient le sang ? m'enquis-je.

Elle versa du jus d'orange dans un autre verre avant de me regarder.

— Du service de livraison.

Je fronçai les sourcils.

— Oui, j'ai bien compris. Mais d'où le sortent-ils ?

— De donneurs, en grande partie. De gens payés pour donner leur sang. C'est une affaire juteuse. Et il y a de la concurrence, parce qu'il n'y a pas qu'un service de livraison.

— Il y a donc tant de donneurs à Toronto ?

— La plupart du sang vient des États-Unis, dit George. Le truc très cher et très goûteux est importé d'Europe. Quand les réserves manquent, il reste toujours la version synthétique, mais ça sent, eh bien, le synthétique. Ou pire… (Il grimaça.) Il y a le sang animal. Beurk !

J'essayai de ne pas montrer mon dégoût.

— Eh bien, ça semble plaisant.

— Tu voulais savoir. (George haussa les épaules.) Où est le patron ? Je voulais lui demander une augmentation, et puisque Ralph est parti, c'est le bon moment pour lui rappeler qu'il a besoin de moi.

— Il est sorti, l'informai-je. Il devrait être de retour bientôt. Moi aussi j'ai besoin de lui parler.

Il me lorgna.

— Trésor, tu viens de commencer. L'augmentation est pour moi.

J'allais lui expliquer que je n'étais pas dans la compétition, mais pourquoi prendre cette peine ?

— D'accord. Aucun problème.

Zelda posa violemment les verres sur un plateau rond.

— Emporte-les. Dis à Timothy de boire et de sortir avant le retour de Thierry.

Je déglutis.

— Je ne sais pas si je suis assez à l'aise pour faire ça.

Elle cligna des paupières.

— As-tu déjà vu Thierry quand il se met en colère ?

— Tu ne l'appelles pas « maître », hein ?

— Je suis trop vieille pour appeler qui que ce soit « maître ». Réponds-moi. Tu l'as déjà vu en rogne ?

Je repensai à sa réaction, la nuit précédente, quand j'avais fait mention de sa tentative de suicide. À l'éclair de violence et de fureur qui avait traversé ses yeux argentés. Mes bras se couvrirent de chair de poule.

— Est-ce qu'il devient vert et très effrayant, comme Hulk ?

— Pire, assura George.

Je pris le plateau et retournai à la table douze. Je ne voulais pas être grossière, mais Dieu sait que j'en étais capable. En fait, j'étais relativement bonne à ce jeu. Je supposai que je pouvais faire une croix sur mon pourboire.

— Timothy, c'est ça ?

Je lui tendis ses boissons.

Il me sourit.

— Oui. Tu es nouvelle, n'est-ce pas ?

— Oui. Je m'appelle Sarah.

Sa petite amie émit un son rauque.

Doucement, ma belle, pensai-je. *Je n'essaie pas de te piquer ton homme.*

Je déposai la vodka devant elle.

— Considérez que c'est offert par la maison.

— Vraiment ? dit Timothy, réellement surpris. Merci beaucoup. À quelle occasion ?

— À condition que vous décampiez vite fait d'ici dès que vous aurez fini.

— Pardon ?

— Mais pour qui vous vous prenez ? cracha la petite amie.

Je passai le plateau sur mon autre bras.

— Je suis celle qui se tient entre vous deux et la déplaisante expérience d'être jetés dehors. On vous avait dit de ne plus remettre les pieds ici.

— C'est un pays libre.

La voix de Timothy venait de hausser d'un ton.

— Dehors, peut-être. (Je montrai la porte d'un hochement de la tête.) Mais ici, vous devez obéir aux règles.

— Salope, siffla la petite amie.

Je me tournai vers elle.

— Écoute, tête à clous, je ne veux pas d'histoire. Crois-moi, j'ai déjà eu bien assez de problèmes comme ça aujourd'hui. Alors buvez et fichez le camp.

Elle plissa les yeux.

— C'est qu'elle mordrait.

— Oui, dis-je avec un air sardonique. Je parie que tu aimerais bien.

Elle me jeta son verre de vodka en pleine figure.

Je m'essuyai les yeux, sachant que le maquillage que j'avais appliqué péniblement était en train de couler.

— Je rêve ou tu m'as jeté ton verre en pleine face ?

Nous avions maintenant l'entière attention de tous les vampires autour de nous. Je fis mine de ne pas voir leurs regards curieux.

Elle se leva, ne voulant pas céder un pouce de terrain.

— Tu ne nous flanqueras pas dehors. Nous restons.

— Mélanie…

La voix de Timothy était un avertissement.

— Allez, siffla Mélanie. Essaie un peu de nous virer, pour voir, salope suceuse de sang !

Elle alla au tapis d'un seul coup de poing. Je n'avais même pas prévu de frapper. Mon poing semblait avoir agi de son propre chef. C'était un tour de la vodka, qui dégoulinait de mon menton.

— Sarah.

Ce mot me figea. Le ton n'exprimait aucune menace, au contraire, il était très calme. Trop calme. J'essayai de m'essuyer le visage avec ma manche avant de me retourner. Thierry se tenait environ deux mètres derrière moi, les bras croisés sur la poitrine.

Je haussai les épaules.

— Elle l'a cherché.

Il ne répondit pas. Il baissa les yeux sur la fille, puis son regard glissa vers Timothy, qui avait considérablement pâli.

— Je..., commença Timothy. Je suis navré, maître. Elle a voulu venir ici. Je savais que j'aurais dû dire non, mais...

— Quittez cet endroit.

La voix de Thierry était toujours extrêmement calme, mais il y avait quelque chose de sous-jacent, quelque chose de profond, de sinistre et de terrifiant. Il n'y avait pas de mot pour la décrire.

— Oui, tout de suite, répondit Timothy sans croiser son regard. Je suis vraiment désolé.

Il se leva et tira Mélanie du sol. Elle avait une main sur son nez, qui pissait le sang. Je supposai que j'étais plus forte que je le pensais. Hum, peut-être ma force de vampire était-elle en train de se développer. Bien.

Thierry ne fit pas attention à eux. Il regardait droit devant lui, avec une expression indéchiffrable. Mais quand le garçon passa près de lui, il l'attrapa par le bras et le tira vers lui pour lui dire quelque chose à voix basse. Mais pas assez basse pour que je ne puisse pas entendre ses paroles.

— Revenez, et ce sera la dernière chose que vous ferez. (Son ton était comme un éclat de métal, comme le « clic » émis par un revolver que l'on armait. Dangereux.) Vous, et votre humaine.

Timothy ne répondit pas. Il se contenta de hocher la tête. Puis Mélanie et lui franchirent la porte et se retrouvèrent dans la rue glaciale.

— Vous.

Thierry s'adressait à moi. Je me sentis soudain complètement nue et ramenai le plateau devant moi, comme un bouclier pathétique.

— Oui ?

— Débarbouillez-vous et retournez travailler.

Je n'aimai pas trop son ton de « sale con d'esclavagiste », mais je me sentais penaude après ce qui venait de se passer. Je devais apprendre à me contrôler. Même avec ma force potentielle de vampire, je ne pouvais pas cogner ceux qui me mettaient en colère. Enfin, pas tous, de toute manière. Ma manucure en souffrirait bien trop.

Chapitre 9

J'appliquai vivement de l'eye-liner et du rouge à lèvres, et essayai de remettre de l'ordre dans mes cheveux tant bien que mal, à cause du reflet transparent dont je devais me contenter. Je m'efforçai de ne pas trop penser à cela ou ma poitrine se serrerait immédiatement sous l'effet de la terreur et de la douleur. Qu'allais-je devenir, sans reflet ? Ce n'était pas normal.

Au bout de dix minutes, Zelda entra dans les toilettes pour voir si tout allait bien. Je dus me retourner pour vérifier que c'était bien elle, car elle n'apparaissait pas *du tout* dans le miroir.

— Comment tu fais ?

Je montrai la glace de la tête.

Elle fronça les sourcils, puis elle comprit ce que je voulais dire et haussa les épaules.

— Tu t'y habitueras.

— Je ne crois pas, non, jamais. Je suis prête à aller me jeter sur la première croix que je verrai.

Elle m'étudia.

— Tu plaisantes, n'est-ce pas ?

— Oui, en quelque sorte.

— Les croix ne nous font rien, d'ailleurs. C'est juste un mythe.

C'était bon à savoir. Je me demandais si j'allais devoir éviter les églises. Non pas que j'assistais encore aux offices, mais c'était bien d'avoir le choix.

Je tentai de lui sourire.

— Et tu vas me dire ensuite que tu ne dors pas dans un cercueil, hein ?

Elle hocha la tête.

— En revanche, *ça*, c'est vrai. Même si je ne peux m'en payer qu'un en pin. (Elle rit de ma surprise.) C'est moi qui plaisante, maintenant !

— Très drôle.

Elle regarda le miroir.

— Si ça t'ennuie tant que ça, tu peux mettre de l'argent de côté pour acheter un tesson.

— Un quoi ?

— On les appelle des « tessons ». C'est une surface réfléchissante, comme un miroir, mais elle fonctionne pour nous aussi. C'est très cher, cependant.

— Cher comment ?

— Si tu le demandes, c'est que tu n'as pas les moyens de t'en offrir un. Je sais que c'est mon cas.

Je soupirai.

— Eh bien, c'est toute l'histoire de ma vie.

— Je suppose que si tu détestes tellement être un vampire, tu peux partir en quête du remède.

Un remède. Encore une plaisanterie.

— Oui, ce serait super. (Je souris.) Non, si je peux tenir encore quelques semaines, je m'envolerai pour le Mexique. Ça vaut la peine de vivre, non ?

— Absolument. (Zelda me rendit mon sourire.) À propos, j'ai bien aimé le spectacle.

— Quel spectacle ?

Elle fit mine de donner un coup de poing.

— Faire voir trente-six chandelles à la gothique. J'ai tellement eu envie de le faire, la dernière fois qu'ils étaient ici. C'est une vraie salope. Je ne sais pas ce que Timothy lui trouve.

— Tu le connais ?

— On sortait ensemble. Mais c'était il y a longtemps.

Je faillis demander combien de temps, mais je me ravisai : je n'avais pas vraiment envie de le savoir.

— Tu sais, dit Zelda. Maintenant que George est là, pourquoi ne rentres-tu pas ? Tu as l'air fatiguée.

— Je le suis. Cette journée a été épuisante. Mais je dois parler à Thierry avant de partir. C'est lui qui doit répondre à mes questions, concernant la vie de vampire.

— Depuis combien de temps en es-tu une ?

Je fermai sa trousse de maquillage et la lui rendis.

— Deux jours.

Elle écarquilla les yeux.

— Deux jours ? Et ton reflet est déjà si pâle ?

Je jetai un coup d'œil dans le miroir et grimaçai.

— Oui. Et alors ?

Elle se détourna.

— Oh… rien. Rien du tout.

— Non, je crois que c'est quelque chose. Qu'essaies-tu de me dire ?

Zelda me regarda de nouveau. Elle se mordillait la lèvre inférieure.

— C'est juste qu'on ne perd pas son reflet si vite, ça prend du temps… sauf…

— Sauf… quoi ?

— Sauf si tu as suivi un régime… (Elle marqua une pause pour m'étudier, et un sourire commença à se former sur ses lèvres.) Oh, oui, ce doit être *ça*.

Je la foudroyai du regard, une main sur la hanche.

— Vais-je devoir te frapper aussi ? De quoi tu parles ?

— Toi et Thierry, dit Zelda, comme si cela expliquait tout.

— Thierry et moi, quoi ?

— Il te donne son sang. Ce truc, c'est de l'or pur, à son âge. Pas étonnant que le processus soit si rapide. (Elle remarqua mon expression, et aussi que je n'avais pas nié.) Tout va bien. C'est mignon, en fait. Il a besoin de quelqu'un comme toi dans sa vie.

— Qu'est-ce que c'est censé vouloir dire ?

— Quelqu'un plein de vie. Quelqu'un qui puisse ajouter un peu de lumière à son existence.

Je secouai la tête.

— Écoute, il n'y a rien de la sorte entre nous.

Elle leva les yeux au ciel.

— Si ce n'était pas le cas, il ne te donnerait pas son sang, n'est-ce pas ? Ce n'est pas comme si nous en manquions. N'as-tu pas signé pour la livraison du fût, un peu plus tôt ? Il t'aime bien. Prends ça comme un compliment. Il n'aime pas beaucoup de gens.

Je n'avais pas de réponse à cela. Il n'aurait pas eu besoin de m'offrir son sang, si n'importe quel autre avait fait l'affaire.

— S'il m'aime bien, il a une drôle de façon de le montrer.

— Il est comme ça au sujet d'un tas de choses.

— Depuis combien de temps le connais-tu ?

Elle croisa les bras sur sa poitrine.

— Longtemps. Il m'a aidée quand j'étais encore nouvelle, moi aussi. Mon créateur m'avait abandonnée, et j'étais dans un sale état. Je lui dois beaucoup… (Elle me regarda.) Mais il n'a pas été si généreux avec moi. Tu as de la chance.

Je secouai la tête alors que je considérais tout ce qu'elle venait de dire.

— Est-ce que les vampires partagent souvent leur sang ? C'est une chose normale ?

— Seulement pour les nouveaux. Puis tu passes au sang humain. Comme lorsqu'un bébé passe du lait maternel à la nourriture solide. (Elle regarda sa montre.) Ma pause est finie, alors je ferais bien d'y retourner. Tu pars ?

— Oui, je suppose.

Je me sentais si épuisée. Parler à Thierry pouvait sans doute attendre encore une nuit. Je lui en voulais toujours de m'avoir si habilement évitée toute la soirée. Peut-être devais-je lui rendre la politesse.

— Crois-tu pouvoir me faire un « spécial bleu » avant que je m'en aille ? Je ne veux pas encore subir les crampes.

— Un « spécial bleu » ?

Son front se barra de plis interrogateurs.

— Euh, oui, du sang mêlé à beaucoup d'eau.

— Mais, Thierry… ?

Je levai une main.

— Disons que je pense que cette source s'est tarie. Et même si ce n'est pas le cas, je ne veux pas courir ma chance.

Elle hocha la tête.

— Il est soupe au lait.

— On peut dire ça.

De retour au bar, elle me donna plusieurs bouteilles de « spécial bleu » à garder toujours à portée. Je les fourrai dans mon grand sac. Elle me recommanda de boire une gorgée toutes les quatre heures pendant les prochains jours. Après cela, je serais capable de m'en passer pendant plus de temps. Si je buvais du sang très dilué, peut-être ne perdrais-je pas mon reflet si vite et n'aurais-je pas d'autres symptômes déplaisants, comme ceux dont je faisais l'expérience depuis que j'avais goûté au sang de Thierry. Cela valait le coup d'essayer.

Je lui dis au revoir, puis je traversai le club faiblement éclairé en direction de la sortie, ce qui me fit passer devant le box de Thierry. Je sentis son regard sur moi, venant des ombres.

— Où allez-vous ? demanda-t-il.

— Chez moi.

— Si tôt ? Je pensais que nous aurions une chance de discuter.

— Une autre fois, peut-être.

J'aurais voulu ajouter tant de choses, mais ce n'était pas le bon moment. Demain était un autre jour. Aujourd'hui ne serait bientôt plus qu'un vague souvenir. Dieu merci.

— Très bien, dit-il.

Je commençai à m'éloigner entre les tables, puis je m'arrêtai. Peut-être avais-je une minute, après tout ?

— Ce n'est pas à quoi je m'attendais, vous savez.

— Pardon ?

— La nuit dernière, vous avez dit que vous m'aideriez. Et où étiez-vous, toute la soirée ? À part répondre à quelques questions simples, hier soir, vous m'avez évitée comme la peste. Oh, et je n'ai jamais dit que je travaillerais ici. Vous n'avez pas demandé. Vous avez présumé que je le ferais.

Il ne dit rien pendant un moment, se contentant de me dévisager.

— Peut-être n'aurais-je pas dû présumer.

— Alors, quoi, maintenant ?

— J'ignore ce que vous attendez que je dise.

— Rien. Ne dites rien. Vous êtes doué pour ça.

Je repartis.

— Sarah ! appela-t-il dans mon dos.

Je me retournai.

— J'ignore pourquoi vous avez accepté de m'aider. Il est évident que vous ne voulez pas de moi.

Thierry secoua la tête.

— Vous êtes irrationnelle. Asseyez-vous, s'il vous plaît.

— Je ne veux pas m'asseoir. Rien n'a plus aucun sens dans ma vie, surtout pas vous. Honnêtement, je ne sais pas ce que je dois penser de vous. Vous m'aidez, puis vous me repoussez. Vous m'embrassez, puis vous me repoussez encore. À quoi vous jouez ?

Sa bouche se pinça.

— Sarah…

— Mais je dois dire que de tout ce que je n'arrive pas à comprendre, la chose qui a le moins de sens à mes yeux, c'est ce que vous faisiez sur ce pont, la nuit dernière. Vous êtes un vampire de plus de six cents ans qui ne peut pas être tué facilement. Pourtant vous alliez sauter pour en finir… Vous croyiez honnêtement que vous réussiriez ? Je ne saisis pas bien. Tout ce que ce saut nous a fait, c'est nous mouiller.

Il plissa les yeux.

— Je vous ai dit que je ne souhaitais plus en parler.

— Oui, oui, je commence à comprendre que vous aimez éviter les conversations déplaisantes. Eh bien, vous savez quoi ? Vous avez gagné. Celle-ci est terminée. Je m'en vais.

Ses yeux brillaient comme deux flammes d'argent. J'avais touché une corde sensible. Eh bien, je savais comment les laisser remplis du désir d'en avoir plus. Je poussai la porte noire et quittai l'*Éclipse de Minuit*, décidant que c'était la dernière fois qu'on m'y voyait.

L'air froid de la nuit me cingla le visage, mais je n'y fis pas attention. Je jetai un coup d'œil de l'autre côté de la rue, au néon du *Clancy's*. Non, je n'allais pas répéter ma performance de la veille. J'allais rentrer directement à la maison.

Je vis un taxi jaune à un pâté de maisons, stationné sur le côté de la route. J'avais enfin un peu de chance. Il était temps. Je me dandinai vers lui, sur des talons qui s'étaient révélés de plus en plus inconfortables au fil des heures.

La rue était déserte. Cela me fit un peu bizarre, pour être honnête. Il n'était pas si tard, et nous étions samedi. Il aurait dû y avoir du monde, même si ce n'était pas le meilleur quartier de la ville. Je me sentis soudain très seule.

Et j'eus l'impression étrange que j'étais épiée. Sans doute étais-je paranoïaque après ma journée ratée.

Non, quelqu'un m'espionnait. Je pouvais le *sentir*.

Je grognai intérieurement. *Pourquoi ? Pourquoi moi ? Pourquoi suis-je toujours assez stupide pour quitter le club sans être sûre d'avoir une voiture ?* Je remarquai que le taxi n'était plus en service, et son chauffeur n'était nulle part en vue.

Je regardai avec nervosité en direction du repaire de chasseurs de vampires. *Quand apprendrais-je enfin ? Et respirerais-je toujours quand j'aurais retenu la leçon ?*

— Il y a quelqu'un ? (Ma gorge était sèche ; je déglutis.) Qui que vous soyez, je vous avertis que je suis ceinture noire, et mon petit ami est flic. Alors fichez le camp.

Un son me parvint. Un gémissement ? Ou était-ce le vent ?

Non, c'était bien un gémissement. Suivi d'une sorte de frottement, comme lorsque quelque chose glisse sur une surface.

Une main apparut au coin d'un bâtiment, les articulations très blanches tant elle serrait la brique. Elle était tachée de sang. Écarquillant les yeux, je portai la mienne à ma bouche.

— Qui êtes-vous ?

Ma voix était rauque d'appréhension.

Un visage apparut, pâle et les traits tirés. De grands cernes noirs soulignaient ses yeux. Son tee-shirt blanc était couvert de sang et déchiré. Il n'avait pas de veste, alors qu'il faisait très froid. Les traces de morsures sur sa gorge étaient fraîches et tuméfiées. Il essaya de rester debout, mais en vain…

Quinn glissa jusqu'à terre, en tas.

Tétanisée, je regardai autour de moi, mais il n'y avait personne d'autre. Juste nous deux. Moi et l'homme que j'avais vu se faire assassiner sous mes yeux, dans l'après-midi.

Peut-être aurais-je dû fuir. Mettre autant de distance que possible entre le chasseur de vampires et moi. Mais je découvris de nouveau que mes pieds se passaient très bien de mon avis. Ils avançaient d'eux-mêmes vers l'homme qui voulait ma mort.

Je m'accroupis près de lui et tendis la main pour écarter les mèches blondes de son visage. Il tressaillit et essaya de me repousser.

— Tout va bien. Je ne te ferai pas de mal.

— Toi.

Ses yeux bleus se plissèrent quand il me reconnut.

J'essayai de sourire.

— Oui, surprise, surprise.

Quand je l'avais rencontré au *Clancy's* la veille, il m'avait semblé séduisant, mais dans le genre un peu gamin. Il n'avait plus rien d'un gosse, à présent. C'était un homme qui avait connu la douleur, qui avait traversé l'enfer et réussi à ressortir de l'autre côté. Il n'était pas mort, comme je l'avais cru, mais une partie de lui l'était. J'étais au moins sûre de cela.

Je voulus prendre son bras musclé. Il n'y avait rien de faible chez Quinn. Rien de doux. Il me repoussa et rampa plus loin dans l'obscurité.

Ses mâchoires étaient serrées, et il me regardait comme si c'était moi qui l'avais mordu.

— Ne m'approche pas… espèce… espèce…

— De monstre buveur de sang ? finis-je à sa place. Écoute, mon pote, ce n'est pas moi qui t'ai fait ça. Tu as de la chance qu'ils ne t'aient pas tué.

Il rit ; un rire bref et sauvage qui me fit dresser les cheveux sur la nuque.

— Non… ils ne m'ont pas tué. Pire que ça. Bien pire.

— Il faut aller à l'hôpital.

Je voulus le toucher, mais l'expression de son visage m'arrêta.

— Trop tard pour l'hosto. Laisse-moi tranquille, bon sang !

Il réussit à se relever en chancelant, mais il se plia aussitôt en deux, se serrant l'abdomen et gémissant de douleur.

Oh, non.

Je reconnus les symptômes. Mon Dieu, ils l'avaient fait. Dan et son ami. Je croyais qu'ils voulaient tuer Quinn par vengeance, parce que la femme de Dan était morte. Mais ils n'en avaient rien fait.

Ils avaient fait de lui l'un des nôtres.

Ils avaient transformé le vilain chasseur de vampires en la chose qu'il haïssait le plus au monde : un vampire. C'était presque poétique.

Sauf que, comme pour moi, ils n'avaient pas terminé le boulot. Il souffrait. Il avait besoin du sang d'un vrai vampire, ou il allait mourir.

— Viens.

Je mis mon sac sur mon autre épaule et lui tendis la main, et cette fois il n'eut pas assez d'énergie pour reculer. Il s'appuya sur moi. C'était ça ou retomber sur le bitume. Nos yeux se rencontrèrent.

— Je te hais, dit-il.

— Voilà le charme dont je me souviens si bien. Allez, je sais que ce n'est que la douleur qui parle.

— Laisse-moi. Je veux mourir. Je veux aller là-bas.

Je suivis son regard hanté par le mal qui le rongeait. Il regardait le *Clancy's*, rempli de ses copains chasseurs imbibés de bière.

— Tu crois qu'ils vont t'aider ?

— Non. (Sa voix était basse et mortelle.) Ils me tueront. Ils mettront fin à mon malheur.

— Alors, tu n'as pas de bol d'être tombé sur moi, hein ? Parce que je n'ai pas l'intention de te laisser mourir.

Mais alors que, soutenant Quinn, le portant presque, je franchis de nouveau les portes de l'*Éclipse de Minuit*, je me dis que je ferais bien de m'inquiéter pour moi-même. Dès que Thierry verrait ce que « le chat » avait ramené à la « maison », c'était moi qu'il tuerait.

Chapitre 10

Moins de cinq minutes après m'être juré de ne plus jamais y remettre les pieds, j'étais de retour à l'*Éclipse de Minuit*. Et cette fois-ci, j'avais amené un cavalier.

Quinn avait cessé d'être un con, du moins pour le moment. Il était trop occupé à affronter la douleur. C'était presque une bénédiction. Je traversai vivement l'institut de bronzage, écartai la porte noire du pied et traînai Quinn derrière moi, passant devant le palmier en plastique.

George courut vers nous.

— Oh, mon Dieu ! Qu'est-ce que c'est que ça ? Les chasseurs ont encore attaqué ?

— Non. (Je poussai Quinn dans les bras de George avant de m'écrouler sous son poids.) Une attaque de vampires.

George regarda la blessure à la gorge de Quinn en fronçant les sourcils.

— Quelqu'un a commandé un en-cas ?

— C'est une victime, pas un snack, idiot. Et s'il te plaît, dis-moi que tu n'es pas sérieux.

Il haussa les épaules.

— Il a l'air délicieux. Je ne peux pas m'en empêcher.

— Où est Thierry ?

Quand je me retournai, mon visage se cogna contre la poitrine couverte de soie de Thierry. Je ne l'avais même pas entendu approcher. Je reculai d'un pas et essayai d'avoir l'air calme.

— Que se passe-t-il encore, Sarah ? demanda-t-il d'un ton las.

Je montrai Quinn du menton.

— Des vampires l'ont attaqué. Ils l'ont transformé, et il souffre.

Thierry lorgna Quinn, et je ne réussis pas à savoir ce qu'il pensait, puisqu'il conserva son éternelle expression neutre.

— Et pourquoi l'avez-vous amené ici ?

— Parce que vous pouvez l'aider comme vous l'avez fait pour moi.

Le regard de Thierry alla se poser sur George, qui étudiait Quinn comme s'il était la prise du jour.

— Emmenez-le dans mon bureau.

George ouvrit la bouche pour protester, puis il la referma. Il attrapa Quinn et le flanqua sans effort sur son épaule, comme s'il ne pesait rien, puis il traversa le club.

Je souris.

— Vous allez l'aider ?

— Non. (Thierry ne croisa pas mon regard. Il retourna s'asseoir à sa place habituelle.) Mais les clients seraient distraits s'il mourrait dans la salle.

Une vague de colère monta en moi.

— Vous n'allez rien faire ?

— Non.

Je serrai les dents et essayai de respirer normalement.

— Vous êtes un salaud.

Il se leva et vint se camper devant moi en un seul mouvement fluide. Ses poings étaient serrés.

— Personne ne me parle comme vous le faites. Avez-vous une petite idée de qui je suis ?

— Oui. Un salaud. Je viens juste de le dire.

Je me détournai avec un geste de la main, comme pour chasser un insecte, et marchai aussi calmement que possible vers le bureau.

George avait posé Quinn sur le canapé, qui voyait beaucoup d'action, aujourd'hui. Quinn se tenait l'estomac et s'agitait beaucoup.

Zelda apparut dans l'encadrement de la porte pour voir ce que c'était que tout ce raffut.

— Allez, dis-je. Aidez-le.

George secoua la tête.

— Pas question.

Zelda haussa les épaules.

— Navrée. Le patron a dit « non », alors c'est « non ».

Je sentis mon visage rougir de colère. Bon sang, devais-je donc tout faire moi-même ? J'ouvris mon sac. Je n'avais pas besoin d'eux. Les bouteilles de « spécial bleu » attendaient au fond, toutes roses et innocentes. J'en attrapai une, ôtai le bouchon et approchai de Quinn.

Thierry apparut derrière Zelda. Il haussa un sourcil en me voyant m'agenouiller près du canapé, telle une Florence Nightingale.

Je levai une main dans sa direction.

— N'essayez pas de m'arrêter.

— Je n'en ai pas l'intention, dit-il. Poursuivez, s'il vous plaît. Ne me laissez pas vous interrompre.

Bien.

— Tiens. (Je poussai la bouteille vers Quinn.) Bois.

Il tourna la tête dans l'autre sens et me repoussa faiblement.

Je fronçai les sourcils et lui enfonçai mon index dans l'épaule.

— Tu veux donc mourir ?

— Oui.

C'était davantage un gémissement qu'un mot.

Quand j'étais enfant, ma famille avait un golden retriever. Je l'avais appelé Princesse. Je ne crois pas qu'il s'était jamais remis de ce nom mal choisi, étant un chien très macho, mais que puis-je dire ? Les petites filles trouvent toujours de jolis noms aux choses. Enfin, un jour, Princesse tomba malade, et nous dûmes lui donner trois pilules par jour pour combattre l'infection. Nous essayâmes de les cacher dans sa nourriture ou de les envelopper dans du fromage. Mais Princesse ne se laissa pas avoir. Il *savait*. Après plusieurs tentatives infructueuses pour lui faire prendre ses médicaments d'une manière plaisante, ma mère se résolut à faire ce qu'il fallait. Après tout, c'était pour son bien.

Je me dis que j'allais employer une variante avec Quinn.

Je lui pinçai le nez.

— Hé ! protesta-t-il, me flanquant une claque sur la main.

Il était faible. Je pouvais me charger de lui. Je coulai un regard vers la porte. Thierry semblait amusé par mes actions. Je lui adressai un regard noir.

Puis je grimpai sur le canapé – relevant ma jupe assez haut pour pouvoir manœuvrer – et je m'assis sur la poitrine de Quinn, clouant ses bras avec mes genoux.

— Qu'est-ce que tu fais ?

La douleur dans sa voix ne dissimulait pas bien sa surprise.

—Je te traite comme le chien que tu es, dis-je, et je lui pinçai le nez de nouveau.

Je pressai la bouteille contre ses lèvres et la tins là.

Il se débattit un peu, mais je le tenais prisonnier. En fait, après un moment, je me dis que j'allais faire payer les spectateurs pour cette représentation. Les choses avaient été très différentes avec Princesse. Mon père lui avait ouvert la gueule pendant que ma mère lui mettait les cachets au fond de la gorge. Du gâteau. Pas comme *Rodéo Quinn à l'Éclipse de Minuit*. Hé, on aurait dit le titre d'un film porno!

Finalement, Quinn ouvrit la bouche pour respirer, et il s'étrangla avec l'eau, mais pas avant que je réussisse à lui en faire couler une bonne dose dans le gosier. Je souris de ma victoire et me déconcentrai une fraction de seconde.

Son bras gauche se libéra de sous moi et Quinn s'assit. Je perdis l'équilibre et glissai en arrière du canapé, mes jambes s'agitant dans l'air. Il tenait la bouteille à la main. Je crus qu'il allait la jeter, mais il la souleva et la finit jusqu'à la dernière goutte.

Je me redressai et rajustai ma jupe noire empruntée, avant de me relever.

—Vous voyez? dis-je aux spectateurs. Exactement comme je l'avais prévu.

Thierry entra dans la pièce.

—Depuis combien de temps est-il comme cela?

—Quoi?

—Quand a-t-il été transformé?

—Hum, c'était cet après-midi, quand il a été attaqué. Juste avant que j'arrive au club.

Thierry hocha la tête.

— Je vois.

— Et qu'est-ce que vous voyez ?

Quinn jeta la bouteille vide loin de lui comme s'il venait de se rendre compte qu'il léchait une araignée.

— Monstres répugnants, gronda-t-il en bondissant sur ses pieds. Je ne veux pas faire partie de votre monde démoniaque.

J'essayai de sourire.

— Contente de voir que tu es redevenu toi-même. Assieds-toi et repose-toi une minute, d'accord ?

— Je dois trouver mon père. (Il voulut gagner la porte, mais Thierry lui barra le chemin.) Hors de ma route, vampire.

— Oui, je pensais bien vous avoir reconnu. Vous êtes un chasseur. Je vous ai vu de loin, l'autre soir.

— Et je vous suggère d'y rester. Loin de moi. Maintenant, laissez-moi sortir.

Thierry croisa les bras sur sa poitrine et ne bougea pas d'un pouce.

— Pour que vous puissiez informer vos amis de l'endroit où nous sommes ? Je ne crois pas. Et puis, je doute que vous alliez très loin dans votre état.

— Mon état ? (Quinn fronça les sourcils.) Je me sens très bien.

— Plus de huit heures sans intervention ? Nous verrons.

Thierry s'écarta.

Quinn cligna des paupières, pas très sûr de ce qu'il devait faire, puis il reprit ses esprits. Il atteignait la porte d'un pas sûr, quand il hurla et se plia en deux, s'agrippant au battant.

Je voulus le rejoindre, mais Thierry tendit le bras pour m'en empêcher.

Quinn s'écroula en se griffant l'estomac.

— Non, croassa-t-il. Pas encore.

— Que se passe-t-il ? demandai-je à Thierry. Je lui ai donné du sang.

Thierry se tenait sans bouger devant moi. Il fit un mouvement de la tête à peine perceptible à l'adresse de George et Zelda, qui sortirent et fermèrent derrière eux.

J'attrapai l'une de ses manches pour le forcer à me regarder.

— Allez. Dites-moi ce qui se passe.

Il sourit et libéra sa manche de mon poing.

— Il est parti depuis au moins huit heures. Un cocktail dilué ne peut absolument rien pour le guérir.

Je me sentis confuse, me demandant ce qu'il voulait dire, puis je me souvins. Chez lui... il avait parlé d'une toxine de vampirisme. Une fois un individu infecté, elle agissait tel un poison dans le système sanguin, qui devait être contrecarré par du sang de son créateur aussi vite que possible, ou...

C'était la mort. Après une agonie horrible et douloureuse, qui pouvait durer des heures.

Mes bouteilles de « spécial bleu » ne pouvaient pas lutter contre cela.

Je sentis la panique me serrer la poitrine alors que je regardais Quinn souffrir.

— Qu'est-ce que nous pouvons faire ?

— Nous ne faisons rien, Sarah. C'est un tueur de vampires. Il élimine les nôtres sans leur accorder la moindre pitié. Souhaitez-vous vraiment l'aider ?

Mon corps tout entier était tendu à craquer et je serrais les poings.

—Je ne peux pas rester là et le regarder mourir.

—Alors, partez.

—Thierry, je vous en supplie. Faites quelque chose. De quoi a-t-il besoin ?

—Du sang d'un vampire fort. En grande quantité.

Je regardai Quinn, puis de nouveau Thierry.

—Votre sang.

Il ne répondit pas.

—Thierry, je vous en prie !

—Il ne mérite pas votre compassion mal placée.

Je n'avais pas de réponse à cela. Ou en avais-je une ? Quinn était l'un des méchants. Je le savais. Mais j'avais vu quelque chose en lui, quelque chose qui n'était pas si mauvais. Il n'aimait pas ce qu'il faisait. Ce qu'il était. Si son père n'avait pas complètement dirigé sa vie, il n'aurait jamais été un chasseur.

—Je sais, répondis-je finalement. Je sais tout ça. Mais s'il vous plaît, aidez-le.

Thierry se dirigea vers son bureau et se tint derrière, me considérant durant une longue minute.

—Nous devrons le garder ici jusqu'à ce que nous soyons sûrs qu'il ne nous vendra pas.

J'acquiesçai.

—Bien sûr.

—Si je fais cela, vous devez me promettre de faire quelque chose pour moi.

Quinn gémit, à l'agonie, et je lui jetai un coup d'œil avant de reporter mon attention sur Thierry.

—D'accord. Tout ce que vous voudrez. Qu'est-ce qui vous ferait plaisir ?

Ses yeux lancèrent un éclat.

— Plus tard. Je n'ai besoin que de votre promesse.

— Je promets.

Le couteau apparut dans sa main comme par enchantement. Je ne l'avais pas vu s'en saisir. Quinn le regarda approcher, les traits tordus par la douleur. Quand il vit la lame, j'aperçus de la peur dans ses yeux. Il murmura quelque chose, mais je n'entendis pas ce qu'il disait. Il voulut reculer, mais il était déjà pressé contre le mur et ne pouvait pas aller plus loin.

Thierry s'ouvrit l'avant-bras gauche d'un seul passage du couteau. Puis il jeta la lame et pressa le membre blessé contre la bouche de Quinn.

— Buvez, chasseur.

Je regardai en silence alors que Quinn cessait de lutter. Finalement, c'en fut trop, et son corps se détendit complètement, sauf ses mains, qui tinrent le bras de Thierry comme un bébé son biberon. Au bout de cinq minutes, Thierry se dégagea et il aida Quinn à regagner le canapé. Le jeune vampire s'endormit aussitôt.

Thierry ramassa son couteau par terre et quitta la pièce sans un regard vers moi. Je le suivis dans la salle.

— Merci pour ce que vous avez fait, dis-je dans son dos.

— Il va dormir un moment, je crois. Il ne sera pas très heureux au réveil.

— Oui, il ne semble pas être du matin.

Il se retourna pour croiser mon regard.

— Si vous avez mis en danger les gens qui voient cet endroit comme un refuge, je ne serai pas content.

Je déglutis.

— Je sais.

— Rentrez chez vous, Sarah. Reposez-vous.

— D'accord. (Je voulus partir.) Oh, à propos, qu'ai-je promis de faire ? De quel genre d'aide avez-vous besoin ?

Thierry s'assit dans son box et but une gorgée de son jus de canneberge.

— Quand les chasseurs seront partis pour une autre cité, quand je serai sûr que vous êtes en sécurité, vous m'aiderez à mettre fin à mon existence.

Je pris un moment pour assimiler ses paroles avant de paniquer.

— Vous voulez que je vous aide à vous suicider ? balbutiai-je.

Je l'avais peut-être mal compris.

Il me regarda.

— Exactement.

Je m'assis lourdement. Mon visage et mes mains étaient glacés.

— Vous avez pensé à aller voir un thérapeute ? Ou à prendre quelque chose contre la dépression ?

Il sourit, mais son sourire n'atteignit pas ses yeux.

— J'ai beaucoup réfléchi à cela, Sarah. Ma vie a tout simplement cessé de signifier quelque chose pour moi. Il n'y a plus rien qui me retienne ici. Étant ce que je suis, je n'ai pas pu vivre une vie normale et mourir de causes naturelles. Donc, je dois choisir l'heure qui me convient. Et le temps est venu.

— Et sur le pont…

— Sur le pont, je considérais mes options limitées plus que toute autre chose. Bien évidemment, j'étais conscient que la chute ne me ferait rien. Le pieu en bois dans ma poche, c'était autre chose.

— Oh, c'était un pieu ? dis-je. Et moi qui croyais que vous étiez content de me voir.

Il fronça les sourcils.

— Je plaisante. (Je me mordis la lèvre, nerveuse.) J'ignorais que vous en aviez un sur vous cette nuit-là. Navrée. Je fais souvent de l'humour au plus mauvais moment.

— Alors, m'aiderez-vous ?

J'inspirai profondément.

— Je n'aime pas ça du tout, mais j'ai promis de faire ce que vous voudriez.

Je n'aurais pas pu faire une réponse plus éloignée d'un « oui ». Comment était-ce possible qu'il veuille mourir ? Il avait tout ce qu'un homme pouvait désirer. Une longue vie, la beauté, une affaire florissante… une fille sexy assise en face de lui. Hum… Bon, quatre sur trois, ce n'était pas si mal.

— Nous en rediscuterons plus tard, dit-il. Maintenant, allez dormir. Je ferai de mon mieux pour veiller sur votre ami.

— Il s'appelle Quinn, et il n'est qu'une vague relation, vraiment. (Je regardai autour de moi, le club bondé.) Très bien, je m'en vais. Mais je serai de retour aux aurores pour m'assurer que tout va bien.

Il haussa un sourcil.

— Croyez-vous que ce sera le cas ?

Je me mordis de nouveau la lèvre et détournai les yeux.

— J'apporterai les beignets.

Chapitre 11

« Aux aurores » s'avéra être à 9 h 45. Mon réveil oublia de sonner. Je sais, encore des excuses.

J'avais dormi si profondément que je n'avais pas entendu le téléphone. J'avais deux messages sur mon répondeur, tous deux de ma mère. Elle voulait connaître les détails de mon voyage pour le mariage de ma cousine Missy. Quand arriverais-je, amènerais-je un cavalier, et elle ajoutait qu'elle avait fait mes cookies aux pépites de chocolat préférés pour célébrer ma visite.

Le lendemain.

Je faillis mourir quand je me rappelai ce petit détail. Comme le temps passait vite quand on était chassé et qu'on manquait de perdre sa nouvelle vie immortelle. J'avais pris trois jours de congé ; non pas que ce soit toujours d'actualité, puisque je n'avais plus de boulot. Dans vingt-quatre heures, j'étais censée être en chemin pour me rendre gaiement dans ma ville natale, à trois heures au nord de Toronto, où ma cousine Missy devait se marier pour la seconde fois. J'étais l'une de ses demoiselles d'honneur. Me croiraient-ils si je leur disais que j'avais la grippe ?

Ou peut-être devrais-je simplement avouer la vérité. On m'avait presque sucé tout mon sang et transformée en une créature de la nuit, un monstre accro à l'hémoglobine, qui n'avait presque plus de reflet. Je me demandais si cela signifiait que je n'apparaîtrais pas sur les photos du mariage. Ou était-ce juste une histoire de miroir ? Sans doute devais-je m'en assurer avant d'aller où que ce soit.

Il fallait que je me décommande. Je n'avais pas le choix. Être demoiselle d'honneur dans mon état serait mal à trop de niveaux pour que je les nomme. Il faudrait que je réfléchisse à une excuse plus tard. Pour le moment, je devais affronter la situation « Quinn ».

Je passai chez *Tim Hortons*, pour acheter une dizaine de beignets avant de gagner l'*Éclipse de Minuit*. Avant, je les adorais, mais à présent que j'étais passée à un régime exclusivement liquide, leur doux arôme sucré ne me donnait plus envie de m'empiffrer de la première dizaine, puis de retourner en acheter une autre pour couvrir mes excès. Ce qui n'était jamais… euh… arrivé. *Bien sûr.*

Je les pris fourrés à la fraise : cela me sembla être le bon choix pour des vampires aimant les pâtisseries. À cause du truc rouge au milieu.

Le taxi me déposa devant l'institut de bronzage. J'avais décidé d'aller partout par ce moyen, aussi longtemps que j'aurais assez d'argent pour le faire. Arpenter seule les rues, même à la lumière aveuglante du jour, me rendait de plus en plus nerveuse.

La porte de devant était fermée, alors je fis le tour pour passer par celle de derrière. Je fus surprise de voir George adossé contre le mur, avec de grosses lunettes de soleil très semblables aux miennes, qui tirait avec passion sur une cigarette. Il y avait plusieurs mégots à ses pieds.

— Tu es encore là ? demandai-je. Ne me dis pas que tu n'as pas bougé depuis la nuit dernière.

Je ne pouvais pas voir ses yeux, mais l'expression de son visage n'avait rien de plaisant.

— Oh, tu es revenue. Merci infiniment de nous avoir laissés avec ce dingue.

— « Dingue » ? Quinn ? Qu'est-ce qu'il a fait ?

— Je dirais plutôt, que n'a-t-il *pas* fait ?

Je lui fourrai la boîte de beignets dans les bras et ouvris la porte en grand. J'entendis immédiatement tambouriner : un bruit fort, régulier, comme si quelqu'un s'amusait avec un bélier.

Une Zelda épuisée approcha de moi.

— Dieu merci, tu es enfin là ! Il n'arrête pas de te demander. Ou plutôt, il n'arrête pas de crier ton nom.

— Merveilleux, dis-je, sarcastique. Où est Thierry ?

— Je l'ignore, mais il m'a demandé de te donner ça.

Zelda prit ma main et y déposa une grosse arme argentée, à la crosse noire. *Une arme !* Je n'en avais encore jamais tenu de ma vie.

— Pourquoi ? bégayai-je.

— Pour te protéger.

— Il me prend pour qui ? L'inspecteur Harry ?

Elle retourna lentement derrière son bar pour se verser un verre de sang de ce qui semblait être sa bouteille personnelle, et elle l'avala d'un coup.

— Je t'aime bien, Sarah. Vraiment. Mais c'est toi qui l'as amené ici, puis tu es partie. C'est ton tour de t'occuper de lui. J'en ai assez.

Elle attrapa son manteau bleu derrière le bar, elle le jeta sur ses épaules et elle quitta le club par la porte de derrière.

Je déglutis. Oh, eh bien, il restait George, en cas de besoin.

— Je m'en vais aussi, cria George en passant la tête par la porte entrebâillée, une cigarette aux lèvres.

Je courus vers le battant avant qu'il se referme et j'attrapai George par le devant de son tee-shirt un peu transparent pour le tirer à l'intérieur.

— Oh, non, pas question. (Je le secouai par les épaules.) Tu ne vas pas me laisser ici toute seule.

La cigarette lui échappa et rebondit sur ma cuisse avant d'atteindre le sol.

Il cligna des paupières.

— Tu es plutôt sexy quand tu joues les dominatrices.

— Ça veut dire que tu restes ?

— Tu me battras si je dis non ?

Il eut un large sourire.

— Probablement.

— Oooh !

Derrière nous, un coup fit trembler la porte du bureau de Thierry. Seigneur, je me demandai ce que c'était.

— Sarah ! (La voix de Quinn était rauque d'avoir hurlé toute la nuit.) Laisse-moi sortir tout de suite !

Je me tournai vers George.

— Comment se fait-il qu'il ne l'ait pas encore enfoncée ?

— Elle est renforcée. Elle est plus solide qu'elle en a l'air. Comme toi.

— George, les compliments ne te mèneront nulle part, dis-je. C'est dommage, mais je ne peux pas faire comme si j'ignorais que tu es gay.

Je tenais l'arme à mon côté comme j'avais vu les flics faire à la télévision, et je me dirigeai vers le bureau. Je frappai doucement.

— Quinn ?

Le *boum* qui me répondit me souffla que Quinn s'était sans doute jeté contre la porte, épaule la première.

— Laisse-moi sortir !

— D'accord, tu te rends probablement compte que ça n'arrivera pas, non ?

— Je veux sortir !

Je coulai un regard à George, puis à la porte.

— Serais-tu devenu sourd quand tu as été mordu ? Écoute, personne ne te fait confiance, surtout pas moi. Si on te laissait sortir, tu irais tout raconter à tes petits amis et nous serions tous morts.

Cela avait bien plus de sens pour moi, à présent, à la lumière du jour. Peut-être avais-je commis une monumentale erreur en amenant Quinn ici. Euh, *peut-être ?* D'accord, j'avais commis une grave erreur, je l'admettais. Je n'affrontais pas bien la violence, la mort et toutes ces vilaines choses. En fait, je n'avais normalement pas à le faire. Je supposai que mon cerveau avait perdu tout bon sens la veille, et que j'avais fonctionné à la stupidité pure. Cela ne faisait pas de moi une mauvaise vampire, juste une vampire qui allait sans doute mourir.

Mais Quinn était sous ma responsabilité dorénavant, que je le veuille ou non.

— OK, Quinn, pourquoi tu n'essaierais pas de te calmer ? Je veux te parler face à face.

J'attendis sa réponse, mais rien ne vint.

— Pour ta gouverne, ajoutai-je, essayant de paraître forte et confiante comme les publicités pour mon déodorant disaient que je devais l'être, j'ai une arme. Un gros joujou. Je m'en suis déjà servi, et je n'aurai aucun scrupule à faire un beau trou dans ta carcasse si tu me donnes du fil à retordre.

Je regardai George. Il approuva d'un hochement de tête et leva les deux pouces.

J'attendis de nouveau la réponse de Quinn. Finalement, il dit :

— D'accord. Entre, et nous bavarderons gentiment.

Pourquoi avais-je tant de mal à gober sa sincérité ? Oh, c'était sans doute à cause de son ton tellement sincère !

Je serrai le pistolet plus fort. Il commençait à peser.

— C'est un automatique, dit George. Il suffit de viser et d'appuyer.

— Comme un appareil photo. Écoute, George… Si quelque chose tourne mal là-dedans, tu peux dire à Thierry que je suis désolée de l'avoir traité de salaud, la nuit dernière ?

Il écarquilla les yeux.

— Tu l'as traité de salaud ? Tu es mon *héroïne* !

Je haussai les épaules, puis me tournai vers le bureau.

— D'accord, Quinn, dis-je plus fort. Écarte-toi de la porte. (Puis j'ajoutai :) Ou alors…

George glissa la clé dans la serrure et la tourna. Je me raidis, prête à viser rapidement. Je lui tirerais dans la jambe, s'il le fallait. Les balles pouvaient-elles tuer les vampires ? Je l'ignorais, mais je pouvais parier qu'elles faisaient un mal de chien.

Je tournai la poignée et entrouvris de manière à jeter un coup d'œil à l'intérieur. Quinn était assis sur le canapé, les mains jointes, la tête baissée. On aurait dit qu'il priait.

J'entrai, et George s'empressa de refermer à clé derrière moi. J'entendis le « clic » de la serrure, et mon estomac se serra.

Merci beaucoup, pensai-je. *Allez, vas-y, jette-moi dans la fosse aux lions !*

Quinn redressa lentement la tête, jusqu'à ce que ses yeux se plantent dans les miens.

— Nous voilà face à face, dit-il sèchement. Parlons.

— Comment vas-tu ?

— C'est la grande forme.

Il observa le pistolet. Je le levai pour le pointer directement sur lui.

— Pourquoi ai-je du mal à croire que tu aies déjà tiré ? demanda-t-il.

— Parce que tu es un mâle chauviniste ?

— Tu n'en as pas besoin. Je ne tenterai rien.

— Bien sûr. Pourquoi te croirais-je ? Tu as toujours été si amical.

Il regarda autour de lui.

— Je peux sortir d'ici ?

— Non.

— Pourquoi pas ?

Je haussai les épaules.

— J'ai juste envie d'être égoïste et de te garder pour moi toute seule. C'est ton charme incomparable. Tu m'as complètement séduite.

Il cligna des paupières.

Je secouai la tête.

— J'étais sarcastique.

Quinn baissa les yeux.

— Je peux te poser une question ?

— Vas-y.

— Au bar, l'autre nuit, tu avais prévu de me tuer ?

— Pardon ?

Je baissai un peu mon arme.

— De me mordre. De me transformer en vampire.

— Non. (Je faillis rire.) Qu'est-ce qui te fais croire ça ?

— C'est ce que font les vampires. Ils mordent les gens.

— Je n'ai encore mordu personne, et je n'ai pas l'intention de le faire de sitôt. Les mots « dégoûtant » et « non hygiénique » signifient quelque chose pour toi ?

Il se rembrunit.

— Tu semblais si normale. Je n'arrive toujours pas à croire que je n'ai eu aucune idée de ce que tu étais. *Es.*

— Touchée.

— Alors, qu'est-ce que tu faisais là… au *Clancy's*… cette nuit-là ?

— Tu ne me croirais sans doute pas si je te disais que je voulais seulement boire un verre.

— Probablement pas. Mais qu'est-ce que j'avais à voir avec ça ?

Je levai les yeux au ciel.

— Ouah, tu te prends pour le centre du monde, hein ? Sans vouloir te faire redescendre sur terre, mon pote, je n'étais pas là pour toi, si c'est ce que tu crois. J'avais envie d'un verre, alors je m'en suis payé un. J'ai vu un type mignon, à l'autre bout du bar, et j'ai flirté avec lui.

— « Un type mignon » ?

Il haussa les sourcils.

Je me sentis aussitôt rougir.

— Je crois que nous nous écartons de notre sujet. Nous sommes censés parler des raisons pour lesquelles tu ne peux pas nous tuer tous.

— Tu m'as trouvé mignon ?

— Crois-moi, ça m'est passé. Tu as été une vraie plaie depuis que je t'ai rencontré, alors ça t'a ôté tout ton charme.

— Dis-moi, cet homme entièrement vêtu de noir, c'est ton petit ami ?

— Thierry n'est pas petit, mais il est bien un ami. Pas de la manière dont tu l'entends, cependant. Et quelle différence ça peut faire ?

Quinn se leva. Je reculai d'un pas et levai de nouveau mon arme, que j'avais baissée vers le plancher.

— J'ai eu du temps pour réfléchir, pendant que j'étais enfermé ici, dit-il.

Je sentis chaque muscle de mon corps se tendre quand il avança d'un pas.

— Pourquoi ne pas te rasseoir ? Le canapé est très confortable.

Il fit un autre pas. Je n'avais pas envie de lui tirer dessus, mais j'avais le sentiment que plus il approcherait, plus cela deviendrait facile.

Il s'arrêta et soupira.

— Écoute, Sarah, je sais que sans ton aide, je serais mort la nuit dernière.

— Et ?

— Et je sais que tu es différente des autres.

— Des autres quoi ?

— Les vampires.

— Je déteste être celle qui doit te l'apprendre, mais tu en es un toi aussi, maintenant.

Une douleur muette traversa son regard, mais cette fois elle n'avait rien de physique, j'en étais certaine.

— Je sais. Mais je ne me sens pas du tout différent de quand j'étais normal.

— Tu vois ? J'ai essayé de te le dire.

— Mais... je suis différent maintenant. Le contraire serait impossible. (Sa voix était triste.) Je ne peux pas être une de ces choses qui ont tué ma mère. Je ne peux pas être une chose morte-vivante, démoniaque et suceuse de sang.

Il baissa la tête et se mit à sangloter très doucement. Comme un homme. En silence, sans larmes, aussi discrètement que possible. Si je n'avais pas été debout devant lui, je n'aurais rien remarqué.

Je déglutis avec difficulté, mais je continuai à le tenir en respect.

— Quinn, ce n'est pas vrai. Tu n'es pas comme ça. Je ne suis pas comme ça.

— Des choses mortes, répéta-t-il. Nous sommes des choses mortes et répugnantes.

— C'est faux.

Je comblai la distance entre nous, attrapai sa main et la collai contre ma poitrine pour qu'il puisse sentir les battements réguliers de mon cœur. Lequel s'affola un peu quand je m'avisai, gênée, que je faisais toucher mon sein à Quinn. Je le lâchai, mais il ne retira pas sa main. Sa respiration était haletante quand il leva les yeux vers moi.

— Tu as raison. Tu n'es certainement pas morte.

Il se pencha vers moi, sa paume tiède toujours pressée contre ma poitrine. Je sentis quelque chose se tendre en moi alors que je plongeai mes yeux dans les siens, d'un bleu si intense… c'était peut-être du désir, un besoin. Ou bien peut-être le voulais-je tout simplement. Je l'ignorais. Je savais seulement qu'il était mignon, vulnérable et dangereux. Et j'allais l'embrasser. Oui, vraiment.

Le pistolet m'échappa et tomba sur le sol quand je voulus l'étreindre.

Une main se posa sur mon épaule et je fus arrachée à Quinn, tirée hors de sa portée.

— Que… ?

Je pivotai vivement.

Thierry se tenait derrière moi, l'air très en colère. Il tourna la tête vers Quinn et le poussa violemment contre le mur derrière le bureau, lui coupant le souffle.

— Thierry, non ! hurlai-je. Il n'avait pas l'intention de me faire de mal.

Thierry avait ses deux mains autour du cou de Quinn et il le soulevait du sol de quelques centimètres. Mais j'étais sûre qu'il m'avait entendue. Lentement, très lentement, il le reposa, puis le lâcha. Quinn s'effondra en tas, toussotant et crachotant.

— Que croyiez-vous accomplir en entrant ici toute seule ? me demanda Thierry. Je n'ai jamais vu quelque chose d'aussi stupide !

Je sentis mon visage s'empourprer.

— Je contrôlais la situation.

— Avez-vous déjà oublié ce qu'il est ? Un *chasseur*. Un tueur de notre espèce. Ouvrez les yeux, fillette, ou vous ne vivrez pas assez longtemps pour récolter les bénéfices de ce que vous êtes devenue !

— J'ai *dit* que je contrôlais la situation !

Quinn se releva lentement.

—Je ne dirai rien ni à mon père ni aux autres, je le jure. Je vous dois la vie, à tous les deux.

Thierry le regarda.

—Des mots. Rien que des mots. Cela ne me garantit pas que vous êtes sincère.

Quinn haussa les épaules.

—Alors, je ne sais pas quoi ajouter.

—Je vais vous donner plus que de simples mots, dit Thierry. Je vais vous faire une promesse. Si vous sortez d'ici et qu'il arrive quoi que ce soit à l'un de nous, à mes clients, à mes employés, ou à Sarah elle-même, je vous en tiendrai pour responsable.

—Je comprends...

—Vous ne comprenez rien! cracha Thierry. Je vous en tiendrai *personnellement* responsable. Et tout ce que vous avez de cher, toutes les personnes que vous connaissez, vos amis, vos amantes, les membres de votre famille... je les trouverai et je les détruirai. Les mots ne signifient rien, à moins d'avoir la volonté de leur donner une réalité, alors vous feriez bien de ne pas oublier mes paroles, chasseur.

Le visage de Quinn avait considérablement pâli, et j'étais certaine que le mien aussi. Thierry pouvait être effrayant quand il le voulait.

George entra dans la pièce et nous regarda à tour de rôle, terminant par Thierry.

—Hé, patron, dit-il en allumant une cigarette, dont il cracha lentement la fumée. C'est vrai que Sarah vous a traité de salaud?

—George! gémis-je. Maintenant? Il fallait que tu parles de ça *maintenant*?

— Pourquoi, ce n'est pas le bon moment ? (Il n'attendit pas ma réponse, ni d'ailleurs celle à sa première question.) Je me suis dit que puisque je n'avais entendu aucun coup de feu, c'était le bon moment pour moi de prendre congé.

— Partez, lui dit Thierry, mais il ne m'avait pas quittée des yeux.

Je le savais, parce que je sentais une brûlure sur le côté de mon visage.

George sourit et m'envoya un baiser avant de sortir.

Le silence régna un moment, jusqu'à ce que Thierry dise :

— Nous comprenons-nous bien ?

— Oui, absolument, répondit-il.

Je remarquai pour la première fois depuis que j'avais pénétré dans le bureau, que les marques de morsures sur la gorge de Quinn ne se voyaient presque plus. Le sang si puissant de Thierry était à l'œuvre. Je me demandai combien de temps il faudrait à Quinn pour commencer à perdre son reflet.

Quinn ne cilla pas sous le regard noir de Thierry.

— Oui, je crois que nous nous comprenons très bien.

Thierry l'étudia encore un instant.

— Alors, dehors. Je n'essaierai pas de vous en empêcher.

Quinn se dirigea vers la porte, mais avant de disparaître, il se tourna vers moi.

— J'étais sincère quand j'ai dit que je ne dirais rien à personne.

Je me forçai à sourire et à acquiescer. Quand il fut parti, je regardai Thierry.

— Désolée. Je sais que c'était stupide.

Il soupira.

— Et pourtant vous l'avez fait.

— J'avais le pistolet que vous m'aviez laissé.

— Il n'était pas fait pour vous donner un courage artificiel. Il n'était pas fait pour que vous entriez dans cette pièce en l'agitant comme si vous saviez ce que vous faisiez. Et puis, il est par terre.

— Oh. (Je me baissai pour le ramasser et le posai prudemment sur son bureau. Il ouvrit le tiroir du haut et le rangea.) Où étiez-vous ? Quand je suis arrivée, Zelda a dit qu'elle ignorait où vous étiez parti.

— Il y avait une crise dans un autre club.

— Alors vous en avez d'autres ?

— Oui, j'en possède trois.

— Quel genre de crise ? Quelqu'un vous a donné sa démission ?

Il referma le tiroir et il s'assit.

— Non, c'était plus sérieux que ça, je le crains. Juste après minuit, les chasseurs de vampires leur sont tombés dessus. Presque tout le monde a été tué, et le bâtiment a brûlé.

Mon souffle me resta en travers de la gorge.

— Alors, poursuivit-il, je suis sûr que vous me pardonnerez d'avoir été grossier concernant votre ami. Ce sont ses amis qui sont responsables de ce qui est arrivé.

Je pâlis.

— Oh mon Dieu, Thierry, je suis navrée.

Il secoua la tête.

— Je suppose que j'ai été trop préoccupé par mes petits soucis personnels, mais ça a suffi à me réveiller concernant les dangers qui rôdent autour de nous.

— Alors, vous avez reconsidéré la question, vous n'avez plus l'intention de vous suicider ? demandai-je, pleine d'espoir.

— Non, en fait, cela m'a convaincu que ma décision était la meilleure.

J'ouvris la bouche pour le contredire, mais il me fit taire d'un geste.

— Je désire être seul un moment, Sarah, si vous n'y voyez pas d'inconvénient.

Je hochai solennellement la tête.

— Aucun problème. Hum, je serai chez moi toute la journée, je suppose. J'ai quelques petites choses à régler. (Je me tournai vers la porte.) Oh, à propos, je serai sans doute absente jusqu'à mercredi. Je passerai à mon retour.

— Où allez-vous ?

— Je dois me rendre à une réunion de famille.

Oui, j'avais changé d'avis, je devais l'admettre. Mais j'avais décidé que je ne pouvais pas ne pas aller à ce mariage. Mieux valait le faire et en finir une bonne fois pour toutes. Et puis, quitter Toronto me semblait être une excellente idée.

Peut-être pas pour Thierry.

Il me jeta un regard agacé.

— Je croyais vous avoir dit de couper les ponts avec votre ancienne vie. Cela exclut donc de vous rendre à une quelconque « réunion de famille ». À combien de situations dangereuses serez-vous mêlée avant de faire ce que je vous dis ?

— Il s'agit du mariage de ma cousine à Abottsville. Il faut que j'y aille : tout le monde m'attend. Je leur ferai mes adieux à cette occasion, je vous le promets.

Je me retournai pour partir, tout en me demandant pourquoi je me sentais coupable.

— Non, dit Thierry.

— Pardon ?

Il prit une profonde inspiration, et se massa les tempes avant de répondre.

— J'ai dit non. Vous ne pouvez pas vous rendre à ce mariage.

Je fronçai les sourcils et sentis la colère m'envahir.

— Vous n'avez pas le droit de me dire ce que je peux ou ne pas faire. Je vais où bon me semble.

Il fut instantanément sur ses pieds, les mains serrant le bord de son bureau, le visage assombri par la fureur.

— Cessez de vous comporter comme une enfant. Vous ne pouvez pas aller où vous voulez. Ni faire ce que vous voulez. Plus maintenant. Vos actions, ces dernières vingt-quatre heures, ont transformé tout ce que vous voyez autour de vous. Ne comprenez-vous pas ? Si vous quittez la ville, je ne pourrai pas vous protéger, et j'ai déjà bien assez de soucis comme ça.

Je sentis ma gorge se serrer, mais je n'allais pas reculer. Il n'avait pas le droit de vouloir contrôler ma vie. Même s'il pouvait être terrifiant. Pas question !

— Comment m'avez-vous protégée en restant terré ici pour planifier votre propre mort ? Ah, ça oui, vous m'avez été d'un grand secours ! Et navrée d'avoir voulu sauver Quinn. Je suppose que je ne peux pas tourner le dos à une personne en train de mourir dans la rue. Je suis bizarre, je sais.

— Je n'ai pas envie de me disputer avec vous, Sarah.

— Non, vous voulez seulement que je vous obéisse au doigt et à l'œil, comme tout le monde ici. Eh bien, vous pouvez faire une croix dessus. Ça n'arrivera pas.

Je repartis de nouveau vers la sortie, mais avant que j'aie pu atteindre la porte, il était déjà là et il me bloquait le passage. Il m'attrapa par les épaules et m'attira plus près. Pendant un instant, je crus qu'il allait encore m'embrasser.

Il n'en fit rien. Il se contenta de me regarder longuement dans les yeux, ses doigts s'enfonçant dans ma chair.

— Si vous partez maintenant et ne tenez pas compte de mes avertissements… (Il marqua une pause.) Ne revenez plus jamais. Vous serez toute seule.

Il n'y avait plus aucune trace de colère dans sa voix. C'était simplement une affirmation froide et monocorde. Il me lâcha.

Je levai les yeux et sentis une larme rouler sur ma joue. Je déglutis péniblement.

— Aucun problème.

Je le contournai et sortis enfin. Je me forçai à ne pas me retourner, histoire de voir s'il avait une quelconque expression sur le visage. Ma colère était retombée aussi vite qu'elle était apparue. Je me sentais malade, lasse et terriblement seule.

Le principal problème de Thierry, c'était sa rigidité. Avec lui, tout était noir ou blanc, il n'y avait pas de nuances.

Mon problème… eh bien, j'étais exactement pareille.

Mais qu'étais-je censée faire ? Courber la tête et dire : « Oui, maître, tout ce que vous voudrez, maître » ? Il n'en était pas question !

Alors, tout était fini. Je quittai l'*Éclipse de Minuit* par la porte de derrière, essayant d'effacer ses paroles de ma mémoire. Mais elles me rongeaient comme des termites affamés.

Étais-je en plein délire ? Était-ce une mauvaise idée d'aller à ce mariage ? Ma ville natale me semblait aussi sûre qu'ailleurs. Presque trop sûre. Et j'irais très bien sans cet arrogant Thierry de Bennicœur dans ma vie. Salaud.

Malgré mon malaise, concernant mes déplacements en solitaire, je décidai de prendre les transports en commun au lieu d'appeler un taxi. J'étais de si mauvaise humeur que les chasseurs auraient peur de moi. Je fis un crochet par *Blockbuster* et louai trois films, que je comptais regarder dans l'après-midi, pour ne plus penser à rien. Après avoir passé leur sélection en revue, je choisis le *Dracula* original, avec Bela Lugosi, *Entretien avec un vampire*, avec Tom Cruise, et *Le Vampire de ces dames*, avec George Hamilton.

Le téléphone sonnait quand je poussai la porte de mon appartement. Je courus décrocher, jetant mon sac et mes DVD sur le comptoir de la cuisine. C'était Thierry, j'en étais sûre. Il allait s'excuser pour ce qu'il avait dit, et tout redeviendrait comme avant.

— Allô ? dis-je, le souffle court.

— Sarah ? Je suis contente que tu sois là.

Mes épaules s'affaissèrent. C'était juste Amy. Ça faisait vingt-quatre heures qu'elle m'avait abandonnée au centre commercial, juste avant que ma mésaventure avec Quinn commence. J'espérais qu'elle n'avait pas dépensé trop d'argent pour se mettre du baume au cœur. Elle avait déjà des dettes sur sa carte de crédit. Mais j'avais mes propres problèmes.

— Amy, à propos d'hier…

— Oublie ça, coupa-t-elle.

— Oublier ?

— Oui, je crois que je me suis montrée plutôt déraisonnable. Ce ne sont pas mes affaires, si tu vois quelqu'un. En fait, je suis très contente pour toi.

— Vraiment ?

— Oui. En plus, il est mignon. Quinn, c'est ça ?

— Quinn. (Je sentis que j'allais avoir la migraine. Ou peut-être était-ce une tumeur cérébrale.) Oui, c'est bien son nom.

— Alors, comment vous vous êtes rencontrés ?

J'essayai de trouver un mensonge qui sonne vrai, puis abandonnai. Penser était bien trop douloureux.

— Je l'ai plus ou moins dragué dans un bar, et il ne m'a pas laissée tranquille depuis.

— C'est tellement adorable. Qui a dit qu'une fille ne pouvait pas rencontrer un homme bien dans un bar ?

— En fait, je crois que c'est moi.

— Eh bien, idiote, je crois que tu t'es prouvé à toi-même que tu avais tort. Écoute, je ne veux pas te retenir très longtemps, je sais que tu dois être débordée par les préparatifs pour le mariage. Mais je voulais te dire merci.

— « Merci » ? Pour quoi ?

Elle gloussa.

— Quand je vous ai laissés en tête à tête, je suis partie pour m'apitoyer sur mon propre sort, et finalement, j'ai rencontré un homme fabuleux, et ça ne serait pas arrivé si j'avais passé l'après-midi avec toi. Et j'ai acheté de superbes chaussures. Attends un peu de les voir.

— Oh, dis-je, surprise. (Enfin, pas tant que cela, parce qu'il s'agissait d'Amy, après tout.) Eh bien, c'est génial ! Que tu aies rencontré cet homme, je veux dire. Comment est-il ?

Elle inspira profondément avant de tout déballer.

— Eh bien, pour commencer, il est très sexy. Il est nouveau en ville, alors appelle ça le destin. Je crois qu'il pourrait être *le bon*. Tu vas l'adorer. En fait, dès que tu rentres du mariage, nous pourrions faire une sortie à quatre, toi et Quinn, et Peter et moi.

Je ne répondis pas tout de suite.

— Sarah ? appela Amy. Tu es toujours là ?

— Oui.

— Alors, un double rendez-vous ? Ce ne serait pas drôle, ça ?

Je hochai la tête, imaginant plutôt combien ce ne serait *pas* drôle.

— Oui, super drôle.

— Méga super drôle. Appelle-moi dès que tu reviens, d'accord, et nous arrangerons tout.

— D'accord, c'est promis. (Je croisais les doigts.) Oh, Amy…

— Oui ?

— Désolée. Vraiment. Je suis navrée si je t'ai fait de la peine, hier.

Elle rit.

— Oublie ça. Quand avons-nous jamais eu un petit ami en même temps ? Tout va bien !

Je raccrochai, me sentant toujours coupable. Je n'avais aucune intention d'aller à ce double rendez-vous. Ma liste de raisons était bien trop longue pour que je commence à la faire. Ce ne serait pas la première fois cette semaine que je faisais une promesse que je n'avais aucune intention de tenir, après tout. Et connaissant les exploits d'Amy, il y avait fort à parier qu'elle serait déjà avec le prochain homme parfait quand je rentrerais à Toronto.

Je passai le reste de la journée sur le canapé, à regarder à la suite les trois films que j'avais loués, tout en m'apitoyant sur moi-même. Toutes les quatre heures, je buvais une gorgée de l'une des bouteilles de « spécial bleu » que m'avait préparées Zelda.

Je n'appris pas grand-chose des films. À part que lorsqu'on est un vampire, on ressent le besoin irrépressible de planter ses crocs dans toutes les veines disponibles. Cette pensée me rendit un peu malade. Il n'était pas question que je fasse cela. Jamais. Croix de bois, croix de fer, si je…

Oh, peu importe !

Je fis ma valise, et allai me coucher tôt. Je voulais que tout se passe bien durant les deux jours suivants. J'allais prouver à Thierry que je pouvais continuer à mener une vie normale. Tout irait bien. Après la semaine qui venait de s'écouler, je n'étais pas d'humeur à vivre d'autres aventures.

Mais sérieusement, qu'est-ce qui pouvait bien m'arriver à un mariage ?

Chapitre 12

Abottsville était à trois heures au nord-ouest de Toronto. C'était une ville d'un peu plus de huit mille habitants, tous très heureux de vivre, qui s'enorgueillissaient de leurs maisons entourées de barrières blanches. En d'autres termes, c'était l'enfer sur terre.

J'étais partie précipitamment de ma ville natale peu après mon dix-huitième anniversaire pour entrer à l'université de Toronto, où j'avais fait des études de théâtre, et accessoirement de psychologie. J'avais de grands rêves : devenir très vite une grande star de cinéma. Mais à part un rôle vedette dans une pub locale, mes plans avaient tout eu du pétard mouillé.

J'avais été très pressée de quitter la maison parce que, trois semaines plus tôt, le garçon avec qui je sortais au lycée m'avait posé LA question. Il rêvait de reprendre la pharmacie familiale, et de me laisser à la maison, où j'élèverais les quatre marmots que j'aurais mis au monde avant mes vingt-cinq ans. Peut-être était-ce ce que souhaitaient certaines filles, mais je n'étais pas l'une d'elles. Cela avait sonné le glas de notre relation. J'avais entendu dire qu'il avait récemment gagné à la loterie et qu'il avait déménagé à Hawaï avec une ancienne Miss Playboy. J'avais dû naître sans aucune intuition.

Je retournais « chez moi » de temps en temps, pour voir mes parents, mais pas aussi souvent que je l'aurais pu. J'en éprouvais de la culpabilité, mais ce n'était pas aussi terrible que l'envie de vomir qui me prenait chaque fois que je passais la pancarte annonçant : « BIENVENUE À ABOTTSVILLE, VILLE DE LA PLUS GROSSE CITROUILLE DE L'ONTARIO ». Merci, mais je préférais vivre en ville, avec ses bouchons, sa pollution et ses cappuccinos hors de prix.

J'avais loué une voiture économique pour aller au mariage. Le lundi fut occupé par des retrouvailles pleines de joie avec ma famille, et un dernier essayage de robe très déplaisant qui me prouva que mon nouveau régime ne m'avait pas fait perdre un gramme. C'était tellement injuste.

Les robes des demoiselles d'honneur étaient supposées être laides, mais celles que Missy avaient choisies allaient probablement me donner un désordre vestimentaire post-traumatique carabiné. Elles étaient composées d'une courte jupe brillante, d'une large ceinture avec des strass, et d'un top en satin au décolleté vertigineux… terriblement vertigineux. La couleur était censée s'appeler « passion aubergine ». Je me sentais comme une stripteaseuse dans une production de Las Vegas. Ma cousine devait être sous acide ; c'était la seule explication.

Mais c'était son jour, et qui étais-je pour me plaindre ? Les deux autres filles avaient davantage le droit de se sentir misérables. Au moins, j'avais les plus belles chaussures, puisque j'avais insisté pour porter les mules argentées que je réservais pour les « occasions spéciales ».

Alors, à part la robe, le premier jour que je passai dans la ville qui m'avait vue naître fut sans incident. Je me prouvais à moi-même que je pouvais passer pour cent pour cent humaine. Et cet idiot de Thierry voulait que je dise adieu à mon ancienne vie ! Je démontrais que je pouvais continuer comme avant, sans que quiconque ne remarque rien.

Je regardai mon reflet à peine visible dans le miroir du boudoir, à l'église, pour retoucher mon rouge à lèvres.

Je me mentais à moi-même.

Les dernières vingt-quatre heures avaient été un cauchemar monumental. Je n'exagérais même pas. Tout ce que je voulais, c'était en finir avec ce mariage, afin de pouvoir sauter dans ma Toyota Echo louée et quitter Abottsville.

Pourquoi était-ce si terrible ? Laissez-moi faire la liste. D'abord, il y avait ce problème de reflet. C'est incroyable le nombre de surfaces réfléchissantes qu'il peut y avoir dans le monde. Si quiconque s'apercevait que je n'avais pas de reflet, comment étais-je censée l'expliquer ? Pour le moment, j'avais choisi de les éviter au maximum.

Ensuite, au cours de la répétition du dîner, je m'étais forcée à avaler quelques *fettuccine* avec du pain à l'ail. J'avais alors appris, en vomissant dans l'un des bouquets de table, ce qui arrive quand certains vampires avalent une nourriture solide.

Et ne me lancez pas sur l'épisode où le cousin Jeremy s'était coupé le doigt avec son couteau à steak. Il y avait presque eu une répétition de la scène dans le bureau de Saunders. Dieu merci, j'avais pu planter mes dents dans un steak cru ; ce qui n'avait pas été joli à voir.

À présent, tout le monde me traitait avec une prudence exagérée, comme si j'étais sur le point de perdre complètement la boule… et ils n'avaient peut-être pas tort.

Sur une note plus positive, grâce à un appareil photo numérique « non officiel », je savais maintenant que j'apparaissais toujours sur les photos. Je n'étais pas plus photogénique, c'est tout. Ce n'était pas une réelle surprise.

— Sarah ! gémit Missy de la pièce où elle s'était changée.

Je sursautai et posai mon verre de champagne sur la table du boudoir, avant de rejoindre ma cousine.

— Qu'y a-t-il ?

Je m'efforçai de prendre un ton inquiet. C'était la première fois que je trouvais Missy en larmes depuis que j'étais arrivée. Soit elle était étouffée par l'émotion, soit elle avait un vrai problème. Peut-être les deux.

Bienvenue au club.

Elle poussa un long soupir tremblant.

— Je ne sais pas si je ne suis pas en train de faire une bêtise.

Je regardai par-dessus mon épaule pour vérifier si je ne pouvais pas passer le relais à quelqu'un d'autre. Mais nous étions seules. À l'exception des deux cents personnes assises dans l'église, bien sûr. Et parmi elles, il y avait le révérend Micholby qui me donnait la chair de poule. Il avait passé tout le dîner de répétition à me jeter des regards noirs. Ou peut-être étaient-ce des regards saints, puisqu'il était un homme de Dieu.

— Viens. (Je pris un mouchoir en papier dans une boîte et le lui tendis.) Tout va bien se passer.

— Tu crois ? Je ne sais pas. J'ignore si je suis prête.

— Richard est un homme formidable. Vous allez avoir une vie fabuleuse ensemble.

Elle renifla.

— Nous sommes tellement différents, tu sais. Si différents que c'en est effrayant.

— Hé, vive la différence ! Les opposées s'attirent, et tout ça…

— Mais qu'arrivera-t-il s'il se lasse de moi dans cinquante ans ? Quand je serai vieille ?

— Impossible. Vous êtes faits l'un pour l'autre. Tout ira bien. Tu veux du champagne ?

Je lui versai un verre. Elle le prit et le but cul sec. Je bus aussi une gorgée, à la bouteille. L'alcool qui coulait à flots m'aidait, même si ce n'était pas autant qu'avant.

— Il est super, hein ?

Je m'essuyai la bouche, veillant à ne pas faire baver mon brillant à lèvres.

— Oui, il l'est.

Pour être honnête, je n'avais parlé à Richard, le futur marié, que cinq minutes, au dîner. C'était un comptable de quarante et quelques années. Il se dégarnissait un peu et conduisait une Volvo bleue. Il m'avait paru très bien, mais je n'étais pas celle qui devait l'épouser.

Missy avait un peu plus de trente ans. Elle avait déjà été mariée, douze ans plus tôt, mais cela n'avait pas marché, parce que son mari avait déjà eu deux autres épouses. Elle avait passé l'intérim à jouer au Yo-Yo avec son poids et à collectionner les chats. Elle avait rencontré Richard quand il était venu lui faire sa feuille d'impôts, un an plus tôt. Eh oui, l'amour n'avait pas besoin de quelque chose de plus intense, à Abottsville.

Les premières notes du *Canon* s'égrainèrent dans l'église. Nous devions faire notre entrée. J'allais devoir me montrer dans ma fichue robe.

— Sauvée par Pachelbel, dis-je. Tu comprends ? Pachel-bell ? *Bell*, cloche, en anglais ? (Missy me renvoya un regard vide.) Oh, laisse tomber. Ils jouent notre chanson.

Missy sourit et se leva.

— Merci d'être là pour moi, Sarah. J'aimerais que tu puisses venir plus souvent.

Elle m'étreignit doucement pour ne pas abîmer notre maquillage.

— Oui, moi aussi, mentis-je, et je lui fis un grand sourire tout en m'écartant.

Elle fronça les sourcils.

— Tes dents sont bizarres.

— Vraiment ?

Je passai ma langue sur mes dents et sentis une vive douleur envahir ma bouche. Mon cœur se serra. Ils étaient là. Ils avaient poussé, telles de minuscules aiguilles, en avance, grâce au super sang de Thierry.

Mes crocs. Génial.

— Hum..., dis-je, essayant de parler sans trop ouvrir la bouche. J'ai utilisé des bandelettes blanchissantes, c'est tout. Mais c'est l'heure du spectacle. Je te retrouve là-bas.

Je m'éloignai au moment où mon oncle apparaissait dans l'encadrement de la porte pour conduire Missy à l'autel. Je rejoignis les autres demoiselles d'honneur vêtues d'aubergine. Elles tiraient sur l'ourlet de leur jupe, et plus elles faisaient cela, plus le top dévoilait leurs seins.

— Ça craint, souffla une fille du nom de Lana avant que nous commencions à monter l'allée.

Elle marchait en tête, et je devais la suivre. Susan, la première demoiselle d'honneur venait ensuite. Elle semblait sur le point de s'évanouir.

Puis ce serait au tour de Missy.

— Respire, murmurai-je à Susan. Tu es très bien.

— Je me sens comme une grosse catin, dit-elle.

Je n'avais rien à ajouter à cela, alors j'emboîtai le pas à Lana, serrant mon minuscule bouquet d'œillets rose et blanc.

Bon, j'avais enfin mes dents de vampire. Encore une chose à laquelle j'allais devoir m'habituer. Aucun problème. *No problemo.*

Qui essayais-je de tromper ? Cela craignait. L'excuse que j'avais donnée à Missy était lamentable, au mieux. Peut-être que personne ne s'en apercevrait. J'allais devoir passer le reste de la journée à éviter de sourire.

Je coulai un regard vers l'endroit où mes parents étaient assis. Je devais leur parler. Leur expliquer que je devais m'en aller et que je ne leur rendrais pas visite très souvent au cours des années à venir. Si je leur disais que je partais travailler en Australie, ils ne me poseraient pas trop de questions, n'est-ce pas ?

Ils me sourirent joyeusement de leur banc. Je fronçai les sourcils. Ils semblaient presque trop heureux. Qu'est-ce qui pouvait bien leur faire cet effet, surtout aujourd'hui ?

Alors que mon angle de vue devenait meilleur, je m'arrêtai brutalement au milieu de l'allée. Mon bouquet m'échappa des mains et tomba par terre. George était assis entre mes parents, avec ses lunettes de soleil et une expression de profond ennui.

— Putain de merde ! dis-je tout haut, et j'entendis un halètement choqué monter de la congrégation.

Je me penchai pour ramasser mon bouquet, puis courus presque pour gagner le devant de l'église.

La majorité des gens se remettait déjà d'avoir entendu jurer dans la maison de Dieu. Moi, je me remettais du choc d'avoir vu un serveur gay, et vampire, épaule contre épaule avec ma mère. Ma mère, qui ne semblait pas s'en plaindre du tout.

L'orchestre emprunté au lycée de la ville commença à jouer la *Marche nuptiale*, qu'il n'avait apparemment pas beaucoup répétée. Missy fit alors son entrée. Moi, je ne pouvais pas quitter George des yeux.

— Que fais-tu ici ? mimai-je.

Il semblait très occupé à étudier une tapisserie religieuse. Bref, il faisait mine de ne pas me voir.

Un million de choses me traversèrent l'esprit. Quelque chose d'horrible s'était-il produit ? L'*Éclipse de Minuit* avait-elle brûlé. Thierry avait-il tué Quinn pendant mon absence ? Barry s'était-il trouvé une personnalité ? J'étais impatiente que le service se termine. En fait, j'avais envie de crier : « Dépêchez-vous, bon sang ! », alors que Missy et Richard balbutiaient leurs vœux. Mais je réussis à me maîtriser. À peine.

Dès que la messe fut finie, nous fûmes emmenés dehors pour une série de photos sous le soleil aveuglant et dans l'air glacial. Je n'avais pas envie d'être là. Tout ce que je désirais, c'était trouver George et découvrir ce qui se passait. Tout ce dont je me souviendrais au sujet des photos, c'était que le photographe voulut que j'enlève mes lunettes, et que je refusai. Il perdit la guerre. Je ne les enlevai pas.

La réception avait lieu dans la salle des banquets du Golf d'Abottsville. Mal à l'aise, je pris ma place pour serrer une multitude de mains moites tout en essayant de sourire le moins possible, afin de ne pas montrer mes crocs, aux deux cents et quelques invités fatigués et affamés. Enfin, mon père apparut dans la file. Il était très beau. Son costume gris et sa cravate vert tilleul étaient impeccables, mais j'étais pratiquement certaine que la fleur qu'il portait à la boutonnière venait du magasin de farces et attrapes du coin. Une de ces fleurs en plastique qui crachaient de l'eau. Je la lorgnai prudemment.

— Ma chérie, dit-il en m'étreignant avec force. Tu es fantastique. Si quelqu'un pouvait réussir à porter cette robe avec élégance, c'est bien toi.

Je lui adressai l'un de mes sourires bouche fermée.

— Merci, papa.

— Je crois que ta mère a un nouveau petit ami. (Il me fit un clin d'œil.) Crois-tu que je devrais être jaloux ?

Et sur ces mots, il passa à la demoiselle d'honneur suivante.

Ma mère tenait George par le bras, et ils s'avançaient ensemble vers moi. Il avait l'air de quelqu'un qui aurait aimé être n'importe où sauf là. Eh bien, nous étions deux !

— Regarde qui j'ai trouvé ! dit ma mère avec un large sourire bien en place. George.

Je jetai un regard à la fois noir et interrogateur à George.

— Et comment connais-tu George ? demandai-je à ma mère.

— Je ne le connais pas, idiote. (Elle lui tapota affectueusement le bras.) Du moins pas avant aujourd'hui. Je suppose que ça explique ton comportement et ton humeur morose depuis ton arrivée.

— Mon « humeur morose » ?

— Vous avez eu une querelle d'amoureux, et il est venu jusqu'ici pour se faire pardonner. C'est tellement romantique. Nous l'avons trouvé qui errait autour de l'église. Tu ne nous avais pas dit que tu avais un nouveau petit ami.

Amoureux, hein ?

— Maman, tu as toujours été si perspicace.

— C'est un don, ma chérie. Ne t'inquiète pas, ton père et moi trouverons une place pour George à notre table.

Elle passa pour bavarder avec Susan, qui se tenait près de moi, toujours aussi mal à l'aise.

Je foudroyai George du regard.

— Alors ?

— Alors quoi ? (Il sourit comme si c'était la chose la plus naturelle pour lui d'être ici, au mariage de ma cousine.) Puis-je te dire que tu es *fabuleuse* ? Cette robe est à mourir !

— Tu vas sans doute mourir si tu ne me dis pas tout de suite ce que tu fais ici.

Il regarda autour de lui.

— Je suis venu m'excuser auprès de mon cher cœur pour la dispute que nous avons eue hier. C'est tout. Je t'en prie, ma chérie, pardonne-moi.

Je pris sa main dans la mienne et lui enfonçai mes ongles dans la paume jusqu'à ce qu'il tressaille.

— Nous en reparlerons plus tard, *chéri.* Et tu ferais bien de trouver une meilleure excuse.

Il montra les dents dans un rictus qui tenait autant de la grimace que du sourire, et il s'éloigna.

Oh, il n'échapperait pas à une discussion. Thierry était derrière tout cela. Je le sentais. Il avait envoyé George m'espionner. Il n'y avait pas d'autre explication.

Je n'en pouvais plus. Mes deux vies, ma vie normale et ma vie de vampire, tombaient en ruine. Aucune n'avait plus le moindre sens. Je ne pouvais pas vivre ainsi, toujours à cran, terrifiée à l'idée qu'une chose horrible pouvait arriver.

Quand le dîner fut servi, l'odeur de mon poulet Cordon Bleu que je n'avais pas touché me rendit physiquement malade. Je poussai l'assiette aussi loin de moi que possible et cherchai George du regard. Il y avait une chaise vide à la table de mes parents : ce devait être la sienne.

J'avais besoin d'air frais. Un peu de temps à moi, sans être entourée de personnes normales qui, rien que par leur présence, me rappelaient constamment que j'étais horriblement différente désormais.

Dehors, je m'adossai au mur de la salle de réception et voulus prendre une grosse bouffée d'oxygène. Je reniflai l'air, fronçai les sourcils et tournai la tête vers la gauche.

La demoiselle d'honneur, Susan, venait d'allumer une cigarette, près de l'entrée des cuisines.

— Tu en veux une ?

Elle me montra son paquet d'un signe de la tête.

— Tu comprends sans doute que ces choses sont mauvaises pour toi, non ?

— Non ? (Elle inhala profondément, puis souffla plusieurs ronds de fumée dans l'air glacé.) Je n'avais jamais entendu dire ça. Eh bien, personne ne vit éternellement.

Je me mordis la lèvre.

— C'est ce que je croyais aussi.

— Ton petit ami est canon.

J'ouvris la bouche pour protester, puis la refermai.

— Merci. C'est aussi son avis.

— Tu y crois, toi, à ces robes ? (Elle secoua la tête.) Immortalisées sur toutes ces photos. Je vais devoir m'enivrer sérieusement pour oublier ça.

— Il est encore tôt. Et le bar est ouvert.

— Amen !

— Ne dis pas « amen ». Tu pourrais attirer le révérend Micholby ici. C'est quoi son problème, à celui-là ?

Elle tira longuement sur sa cigarette.

— Il a été absent longtemps. La rumeur veut qu'il ait fait une dépression nerveuse ou quelque chose comme ça. C'est son premier mariage depuis son retour. Je ne m'inquiéterais pas, si j'étais toi. Il doit réagir ainsi à cause des robes. Il doit être moralement offensé par elles.

Je hochai la tête.

— C'est sans doute ça. *Je* suis moralement offensée par elles, alors lui, je n'imagine même pas !

Nous rîmes ensemble, et je commençai à me sentir mieux. Du moins jusqu'à ce qu'elle s'étrangle autour de sa bouffée suivante. Je lui tapais dans le dos quand un van s'arrêta dans un crissement de pneus. Un type à l'air hagard sauta du véhicule et se dépêcha d'aller ouvrir à l'arrière pour en sortir un fût de taille moyenne. Il commença à le faire rouler vers les cuisines.

— Désolé, je suis en retard, dit-il. Je n'avais pas compris que c'était si loin en dehors de la ville. J'aurais dû être là il y a des heures.

— Aucun problème, répondis-je. Qu'est-ce que vous avez là, d'ailleurs ? De la bière ?

— Ouais, rit-il. C'est de la bière. C'est mignon, ça. Pouvez-vous me faire une fleur et signer mon bon de livraison ?

Je haussai les épaules.

— Bien sûr, pourquoi pas ?

Il emporta son fût à l'intérieur, puis il revint et me tendit un porte-bloc à pince. Un stylo bon marché y était attaché par une ficelle noire. Il me montra du doigt la dernière ligne sur la feuille, et je pris le crayon.

Puis je me figeai.

Pourquoi avais-je cette étrange impression de « déjà-vu » ? Je regardai le livreur. Il me semblait terriblement familier. Je jetai un coup d'œil au logo en haut du bon de livraison.

« Les livreurs de sang. Vous avez besoin de sang ? Nous livrons. »

— Quelque chose ne va pas ? demanda Susan. Tu n'as pas l'air bien.

Je terminai de signer en bas du formulaire et poussai le porte-bloc vers l'homme. Il me sourit, et le clair de lune se refléta sur ses dents de vampire. Il me remercia, puis il retourna à sa camionnette et repartit.

Je me sentais faible.

— Je crois que je vais rentrer.

— Moi aussi. (Elle envoya son mégot de cigarette contre le tronc d'un arbre.) J'ai envie d'une bière.

Je repris ma place à table, subissant un stress majeur, et engloutis un verre de vin rouge, mais il ne m'aida pas à me sentir mieux. Que se passait-il ? Pourquoi les Livreurs de Sang étaient-ils venus ce soir ? Était-ce un coup de George ? Les avait-il fait venir ?

Ou bien était-ce une plaisanterie ? Si tel était le cas, je ne trouvais pas cela drôle. Pas même un peu.

Je jetai un coup d'œil à la table de mes parents. Toujours aucun signe de George. Où avait-il bien pu passer ?

Le dîner était fini et le dessert était servi : une délicieuse tarte au chocolat. J'adorais le chocolat, mais j'évitais d'y toucher, de peur de répéter le scénario de la veille. À la place, je bus un autre verre de vin. Avec tout l'alcool que j'avais descendu, j'aurais dû ne ressentir aucune douleur. Au lieu de cela, je me sentais comme si je n'avais eu que de l'eau du robinet toute la soirée.

Après les discours, le DJ commença à passer de la musique, et Missy et Richard firent leur première danse. Du coin de l'œil, je vis George revenir dans la salle de réception et se diriger vers la table de mes parents. J'allai droit vers lui et il leva les deux mains, comme s'il s'attendait que je le frappe. Je l'attrapai par le poignet et le tirai pour qu'il se remette debout. Le révérend Micholby était également à la table de mes parents. Il me jeta un regard glacial.

— Sarah ! s'écria ma mère, en fronçant les sourcils. Peut-être est-ce ce genre de conduite agressive qui l'a poussé à la dispute.

Je ne fis pas attention à elle et emmenai George aussi loin de la musique tonitruante que possible. Après la première danse, le DJ passa la *Danse des canards*. Normalement, je n'aurais manqué cela pour rien au monde, mais j'allais faire une exception.

— Où étais-tu pendant toute la soirée ?

Je lui enfonçai mon index dans la poitrine.

— Aïe ! J'étais dans le coin. Je suis allé voir en ville, s'il y avait quelque chose d'intéressant à faire. (Il haussa les épaules.) Je suis rentré bredouille.

— Allez, George. Mets-toi à table.

Il sourit.

— T'ai-je dit que tu es fabuleuse ?

— Qu'est-ce que tu fais ici ?

— Est-ce mal de vouloir soutenir Missy et Richard, alors qu'ils commencent leur nouvelle vie ensemble ? (Il m'étudia en plissant les yeux, puis il eut un large sourire.) Tu as tes crocs ? Félicitations !

Je fis mine de n'avoir rien entendu. Cela ne semblait pas très poli de remarquer les crocs d'une femme en public.

— Thierry t'a envoyé ici ?

Il s'assit sur un canapé à l'aspect rustique, et soupira lourdement.

— Crois-tu que je serais ici, dans le cas contraire ?

— Il a dit qu'il ne voulait plus jamais me revoir.

— C'est un homme difficile à comprendre. Mais tu sais ce qu'on dit : un homme difficile est bon à trouver.

Il eut un large sourire espiègle.

J'essayai d'être patiente. Vraiment.

— Mais il n'est pas venu. Il t'a juste envoyé m'espionner.

— Il est super occupé. Un autre club a été touché.

Je haussai les sourcils.

— Les chasseurs ?

George hocha tristement la tête.

— Normalement, ils se contentent d'attaquer les vampires dans la rue, mais cette année, ils ont trouvé certains de nos repaires. Je ne sais pas comment.

— Thierry t'a envoyé garder un œil sur moi ? (J'étais soupçonneuse.) Pour être sûr que ça va ?

— Oui, il t'aime bien.

— C'est ce que tout le monde me dit. Il a une drôle de façon de le montrer. (J'inspirai profondément, en tremblant presque, et le regardai.) Ça a été moche, ici, George. J'ai l'impression que ma vie s'écroule. Ne le dis pas à Thierry, mais je crois qu'il avait raison. Je ne peux pas prétendre être normale… du moins pas autant que je l'étais avant.

— Pourquoi vouloir être normal ? C'est ennuyeux !

Je levai les yeux alors que l'un des garçons d'honneur de Richard émergeait de la salle de réception. Il me sourit, et se dirigea vers la cuisine.

— Il est mignon, remarqua George.

— Concentre-toi, George. (Je fronçai les sourcils.) Tu n'as pas fait livrer un fût de sang ici, par hasard ?

— Non.

— Sérieusement. Tu peux me le dire : j'ai signé le bon de livraison.

Il secoua la tête.

— Sérieusement. C'est non.

Je m'enfonçai dans mon siège.

— Alors, je ne comprends pas. Pourquoi auraient-ils besoin de faire une livraison *ici* ?

— Sans doute pour le marié, dit George.

Je me redressai vivement.

— Je te demande pardon ?

— Le marié. C'est l'un des nôtres. N'as-tu pas remarqué ses dents ?

— Je n'inspecte pas la bouche de tous les gens que je croise, tu sais. Et puis, les crocs sont petits : il est difficile de les remarquer, à moins d'être tout près. (Je secouai la tête si fort que j'en eus le vertige.) Impossible. Il est d'Abottsville, pour l'amour du ciel. C'est un foutu comptable.

— Et ?

— Et..., balbutiai-je. Il n'est pas un vampire. Impossible. Aucune chance.

Mais juste alors, le garçon d'honneur réapparut, faisant rouler le fût devant lui. Il disparut dans la salle après m'avoir adressé un autre large sourire. Je le regardai, bouche bée ; elle était ouverte si grande que les enfants auraient pu avoir l'idée de jeter des choses à l'intérieur.

Je me tournai vers George.

— Ses amis aussi, ajouta-t-il.

Chapitre 13

— Impossible, dis-je en secouant la tête. Richard n'est pas un vampire, et ses amis n'en sont pas non plus. Tu es ridicule.

George se leva du canapé.

— Peu importe. Ça n'a vraiment aucune importance.

Je m'agrippai à sa jambe enveloppée de cuir brun et levai les yeux vers lui.

— Bien sûr que si ! C'est très important. Pourquoi en es-tu persuadé, d'ailleurs ?

— Tu veux dire, à part le fût de sang que son ami vient d'emmener dans la salle ? Je le sais, c'est tout. C'est un sixième sens à la Spider-Man. Et puisque tu as tes crocs, je suis surpris que tu ne le sentes pas, toi aussi.

— Un sens à la Spider-Man ? Non. Impossible.

— Enfin…, dit George en levant les yeux au ciel. Changeons de sujet. Le patron veut que je te ramène à Toronto. Alors, disons, demain, midi ?

Je me levai, tendue ; de mes horribles boucles d'oreille en perles violettes à mes adorables mules argentées aux talons de huit centimètres.

— Tu ne peux pas me dire que ma cousine a épousé un vampire et vouloir en rester là.

— Pourquoi ?

— Parce que… (J'agitai les bras, cherchant une raison que je puisse nommer.) Parce qu'il est un vampire, voilà pourquoi. Et Missy est humaine. Et d'après tout ce que j'ai pu entendre par le passé, je suis sûre que c'est une très mauvaise idée. À moins que… (Je portai une main à ma bouche pour étouffer un cri.) À moins que Missy soit une vampire !

— Elle est tout sauf une vampire.

Je poussai un long soupir. Missy avait de la chance.

— Alors, il faut que je lui dise dans quoi elle s'est fourrée. Le mariage a déjà eu lieu, mais elle peut le faire annuler. (Je marquai une pause.) J'espère seulement qu'elle ne finira pas avec encore plus de chats.

— Oui, va lui dire. (George avait l'air de s'en ficher.) Moi, je vais danser.

Nous nous séparâmes aussitôt que nous regagnâmes la salle de réception. George envahit la piste de danse, entraînant ma mère dans une *Macarena* endiablée, et je balayai la pièce du regard. Avant de parler à Missy, je devais confronter Richard. Il allait devoir me dire ce qu'il pensait faire en épousant ma pauvre cousine si naïve. Mais il n'était nulle part en vue. Et d'ailleurs tous ces amis avaient également disparu, ainsi que le fût de sang.

Je repérai Missy sur la piste de danse avec Lana et Susan. Elles s'étaient rapprochées de George et flirtaient outrageusement avec lui. Ils me firent signe de me joindre à eux, et je leur adressai un geste, renversant mon verre vide, comme si j'avais l'intention d'aller d'abord le remplir.

Alors, George pouvait sentir les autres vampires, hein ? Je me demandais si j'en étais capable aussi, si j'avais ce sens pour repérer les vampires. Je perdais mon reflet plus vite que la normale, grâce au sang extra-caféiné de Thierry. Mes dents aussi s'étaient transformées en avance. Peut-être cela faisait-il partie du lot ?

Ça valait le coup d'essayer.

Je fermai les yeux et tentai de faire abstraction de la musique et des voix autour de moi. J'inspirai profondément par le nez, puis expirai de la même manière par la bouche, me concentrant aussi fort que possible.

Puis je rouvris les paupières, marchai droit vers le petit vestiaire à côté du bar, à droite de la salle, ouvris la porte et allumai la lumière.

Richard et deux de ses amis levèrent sur moi des regards surpris. Ils étaient assis en tailleur près d'une rangée de manteaux, et le fût était au milieu d'eux. Chacun tenait un petit verre à la main.

Je haussai les sourcils. Hé, mon sens à la Spider-Man fonctionnait ! Qui l'eut cru.

— Qu'est-ce qui se passe, là-dedans ? demandai-je.

— Chut !

Richard m'attrapa par le poignet et me tira près d'eux. Puis il fit rouler un portemanteau entre nous et la porte, pour nous cacher partiellement, et se leva pour éteindre la lumière. Mes yeux s'ajustèrent très vite à la pénombre.

— Un verre ? demanda l'ami blond ; c'était celui que George avait trouvé mignon.

Il n'attendit pas la réponse et me tendit un verre d'un liquide rouge à l'air très appétissant. Oui, cela avait l'air bon.

— Eh bien, juste un, alors. (J'agitai un doigt dans sa direction.) Après je veux savoir ce qui se passe ici.

L'ami aux cheveux roux et au nez retroussé leva son verre.

— À Richard et Missy.

Nous trinquâmes et bûmes. J'ignorais de quel groupe sanguin il s'agissait, mais c'était délicieux. Puis ils firent circuler une bouteille de vodka à moitié vide et tous prirent une gorgée. Je refusai d'un geste quand ce fut mon tour.

— Ce truc ne me fait plus d'effet.

Richard secoua la tête.

— Normalement, non. L'alcool n'a d'effet sur nous que lorsqu'on le boit en même temps que du sang.

— Oh, c'est bon à savoir. (J'attrapai la bouteille et bus une gorgée avant de la lui rendre.) Alors, qu'est-ce qui se passe ici ?

Ils s'entre-regardèrent.

— Que veux-tu dire ?

— Tu es un vampire !

— Toi aussi. (Il haussa les épaules quand je ravalai un cri.) Navré, mais c'est plutôt évident. Le coup du steak cru t'a trahie. Alors, oui, je suis un vampire. Quelle est la question ?

Quelle est ma question ? Je fronçai les sourcils. La vodka commençait à m'embrouiller les idées.

— On n'est pas censés se mélanger aux humains. C'est mal, et c'est dangereux, et bien d'autres choses encore qui m'échappent pour le moment. Le fait est que tu ne peux pas être un vampire et vivre une vie humaine. Ça ne se fait pas.

— Et qui t'a dit ça ?

— Un maître vampire.

Les trois amis se regardèrent.

— Oh, un *maître* vampire, dit le blond. Je t-t-tremble de trouille !

— Très effrayant, renchérit le roux, pince-sans-rire, rajustant sa cravate. Dès demain, je ferme ma librairie et je m'installe dans les sous-sols avec les autres monstres.

— Il y a des monstres dans les sous-sols ? demandai-je, écarquillant les yeux.

— Prends un autre verre.

C'est ce que je fis. Puis un autre. Et je ne ressentis plus aucune douleur.

— Écoute, Sarah, c'est bien de ta part d'être inquiète pour Missy. (Richard finit la bouteille de vodka.) Tu as raison. Ce n'est pas facile d'essayer de combiner deux existences très différentes. Mais parfois, ça vaut le coup. Missy en vaut la peine.

Je lui enfonçai mon index dans l'épaule.

— Et tu n'essaies pas seulement de la mordre ?

— Seulement quand elle est vilaine. (À mon expression, il éclata de rire.) Je plaisante, Sarah. Autrefois, mes copains et moi, nous partagions une chambre à l'université. C'était trop stressant de vivre en ville et de devoir toujours échapper aux chasseurs. Dans une petite ville comme Abottsville, les choses sont plus calmes, plus faciles à gérer. D'accord, il y a bien eu quelques… (Il marqua une pause, pour chercher ses mots.) Incidents. Mais ça marche pour nous.

— Des « incidents » ?

Le blond alluma une cigarette.

— Quelques âmes perdues qui imaginent être des « tueurs de vampires », dit-il, écrivant dans l'air. C'est à cause de cette maudite série. Avec la blonde maigrichonne. Alors nous restons entre nous autant que possible. Si les gens découvraient la vérité, ils nous pourchasseraient sans doute avec des fourches et des torches.

— Des fourches, grognai-je, partant d'un rire stupide à cause de l'image mentale. C'est très drôle. D'une manière bizarrement effrayante.

— Alors, Sarah, aimes-tu ta nouvelle vie ? demanda Richard.

— Moi ? (Je me calmai aussitôt et fis la grimace.) Je crois pouvoir dire que devenir une vampire est la pire chose qui me soit arrivée. En fait, j'ai l'étrange désir d'aller me jeter d'un pont.

— C'est mauvais signe, dit le roux en secouant la tête. Et puis, ce serait un beau gâchis. Tu es bien trop sexy. Même après avoir vomi dans les fleurs.

— Euh, merci.

— Tu sais, dit Richard. Si tu n'aimes pas ça, peut-être devrais-tu te mettre en quête du remède.

Je clignai des paupières.

— Hein ?

— Le remède.

Je me levai d'un bond et réussis à me cogner la tête contre une patère. Je retombai aussitôt.

— J'ai dû mal te comprendre.

Richard soupira.

— Le remède contre le vampirisme. J'ai entendu dire que des scientifiques européens ont travaillé dessus pendant des années.

Un remède ? Mon esprit était en ébullition. Zelda n'y avait-elle pas déjà fait allusion ? Je pensais qu'elle plaisantait !

— Tu es sérieux ? Il existe un remède ?

— C'est juste une rumeur que j'ai entendue ici et là, mais si tu détestes être une vampire, tu devrais te renseigner. Toutefois, sérieusement, Sarah, tu devrais essayer. Ce n'est pas si mal, tu sais.

— Les gars, vous êtes super. (Je me penchai pour embrasser bruyamment Richard sur la joue.) Missy a tellement de chance de t'avoir.

Je lui passai un bras autour du cou et l'étreignis comme seule une femme saoule dans une robe aubergine trop courte et trop décolletée pouvait le faire.

— Vraiment ? demanda Missy dans mon dos.

Je me levai précipitamment et me cognai de nouveau à la patère. Je me retournai en frottant mon crâne douloureux. Missy nous regardait entre deux manteaux, assistant au spectacle de sa cousine en train de baver sur son mari.

— Missy ! Hum, ce n'est pas ce que tu crois !

— C'est drôle, parce qu'on dirait que la réunion hebdomadaire des Vampires Anonymes se tient dans le vestiaire de mon repas de noces.

Je tendis le bras et l'attrapai par son collier de perles pour qu'elle s'assoie à côté de moi. Elle hurla, et je lui plaquai une main sur la bouche.

— Premièrement, murmurai-je, chut ! Et deuxièmement, c'était assez drôle.

Elle écarta ma main de sa bouche, puis elle se releva et brossa sa robe de mariée.

— Seigneur, Sarah, je voulais juste te dire que je vais jeter mon bouquet. Et maintenant je vais devoir aller faire un raccord de maquillage. Merci beaucoup.

— Désolée. Mais ça veut dire que tu sais ? À propos… (Je montrai du doigt son mari et ses amis.) À propos de tu-sais-quoi.

— Bien sûr que je sais.

— Et tu t'en fiches ?

La lèvre inférieure de Missy tremblota.

— Non, je ne m'en fiche pas. Comme je te l'ai dit plus tôt, nous sommes différents, Richard et moi. J'ai peur que dans cinquante ans, quand je serai vieille et qu'il sera toujours aussi jeune et beau…

— Missy, chérie, dit Richard. Nous en avons discuté.

Elle renifla.

— Je sais.

Richard me coula un regard.

— J'ai offert de la transformer – de faire d'elle une vampire – mais elle a dit non. Je respecte sa décision, et je l'aimerai toujours.

C'était trop mignon. Mais j'avais toujours été désespérément romantique. Et je soulignais le mot « désespérément ».

— Et toi, cousine… (Missy se tourna vers moi.) Qu'est-ce qui t'est arrivé ?

Je soupirai.

— Un rencard arrangé qui a mal tourné. Il semble que je vais avoir l'éternité pour m'en remettre.

Elle hocha la tête.

— Je le savais. Dès que tu m'as montré tes crocs. Des dents plus blanches, mes fesses. Enfin, allons nous occuper de ce lancer de bouquet. Je suis prête à entamer ma lune de miel. (Elle se pencha et embrassa Richard.) Beurk ! Ton haleine pue le sang. Va te brosser les dents.

— Oui, mon amour.

Nous sortîmes du vestiaire à la queue leu leu, essayant d'avoir l'air aussi naturel que possible. De retour dans la salle, je vis le révérend me regarder du coin de l'œil. Il portait un sac noir sur l'épaule. Je lui adressai un grand sourire, puis me plaquai les mains sur la bouche. *Ne montre pas ces vilains crocs comme ça !* J'étais gênée. Je tirai sur ma jupe pour qu'elle couvre mes genoux, et l'un de mes mamelons faillit faire une apparition. Le révérend cligna des paupières et détourna le regard.

Je me sentais gentiment saoule grâce au cocktail de sang et de vodka. En y pensant – étant donné mon état actuel –, sans doute était-ce le meilleur moment pour « dire adieu » à mes parents. Il me sembla que je devais avoir quelques minutes avant que Missy revienne des toilettes. Pourquoi les gâcher bêtement ?

Dire adieu. En finir. Leur annoncer qu'ils ne me reverraient pas de sitôt. Avec un peu de chance, ils ne le prendraient pas trop mal.

Je sentis une tape sur mon épaule, et je me retournai.

— Sarah, dit mon père. Ta mère et moi, nous partons.

— Vous me quittez ? glapis-je. Pourquoi ?

Il haussa les épaules.

— Trop de vin blanc. Ta mère est saoule.

— Pas vrai ! dit ma mère à trois mètres de là, d'une voix traînante, le manteau tombant de ses épaules.

Puis elle lâcha un gros hoquet.

— Mais, papa, je…

Il me passa un doigt sous le menton.

— À plus tard.

— Mais je…

Sans un autre mot, mon père et ma mère… me dirent adieu. Du moins pour la soirée. Assommée, je les regardai quitter la salle de réception. Je me sentais comme une orpheline. *Annie, la petite vampire orpheline.*

— OK, dit le DJ quand la chanson de Buster Poindexter *Hot Hot Hot* se termina. J'appelle toutes les jeunes femmes célibataires sur la piste de danse.

Je m'avançai en traînant les pieds et regardai Missy.

— Celle qui attrapera le bouquet sera la prochaine à se marier, dit-elle. C'est amusant, non ?

Je me mis en position. Missy se retourna et, après avoir joué avec les nerfs de dix célibataires en feignant de lancer son bouquet deux fois, elle le jeta dans les airs. Il passa bien au-dessus de nos têtes et atterrit entre les mains du révérend Micholby, qui se tenait derrière nous. Il regarda les fleurs un instant, puis il les lâcha et elles tombèrent à ses pieds.

Avant que j'aie pu faire un commentaire, pour dire qu'il ferait une très jolie mariée, il ouvrit le sac qu'il avait trimballé partout toute la soirée. Il en tira un gros crucifix et un pieu en bois.

— Puis-je avoir votre attention, s'il vous plaît ? dit-il calmement. J'ai remarqué qu'il y avait plusieurs vampires ici. Pourriez-vous m'accompagner dehors sans faire d'histoire, pour que je vous tue ?

Je haletai et baissai la tête pour me cacher au milieu des célibataires. Malheureusement, tout le monde déserta aussitôt la piste de danse, et je me retrouvai assise sur mon derrière devant le révérend-le-jour, chasseur-de-vampires-la-nuit. Une dépression, mon œil !

Il baissa ses yeux froids et déterminés sur moi.

— Très bien, je commencerai par vous.

Missy approcha de lui.

— Révérend, que se passe-t-il ?

— Des monstres, dit-il d'un ton neutre, comme s'il discutait d'une chose particulièrement écœurante à la table du buffet. Voilà ce qui se passe. J'avais une intuition au sujet de celle-là, et quand elle a montré ses crocs, j'ai su que je devais intervenir. J'ai le devoir sacré de protéger ma ville des suppôts de Satan.

— « Suppôts de Satan » ?

Missy rit, mais elle me coula un regard nerveux.

— Je crois que vous avez regardé un peu trop de films. Les vampires n'existent pas !

Le révérend ne me quitta pas des yeux et commença à agiter sa croix dans ma direction. Elle était plutôt jolie. On aurait dit de l'argent, du vrai. Elle ne m'inquiétait pas du tout. En revanche, le pieu dans son autre main m'effrayait beaucoup.

— C'est l'une d'eux, siffla-t-il en me pointant avec le crucifix. Une maudite buveuse de sang. Et il y en a d'autres. J'en suis sûr. Je les trouverai et je les détruirai.

La salle était complètement silencieuse. Personne ne prenait l'initiative de se précipiter pour me sauver. Peut-être se disaient-ils que c'était une petite représentation en l'honneur de la soirée.

— Je ne suis pas une vampire.

Ma voix était tendue et terriblement aiguë.

— Silence, catin démoniaque, vêtue pour séduire et tuer.

Je me relevai tant bien que mal.

— Je n'ai pas choisi cette tenue, mon pote.

— Qu'y a-t-il ? demanda quelqu'un dans la foule.

— Il est fou ! criai-je assez fort pour que tous m'entendent. Et saoul. Fou et saoul, et je crois qu'il est drogué, aussi.

Le révérend fit un pas vers moi, mais Missy était toujours entre nous. Il la poussa, et elle s'étala sur le sol dans un cri. Richard courut la relever et l'emmena à l'abri. Le révérend vint plus près, et je commençai à reculer, jusqu'à ce que je sente la table du DJ dans mon dos.

Soudain, George apparut à côté de moi. Il était supposé me protéger, après tout. Il en avait mis du temps !

— Désolé. (Il passa un bras autour de mes épaules.) Un appel de la nature.

Le révérend prit un moment pour réévaluer la situation, ses yeux lançant des éclairs. Puis il leva son pieu au-dessus de sa tête et il l'abattit directement sur George.

George émit un cri de douleur quand il baissa les yeux sur le bout de bois qui dépassait de sa poitrine. Il tomba à genoux et se cogna le front contre la piste de danse avant de rouler sur le dos. J'étais sous le choc, paralysée. Le révérend se rapprocha assez pour me presser sa croix argentée contre le visage.

— Hé ! criai-je. Arrêtez ça !

— Ça brûle, hein, démon ?

— Pas vraiment, dis-je en serrant les dents. Mais ça, ça va faire mal.

Je lui flanquai un coup de genou dans l'aine. Il hurla et se plia en deux. J'entendis la croix tomber. Je frottai ma joue meurtrie et m'agenouillai près de George. Comme dans un brouillard, j'entendis tout le monde crier et courir vers la sortie.

— George ! (J'écartai ses longues mèches de son front.) Mon chéri, George, tu vas bien ? Réponds-moi !

George regardait le plafond de ses yeux vagues.

— Aïe.

Je me forçai à jeter un coup d'œil au pieu. Il était entouré d'une tache rouge sombre et humide sur sa chemise couleur crème. Je l'étudiai un instant.

— Le pieu n'est pas dans ton cœur. Il est plutôt dans ton épaule. Il faut avoir le cœur transpercé pour mourir, non ? Tu as dû bouger juste à temps. (Je lâchai un soupir que j'ignorais retenir.) C'est bon, non ?

George tourna la tête et cligna des paupières dans ma direction.

— Aïe.

Je secouai la tête.

— Ta chemise est fichue. C'était de la vraie soie ?

Son regard alla se perdre par-dessus mon épaule, puis il essaya de se lever. Sans succès.

— Aïe, dit-il encore, montrant quelque chose derrière moi d'un doigt tremblant.

Je me retournai. Le révérend se remettait sur ses pieds, avec une expression de haine farouche. Que je lui aie écrasé certaines parties ou pas, il allait me mettre en pièces à mains nues. Et je m'aperçus pour la première fois qu'il ne restait personne pour m'aider.

Une main contre George, je tendais l'autre pour l'arrêter alors qu'il chancelait vers moi. Mais je n'avais aucune chance de réussir, je le savais.

J'entendis un grand « crac », et le révérend s'arrêta net. Ses yeux roulèrent dans leurs orbites, et il tomba à genoux, puis face contre terre, sa tête atterrissant à quelques centimètres à peine de moi. Je levai de grands yeux étonnés.

Thierry se tenait derrière lui, les vestiges d'une bouteille de vin cassée à la main.

George le regarda.

— Aïe, dit-il.

Je ne pouvais pas émettre un son, alors je me contentai de le regarder d'un air vraiment stupide.

— Alors, demanda Thierry, regardant autour de lui. C'était un beau mariage ?

Je déglutis.

— Charmant. Vous auriez dû venir plus tôt.

Il s'accroupit et haussa un sourcil sinistre à l'adresse de George.

— Cramponnez-vous. Ça va faire mal.

George allait protester, mais Thierry s'empara du pieu en bois et le tira hors de sa poitrine avant qu'il ait pu proférer un son. Le bruit de succion fut écœurant.

George cria quelques jurons que je n'avais jamais entendus. Je les ajoutai à mon vocabulaire tout en regardant le sang jaillir de sa blessure. Je sais que j'aurai dû être dégoûtée, mais mon estomac se mit à grogner de faim en le voyant. Je décidai de garder cette révélation perturbante pour moi.

— Il va s'en tirer ?

— Oui. (Thierry jeta le pieu ensanglanté.) Il finira par guérir.

Je jetai un coup d'œil au révérend.

— Il est… il est…

— Mort ? finit-il pour moi. Non.

Il tira un téléphone portable de la poche intérieure de sa veste et appela la police, qui arriva dix minutes plus tard. Après avoir parlé en privé avec Thierry, les agents passèrent les menottes au révérend à peine conscient et l'emmenèrent alors que les invités du mariage continuaient à s'agiter.

— Que leur avez-vous dit ? demandai-je.

— Inutile de vous en faire pour ça.

Il aida George à se relever et à gagner la porte.

— Thierry ! appelai-je.

Il se retourna, laissant George s'appuyer sur lui.

— Que faites-vous ici ? George m'a dit que vous l'aviez envoyé parce que vous étiez trop occupé. Bien sûr, je ne m'attendais pas à ça… après notre dernière discussion.

Il prit une profonde inspiration.

— Êtes-vous en train de me dire que je n'aurais pas dû venir ?

— Non, pas du tout. En fait, votre timing était parfait. C'est juste que… George m'a dit que vous étiez occupé parce que les chasseurs ont attaqué un autre club. Ont-ils… (Je déglutis péniblement.) Ont-ils tué tout le monde ?

— Par bonheur, personne n'a été blessé. Cependant, un autre de mes clubs a été endommagé, et j'ai dû le fermer. (Il croisa mon regard, puis détourna les yeux.) J'ai seulement senti que vous aviez besoin de moi.

J'attendis de plus amples explications, mais rien ne vint.

— Retournez-vous immédiatement à Toronto ?

Il secoua la tête.

—George ne se sent pas assez bien pour supporter un long trajet en voiture. Nous passerons vous prendre demain matin à 8 heures. S'il vous plaît, soyez prête. À moins que vous ayez prévu de rester plus longtemps ?

—Non, non, je serai prête.

Il repartit vers la sortie.

—Thierry !

Il s'arrêta de nouveau, mais continua à me tourner le dos.

—Euh… merci.

Il me laissa sans rien ajouter. Seul George haleta de douleur quand il se cogna au chambranle de la porte. Abottsville est bien connue pour ses portes étroites.

Je sortis pour voir Missy et Richard partir en lune de miel. L'ambiance n'était pas ce qu'elle aurait dû être, mais cela ferait l'affaire. J'entendis la foule murmurer que le révérend Micholby avait finalement perdu la boule… Apparemment, beaucoup prédisaient cette fin depuis des années. Pourquoi cela ne m'aidait-il pas à me sentir mieux ?

Missy m'étreignit brièvement.

—Tout va bien se passer pour toi, dit-elle.

Je hochai la tête, même si je savais qu'elle mentait pour que je retrouve le moral.

—Bien sûr. Nous, les monstres buveurs de sang, nous retombons toujours sur nos pattes.

Elle ouvrit la bouche pour ajouter quelque chose, mais je l'arrêtai.

—Tout va bien se passer pour toi aussi. (Je souris.) Richard est très bien.

Elle opina du chef, et Richard me fit un clin d'œil du siège arrière de la limousine. Missy y monta, et la portière se referma sur eux. Personne n'avait apporté de riz ou de confettis, alors nous nous contentâmes de leur faire « au revoir » de la main.

À l'arrière du véhicule, on avait attaché une pancarte avec un cœur rouge marqué de deux traces que je trouvais suspectes, car elles ressemblaient à celles de deux crocs. Elle disait :

« JUSQU'À CE QUE LA MORT NOUS SÉPARE A UNE NOUVELLE SIGNIFICATION. RICHARD + MISSY POUR TOUJOURS… »

Marrant. Alors, pourquoi n'avais-je pas envie de rire ?

J'essayai d'avaler la grosse boule qui s'était formée dans ma gorge alors qu'ils s'éloignaient.

Chapitre 14

Maman avait insisté pour que je couche dans mon ancienne chambre, à la maison. C'était donc ma deuxième nuit coincée dans mon lit une place, sous le ciel de lit rose en dentelle. Je regardai mon vieux poster de Madonna. Quand j'étais adolescente, je voulais être Madonna. Au lieu de cela, j'étais juste devenue une *Material Girl*, une matérialiste. Je devrais m'en contenter.

Il y avait des signes de l'« ancienne moi » éparpillés dans la pièce. Mes vieux journaux intimes toujours dans leurs cachettes secrètes, mes vieux ours en peluche sans yeux, parce que je les mordillais dans mon sommeil. Je supposais que j'avais déjà une obsession orale, même enfant. Dans le placard, il y avait encore les vêtements que je m'étais achetés avec mes paies en travaillant chez McDonald's. D'accord, sur ce point, je n'avais pas changé. Je dépensais jusqu'à mon dernier cent dans des choses frivoles. Des babioles pour me sentir mieux. Pour m'aider à me sentir spéciale. Quelle bonne blague.

Il n'était pas encore minuit, la réception s'étant finie plus tôt que prévu. Je me retournai entre les draps un moment, mais je n'étais pas fatiguée. Je me dis qu'il valait peut-être mieux feuilleter le numéro de *Cosmopolitan* que j'avais emporté avec moi, jusqu'à ce que je tombe de sommeil.

Je me glissai hors de mon lit. J'étais vêtue de ma chemise de nuit « Roller-skating Mama ». Très rétro.

Je m'assis à ma petite coiffeuse, où je rêvais autrefois à ce que je serais quand je serais grande. Je mettais du maquillage que j'avais pris dans le tiroir de salle de bains de ma mère et j'imaginais être un mannequin mondialement célèbre, une actrice, une hôtesse de l'air. N'importe laquelle des professions ci-dessus aurait convenu. J'ignorais alors que je ne serais jamais plus qu'une simple assistante de direction. Et encore, je n'avais plus de travail.

Oui, je m'apitoyais sur mon propre sort… c'était pas nouveau !

Le pire, alors que j'étais assise là, à ma vieille coiffeuse, c'était de constater que mon reflet avait entièrement disparu. *Kaput*. Je ne m'y ferais jamais. De toutes les choses qui craignaient dans le fait d'être un vampire, c'était la pire.

Les matérialistes devaient pouvoir s'admirer dans les miroirs. C'était une chose acquise. Mais c'était fini. Je pouvais arrêter de mettre du maquillage. Quel intérêt de continuer ?

D'accord, je savais que ce n'était pas seulement la disparition de mon reflet qui me fit verser une larme, puis une autre… C'était tout ce qui m'était arrivé ; le miroir n'était que la goutte d'eau qui avait fait déborder le vase. Je détestais être une vampire pour des raisons un peu plus nombreuses chaque jour.

Et ce remède dont Richard avait parlé ?

J'étais certaine que c'était encore une belle connerie à ajouter à ma liste déjà pleine de belles conneries.

Alors, étant donné que j'étais seule dans la pièce où j'avais fait tant de rêves merveilleux et optimistes au sujet de mon futur imaginaire, je me permis de pleurer sur la petite fille qui avait vécu ici. Puisse-t-elle reposer en paix.

— Sarah, dit une voix grave.

Je reniflai et relevai la tête. Je regardai dans le miroir, mais il ne reflétait que la pièce sombre et vide. Je me retournai. Thierry était assis sur le rebord de ma fenêtre ouverte.

— Que faites-vous ici ?

J'essayai d'essuyer mes larmes.

Il se leva.

— Je voulais m'assurer que tout allait bien.

— Je vais bien, répondis-je, mais ma voix était un peu tremblante. Vous ne le voyez pas ? C'est la grande forme. Je ne me suis jamais sentie aussi bien.

— Vous avez failli m'avoir. (Il prit une profonde inspiration et ne dit rien pendant un moment, puis il poursuivit :) Au sujet de ce qui s'est passé au club, l'autre jour…

— Ne vous inquiétez pas, le coupai-je. Je vous ai dit que je n'y remettrai pas les pieds, et je tiendrai parole.

— Non, ce n'est pas ça. Ou plutôt, si.

— Quoi ?

— J'ai eu tort de vous dire ces choses.

Je haussai les sourcils de surprise.

— Vous aviez tort ?

— S'il vous plaît, laissez-moi finir. J'admets que depuis que je vous ai promis de vous aider dans votre nouvelle vie, je n'en ai rien fait. Si j'avais respecté notre accord, vous n'auriez pas croisé le chemin de Quinn. Vos décisions malheureuses sont le fait de votre innocence de jeune vampire ayant grand besoin d'un créateur attentif. Je n'aurais pas dû vous demander d'abandonner la seule vie que vous ayez connue sans vous offrir un soutien par ailleurs. C'était mal. Je n'aurais pas dû être surpris quand vous avez décidé de venir ici contre mon avis.

Il croisa les bras sur sa poitrine et détourna les yeux.

— J'ai envoyé George ici pour garder un œil sur vous, et m'assurer que vous alliez bien. J'espérais qu'il saurait se montrer discret, mais ce qui est fait est fait.

Je clignai des paupières.

— Il va bien ?

— Il ira assez bien pour rentrer à Toronto demain matin, oui.

Je me rendis compte avec un peu de retard que Thierry venait de s'excuser. Je n'avais pas besoin qu'on me dise combien ce devait être rare.

— Pourquoi pleurez-vous ? demanda-t-il.

Je haussai les épaules devant le miroir vide. Puis je le montrai du doigt, sachant que j'allais sans doute émettre un son bizarre si j'essayais de parler en dépit de l'énorme boule que j'avais dans la gorge.

— Oh, dit Thierry. Ça me rappelle que je vous ai apporté quelque chose.

Il vint vers moi, et plongea la main dans sa poche.

Il en tira une boîte bleue de taille moyenne, enveloppée d'un ruban blanc. Il la posa sur la table devant moi.

Je levai les yeux sur lui.

— Qu'est-ce que c'est ?

— Un cadeau.

Thierry m'avait acheté un cadeau ? Je le pris, tirai sur le ruban et regardai à l'intérieur de la boîte. Elle contenait un objet argenté et ovale. Je le sortis et regardai Thierry, perplexe. Il semblait amusé.

— Ouvrez-le.

L'ovale faisait une dizaine de centimètres de longueur, et était pourvu d'un mécanisme d'ouverture. Je pressai sur le bouton, et le dessus se souleva. C'était un poudrier ancien, comme ceux dont on se servait pour se poudrer le nez il y avait bien longtemps.

— C'est très beau, dis-je en regardant mon reflet aux yeux rougis dans le petit miroir.

Attendez un peu ! Mon reflet ? J'écarquillai les yeux quand je compris ce que je tenais. C'était un tesson. Thierry m'avait donné un tesson : l'un de ces miroirs spéciaux dont Zelda m'avait parlé. De la sorte la plus chère qui soit.

Je levai sur Thierry des yeux arrondis par l'incrédulité.

— L'aimez-vous ? demanda-t-il.

Je recommençai à pleurer, mais pour une raison très différente. Thierry allait sans doute penser que j'étais folle à lier, mais quelle importance ? Il avait l'air déçu quand je posai délicatement l'éclat pour me lever.

— Si vous ne l'aimez pas, dit-il, je peux…

Je l'étreignis si fort qu'il dut manquer de souffle pour continuer à parler, pressant ma chemise de nuit contre son costume noir.

— Je l'adore, Thierry. Merci beaucoup.

Je levai sur lui mon regard embué de larmes de joie. Il me sourit. Et il était si beau quand il souriait. Il essuya les larmes sur mes joues avec ses pouces et tint gentiment mon visage entre ses mains. Il se contentait de me regarder de ses yeux argent. Son sourire s'effaça lentement.

Mon cœur battait la chamade alors que je le regardais dans les yeux. Il se pencha, et je sentis son souffle tiède me caresser le visage. Il respirait plus vite qu'il ne l'aurait dû, et son cœur battait en rythme avec le mien.

Il m'attira vers lui, et nos lèvres se rencontrèrent, d'abord très doucement, puis peu à peu avec plus d'intensité, et nous commençâmes à lutter pour savoir qui embrassait plus longuement, avec plus de passion. Je passai mes mains dans son dos, sous sa veste, et plus bas, rapprochant son corps du mien.

Thierry fit glisser les siennes jusqu'en haut de mes cuisses nues, et me souleva. Il nous fit pivoter et nous tombâmes sur mon petit lit une place, sans que ses lèvres quittent les miennes. Il me cloua sous lui à l'étroit matelas et fit descendre ses lèvres le long de mon cou, comme pris d'une faim dévorante.

Pourquoi a-t-il fallu que je porte ma chemise de nuit « Roller-skating Mama » justement ce soir ? La question me traversa l'esprit, et je l'écartai aussitôt.

Thierry fit remonter sa bouche lentement pour reprendre la mienne, et j'oubliai ma stupide chemise de nuit. Mais dès que je serais de retour en ville, j'irais en acheter une nouvelle, plus sexy. Oh, oui, alors !

Je caressai l'intérieur de sa bouche avec ma langue, puis je la passai sur ses crocs. Il gémit tout bas et s'écarta un instant pour plonger ses yeux assombris par le désir dans les miens.

— Est-ce ainsi que vous dites merci quand on vous offre un cadeau ?

— Absolument. (Je plaquai ma main sur sa nuque et attirai sa tête vers la mienne.) Maintenant, taisez-vous.

Un sourire étira ses lèvres, et il m'embrassa encore.

On frappa un coup sec à ma porte.

— Sarah ? dit la voix de ma mère. Que se passe-t-il là-dedans ?

— Oh, merde, murmurai-je contre la bouche de Thierry. (J'écartai gentiment son visage du mien, pour que ma voix ne soit pas étouffée quand je répondis à ma mère :) Rien, maman.

— Tu n'as pas fait entrer un garçon dans ta chambre, n'est-ce pas ? C'est George ? J'ai dit qu'il pouvait dormir dans la chambre d'ami, jeune fille. Nous avons des règles dans cette maison.

Thierry me regarda et haussa un sourcil.

— Euh… non. Il n'y a personne, maman. Juste moi.

— Puis-je entrer ?

— Euh… oui. Une seconde.

Je me tortillai pour me dégager de sous le corps de Thierry et lissai ma chemise de nuit. Je m'éclaircis la voix et essayai d'avoir l'air calme. Pourquoi est-ce que je me sentais coupable d'avoir un homme dans ma chambre ? Je n'avais plus quatorze ans, pour l'amour du ciel !

Thierry se releva lentement. Il gagna la fenêtre restée ouverte, et je lui adressai un regard penaud. Penaud, mais néanmoins sexy. Du moins, était-ce l'effet que j'essayai de produire.

Il se racla la gorge tout doucement, passa une main dans ses cheveux ébouriffés et me sourit.

— Nous viendrons vous prendre à 8 heures demain matin.

— Neuf?

— 8 h 30. Bonne nuit, Sarah.

Il sortit par la fenêtre, et après un dernier regard, il disparut. Comme ça.

J'inspirai profondément une ou deux fois et tentai de prendre un air posé. Puis j'ouvris la porte. Ma mère se tenait devant, vêtue de sa robe de chambre vert pomme. Elle n'avait pas l'air bien. Peut-être avait-elle déjà la gueule de bois.

— Oui, maman ? Qu'y a-t-il ?

— Tu veux des œufs au petit déjeuner ?

Je clignai des paupières.

— Tu voulais seulement savoir si je voulais des œufs au petit déjeuner ?

— N'est-ce pas ce que je viens de te demander ?

Je soupirai.

— Oui, des œufs, c'est parfait.

— Brouillés ou au plat ?

— Brouillés.

Un peu comme ma vie.

— D'accord, ma chérie. Dors bien.

Elle m'envoya un baiser et repartit vers sa chambre.

— Oui, marmonnai-je. Grâce à toi, je vais avoir le temps de vraiment dormir, cette nuit.

Elle se retourna.

— Que dis-tu ?

— J'ai dit : toi aussi, dors bien.

— Merci. Bonne nuit.

Je fermai la porte et m'y adossai pendant quelques minutes, jusqu'à ce que mon cœur reprenne un rythme normal. Puis j'allai me recoucher et tirai les couvertures jusqu'à mon menton. Je me penchai pour attraper l'un de mes journaux intimes, que j'avais toujours gardé dans un compartiment secret de ma table de nuit. Je l'ouvris à une page blanche, m'emparai d'un stylo Hello Kitty, dont l'encre était bleue mais sentait la fraise, et écrivis :

« Mme Sarah de Bennicœur.
Thierry + Sarah = Amour Pour Toujours »

Je dessinai ensuite un cœur autour, avec une flèche.

Puis je repris mes esprits assez longtemps pour tout gribouiller. Mordillant le bout de mon stylo-bille, je me demandai de quoi demain serait fait.

Le matin arriva bien tôt, et bien sûr il était clair. J'enfilai un jean délavé, un tee-shirt fuchsia et ma veste en cuir noir. Je me servis joyeusement de l'éclat pour appliquer mon maquillage. C'était la chose la plus chouette qu'on m'ait jamais offerte. Puis, pour ne pas être impolie, j'avalai la moitié des œufs brouillés que ma mère fit pour moi, et je dis au revoir à mes parents, espérant ne pas vomir mon petit déjeuner dans l'Audi noire de Thierry.

Mes lunettes de soleil fermement en place, j'étreignis ma mère et mon père une dernière fois ; ils étaient encore sous le choc de la conversation que nous venions d'avoir. « Oh, à propos, le révérend Micholby a essayé de me tuer, hier soir, et maintenant, il est en prison. » Afin de ne pas les achever, j'avais décidé de leur faire mes adieux la prochaine fois que nous nous verrions. Pour le dîner de Noël. Ou peut-être cela pourrait-il attendre jusqu'à Pâques. Il faudrait que je choisisse bien mon moment.

Je montai à l'arrière de la voiture de Thierry à 8 h 30 tapantes. Thierry était au volant. George était dans le siège passager, pâle, mais vivant.

Thierry se retourna et me sourit.

— Bonjour, Sarah.

Je lui rendis son sourire et sentis mes joues s'empourprer au souvenir de la sensation de son incroyable corps pressé contre le mien.

— Bonjour à vous aussi. Comment te sens-tu aujourd'hui, George ?

— Comme si quelqu'un devait me ramener et m'abattre, répondit-il le plus sérieusement du monde.

Je tapotai l'arrière de ses cheveux blonds, qu'il avait noués en une queue-de-cheval hirsute.

— On dirait que quelqu'un a besoin de caféine.

Le trajet de trois heures jusqu'à Toronto fut décontracté et relativement confortable, excepté que je devais lutter contre la pulsion de grimper sur le siège avant pour me mettre à califourchon sur Thierry. Je réussis à me contrôler pour le moment. Mais il faudrait très vite nous occuper de la chaleur que je sentais entre nous. Sinon, je pourrais bien exploser… ou prendre un sale coup de soleil. Je m'occupai en regardant par la fenêtre, la campagne environnante. Arbre, grange, cheval. Cheval, grange, arbre.

Finalement, les chevaux et les granges cédèrent la place au bitume et aux embouteillages. La cité nous enveloppa et je recommençai à me sentir à peu près normale.

Je me demandai si Amy y verrait un inconvénient si j'amenais Thierry à notre double rencard ? Je lui dirais que Quinn était sorti de ma vie. Bel et bien sorti.

Mais d'un autre côté, je voyais mal Thierry tolérer un dîner et une sortie en boîte avec ma meilleure amie et son âme sœur du moment. Le temps me le dirait, je suppose.

— J'ai fermé l'*Éclipse de Minuit* pour quelques jours, dit Thierry alors que nous approchions du club. Mais il faut que je récupère des papiers et que j'écoute mes messages.

Il se gara derrière le bâtiment et descendit de voiture. George resta assis à l'avant, la joue pressée contre la vitre. Thierry haussa un sourcil quand je sortis et contournai la voiture pour le rejoindre.

— Je n'en aurai que pour un moment, dit-il.

Je lui adressai un large sourire.

— Et alors ?

— Oh, rien.

Il sourit alors que nous gagnions l'entrée.

Une femme était assise contre la porte rouge, les genoux ramenés contre la poitrine. Elle était – et de loin – la plus belle femme que j'avais jamais vue, du moins en personne. Ses cheveux noirs étaient longs et ondulés, elle avait une peau de lait sans la moindre imperfection, et des lèvres rouges et pleines. De grosses lunettes de soleil Gucci dissimulaient son regard. Elle portait une robe bleu nuit, qui bruissa contre son corps musclé quand elle se leva. Ses jambes étaient aussi longues et bien faites que celles de n'importe quel mannequin pour maillot de bain que je connaissais. En la voyant, je sentis le désir ardent de retourner faire de la gym le plus tôt possible.

— Enfin, dit-elle, posant une main délicate sur sa hanche. J'attends depuis des siècles.

Je regardai Thierry. Il inspira profondément, mais il ne semblait pas vouloir répondre à la visiteuse. C'était terriblement impoli !

— Bonjour, dis-je en tendant la main. Moi, c'est Sarah.

Elle sourit, dévoilant des dents blanches et parfaites, crocs inclus, et me serra la main.

— Véronique, répondit-elle. Je suis la femme de Thierry.

Chapitre 15

Véronique de Bennicœur avait un peu plus de sept cents ans, mais elle n'en faisait pas plus de trente. Elle et Thierry s'étaient rencontrés pendant la grande épidémie de peste noire, en Europe. Elle était alors déjà une vampire, et elle avait créé Thierry. Elle vivait en France actuellement, mais la rumeur lui était parvenue qu'il se passait quelque chose à Toronto, et elle s'était dit qu'elle pourrait peut-être donner un coup de main. Sa boisson favorite était le martini *on the rocks*.

Je l'écoutai me raconter sa vie en long, en large et en travers avec un sourire des plus faux collé sur mon visage. J'essayai de décider, alors qu'elle s'étendait sur combien son existence était fabuleuse, qui j'avais envie de tuer le plus. Elle, ou moi ?

— Alors, qu'en pensez-vous ?

Sa voix était aussi belle qu'elle-même ; elle aurait pu être chanteuse, ou travailler pour le téléphone rose.

J'avais pris ma décision : j'allais me tuer.

— Hum ? À quel propos ?

J'étais passée derrière le bar, initialement pour me servir un verre du type de sang disponible ce jour-là. Véronique s'était assise en face, et elle m'avait demandé un martini. Je ne lui avais donné qu'une seule olive.

Elle sourit.

— Je viens de vous demander s'il serait possible que nous allions déjeuner ensemble, juste entre filles, pendant que je suis en ville. Il est tellement rare que je trouve une femme avec qui parler. Et vous savez si bien écouter.

— Vraiment ? Ouah. C'est super.

Même moi, je pouvais insuffler un peu d'enthousiasme dans ces quelques mots.

Après avoir embrassé Véronique sur les deux joues, à l'européenne, et lui avoir dit deux mots, Thierry avait disparu dans son bureau dès que nous étions entrés dans le club. George était allongé sur la banquette d'un box et il se concentrait sur sa guérison, mais j'étais certaine qu'il ne perdait pas une miette de notre curieuse conversation, principalement à une voix. Pourquoi étais-je encore là ? Cela me dépassait ! J'étais certaine que le choc y était pour quelque chose.

Thierry avait une épouse.

Et je ne l'avais pas appris au cours d'une simple conversation.

J'essayais de ne pas paniquer. C'était difficile, mais jusque-là je tenais bon. Il avait une femme. D'accord. Il ne vivait pas sous le même toit qu'elle. Mais je suppose que lorsque l'on est marié depuis six cents ans, on a parfois besoin d'un peu de temps à soi pour que la routine ne s'installe pas.

Depuis notre retour, je m'étais fait quatre cocktails de B positif additionné de vodka. Ils ne m'aidaient pas à me sentir mieux. Je supposais que le B positif n'était pas aussi optimiste que son nom l'indiquait. Je commençais à me sentir claustrophobe. Puisque Thierry ne m'avait pas dit un mot pour m'expliquer ce qui se passait, j'avais l'impression distincte que l'on n'avait plus besoin de moi. La Wonder Woman européenne était revenue.

— Je devrais m'en aller, dis-je.

— Non, ma chère fille, restez. Je vous aime bien. Et vous faites un excellent martini.

Véronique passa un doigt french manucuré sur le bord de son verre.

— Merci. Euh, non, je dois vraiment partir.

— Très bien, puisque vous insistez. Et écoutez, je sais que Thierry veut fermer le club, mais ne vous inquiétez pas. Nous ouvrirons ce soir, comme d'habitude. Je sais combien il est difficile de devoir travailler dans une grande ville, pour une femme.

Elle pensait que je n'étais que serveuse.

Tuez-moi ! Que quelqu'un me tue, par pitié !

— Super ! (Je lui souris, sans desserrer les dents.) Je vais aller dire au revoir à Thierry.

J'avais à l'esprit quelques autres paroles bien senties, mais j'allais me montrer mature. C'était tout moi, non ? Mature avec un grand M.

Je frappai doucement à la porte et l'ouvris. Thierry était assis à son bureau, le regard rivé sur quelques papiers. Il ne leva pas les yeux.

— Je m'en vais, dis-je.

Il ne dit toujours rien.

— Hé ? J'ai dit que je m'en allais.

Il finit par me regarder, comme s'il était surpris de me trouver là.

— Je croyais que vous étiez partie depuis longtemps.

Je sentis mes joues s'empourprer.

— Oh, vraiment ?

Il haussa les épaules, puis il replongea le nez dans ses documents.

—Je suppose que cela n'a pas d'importance.

Je fis un pas à l'intérieur de la pièce et fermai derrière moi. Je pouvais prouver que j'étais mature.

—Véronique est magnifique.

—Oui, elle l'est.

Je comptai lentement jusqu'à dix dans ma tête.

—J'ignorais que vous étiez marié.

Il cligna des paupières.

—Vous le savez maintenant.

—Euh, elle semble très gentille.

—Ne disiez-vous pas que vous alliez partir ?

Cette fois, je comptai jusqu'à quinze. Je savais sans l'ombre d'un doute que je n'avais rien dit qui puisse le fâcher. J'avais même pensé à ce que j'allais dire avant de prononcer les mots tout haut. Cela n'arrivait pas souvent. Il n'avait aucune raison d'agir comme un salaud avec moi, surtout… surtout après tout ce qui s'était passé entre nous.

—Pas la peine de prendre ce ton avec moi. J'essaie juste de comprendre.

—Comprendre quoi ?

Il se leva, pressant les paumes de ses mains contre son bureau.

—C'est juste que je pensais… eh bien, à propos de ce qui s'est passé à Abottsville. Je croyais…

—Je suppose que vous avez mal interprété ce qui s'est passé, coupa-t-il. Sans vouloir être grossier, Sarah. J'ai consenti à vous aider dans cette nouvelle vie qu'on vous a imposée. Mais s'il vous plaît, ne confondez pas une aventure sans importance avec quelque chose de plus fort.

— « Une aventure sans importance » ? balbutiai-je. Vous vous moquez de moi ?

— C'est vrai, vous avez raison. Appeler ça une aventure, c'est exagéré. Il ne s'agit que de quelques baisers.

Cela n'aurait pas été pire s'il m'avait giflée. Durant les vingt dernières minutes, je m'étais demandé qui j'avais le plus envie de voir mourir, Véronique ou moi. Je venais d'ajouter Thierry à ma liste. Et il était officiellement en première position.

Je pris une profonde inspiration et fis de mon mieux pour effacer mon expression abasourdie.

— Vous savez quoi ? Je crois que vous avez raison. Ce n'étaient que quelques baisers. (Je me forçai à lui sourire, mais sans une once de gentillesse.) Et maintenant, vous pouvez aller vous faire mettre.

— Ah, oui. (Thierry esquissa un petit sourire.) Le langage raffiné de Sarah Dearly. Je l'ai trouvé rafraîchissant durant cette semaine.

Tournant le bouton de porte, je regardai par-dessus mon épaule avant de sortir.

— Oh, à propos, s'il vous reprend l'envie de vous jeter du haut d'un pont, n'attendez pas que je vienne vous aider. Sautez, c'est tout.

En guise de récompense, je le vis se rembrunir avant que claque la porte.

Je voyais le club à travers une sorte de brouillard. J'ignorais d'où était venu ce désir de me disputer. Les seules choses qui se répétaient inlassablement dans ma tête, c'étaient ces mots : *aventure possible*. Était-ce vraiment ainsi qu'il pensait à moi ? Et pourquoi cette idée me fendait-elle le cœur davantage que le fait qu'il soit marié ?

Je connaissais la réponse à cette question. Parce que j'avais été stupide, et que j'étais tombée amoureuse de lui. Mais je n'étais pas si folle. Il était inutile de me frapper sur la tête encore et encore pour que je voie la vérité. Pas quand elle était assise au bar avec ses longues jambes fuselées, croisées, en train de boire sensuellement un martini.

Véronique me fit « au revoir » de la main.

— À bientôt pour un déjeuner entre filles.

Je m'approchai de George, à l'autre bout du bar.

— Salut, George. Rétablis-toi vite.

— Sarah, dit-il d'une voix encore faible, mais déjà un peu plus ferme.

Il guérissait vite, grâce à sa nature de vampire.

— Oui ?

Je me penchai sur lui.

— Si ça peut te consoler…

— Quoi ?

— Tu es bien plus mignonne.

Je l'embrassai sur le front.

— Tu viens de devenir officiellement ma personne préférée au monde.

Je m'arrêtai chez *Holt Renfrew* sur ma route et m'achetai une nouvelle paire de chaussures. De magnifiques talons aiguilles roses, très chers, que j'avais vus deux semaines plus tôt dans *Vogue* ; les mêmes que Charlize Theron, lors de la première d'un film. Avais-je mentionné qu'ils étaient très chers ? Le fait que je n'avais pas un sou à part les vingt dollars de pourboire que je m'étais faits quelques jours plus tôt me traversa l'esprit. Mais j'avais besoin d'acheter quelque chose... encore de l'achat thérapeutique.

Quand je retirai les chaussures de leur boîte à la maison, je me rendis compte que je ne les aimais pas vraiment. Je pleurai sur ces pauvres talons aiguilles roses pendant une demi-heure. Oui, je pleurais à cause d'eux. C'était la vérité.

Je n'appelai personne. Je ne parlai à personne. J'avais décidé de devenir ermite.

Mon « ermitivité » dura trois heures en tout. Je fis une lessive, pris une douche et fis les cent pas dans mon appartement. Finalement, je mourais tellement d'ennui que je décidai d'aller faire un tour. Au diable le danger !

Je passai près d'un petit parc à deux pâtés de maisons de chez moi. Une fille s'y disputait avec un jeune homme. Je détaillai ses cheveux noirs, son visage d'une pâleur mortelle et ses vêtements sombres. Tout en elle m'était familier. Quand elle se tourna vers moi et qu'elle vit que je la dévisageai, je la reconnus aussitôt.

C'était Mélanie. La gothique à qui j'avais flanqué un coup de poing au club. La petite amie humaine de Timothy le vampire. Elle plissa les yeux quand elle me reconnut aussi. Elle poussa l'homme qui l'accompagnait – et qui n'était pas Timothy –, et me montra du doigt. Puis elle s'avança vers moi. Son expression n'était pas amicale.

Son ami la suivit.

— Ça, dit Mélanie. C'est l'une d'*eux*.

— Quoi ? demandai-je. L'une de ceux qui t'ont flanqué une raclée ?

Mélanie me foudroya du regard. Son compagnon cligna simplement des paupières. Peut-être ignorait-il de quoi elle parlait.

— Non, salope, cracha-t-elle. Une *vampire*.

Je soupirai.

— Ouah, alertez les médias. Timothy devrait investir dans une laisse et une muselière pour toi.

— Timothy et moi, c'est fini, dit-elle, attrapant le bras du jeune homme timide debout près d'elle. C'est mon nouveau petit ami.

Il cligna de nouveau des paupières.

— Mes condoléances, dis-je, et je leur tournai le dos.

— Où crois-tu aller, salope ?

Je haussai les sourcils et pivotai vers elle.

— Il y a tellement d'hostilité en toi, Mélanie. Heureusement que tu compenses avec ta brillante personnalité.

— Vampire, dit son ami.

Sa voix était nerveuse et un peu aiguë. Je me dis qu'il avait le style à porter une cravate à gros pois et à travailler dans un petit bureau, à additionner des chiffres, plutôt qu'à traîner en ville avec Miss Sociabilité.

Mélanie hocha la tête.

— C'est ça, Eugene. Une vampire. Et que fait-on aux vampires ?

Le front d'Eugene se barra de plis de concentration.

— Euh…

Mélanie leva les yeux au ciel.

— On les *tue*. Allez, prends ton pieu et tue-la.

— C'est un *chasseur* de vampires ? demandai-je sans la moindre trace de panique dans la voix.

Quelle bonne blague !

— Exactement, dit Mélanie, très fière, tandis qu'Eugene fouillait ses poches. Je lui fournis un entraînement basé sur mes connaissances de votre espèce.

Eugene trouva enfin ce qu'il cherchait. Le pieu qu'il tenait dans sa main droite tremblante lui échappa et tomba à terre.

Je me baissai pour le ramasser et le lui rendre.

— Je dois vous prévenir : je suis de très mauvaise humeur, aujourd'hui. Ce n'est pas un bon jour.

— Tue-la, vociféra Mélanie, ses yeux cernés d'eye-liner noir, brillant d'anticipation.

Eugene leva son arme.

Je lui flanquai un coup de pied dans le tibia.

Il lâcha de nouveau son pieu, cligna douloureusement des paupières tout en se frottant la jambe, puis s'enfuit en courant.

Je secouai la tête en le regardant partir.

— Honnêtement, Mélanie, je crois que tu as encore plus mauvais goût que moi pour les hommes.

Je lui coulai un regard juste à temps pour la voir se jeter sur moi, son propre pieu à la main. Instinctivement, je lui attrapai les poignets avant qu'elle le plonge dans ma poitrine. Son élan me fit tomber à la renverse. Nous atterrîmes en tas sur le sol, et mes lunettes de soleil s'envolèrent. Elle avait plus de force qu'elle en avait l'air, et elle m'avait prise par surprise. Une mauvaise combinaison.

— Ça lui apprendra de m'avoir quittée ! hurla Mélanie. Il pense que je ne suis pas assez bien pour lui, hein ? Nous allons voir ça.

Après avoir affronté des chasseurs de vampires terriblement dangereux, je ne me serais jamais imaginé devoir me méfier de Mélanie. Mais alors que je luttais avec elle, sa rage de petite amie abandonnée décuplait sa force. Apparemment, elle me voyait comme la cause de sa rupture. Ma vie défila devant mes yeux.

Et ce n'était pas joli. Je n'avais rien vécu d'intéressant.

Je sentis la pointe du pieu m'égratigner la poitrine. La douleur me tira de mon diaporama mental et me ramena dans la réalité.

Mes mains étant occupées à lui tenir les poignets, et mes jambes étant coincées sous elle ; il allait falloir que j'utilise ma tête pour me sortir de ce pétrin. Que je l'utilise *littéralement*.

Je lui donnai un coup de tête dans le nez. Elle poussa un hurlement, mais n'abandonna pas.

— Lâche-moi ! glapis-je.

— Pas question. Tu vas mourir !

— Et Eugene ? réussis-je à dire. Tu ne veux pas savoir s'il va bien ?

— Va te faire foutre avec ton Eugene !

— Non, merci.

Nous roulions ensemble sur le sol. Cette fille avait de la hargne, il fallait lui reconnaître ça. Quand elle avait décidé une chose, elle n'abandonnait pas. Malheureusement, je ne pensais pas que me tuer devait devenir sa nouvelle obsession.

Puis je vis quelqu'un du coin de l'œil. Dieu merci. J'étais sauvée.

Quinn nous regardait lutter. Il portait des lunettes de soleil noires.

— Salut, dit-il.

— Salut, répondis-je.

— Comment ça va ?

— Pas si bien.

Je frappai Mélanie à la lèvre supérieure cette fois, ce qui me permit de prendre le dessus. J'allais avoir besoin d'aspirine quand tout cela serait fini. D'aspirine ou d'un entrepreneur des pompes funèbres.

— Qui est ton amie ?

Quinn n'avait toujours pas levé le petit doigt pour m'aider.

— Oh, je te présente Mélanie, dis-je, après avoir esquivé le pieu qui visait ma jugulaire. Mélanie, Quinn.

Mélanie n'était pas d'humeur à faire de nouvelles rencontres pour le moment.

Il était clair que Quinn essayait de ne pas sourire de ma situation. Si je n'avais pas été en train de me battre pour survivre, j'aurais été très irritée.

— Tu as besoin d'aide ? demanda-t-il enfin.

— Oh, non. Je maîtrise la situation.

Mélanie roula de côté et se retrouva de nouveau au-dessus, poussant un cri à la *Xéna, princesse guerrière.*

— D'accord, dit Quinn. À plus.

— Quinn ! criai-je quand il fit mine de partir. (Dans ma position, le soleil m'aveuglait.) Bienvenue dans le monde du sarcasme. Un peu d'aide serait la bienvenue.

Il sourit et, d'une main, il attrapa Mélanie par le dos de son sweat-shirt noir et l'écarta de moi. Elle voulut griffer : lui, l'air, n'importe quoi. Je me relevai lentement et brossai ma veste. Il y avait une tache rouge à l'emplacement de mon cœur, où elle m'avait piquée avec son pieu. Je la frottai doucement en faisant la moue. Elle venait de bousiller l'un de mes tee-shirts préférés.

Quinn secoua gentiment Mélanie jusqu'à ce qu'elle lâche le pieu. Elle n'avait pas l'air effrayée, seulement très en rogne qu'on nous ait interrompues. Quinn lui maintenait les bras le long du corps, pour qu'elle ne puisse pas bouger.

Je ramassai mes lunettes de soleil et les remis. Puis je m'approchai de Mélanie et la lorgnai lentement de la tête aux pieds.

— Je suppose que c'est le moment où je dois dire que je suis désolée que les choses aient mal tourné entre toi et Timothy. Et que les vampires ne sont pas tous mauvais. Et aussi qu'en temps voulu, tu iras mieux. Il faut juste laisser le temps à tes sentiments de guérir.

Elle cligna des paupières, et je vis la rage déserter son regard.

— Libère-la, dis-je à Quinn.

Il obéit, et elle se retourna pour s'en aller sans un mot.

— Oh, juste une dernière chose, Mélanie, dis-je.

Elle me regarda, et je lui flanquai un coup de poing dans le nez.

Je lui souris.

— Approche-toi encore de moi, et je te mords.

Sa lèvre inférieure trembla, et Mélanie s'enfuit en courant.

Je me massai la main.

— Aïe, ça fait mal.

Quinn secoua la tête.

Je fronçai les sourcils.

— Quoi ?

— Tu viens de me rappeler un truc que tu as dit le soir de notre rencontre.

— Et c'était quoi ?

— Que tu n'es pas une gentille fille.

— Oh, c'est vrai. C'était après ta réplique d'enfer. (Je souris, puis m'efforçai de n'avoir pas l'air trop chaleureuse.) Que fais-tu ici ?

— Je te cherchais.

— Vraiment ?

Je fus aussitôt sur mes gardes.

— Relax, dit-il. Je ne vais pas te faire de mal. D'ailleurs, après la scène à laquelle je viens d'assister, je ne crois pas en être capable. Tu es très forte.

Je croisai les bras sur ma poitrine.

— Alors, qu'est-ce que tu veux ?

Il commença à dire une chose, puis il se tut. Il rouvrit la bouche, et croisa mon regard.

— Je voulais m'excuser.

Je haussai un sourcil.

— T'excuser. Pourquoi ?

— Pour tout. Principalement pour t'avoir presque tuée. Oui, je voulais m'excuser pour ça, puis te remercier de m'avoir sauvé la vie.

— Tu sais, Quinn, même si je ne te connais pas depuis longtemps, j'espère que tu ne te sentiras pas insulté si j'ai du mal à croire en ta sincérité.

Il haussa les épaules.

— Je sais. Je crois que ça a été l'une de ces expériences où l'on se met à la place de quelqu'un pour un temps. J'ai été élevé dans la pensée que les vamp… que les vampi…

Il s'arrêta et fronça les sourcils.

— Les monstres meurtriers et buveurs de sang, finis-je pour lui.

Ah, tant de sarcasme. C'était un don !

Il soupira.

— C'est dur. J'ai été élevé dans l'idée qu'ils sont démoniaques, et maintenant que je suis l'un d'entre eux, je ne me sens pas différent de ce que j'étais avant. Alors, je me dis que j'avais peut-être tout faux depuis le début.

— Tu crois ? (Je levai les yeux au ciel.) OK, tu me dis que tu es désolé, et je réponds que ce n'est pas grave. Restons-en là. J'espère que ta vie sera douce, Quinn. Adieu.

Quand je me retournai pour partir, il m'attrapa par l'épaule.

— Attends, ce n'est pas tout, Sarah. Depuis que je t'ai rencontrée, je… je ne sais pas. Je ne peux penser à rien d'autre, c'est tout.

Je plongeai mes yeux dans les siens.

— Répète ça ? Tu ne peux penser à rien d'autre que quoi ?

Il détourna la tête, se frotta vivement le front, puis me regarda de nouveau.

— Je n'arrête pas de penser à toi.

— Moi ?

— Je sais, c'est stupide. Je sais que toi et Thierry… eh bien, peu importe. Ce type veut déjà me tuer. Je ne sais pas ce qu'il y a entre nous, mais il se passe quelque chose.

Je ne dis rien pendant un long moment. Il ne pouvait pas s'arrêter de penser à *moi* ? Mon cerveau cessa temporairement de fonctionner. Puis je retrouvai ma voix.

— Tu es fou ?

— Quoi ?

— Tu as un sacré culot, tu sais !

Quinn me regardait sans comprendre.

Je secouai la tête.

— Je suis censée oublier tout ce qui s'est passé avant que tu comprennes que je ne suis pas maléfique ? Si ton père n'était pas arrivé, au bar, je serais morte à l'heure qu'il est. Et si Dan et son ami ne m'avaient pas sauvée dans le PATH, je serais morte encore. Il n'est pas question que je te laisse une troisième occasion, mon pote. Je t'ai aidé parce que je me sentais coupable de ce qui t'était arrivé. C'est tout. Alors pourquoi ne te trouves-tu pas une autre fille à suivre partout ?

Il se frotta de nouveau le front. Son visage était un peu empourpré, soit à force de le frotter, soit parce qu'il était gêné.

— Tu as raison. Sur tout. Tu as absolument raison. Je ne mérite pas ton pardon. Je n'ai rien fait pour te prouver ma bonne foi. Je suis désolé de t'avoir importunée.

Il secoua vivement la tête, comme si cela pouvait effacer ce qu'il venait de me dire, et il commença à s'éloigner. Après mon discours, je serais étonnée de jamais le revoir.

Et c'était une bonne chose, non ? Je me fichais qu'il m'ait semblé être un gentil garçon quand nous nous étions rencontrés. Il n'avait été qu'un problème depuis ce soir-là.

Quand même…

J'étais un peu sous le choc. Monsieur-Chasseur-de-Vampires-Devenu-Vampire venait d'admettre qu'il en pinçait pour moi. La dernière chose dont j'avais besoin, c'était d'une autre complication dans ma vie.

Je me mordillai la lèvre. Bien sûr, cela ne m'avait encore jamais arrêtée.

Je déglutis.

— Quinn !

Il stoppa net et se tourna vers moi.
— Oui ?
— Que dirais-tu d'un double rendez-vous ?

Chapitre 16

Amy se montra enthousiaste quand je l'appelai au boulot. Elle me mit aussitôt en attente pour faire les réservations. Puis elle me reprit.

— Ce soir, en haut de la tour CN, dit-elle. (Je devinai qu'elle souriait jusqu'aux oreilles à la perspective de notre double rendez-vous.) Au *360 Restaurant*.

— C'est pas un peu cher ?

La tour CN était une tour immense qui s'élevait au-dessus des autres gratte-ciel du centre. C'était l'une des attractions touristiques de Toronto. Au sommet, un restaurant tournant offrait une vue panoramique sur la ville.

— Et alors ?

— Allô, je suis sans emploi, tu te rappelles ?

J'avais plutôt pensé à un McDonald's.

— Ne t'inquiète pas pour l'argent. C'est une occasion spéciale. Tu vas *adorer* Peter !

Je regrettais déjà d'avoir donné mon accord pour cette soirée. Pourquoi une chose qui paraissait être une si bonne idée un instant paraissait être une terrible erreur le suivant ?

Mais ce n'était qu'un dîner. Cela ne signifiait rien. Et j'allais pouvoir me concentrer sur autre chose que mes problèmes de vampire.

Je rapportai les films que j'avais loués et payai à contrecœur l'amende de retard. Puis je me fis rembourser les chaussures de créateur et me mis en quête d'une robe pour la soirée. Après deux heures de shopping, je la trouvai enfin : courte, moulante et d'un magnifique violet améthyste. En plus, elle était en solde. L'acheter libéra en moi de l'endorphine. La journée s'annonçait meilleure que je l'avais espéré.

Je rentrai chez moi pour me préparer. J'avais décidé de m'amuser, et d'oublier Thierry et son épouse mystérieuse et ensorcelante.

Cela fonctionna jusqu'à ce que je doive me maquiller. Mes yeux s'embuèrent dès que je sortis l'éclat de mon sac. Je ressentis la pulsion de le jeter violemment contre le mur, pour le regarder éclater en mille morceaux. Mais je n'étais pas assez folle pour y céder. Pas encore du moins.

Quinn m'avait donné son numéro de portable, et je l'appelai pour lui dire quand il devait arriver. À 19 h 30, je poussai la porte en verre de mon immeuble et sortis dans l'air froid sur mes talons de huit centimètres.

Il m'attendait. Quand il me sourit, je vis ses crocs tout neufs. Je supposai que nous étions dans le même bateau, concernant notre métamorphose précoce, grâce au sang surpuissant de Thierry. Il avait belle allure. Certains hommes présentent bien, quand ils en font l'effort, et c'était le cas de Michael Quinn. Il portait un costume bleu sombre sur une chemise blanche impeccable, ouverte au col. La couleur de l'ensemble veste et pantalon faisait ressortir le bleu de ses beaux yeux. Ses cheveux blond cendré étaient bien peignés. Je remarquai qu'il sentait mon eau de toilette pour homme préférée, signée Calvin Klein.

Cela n'excusait pas qu'il ait tenté de me tuer deux fois. Mais c'était un bon début.

Nous prîmes un taxi jusqu'à la tour CN, puis nous donnâmes le nom d'Amy au bureau de la réception. On nous fit passer devant la foule de touristes pour nous conduire à un ascenseur réservé aux clients du restaurant. J'étais déjà venue quelques fois, aussi ne fus-je pas vraiment impressionnée. Mais Quinn eut l'air stupéfait quand la cabine monta haut dans le ciel.

Une hôtesse nous conduisit à travers la salle bondée jusqu'à la table d'Amy, qui était contre la baie vitrée arrondie donnant sur les lumières de la ville. Amy était assise toute seule, sa serviette sur les genoux, à siroter un verre de vin blanc. Quand elle nous vit, elle se leva et m'étreignit. Elle portait une robe vert d'eau à paillettes et les boucles d'oreille qu'elle venait d'acheter au centre commercial. Ses cheveux blond clair étaient attachés par des pinces de la même couleur que sa tenue.

— Tu es superbe, dit-elle. Et, Quinn, c'est bon de te revoir.

Quinn lui sourit.

— Content de te revoir aussi.

Je lui avais dit de bien se conduire, puisque Amy ignorait encore que j'étais un « monstre » (mais l'un des mieux habillés de Toronto bien sûr).

— Peter est encore au travail, mais il a dit qu'il serait là aussi vite que possible.

— Il fait des heures sup ? (Je regardai ma montre.) C'est un homme dévoué. Que fait-il dans la vie ?

—Euh… Amy fronça les sourcils. Je n'en suis pas très sûre. Je crois qu'il travaille dans la lutte contre les nuisibles.

Je hochai la tête.

—Très sexy.

Nous prîmes place.

—Et toi, Quinn ? Que fais-tu dans la vie ?

—C'est une drôle de coïncidence, parce que j'étais dans l'extermination aussi, il n'y a pas si longtemps.

—Vraiment ?

Je lui flanquai un coup de pied sous la table.

—Qu'est-ce que ce boulot a de si spécial pour que vous fassiez tellement d'heures ?

Quinn fit mine de ne pas voir mon regard noir.

—Le dévouement à un travail bien fait, je crois.

—Et tu trouvais ça dangereux ?

—« Dangereux » ?

—Peter est tout le temps blessé. Je suis inquiète pour lui. Chaque jour, il a de nouvelles plaies et bosses.

—Soit il est sujet aux accidents, dis-je. Soit il rencontre de méchants cafards. Hé, changeons de sujet, d'accord ? Parler de boulot alors que je suis au chômage me déprime.

—D'accord, répondit Amy. Tu vis à Toronto depuis longtemps, Quinn ?

Le serveur arriva pour savoir ce que nous désirions boire et il apporta un panier rempli de petits pains. Je commandai une tequila sunrise et décidai de ne pas prendre de pain. Quinn demanda une bière.

—Non, répondit-il quand l'homme se fut éloigné. Je comptais d'ailleurs repartir bientôt, mais il est possible que je m'installe ici.

— Eh bien, je l'espère, pour Sarah. (Amy sourit. Elle attrapa un gressin au sésame et commença à le grignoter d'un air pensif.) Peter aussi est nouveau en ville. Vous avez des tas de points communs.

C'est alors que je commençai à ressentir une sorte de peur profonde au sujet de Peter, le mystérieux exterminateur de nuisibles. J'additionnai deux et deux, mais au lieu de donner quatre, ils me donnèrent une sensation désagréable au creux de l'estomac.

Amy leva les yeux.

— Enfin ! Le voilà. (Elle se pencha vers moi par-dessus la table et me prit la main.) Essaie de ne pas remarquer son bandeau sur l'œil, souffla-t-elle. Il est très susceptible à ce sujet.

J'avalai la grosse boule de désarroi qui s'était formée dans ma gorge et me retournai lentement sur ma chaise.

Amy avait raison. Peter était très séduisant. Il portait un costume sombre par-dessus un tee-shirt. Avec ses cheveux blonds, cela lui donnait vaguement un air à la *Deux flics à Miami*. Il portait un bandeau sur son œil blessé. Il adressa un large sourire à Amy, montrant des dents très blanches, alors qu'il approchait de notre table.

Son sourire disparut dès qu'il s'avisa que j'étais assise en face de sa nouvelle petite amie.

Le dernier souvenir que j'avais de Dents Blanches, c'était quand mon gros orteil était entré en contact avec son œil gauche, juste avant que Thierry et moi sautions du pont, presque une semaine plus tôt.

Et aujourd'hui, il avançait vers moi, dans un restaurant à des dizaines de mètres au-dessus du sol.

Je n'avais pas l'intention de sauter de cette hauteur, mais la soirée ne faisait que commencer.

Il hésita. Je pouvais presque voir les rouages de son cerveau imaginer plusieurs scénarios, différentes réactions au fait de me voir là. Puis il vit Quinn, et il se détendit aussitôt à la vue d'un camarade chasseur de vampires.

Il combla la distance qu'il restait entre nous, et se pencha pour donner un petit baiser à Amy. Son bon œil ne me quitta pas, cependant.

— Salut, chérie, dit-il à Amy. Désolé d'être en retard.

Il s'assit en face de moi. Je crus que l'intensité de la haine que je lisais dans son œil suffirait à me faire fondre et à me transformer en mare visqueuse sur le sol du *360 Restaurant*.

Heureusement, Amy semblait imperméable aux mauvaises vibrations qui passaient par-dessus le panier de petits pains.

— Peter, dit-elle en attrapant sa manche. Je te présente Sarah. Je t'ai tellement parlé d'elle que tu dois déjà penser la connaître.

— Oui, répondit-il d'une voix basse et râpeuse, à peine contrôlée. J'ai le sentiment de déjà te connaître… Sarah.

— Et voici le petit ami de Sarah, Quinn, poursuivit Amy.

Quinn me coula un regard après avoir entendu la manière dont Amy venait de le présenter. Puis il se tourna vers Peter et sourit.

— Le monde est petit, mon pote.

Peter eut un large sourire et serra la main tendue de Quinn.

— Tu l'as dit !

— Vous vous connaissez ? demanda Amy, surprise.

— Oui, répondit Peter.

— Eh bien. (Elle leur sourit.) Je savais que vous aviez des tas de choses en commun, avec ce truc de lutte contre les nuisibles, mais je n'aurais jamais imaginé que vous puissiez vous connaître.

Je gardai le silence. Peut-être pouvais-je me glisser sous la table, ramper à travers la salle en contournant les serveurs affairés, et rejoindre l'ascenseur. Personne ne s'apercevrait de rien, n'est-ce pas ?

Mais d'un autre côté, pourquoi étais-je si inquiète ? Nous étions au milieu d'un restaurant plein de témoins bien habillés. Et il n'oserait sans doute pas me tuer sous les yeux d'Amy. Je doutai qu'elle continue à le voir, après cela, ou du moins aimai-je à le croire.

— « Lutte contre les nuisibles », hein ? dit Peter à Quinn, tout en me lorgnant. On dirait que tu vas avoir du boulot, ce soir.

Quinn ne cessa pas de sourire. Je remarquai qu'il gardait les lèvres serrées pour éviter de dévoiler ses crocs.

— Tu l'as dit.

Un silence gênant tomba sur notre table, et je sentis leurs regards sur moi. J'attrapai un bout de pain et le beurrai violemment, pour avoir quelque chose à faire.

— Alors, Peter, dis-je ressentant la pulsion irrépressible de rompre le silence. Qu'est-il arrivé à ton œil ?

Cinq yeux se tournèrent vers moi.

— Sarah ! haleta Amy, consternée.

— Navrée. (Je haussai les épaules.) Je suis curieuse, c'est tout. Je veux savoir si ma meilleure amie sort avec un homme réellement blessé ou si c'est quelque étrange obsession pour les pirates.

Une rage brûlante sembla émaner de Peter et arriver sur moi par vagues. J'inclinai la tête et essayai de lui adresser un sourire amical, sourire qui aurait été plus naturel si je n'avais pas eu la soudaine impression que mes lèvres avaient été « botoxées ».

Il caressa son bandeau avec tendresse.

— Un accident de travail. Mais tu sais ce qu'on dit, non, chérie ? Œil pour œil…

Amy fronça les sourcils.

— Je croyais qu'il n'y avait que moi que tu appelais « chérie », que c'était notre truc à nous, comme quand je t'appelle trésor.

— « Trésor » ? dit Quinn.

Peter grinça des dents. J'étais très étonnée qu'il n'ait pas essayé de me tuer par-dessus la table avec mon couteau à beurre.

— Que vas-tu commander ? me demanda Amy par-dessus sa carte.

Elle s'était un peu écartée de Peter, vexée de son faux pas.

— Mon verre me suffit.

Amy ferma son menu.

— Ne sois pas bête. Commande ce qui te fait plaisir. Peter a dit qu'il payait l'addition.

Elle lui donna un coup de coude.

Peter serra les mâchoires.

Je lui adressai un léger sourire.

— C'est tellement gentil de ta part, Peter. Dans ce cas… (Je cherchai le plat le plus cher sur la carte.) Je vais prendre un filet mignon. Et peut-être devrions-nous commander une bouteille de vin ?

— Ça me semble parfait, renchérit Amy. Je prendrai la même chose.

Je me tournai vers Quinn.

— Très bien, pourquoi ne me dis-tu pas comment vous vous êtes rencontrés, tous les deux ?

— Ce n'est pas une histoire intéressante.

— Non, allez, Quinn, insista Peter. Dis à ta nouvelle *petite amie* comment nous nous connaissons.

Pensait-il que j'ignorais que Quinn était un chasseur de vampires ? Enfin, un *ex*-chasseur de vampires. Il disait cela comme si j'allais être sous le choc quand j'apprendrais la vérité. Quel abruti.

— Nous avons travaillé ensemble, à l'occasion, dit Quinn après avoir bu une longue gorgée de Heineken. Nous sommes plus des relations que des amis proches, pour être honnête.

— Allez, Quinn, dit Peter avec un sourire mauvais. Ça fait des années que nous exterminons les nuisibles ensemble. Les journées sont longues, et les nuits encore plus. La recherche, la chasse, et la mise à mort tellement incroyable. La satisfaction de savoir que tu as massacré une créature néfaste à mains nues.

Amy fit la grimace, alors qu'elle imaginait sans doute son beau petit ami en train d'écraser des cafards et des araignées avec la paume de ses mains.

— C'est vrai, reconnut Quinn avec un coup d'œil vers moi. Mais je crois qu'il est temps que je songe à changer de carrière.

— Tu plaisantes, c'est ça ? dit Peter. Même après ce qui s'est passé la nuit dernière ? Après avoir éliminé ce… (Il jeta un regard à Amy.) Euh, ce nid d'insectes répugnants ? Allez, ça a été le pied ! Nous ne nous étions pas autant amusés depuis des mois.

J'écarquillai les yeux à cette nouvelle. La nuit dernière ? Je regardai Quinn, souhaitant qu'il nie, mais il refusa de croiser mon regard. Mon cœur bondit dans ma poitrine.

Quinn continuait à chasser les vampires, même s'il en était devenu un lui-même ? Même s'il avait reconnu devant moi qu'il ne croyait plus que les vampires étaient démoniaques ? La pensée qu'il s'était joint aux autres chasseurs pour une attaque me rendait malade. J'aurais voulu le frapper, le gifler jusqu'à ce que ses oreilles tintent. Je souhaitai qu'il dise que ce n'était pas vrai, même s'il devait me mentir. Comment pouvais-je être toujours un si mauvais juge de caractère ? Étais-je donc si stupide ? Inutile de répondre à cette question !

Peter souriait toujours au souvenir de la nuit précédente. Le serveur vint pour prendre notre commande, mais Amy lui demanda de nous laisser encore quelques minutes. Il nous apporta donc de l'eau.

Quinn se tourna enfin vers moi. Il n'avait pas la faculté de Thierry, aussi son visage n'était-il pas inexpressif. Toutes les émotions qu'il ressentait, toutes les pensées qu'il avait, étaient gravées sur ses traits.

À moins qu'il soit un acteur extraordinaire. Peut-être serait-ce plus facile pour moi à avaler.

— Je n'ai tué personne, dit-il tout bas.

— Ne sois pas si modeste, protesta Peter. Tu sais, Quinn, je crois que ton père a tort à ton sujet. Je suis sûr que tu feras un grand chef, un jour. Tu n'as pas peur de prendre des décisions difficiles, d'aller chercher une proie qui n'est pas facile. (Son regard glissa vers moi.) Même si elle est bonne au pieu.

Amy lui piqua le bras avec le reste de son gressin.

— J'ignore de quoi tu es en train de parler, trésor, mais ne viens-tu pas d'insulter mon amie ? Je n'apprécie pas tellement.

— Amy…

Je me levai de table. Quinn regardait de nouveau par la fenêtre. Soit il se sentait coupable, soit il continuait à nier sa nouvelle nature. Qu'il se débrouille avec ses questions. Je l'avais assez vu.

— Je vais me laver les mains.

— D'accord.

Amy se leva à son tour et attrapa son sac.

Je glissai le petit couteau à beurre dans le mien, au cas où j'aurais besoin de me défendre plus tard. Je sais, mon choix d'arme tendait vers la variété culinaire inoffensive, mais c'était mieux que rien. Je pris mentalement note d'investir dans une autre bombe anti-agression.

Je poussai la porte des toilettes des dames, et nous entrâmes. Je vérifiai que nous étions seules.

— Je n'ai pas vraiment besoin de faire pipi, dit Amy. Je voulais seulement m'excuser pour Peter. Je ne crois pas qu'il soit le bon. J'ignore pourquoi il agit si bizarrement.

— Je sais pourquoi.

Tendue, je regardai Amy vérifier son maquillage dans le miroir pendant que je restais adossée à la porte pour m'assurer que personne ne pouvait entrer.

— Vraiment ?

— Oui, il faut que je te dise quelque chose, Amy. Quelque chose que j'aurais dû te dire avant.

— Quoi ?

Je pris une profonde inspiration.

— Je suis une vampire.

Amy me regarda un moment, sans ciller.

— Hein ?

— Une vampire. Une créature de la nuit.

Elle continua à river sur moi un regard vide.

Je soupirai lourdement.

— Dracula, Lestat, Angel, tu sais ? Boire du sang, sans autre nourriture, vivre pour toujours sans jamais vieillir… teint un peu blafard, dents pointues… *vampire.*

Après un long silence, elle hocha la tête et m'adressa un sourire patient.

— Je t'avais dit d'arrêter de lire les livres d'Anne Rice. Et acheter toutes les saisons de *Buffy* en DVD ? Ce n'était qu'une question de temps avant que tu commences à penser comme ça.

— Non… (Je secouai la tête.) Ça n'a rien à voir. Et puis ces DVD étaient en solde. Mais ce n'est pas la question. Je suis vraiment une vampire.

Elle sourit et acquiesça.

— Si tu le dis, Sarah.

Amy avait tendance à être agaçante, mais là, elle se surpassait.

— Très bien, dis-je. Je vais te le prouver. (Je montrai les dents.) Regarde, j'ai des crocs.

Elle se pencha pour mieux voir.

— Mignon. Mais Halloween, c'était il y a un mois. Nous ne devrions pas laisser les garçons seuls plus longtemps, ou ils auront mangé tout le pain.

Je me dis que j'allais devoir la mordre pour lui prouver que j'étais une vampire. Non, attendez, j'avais bien mieux que ça, devant moi. Je l'attrapai par les avant-bras et la tournai vers le miroir. Quand elle regarda son reflet, c'était tout ce qu'elle vit. Elle. Pas moi. Elle se regarda, puis elle se tourna vers moi. Et elle regarda encore le miroir. Puis moi.

Et ainsi de suite, pendant un moment.

Finalement, le choc se peignit sur son visage.

— Tu vois ? dis-je d'un ton un peu triomphant, contente de l'avoir convaincue. Qu'est-ce que ça t'apprend ?

Amy ouvrit la bouche, et se mit à hurler.

Chapitre 17

Je plaquai une main sur la bouche d'Amy avant qu'elle ait pu pousser son cri à glacer le sang plus d'une seconde.

La porte s'ouvrit, et une femme aux cheveux gris entra dans les toilettes, tenant une fillette d'environ six ans par la main. Ce devait être sa petite-fille. La femme me regarda, car je serrais Amy par-derrière, et elle écarquilla les yeux. Une expression désapprobatrice se peignit sur ses traits et elle secoua gravement la tête.

— Sérieusement, je ne comprends pas les lesbiennes, marmonna-t-elle.

Elle couvrit les yeux de sa petite-fille et se retourna pour sortir.

Amy luttait pour se dégager et me faire face, ma main toujours fermement sur sa bouche. Elle dit quelque chose, mais les sons furent trop étouffés pour que je comprenne.

— Quoi ?

Je retirai ma main.

— Tu es une vampire.

Ses yeux étaient plus grands que le panier à pain à notre table.

J'acquiesçai.

— C'est bon de voir que tu as enfin compris. Maintenant, ne crie plus, par pitié. Je ne vais faire de mal à personne, ni à toi ni à aucun autre.

Elle m'étudia un long moment, puis elle se précipita dans le premier box et ferma la porte à clé.

— Amy…

— Va-t'en ! Laisse-moi tranquille.

Sa voix tremblait.

Je croisai les bras sur ma poitrine et fis les cent pas dans la pièce minuscule.

— Inutile d'avoir peur. Sérieusement, je ne vais pas te faire de mal.

— Pourquoi est-ce arrivé ? Je ne comprends pas ! Ça a un rapport avec le fait que tu aies été virée ? Tu as essayé de mordre Saunders ?

Je réfléchis un instant.

— Non.

Sucer un doigt et mordre une gorge étaient deux choses différentes. Sucer un doigt étant le moins dégoûtant des deux. Mais pas de beaucoup.

— Alors, qu'est-ce qui t'est arrivé ?

— Sors et je te le dirai.

— Non ! Dis-moi d'abord, et je sortirai ensuite.

Je poussai un gros soupir.

— Tout est ta faute, tu sais. Tu devrais te sentir coupable au lieu de paniquer.

— Ma faute ?

Je la vis me regarder par l'espace entre la porte et le chambranle.

— Oui. Tout ça, c'est arrivé parce que tu as voulu me brancher avec Gordon Richards. C'était un vampire et il m'a mordue.

— Tu plaisantes ! Il avait l'air tellement normal.

Je la laissai assimiler les faits sans rien ajouter.

— Quel con, dit Amy, plus fort, mais d'une voix toujours un peu apeurée. La prochaine fois que je le verrai, je le tuerai.

— Oui, s'il te plaît.

Je décidai de ne pas lui dire qu'il était déjà mort, et que c'était de la main de son petit ami. Cela aurait pu la rendre folle.

Il y eut une longue pause, puis…

— Alors, tu vas me dire que tu es une gentille vampire ?

— Oui, je suis une gentille vampire. (Je marquai une pause.) Comme Angel. Avec une âme.

— Mais Angel n'était pas bon tout le temps. Tu deviens démoniaque quand tu fais l'amour ?

Je levai les yeux au ciel. Au nom de tout ce qu'il y avait de sacré, je n'aurais pas dû lui prêter mes DVD de *Buffy*.

— Il va falloir que tu me fasses confiance. Je suis comme le bon Angel. Tout le temps.

J'attendis pendant une autre minute de silence.

— Amy ? dis-je finalement. Tout va bien, là-dedans ?

J'entendis la chasse d'eau. Puis le loquet fut tiré et la porte s'ouvrit lentement. Amy me jeta un coup d'œil nerveux. Sa lèvre inférieure tremblait.

— Je suis tellement désolée de t'avoir arrangé un rendez-vous avec ce crétin !

Elle sortit en titubant et m'étreignit très fort.

Je lui tapotai le dos.

— Moi aussi.

Elle renifla, puis elle s'écarta un peu de moi.

— Je n'arrive pas à croire que tu ne m'aies rien dit ! Ce n'est pas très gentil.

— Je voulais reprendre une vie normale avant que quiconque s'en aperçoive. Malheureusement, ça ne s'est pas passé comme ça.

— Et pourquoi ça ? (Sa voix reprenait de la force, et son sourire refaisait une apparition.) Ma meilleure amie est une vampire ! Je suis tellement jalouse !

— Fais-moi confiance, c'est inutile.

— Alors, et Quinn ?

— Eh bien, quoi, Quinn ?

— Sait-il ?

Je respirai profondément.

— C'est en partie pour ça que je t'ai emmenée ici. Quinn aussi est un vampire.

— Fiche le camp !

— Si seulement je pouvais ! Pour faire court, Quinn était un chasseur de vampires. Il a même essayé de me tuer deux fois. Puis il a été transformé.

— Et vous êtes tombés amoureux. (Elle soupira.) Dieu, c'est si romantique !

— Je ne suis pas amoureuse de lui, dis-je d'un ton ferme.

— Mais vous êtes si mignons, ensemble. Les photos du mariage seraient superbes.

— Ce n'est pas une raison pour tomber amoureuse, j'en ai peur. Mais il y a autre chose que je dois te dire. Quelque chose de moche.

Elle retint son souffle.

— Quoi ?

— Peter est un chasseur de vampires.

Elle haleta.

— Mais il a dit qu'il était dans la lutte contre les nuisibles.

— Oui, Amy, la « lutte contre les nuisibles ». Comme dans « tuer des vampires ». Il pense que les vampires sont mauvais, mais crois-moi, c'est faux. C'est lui le méchant.

— Tu crois qu'il a été blessé à l'œil en chassant les vampires ?

Amy semblait si perdue que j'en étais désolée pour elle. C'était déjà difficile pour elle de suivre l'intrigue des *Feux de l'amour*, alors celle des *Crocs de la haine*...

— C'est justement ça, Amy. C'est moi qui lui ai fait ça, la semaine dernière. Il essayait de me tuer, et j'ai fait ce qu'il fallait pour me protéger. Il ne me laissera jamais sortir d'ici vivante. Et pour couronner le tout, il n'a pas la moindre idée que Quinn a été transformé. Il croit qu'il est toujours un de ses potes, prêt à sortir avec lui plus tard cette nuit, pour chasser.

— Peter a essayé de te tuer.

Sa voix était incrédule à l'idée que son beau petit ami soit capable de faire une chose si atroce.

— Oui.

— Et tu crois qu'il va essayer de recommencer.

Je haussai les épaules.

— C'est un chasseur de vampires. C'est ce qu'il fait dans la vie.

— Mais tu es mon amie.

— Je ne crois pas qu'il voie les choses ainsi, malheureusement.

— Ce n'est pas bon, ça.

— C'est un euphémisme ! Je n'arrive pas à croire que de tous les hommes qu'il y a à Toronto, tu sois justement tombée sur lui.

— Désolée.

— Inutile de t'excuser, soupirai-je. Ce n'est pas ta faute. C'est le destin qui me donne un coup de pied aux fesses.

— Alors, quel est le plan ? demanda-t-elle.

— Le « plan » ?

— Celui pour te faire sortir d'ici vivante.

— Il va falloir tuer Peter.

Amy haleta et se plaqua une main sur la bouche.

— Je plaisante. (Je lui tapotai l'épaule et essayai de ne pas rire tout haut de sa réaction. Peut-être étais-je mauvaise, après tout.) Navrée, je n'ai pas pu résister. J'ignore comment sortir d'ici. Il ne me laissera pas lui échapper, cette fois, surtout après ce que j'ai fait à son œil.

Amy ouvrit son sac et en fouilla le contenu.

— Je crois que j'ai une idée.

Eh bien, il y avait toujours une première à tout !

— Qu'est-ce que tu cherches ?

— Je sais qu'elles sont là. Ah, les voilà !

Elle sortit un flacon de pilules.

— Des médicaments pour dormir ? (J'imaginai Peter roulé en boule dans un coin du restaurant, dormant à poings fermés, pendant que je m'éclipsais par l'ascenseur.) Ce serait parfait !

— Non, des décontractants musculaires. Contre les crampes.

— Désolée de ruiner ton plan brillant, mais je ne crois pas que ce soit la mauvaise période du mois pour Peter.

Elle secoua la tête.

— Fais-moi confiance, ils feront l'affaire.

— Tu es prête à droguer ton petit ami pour m'aider ? Tu es une amie formidable !

Elle m'étreignit.

— Tu ferais pareil pour moi.

Vraiment ? Oui, bien sûr, pourquoi pas ?

— Peter sera en colère contre toi après ça. Je ne veux pas gâcher votre relation.

Elle rangea le flacon de médicaments dans son sac.

— Oublie ça. Je sais à présent qu'il n'est pas le bon. Mon vrai Prince Charmant ne s'en prendrait jamais à ma meilleure amie. Peter mérite ce qui va lui arriver.

Nous retournâmes à table. Quinn et Peter étaient engagés dans une conversation à bâtons rompus. Ils se turent dès qu'ils nous virent arriver.

— Tout va bien ? demanda Quinn, alors que je m'asseyais.

— Très bien, répondis-je sans le regarder.

J'étais toujours en rogne qu'il soit sorti chasser, la veille.

— Bien.

Il avala le reste de sa bière.

— Nous avons pris les devants et nous avons commandé, dit Peter. Nous ne pouvions pas attendre infiniment.

— Parle pour toi, marmonnai-je entre mes dents.

— Quinn et moi parlions de ce que nous allions faire après dîner. (Peter rivait sur moi un regard intense.) Amy voulait aller danser, mais j'ai pensé à quelque chose de plus intime. J'aimerais apprendre à *mieux* connaître Sarah. (Il prononça mon nom comme si c'était le mot de cinq lettres.) Peut-être même la présenter à quelques-uns de mes autres amis.

Ce n'était pas près d'arriver. Mais je lui souris quand même.

— Seulement s'ils sont aussi charmants que toi.

Les entrées arrivèrent. Peter avait commandé une salade pour Amy, Quinn et moi, et des escargots pour lui. Pendant que nous mangions, Amy attrapa plusieurs fois son petit ami par le cou, pour l'embrasser… et glisser chaque fois une petite pilule bleue dans sa nourriture. Il les avala sans broncher. Quinn était trop occupé à regarder par la fenêtre ou à boire sa bière pour remarquer ce qui se passait.

Quand le plat principal fut servi, je jouai avec nervosité avec le contenu de mon assiette, et je vis Quinn faire la même chose. Je me demandai si la nourriture solide le faisait vomir. Je ne voulais courir aucun risque. Je devais prendre bien trop d'autres choses en considération.

Je jetai un coup d'œil de l'autre côté de la table et vis Amy lâcher une autre pilule bleue dans la purée de Peter. Il continua à engloutir de grosses bouchées sans la moindre hésitation. Et si le plan d'Amy ne fonctionnait pas ? Que serais-je censée faire ? J'essayai d'établir une sorte de lien télépathique vampirique entre Quinn et moi, pour essayer de lui faire passer un message, mais la télépathie ne devait pas faire partie de mes nouveaux talents. Il croisait à peine mon regard.

Bien. J'allais devoir faire quelque chose de plus radical.

Je lui piquai la main avec ma fourchette.

— Aïe !

Il la retira et leva les yeux vers moi.

— Que penses-tu des plans de Peter ? demandai-je. Crois-tu que ce soit une bonne idée de rencontrer ses amis après le dîner ?

— Ce sont mes amis aussi.

— Que veux-tu dire ?

— Rien d'autre que ce que j'ai dit.

— Effectivement.

Il était tellement agaçant. Avait-il oublié qu'il était lui-même un vampire ? Ou bien vivait-il dans son monde à lui ? Je l'avais presque cru quand il avait dit qu'il ne pouvait pas s'empêcher de penser à moi. Apparemment, il avait voulu dire qu'il ne pouvait pas s'empêcher de penser à des trucs pour me mettre hors de moi.

Je me rembrunis et observai Peter. Il semblait se venger sur sa nourriture. Chasser les vampires devait donner faim. Il était toujours aussi adroit avec son couteau et sa fourchette. Il n'y avait pas la moindre maladresse dans ses gestes indiquant que ses muscles se relâchaient. Cela signifiait-il que les pilules ne fonctionnaient pas ? J'ignorai quoi faire. Il allait m'emmener voir ses amis, et Quinn le laisserait faire, parce qu'il était en pleine crise de déni. Je n'aimais pas ce plan du tout.

Le serveur vint débarrasser nos assiettes et prendre la commande des desserts. Je pris un spanish coffee. J'aimais tout ce qui me rappelait mon voyage au Mexique. C'était comme une ligne d'arrivée brillante dans mon esprit. Si je pouvais survivre jusque-là, tout irait bien.

J'essayai d'être patiente pendant que je sirotais mon cocktail après-dîner. J'attendais désespérément que Quinn se lève pour me défendre. Qu'il flanque son poing en pleine figure à Peter et qu'il le mette KO.

N'importe quoi aurait mieux valu que de rester assis là comme s'il voulait éviter de faire des vagues.

— J'ai quelque chose à te dire, Peter, dis-je soudain, cherchant désespérément un moyen de m'échapper.

Il ne leva pas les yeux de son dessert, une part de gâteau au chocolat à plusieurs couches.

— Quoi ? cracha-t-il, et je m'avisai qu'il avait un peu de glaçage au chocolat sur son bandeau.

— C'est très important. Tu pourrais au moins arrêter de manger une seconde.

Il repoussa son assiette.

— Quoi.

Ce n'était plus une question.

J'inspirai profondément.

— Ce que je vais te dire va tout changer.

Il inclina la tête sur le côté.

— Vraiment ?

— Oui, vraiment.

— Alors, crache, chérie. (Il hésita, coulant un regard à Amy.) Je veux dire, *Sarah*.

Je regardai Quinn du coin de l'œil.

— Ça doit rester un secret.

— Tu as ma parole d'honneur.

Il m'adressa un grand sourire. Sa parole d'honneur ne valait rien à mes yeux.

Je pris une autre profonde respiration.

Nous y voilà.

— Quinn aussi est un vampire.

— Sarah !

Quinn renversa son verre d'eau, attirant momentanément l'attention d'un couple à une table voisine. Le restaurant fit silence un instant, puis le bruit reprit peu à peu. Quinn essayait d'éponger la nappe avec sa serviette, tout en me regardant avec étonnement.

— Que viens-tu de dire ? siffla Peter.

— Vampire. Quinn est un vampire. Comme moi. Depuis ce week-end. Donc, si tu veux me tuer, tu en auras deux pour le prix d'un. Ce n'est que justice, après tout.

— Je n'arrive pas à le croire, dit Quinn, d'une voix étranglée.

— Oh, tu peux, mon pote. Si je tombe, je t'entraîne avec moi.

Peter secoua lentement la tête, incrédule, puis il se mit à rire.

— Tu es drôle. Mais je ne marche pas dans tes mensonges.

— Ce n'est pas un mensonge, intervint Amy. Elle dit la vérité.

Il se tourna vers elle.

— Laisse-moi deviner, tu es une vampire, toi aussi ?

— J'aimerais bien !

Elle prit son sac pour fermer la fermeture Éclair. Elle devait enfin être à court de pilules. Zut.

— Quinn, dit Peter. Dis quelque chose à cette salope.

— C'est la vérité, dis-je en passant un bras autour des épaules de Quinn. C'est pour ça que nous sommes ensemble. Oui, nous sommes des vampires. Tous les deux. Des amants vampires, ensemble pour l'éternité.

J'embrassai Quinn sur la bouche, puis me retournai pour sourire à Peter, montrant mes dents.

Je vis l'expression de Peter passer de la confusion à la rage, alors qu'il étudiait son ancien camarade de chasse. Il s'empara de son couteau à steak, son bon œil luisant de fureur.

— Cette garce t'a fait ça. Elle t'a transformé en monstre sanguinaire.

Amy se leva et tapa du pied.

— Je ne te laisserai pas parler de ma meilleure amie comme ça !

— Je parlerais d'elle comme j'en ai envie, gronda Peter. Quinn, je suis navré, vraiment. Si tu étais à ma place, je sais que tu ferais la même chose pour moi. S'il te plaît, ne me rends pas les choses plus difficiles.

Quinn était encore sous le choc de ma révélation. Je ne pouvais pas m'empêcher de me sentir un peu coupable. D'une seule phrase, j'avais ruiné sa vie sans espoir de réparation. Mais je n'avais fait cela que pour détourner l'attention de ma personne. Malheureusement, l'attention de Peter était encore plus focalisée sur moi. Sa rage était décuplée à l'idée que j'avais transformé son ami d'une monstrueuse façon.

— S'il te plaît, ne dis rien à mon père, implora Quinn, d'une voix faiblarde. Je t'en supplie.

Peter haussa un sourcil et serra plus fort son couteau.

— Je lui dirai que tu es mort avec honneur des mains d'une de ces créatures démoniaques. Ça vaut mieux pour tout le monde qu'il ne sache pas la vérité. Maintenant, allons-y.

Il se leva. Il était encore plus grand que dans mon souvenir, au moins un mètre quatre-vingt-quinze. C'était un homme imposant, bâti comme un bulldozer. Il devait être capable de m'écraser à mains nues, comme tout homme dans la lutte contre les nuisibles pouvait le faire.

Il fit un pas vers moi, et ses jambes cédèrent sous lui. Il s'écroula en tas sur le sol, attirant de nouveau l'attention de tous les autres clients du restaurant. Un serveur faillit lui marcher dessus alors qu'il arrivait avec un plateau recouvert de boissons pour une des tables alentour.

— Que… ? (Peter essaya de se relever en prenant appui sur la table, mais en vain.) Que m'avez-vous fait ?

Amy expira vivement.

— Dieu merci, j'avais fini par croire que les pilules ne feraient jamais effet. Mais je me suis dit que vingt, ça devait suffire.

Quinn bondit sur ses pieds, et je l'attrapai par le bras pour l'empêcher d'approcher de Peter.

— Vous l'avez empoisonné ?

— Ne t'inquiète pas, ce ne sont que des décontractants musculaires, dis-je. Mais, maintenant que j'y pense, vingt, c'est peut-être beaucoup.

Je me penchai au-dessus de Peter, qui essaya de lever son couteau à viande. Il lui échappa.

— Si tu ne te sens pas très bien dans dix minutes, demande à un serveur de t'appeler une ambulance, d'accord ? Oh, et merci pour le dîner, tu es un chou.

— Désolée, trésor. (Amy se pencha pour l'embrasser sur la joue.) Mais je ne peux pas accepter que tu essaies de tuer ma meilleure amie. Je crois que nous devrions voir d'autres gens.

J'interceptai l'un des serveurs.

— Notre ami a un peu trop bu et il dit des bêtises. Ne faites pas attention à lui. Il ira mieux dans une minute, j'en suis sûre, mais il ne devrait pas conduire.

— Aimerait-il que je lui apporte un café ? demanda le jeune homme, serviable.

Je hochai la tête.

— Excellente idée. Oui, beaucoup de café.

— Nous prendrons soin de lui pour vous.

— Salut, Peter. (Je le tapotai sur la tête.) Merci encore pour le dîner. Contente de t'avoir connu.

Quinn semblait pétrifié. Je le tirai par la manche de sa veste.

— Viens. Fichons le camp d'ici.

Chapitre 18

Je ne recommençai à respirer qu'une fois dehors, dans la nuit froide. Je suppose que je m'attendais presque que Peter nous poursuive, même si cela signifiait traîner son corps très détendu derrière lui, comme un phoque ou une sirène.

Au pied de la tour CN, Amy fouilla dans son sac et alluma un cigare. Elle inhala à fond, et fut prise d'une quinte de toux.

— J'ignorais que tu fumais, dis-je.

— Je ne fume pas. C'est à Peter. Je me suis dit que c'était le bon moment pour commencer.

Quinn n'avait pas dit un mot pendant que nous descendions avec l'ascenseur, mais je n'allais pas me sentir coupable. Non, certainement pas.

D'accord, juste un tout petit peu.

— Quinn. (Je m'approchai de lui. Il s'était assis lourdement sur un banc couvert de neige.) Ça va aller ?

Il regardait dans le vide. J'agitai la main devant son visage.

— Il y a quelqu'un ? Écoute, j'ai fait ce que je devais pour sortir de ce restaurant en un seul morceau. Il l'aurait découvert, de toute façon. Ils l'auraient tous su.

— Tu as raison.

— Tu vois ? Je le savais.

Il tourna vers moi un regard furieux.

— Ils l'auraient découvert quand *je* leur aurais appris. Pas toi. Pas en en faisant une mauvaise farce !

Je sentis la colère m'envahir.

— Tu me vois rire ? Ce n'est pas une plaisanterie, pour moi. Et tu sais ce qui n'est pas drôle non plus ? Le fait que tu sois sorti chasser la nuit dernière, comme si ça ne signifiait rien pour toi. Ça ne fait pas de toi un héros, Quinn, mais un meurtrier. Ce n'est pas comme ça que tu vas gagner ma confiance, tu sais ?

Il secoua la tête, puis il bondit sur ses pieds, et nous nous retrouvâmes nez à nez.

— Je n'ai pas voulu ça, au cas où tu ne l'aurais pas remarqué. Chaque instant de ma vie est une torture, sachant que je suis comme ce monstre qui a tué ma mère.

— Arrête de ne penser qu'à ça !

— Je fais ce que je veux ! siffla-t-il entre ses dents serrées. J'ai fait ce que je devais faire.

— Oui, tuer des vampires. C'est exactement ce que tu devais faire. Tu ne pouvais pas prendre une nuit de repos ? C'était trop te demander ?

— J'ai essayé.

Il retomba sur le banc.

Je coulai un regard à Amy, qui se tenait à distance, tirant toujours sur son cigare et feignant de ne pas écouter. Cette fille possédait une certaine sagesse.

— Que veux-tu dire, tu as « essayé » ? Tu as essayé de ne rien tuer pendant quelques heures ?

Il poussa un long soupir tremblant.

— Je ne savais pas quoi faire d'autre.

— Mais de quoi parles-tu ?

— J'avais besoin du sang d'un vampire. Je t'ai entendu, l'autre nuit. J'ai compris les règles. Quand la douleur s'est réveillée, je ne savais pas quoi faire. Ça faisait un mal de chien. Je voulais la laisser faire. Je voulais la laisser me tuer. Mais mon instinct de conservation a pris le relais. Je ne pouvais pas retourner voir Thierry. Pas question. Mais que je sois damné, si je voulais vivre, il me fallait du sang. Alors, j'ai…

Sa voix mourut, comme s'il était trop dégoûté par lui-même pour poursuivre.

— Alors tu as participé à l'attaque pour trouver un vampire qui veuille bien t'aider, finis-je pour lui.

Il soupira.

— En fait, ça m'était égal qu'ils le veuillent ou non. Quand Peter et les autres en ont eu fini, il y avait assez de sang. Je me suis caché jusqu'à ce qu'ils soient partis, et j'ai fait ce que je devais faire.

Je sentis le sang refluer de mon visage.

— Après qu'ils avaient été tués ?

— L'un d'eux vivait encore. Mais, oui. (Les traits de Quinn étaient tendus au clair de lune.) Plus le vampire est âgé, moins son cadavre subsiste. Les jeunes restent après leur mort, les vieux se désintègrent.

Oui, Thierry y avait fait allusion. Donc, Quinn essayait de me dire qu'il avait participé à l'attaque non pas pour tuer des vampires, mais pour se nourrir d'eux ? Comme une sorte de drive-in McDonald's d'un genre macabre ? Je le regardai, m'attendant à éprouver du dégoût, mais je ne ressentis que de la pitié. Il avait été livré à lui-même. Il n'avait pas eu le choix. Moi aussi j'avais été seule, mais au moins j'avais trouvé Thierry. Qu'aurais-je fait à la place de Quinn ?

— Je suis désolée, dis-je enfin. Personne ne devrait subir ce que tu as subi. Et maintenant, je t'ai coupé de tous ceux que tu connais.

Il secoua la tête.

— Comme tu l'as dit, ils l'auraient découvert tôt ou tard. Je me faisais des illusions en prétendant qu'il ne m'était rien arrivé.

— Et maintenant ?

J'éprouvai l'envie irrésistible de le serrer dans mes bras, de lui dire que tout allait bien se passer, mais je n'en fis rien. Surtout parce que j'ignorais si c'était le cas. Pour lui, mais aussi pour moi.

— Je ne sais pas. Je ne sais vraiment pas.

— Si tu as besoin de quelque chose, demande, d'accord ?

— Oui, dit-il. Bon, je vais m'en aller. Vous ne devriez pas rester ici. Peter va se mettre en chasse.

— Il est du genre têtu, hein ?

— Il m'a dit quelque chose pendant que vous étiez aux toilettes. Je… je ne voulais rien dire, mais…

— Quoi ?

— Il a dit qu'un gros coup se prépare. Qu'au moment de partir, cette année, ils auront nettoyé la ville de tous les vampires.

— Je croyais que c'était leur but, pendant la saison de la chasse. Tuer autant de vampires que possible, puis aller célébrer ça en buvant de la bière au *Clancy's*.

Il fronça les sourcils et secoua la tête.

— Non, Peter parlait d'un truc différent. Nous… (Il marqua une pause.) *Ils* essaient d'en massacrer autant que possible, d'ordinaire dans les rues, mais il n'a jamais été question de les éliminer tous dans un rayon de deux cents kilomètres. C'est bien plus que tout ce que j'avais entendu dire.

J'eus soudain du mal à respirer.

— Tu crois qu'il se vantait ? Qu'il jouait les gros bras ?

— D'abord oui, mais il a continué. Comme s'ils avaient un plan différent, cette année. Quelque chose que j'ignorais, même si je n'en suis pas surpris. Mon père n'a jamais été du genre à partager ses stratégies. Je crois que c'est bien réel. Il a dit qu'ils avaient une taupe.

— Qu'est-ce que ça veut dire ?

— Ils ont un informateur. Je pense qu'il s'agit d'un vampire qui leur donne des noms et des adresses.

Un traître prêt à vendre les siens. N'était-ce pas le comble de l'horreur ? Était-ce pour cela que certains clubs secrets avaient été frappés. Pour autant que je sache, l'*Éclipse de Minuit* était peut-être le prochain sur la liste. Et Véronique avait dit que ce serait ouvert ce soir, comme d'habitude. Je devais aller dire à Thierry d'être prudent.

Je regardai Quinn.

— Tu vas t'en sortir ?

— Oui, répondit-il. Prends soin de toi, Sarah.

Il soutint mon regard un moment, puis il se retourna et s'éloigna.

— Salut, Quinn ! dit joyeusement Amy. Contente de t'avoir revu !

— Toi, dis-je à mon amie. Tu devrais rentrer.

Elle me sourit.

— Oui, c'est ça. Où allons-nous, maintenant ?

— Nulle part où je puisse t'emmener.

Elle fronça les sourcils.

— Quand es-tu devenue si sérieuse ?

— Les situations sérieuses demandent une attitude sérieuse. Maintenant, rentre.

— Non.

Elle croisa ses bras sur la poitrine.

— Rentre, ou je te mords.

Elle me montra sa gorge.

— Vas-y, j'aimerais bien te voir essayer.

Je fronçai le nez.

— Dégoûtant. D'accord, comme tu veux. Viens avec moi. Mais promets-moi de garder le silence et de bien te tenir. Ne dis pas un mot et prends un air méchant.

— Je peux faire ça.

J'arrêtai le premier taxi qui passa et lui donnai l'adresse de l'*Éclipse de Minuit*. Je n'avais pas envie d'aller là-bas. Je n'avais pas envie de voir Thierry après notre conversation, l'après-midi même. Mais je pouvais le faire. J'allais entrer et lui répéter ce que Quinn m'avait dit. Puis je ressortirais, et je ne le reverrais jamais. C'était très simple.

Puis je me rappelai ce que j'avais ressenti quand il m'avait embrassée, dans ma chambre à Abottsville. Cela avait été si merveilleux, si parfait, si incroyable. Et cela s'était terminé bien trop tôt. C'était difficile. Tout ce que je voulais, c'était qu'il me prenne dans ses bras et qu'il me dise que cela n'avait été qu'une mauvaise plaisanterie. Il n'était pas marié. Il s'était montré cruel pour savoir ce que je ressentais vraiment pour lui.

Tout était merveilleux et parfait. Nous allions nous éloigner ensemble dans le soleil couchant, lunettes de soleil fermement en place, dans son Audi noire.

Mais je n'étais pas si stupide. « Et ils vécurent heureux pour toujours », c'était bon pour les contes de fées. Je n'en avais jamais lu aucun qui parle de vampires. Eux, ils étaient les héros des livres d'horreur, dans lesquels personne ne vivait heureux pour toujours.

— Tu es bien silencieuse, dit Amy, assise à côté de moi. Qu'est-ce qui ne va pas ?

— Rien.

J'essuyai une larme.

— Sarah ! s'écria-t-elle. Dis-moi ce qui ne va pas !

Je la regardai et révisai ma réponse.

— Tout.

Elle hocha la tête comme si elle comprenait, et elle ne me posa plus de questions.

Quand le chauffeur arrêta son taxi devant l'institut de bronzage, Amy ouvrit son sac pour le payer. Elle semblait surprise par l'endroit où nous étions, mais elle me suivit à l'intérieur comme l'excellente amie qu'elle était.

Barry était à la réception, vêtu de son éternel smoking noir. Il bondit sur ses pieds et s'empressa de nous barrer l'accès à la porte noire.

— Oh, dit-il avec mépris. C'est *toi*.

— Oui, répondis-je. Et tu es un minus. Je dois voir Thierry.

Il allait me réprimander pour la centième fois au moins, parce que je ne l'avais pas appelé « maître », quand son regard tomba sur Amy, derrière moi. Il en resta bouche bée, exposant ses crocs minuscules.

Je me tournai vers Amy, qui le regardait aussi.

Ensuite, j'aurais juré que deux cupidons venaient d'apparaître pour tirer des flèches dans leurs cœurs. Étrange, mais vrai : c'était le coup de foudre.

Je haussai les sourcils.

— Vous plaisantez, hein ?

Barry courut presque vers Amy, et prit sa main dans la sienne pour l'embrasser gentiment.

— Mon nom est Barry Jordan, et je suis à votre service, jolie dame.

— Vous vous payez ma tête, dis-je.

Elle me jeta un regard noir.

— Amy, répondit-elle à Barry, rougissante. Amy Smith.

— Et moi qui croyais que j'allais être malade, plus tôt. (Ils ne me répondirent pas.) D'accord, oubliez ça. Vous n'avez qu'à vous tenir mutuellement compagnie. Je ne serai pas longue.

Je poussai la porte du club. C'était encore plus bondé que je m'y attendais. Presque toutes les tables étaient occupées. Le groupe était sur scène. La musique était presque trop forte pour qu'il soit possible d'avoir une conversation. De sa position derrière le bar, Zelda me vit entrer et me fit signe de la rejoindre.

— Salut, dit-elle avec un large sourire alors que j'approchais. Ça faisait longtemps.

— Dans le grand ordre des choses, pas tant que ça.

Je me hissai avec lassitude sur un tabouret et regardai la salle enfumée.

— Tu es plus philosophe qu'il y a trois jours, me dit-elle.

Elle poussa un verre de sang vers moi. Avec un peu de chance, c'était la maison qui offrait, puisque je n'avais que cinquante cents à mon compte.

— Je suppose que ça a été une semaine philosophique. Le genre de semaine qui donne envie de prendre un bain avec un grille-pain branché. Il y a eu du monde ?

Zelda balaya le club du regard tout en préparant une série de cocktails, qu'elle posait sur un plateau.

— Peu de clubs sont encore ouverts, alors ceux qui le restent sont pris d'assaut.

George apparut près de moi et m'adressa un sourire éblouissant de Chippendale.

— Salut, beauté ! J'étais inquiet de ne pas te voir, ce soir, après ton départ dramatique de ce matin.

Je lui rendis son sourire. S'il travaillait, c'était qu'il guérissait vite et bien.

— Chaque fois que j'entre ici, je ressors en disant que je n'y mettrais plus jamais les pieds. Et me voilà !

— Tu veux que je te trouve tu-sais-qui ?

— Si tu parles de Thierry, je crois que je vais tenter ma chance toute seule. Mais pas encore.

Zelda m'attrapa la main par-dessus le bar.

— Navrée pour la nouvelle arrivante. Je ne savais pas qu'elle avait l'intention de nous rendre visite.

J'essayai de jouer les ignorantes. Cela ne fut pas très difficile.

— Qui ?

— La reine Vée, bien sûr.

— Oh, *elle*. (Je me forçai à rire.) Pourquoi sa présence me dérangerait-elle ?

Zelda m'étudia une seconde.

— Oh, pour rien. (Elle et George échangèrent un regard.) Pour rien.

— Puisqu'on parle de Véronique… (Je regardai le club à peine éclairé.) Vous savez combien de temps elle compte rester ?

— Je n'ai pas demandé, répondit George. Elle ne m'aime pas beaucoup, ne me demande pas pourquoi. Mais ça semble indéfini.

— La longueur de sa visite ou le fait qu'elle ne t'aime pas ? rit Zelda.

— Probablement les deux.

Je souris.

— C'est bien qu'elle soit venue. Elle semble être très gentille.

Ils échangèrent un autre regard.

— Arrête, Sarah, dit Zelda. Tu n'as pas besoin de faire semblant avec nous. Nous savons que tu es jalouse.

Je me contentai de hausser les sourcils et de boire mon verre un peu plus vite que nécessaire.

— « Jalouse » ? Pourquoi serais-je jalouse ?

George regarda Zelda.

— Elle est complètement jalouse. Et peux-tu l'en blâmer ? Thierry est à mourir ! Crois-moi, si j'avais la moindre chance… je… eh bien, je n'entrerai pas dans les détails avant d'avoir vérifié vos cartes d'identité pour m'assurer que vous êtes assez grandes pour entendre ce que je ferais.

— En fait, dis-je, je ne m'intéresse pas trop aux hommes mariés qui oublient de me confier certains détails sur eux. Alors, il est à toi, George.

— Ah. (Zelda servit un autre verre, de la vodka.) On dirait que les boucliers de notre jeune vampire glissent au fur et à mesure que nous discutons.

Ma lèvre trembla.

— Non. Oubliez ça, d'accord ? Je ne veux pas en parler. Je ne veux parler de rien. (Je poussai un long soupir un peu tremblant.) À moins que l'un de vous sache quelque chose au sujet de ce remède contre le vampirisme ?

— Un remède ? (George joua avec le tour salé du verre qu'il était censé apporter à un client.) Je n'en ai jamais entendu parler.

— Moi, oui, répondit simplement Zelda. N'y ai-je pas déjà fait allusion ?

J'étais surprise.

— Je pensais que tu plaisantais. Alors, comment ? Qui ? Où ?

Elle rit.

— Une question à la fois. Pour commencer, oui, il y a un remède, si c'est comme ça que tu veux l'appeler. Il n'est pas facile à trouver, et tout le monde ne sait pas qu'il existe. C'est un truc expérimental secret.

J'étais sous le choc.

— As-tu jamais essayé d'en savoir davantage ?

Elle haussa les épaules.

— Pourquoi ? Je ne suis pas intéressée. J'aime être une vampire. Ça rend la vie si intéressante.

— Et toi ? demandai-je à George. Tu aimerais être guéri ?

Il y réfléchit un instant.

— Peut-être il y a longtemps. Plus maintenant. Je veux dire, regarde-moi. Si je n'étais pas un vampire, j'aurais plus de quatre-vingts ans, et je serais dans une maison à prier pour qu'on m'apporte un bassin propre. Et ce ne serait pas drôle de bronzer, si j'avais la peau toute fripée.

Zelda se pencha par-dessus le bar.

— Tu veux dire que tu cherches le remède ?

— Peut-être. (Je fronçai les sourcils.) C'était une chose avant que je sache qu'il existe bien un remède. Maintenant, c'en est une autre, et j'ignore ce que j'en pense.

— Ça n'a rien à voir avec le fait que tu aies découvert que Thierry était marié, hein ?

— Non, répondis-je vivement. Tout ce que je sais, c'est qu'avant, personne n'avait jamais tenté de me tuer, et je n'avais jamais été traitée de monstre. Je pouvais me voir dans les miroirs, et mes dents étaient normales. Ma vie était bien moins compliquée, c'est certain.

— La vie n'est pas drôle sans complications.

— Je suppose que ça dépend de ta définition de « compliquée ».

Je regardai un gros homme très pâle approcher de George et lui taper sur l'épaule.

— Nous avons attendu nos verres trop longtemps. Vous voulez un pourboire, ou non ?

George prit le plateau et le lui tendit sans même le regarder.

— Voilà. Vous pouvez garder le pourboire.

Le vampire grommela quelque chose au sujet du service, puis il emporta le plateau à sa table en essayant de ne rien renverser.

— Tu vois, Sarah, ma chérie. (George plaça son bras sur mes épaules.) Les choses ne sont compliquées que si tu les laisses te pourrir la vie.

— Tu sais quoi ? Tu as probablement raison. Je prends tout ça trop à cœur. Je vais arrêter de m'en faire pour cette histoire. Et la prochaine fois qu'un salaud plein de sa propre importance décide de jouer avec mes émotions, je nettoierai le sol avec sa carcasse…

Je laissai ma voix mourir. George et Zelda affichaient une expression neutre et ils ne me regardaient plus. En fait, ils regardaient n'importe où, sauf vers moi.

Je me retournai lentement. Thierry était juste derrière moi, la tête inclinée sur le côté, le visage inexpressif… mais j'aurais juré voir un éclat amusé traverser son regard.

— Vous êtes revenue, dit-il, comme s'il n'avait pas entendu chaque mot que je venais de prononcer.

— Comme la guigne.

Puis je fronçai les sourcils. D'où m'était venue cette expression ? Je ne me rappelais pas l'avoir jamais utilisée.

— Vouliez-vous me voir ?

— Non, pas particulièrement. (Je recouvrai mon calme. J'avais des hauts et des bas… d'accord plus de bas que de hauts, ces jours-ci.) Mais je dois vous parler.

— Alors peut-être auriez-vous pu vous contenter de téléphoner.

Je soupirai.

— Écoutez, pouvons-nous parler ou pas ?

— Bien sûr.

Il montra son box habituel d'un geste.

Je secouai la tête.

— Pourquoi pas dans votre bureau ? Je préférerais un endroit plus privé.

Il haussa un sourcil, visiblement amusé, et je lui jetai un regard noir.

— Non, pas « privé » dans ce sens.

— Malheureusement, mon bureau est occupé par une affaire privée.

Le box devrait donc faire l'affaire. Je n'avais pas envie de discuter de lieux de conversation plus longtemps, de toute manière. Parler à Thierry me rendait nerveuse, et pas dans le bon sens. Je voulais en finir le plus vite possible, alors je me glissai sur la banquette en face de lui, et George nous apporta à boire. Il me fit un clin d'œil avant de repartir.

— Alors, commença Thierry. De quoi désirez-vous me parler… en privé ?

Était-ce mal que j'aie envie de l'embrasser, même après tout ce qui s'était passé ? De déposer une pluie de baisers sur son beau visage, le long de son cou et du col de sa chemise en soie noire ? De repousser une mèche rebelle derrière son oreille et de lui murmurer ce que je ressentais pour lui, suffisamment bas pour qu'il soit le seul à m'entendre ?

Oui, c'était mal. Très, très mal.

— C'est au sujet des chasseurs, dis-je enfin.

— Eh bien, quoi, les chasseurs ?

Il semblait surpris, comme s'il s'attendait que j'aborde un autre sujet. De quoi d'autre aurais-je bien pu parler à Thierry de Bennicœur ? Hum, je me le demande.

— Ils préparent quelque chose, cette année. Un gros coup. Assez gros pour penser qu'ils peuvent tuer tous les vampires de la ville, cette fois.

Il serra les lèvres.

— Oui, je le sais déjà.

— Oui ?

Bien sûr, il était le *maître* après tout. Il devait tout savoir par osmose ou par cette fameuse télépathie vampirique dont j'avais rêvé.

— Est-ce tout, Sarah ?

— Non, ce n'est pas tout. Je tiens également d'une source sûre qu'un vampire sert de taupe aux chasseurs et leur vend des informations.

Il but une gorgée de jus de canneberge, puis il reposa son verre sans bruit sur la table.

— Et qui est votre « source sûre », si je peux me permettre de vous poser la question ?

— Vous ne me croyez pas ?

— Il ne s'agit pas simplement de vous croire ou pas. C'est une grave accusation de dire qu'il y a un traître parmi nous. Je souhaite donc savoir qui vous dit ces choses, et quelles sont ses preuves.

J'eus l'envie soudaine de lui mentir et d'inventer une histoire extraordinaire pour lui expliquer où j'avais entendu cette rumeur. Mais je n'en fis rien.

— Quinn.

Thierry se renfonça contre le dossier de son siège.

— Quinn.

— Oui.

— Le chasseur devenu vampire.

— Merci pour le résumé. Oui, c'est lui.

— Quand vous l'a-t-il dit ?

Cette fois, je bus une gorgée de mon verre avant de répondre. George avait été assez gentil pour m'apporter un « spécial bleu », mais plus « spécial » que « bleu ». Je supposai que j'avais assez grandi pour me voir offrir des boissons de vampire adulte.

— Ce soir, répondis-je au bout d'un moment.

— Ce soir.

— Vous n'êtes pas obligé de répéter tout ce que je dis.

— Cela m'aide à mieux vous comprendre. Et quand vous avez vu Quinn ce soir, où étiez-vous ? Vous a-t-il approchée pour vous donner cette information plus que discutable ?

— Non. (Je luttai pour conserver une expression neutre.) En fait, nous avions rendez-vous.

Son visage ne trahit rien, mais je ne m'attendais pas qu'il le fasse. Quoi, pensais-je vraiment qu'il allait bondir de sa banquette sous le coup de la rage et de la jalousie ? Même pas en rêve.

— Je n'avais pas compris que vous sortiez ensemble, tous les deux.

Je haussai les épaules.

— Vous savez ce qu'on dit au sujet des opposés qui s'attirent.

— Oui, c'est vrai. Alors, vous deux, c'est sérieux ? Cette relation entre une vampire et un ex-chasseur de vampires ?

— Eh bien, nous n'avons pas l'intention de nous *marier*, ou quoi que ce soit, dis-je, insistant sur le mot « marier ».

— Et vous avez confiance en ce… Quinn ?

Bonne question. Lui faisais-je confiance ? Pas particulièrement. Croyais-je qu'il me mentait au sujet des plans des chasseurs ? Non, c'était la vérité. Cela au moins, j'en étais sûre.

— Je le crois.

— Je ne vous ai pas demandé si vous le croyez, mais si vous lui faites confiance.

Je plissai les yeux.

— Franchement, Thierry, j'ai beaucoup de mal à faire confiance à qui que ce soit, ces temps-ci. Traitez-moi de folle.

— Et vous avez décidé que vous vouliez m'apporter cette nouvelle. Pourquoi ?

Je haussai de nouveau les épaules.

— Parce que vous semblez être celui à qui tout le monde répond, par ici. Ils vous appellent *maître*, pour l'amour de Dieu. Au quel siècle est-on, je vous le demande !

» Enfin, je me suis dit que je devais vous le dire. Et c'est fait. J'ai fait mon devoir. Je ne veux plus rien avoir à faire avec ça. En fait, si je le peux, je vais avancer mon voyage au Mexique. Je veux partir d'ici avant que ce gros coup ait lieu.

— Vous comptez quitter le pays ?

— J'ai acheté les billets il y a trois mois. Avec Amy, c'est ma meilleure amie, mais ça vous est égal, nous avons prévu ça depuis une éternité. J'avais l'intention d'annuler, mais maintenant je pense que c'est la meilleure idée qui soit.

— Peut-être devriez-vous demander à Quinn de vous accompagner.

Je haussai un sourcil.

— Vous semblez plutôt obsédé par ce petit détail, hein ? Quinn et moi, ensemble. Comment pouvez-vous me blâmer ? Il est incroyablement séduisant. Et dangereux. Quelle fille pourrait lui résister ?

Il esquissa un semblant de sourire.

— Eh bien, eh bien, il semble être une belle prise.

— Oui, dis-je. Et pour couronner le tout, il n'est ni marié ni suicidaire.

Il contracta les mâchoires.

Je vis George approcher sur ma gauche.

— Sarah, navré de te déranger, mais tu as un appel.

— Vraiment ? Je veux dire, oui, bien sûr. J'arrive tout de suite. Merci, George. (Je me tournai de nouveau vers Thierry.) Bien, je crois avoir dit tout ce que j'étais venue vous dire. Maintenant, veuillez m'excuser, je dois prendre un coup de fil important.

Je lui tournai le dos.

— Sarah, dit Thierry, et je le regardai.

— Quoi ?

Nos yeux se croisèrent, et je sentis que je n'avais plus envie de me disputer avec lui. Il garda le silence un long moment.

— Rien. Allez prendre votre appel.

Je me dirigeai aveuglément vers le bar, tout en essayant d'avaler la boule qui s'était formée dans ma gorge. Le combiné était posé sur le comptoir. Je le pris et le portai à mon oreille.

— Allô ?

Je remarquai que ma voix était bizarre.

— Sarah ? dit Amy. C'est toi ? Tu as une voix bizarre.

Nous étions toujours sur la même longueur d'onde, Amy et moi. Du moins presque toujours.

— Oui, c'est moi. Où es-tu ?

— Je suis partie. Navrée de ne pas t'avoir prévenue.

Je soupirai.

— C'est Barry, hein ? Ce petit snob ne t'a pas insultée, non ?

— Non, rien de tout ça. (Elle gloussa.) Il est avec moi.

— Tu es avec Barry ? Le minus de la réception.

— Ne sois pas méchante, dit-elle d'un ton sévère. Je suis si contente que tu nous aies présentés !

— Je ne vous ai pas vraiment présentés. Ne m'en veux pas pour ça.

— T'en vouloir ? Je veux te remercier ! Je croyais que Peter était merveilleux, mais Barry est spectaculaire !

— « Spectaculaire » ? Nous parlons bien du même homme ? Le Napoléon Bonaparte de Toronto ? Il t'a droguée ou quoi ?

— Sarah, me gronda Amy. Tu dois apprendre à regarder au-delà des apparences. Tu es si superficielle !

— Oui, c'est bien moi. Sarah la Superficielle !

— Tu sais, je n'ai jamais cru au coup de foudre, mais, Sarah, il a des yeux magnifiques. Je pourrais en mourir.

— Tu me donnes envie de vomir. Où es-tu ?

— Peu importe. Je m'amuse, et je voulais m'assurer que tu ne t'inquiéterais pas pour moi.

Je n'avais tout simplement ni le temps ni l'énergie de m'inquiéter pour Amy. J'avais mes propres soucis, tellement de soucis que je songeais à les classer par ordre alphabétique.

— Rends-moi service.

— Bien sûr. Tout ce que tu veux.

— Peux-tu transmettre un message à Barry de ma part ?

— Hun-hun, laisse-moi prendre un crayon.

— Tu n'en auras pas besoin. Dis-lui que s'il te fait du mal de quelque manière que ce soit, je le tuerai, je le vernirai et je le planterai sur la pelouse de la maison de mes parents. Il ferait un nain de jardin « spectaculaire ».

— Je ne peux pas lui dire ça ! Tu es horrible.

— Je t'aime aussi. Amuse-toi bien.

— Je t'appelle. Nous pourrions peut-être avoir un autre double rencard ?

Je marquai une pause.

— Je préférerais encore me jeter sur un lit de bâtons pointus.

— Oh, excellente idée ! La prochaine fois, nous mangerons chinois.

Je raccrochai. La boule qui était dans ma gorge avait migré jusqu'à mon estomac. Peut-être devais-je revoir mon choix de meilleure amie. Une fille capable d'avoir une relation romantique avec Barry avait de sérieux problèmes psychologiques. Ce n'était pas parce qu'il était petit. Il était juste tellement… *Barry*. Il m'aurait fait le même effet, même s'il faisait un mètre quatre-vingts.

Je me dis que j'allais rentrer. Inutile de traîner au club. J'avais dit ce que j'avais à dire, et plus encore. Non que cela ait encore la moindre importance.

J'aperçus de longs cheveux bruns et ondulés. C'était Véronique. Elle allait de table en table pour discuter avec tout le monde. Je n'avais pas envie qu'elle me repère. Elle venait sans doute d'arriver, parce que je ne l'avais pas encore vue. Et il n'était pas facile de la manquer.

Je gagnai l'autre extrémité du bar, puis le couloir menant au bureau de Thierry. Elle ne m'avait pas aperçue. Je poussai un soupir de soulagement. Il valait mieux que je sorte par la porte de derrière. Où était-il écrit que je devais repartir par le même chemin que j'avais emprunté à l'aller ?

Juste alors, j'entendis un craquement sonore, et je faillis le manquer, à cause de la musique. Le groupe n'avait pas cessé de jouer depuis mon arrivée. Il interprétait un titre des Rolling Stones, *Sympathy for the Devil*, mais chanté par une femme, et sur un rythme de jazz. Je me demandai si le groupe était composé de vampires.

Sans doute. Thierry ne l'aurait pas engagé, dans le cas contraire.

Le bruit était venu du bureau de Thierry. Je m'approchai de la porte, tendant l'oreille. Qu'avait-il dit qu'il se passait là-dedans ? Une affaire privée ou quelque chose comme ça.

J'écarquillai les yeux quand j'entendis quelqu'un crier, puis un autre grand bruit. Ma main trouva la poignée et la tourna. J'appuyai la paume de mon autre main contre le battant et poussai lentement.

Vous savez ce qu'on dit : « La curiosité a tué le chat. » Eh bien, j'espérai qu'elle n'était pas armée d'un pieu.

Chapitre 19

Je reconnus aussitôt l'un des hommes. C'était Dan, l'avocat, celui qui m'avait sauvée de Quinn et qui avait fait de lui un vampire. Il y avait trois autres hommes avec lui. Je n'avais jamais vu deux d'entre eux, mais quand ils s'écartèrent, je reconnus le troisième. C'était le nouveau petit ami de Mélanie. Je crus me souvenir qu'il s'appelait Eugene. Eugene l'apprenti tueur de vampires.

Il était attaché à une chaise au milieu de la pièce, et il me regardait avec de grands yeux effrayés. Ses lunettes étaient cassées et pendaient d'une de ses oreilles.

Dan se tourna vers moi quand j'ouvris la porte, et son expression s'illumina.

— Sarah. (Sa voix était chaude et amicale.) C'est bon de te revoir. Les gars, c'est Sarah.

— Salut, Sarah, dirent-ils en chœur.

— Que se passe-t-il, ici ? demandai-je.

— Je croyais que la porte était fermée à clé, dit Dan, qui ne semblait pas s'offusquer du contraire.

— Oui, dit l'un de ses amis. Moi aussi. Bizarre, hein ?

Je me sentis rougir de colère.

— Thierry sait-il ce que vous faites ici ? Peut-être devrais-je aller le trouver.

— Oui, va, ma belle, dit l'un des hommes. Le truc, c'est que le maître nous a dit de faire ça. C'est pour ça que nous sommes dans son bureau. (Il se tourna vers les autres.) Elle est mignonne, mais elle est stupide. Juste comme je les aime.

J'écarquillai les yeux.

— Il vous a dit de faire ça ?

Je reculai d'un pas et sentis quelqu'un dans mon dos. Je me retournai.

— Pourquoi êtes-vous venue ici ?

La voix de Thierry était calme.

— Vous… vous leur avez dit de faire ça ? Comment osez-vous ?

— Vous n'auriez pas dû voir ça.

— Détachez-le, dis-je. Et laissez-le partir.

— Je ne peux pas faire ça.

— Vous ne pouvez pas, ou vous ne voulez pas ?

— Très bien, je ne le veux pas. C'est un chasseur. Nous devons lui arracher des informations au sujet de leur gros coup.

Je ricanai.

— Lui ?

— Vous le connaissez ? (Il haussa un sourcil sinistre.) Peut-être sortez-vous avec lui aussi ?

Je ne fis pas attention à cette pique.

— Eugene ne fait pas partie de la bande des chasseurs. C'est juste un aspirant. Il ne ferait pas de mal à une mouche, encore moins à un vampire. Il est inoffensif.

— Oui ! Je suis inoffensif ! couina Eugene, mais Dan fit craquer ses articulations assez fort pour le faire taire.

Thierry tourna les yeux vers moi.

— Ça ne signifie pas qu'il ne sait rien qui puisse nous être utile.

— Vous a-t-il révélé quoi que ce soit ?

Thierry adressa un regard à Dan.

Dan secoua la tête.

— Rien d'intéressant.

— C'est parce qu'il ne sait rien, dis-je. Arrêtez de faire n'importe quoi et laissez-le partir.

Thierry prit son temps avant de répondre.

— Non.

— Pourquoi pas ? Donnez-moi une bonne raison, puisque vous savez qu'il ne vous dira rien que vous ne savez déjà. Vous lui faites peur, c'est tout !

— Je n'ai pas à justifier mes décisions devant vous, Sarah. Mais puisque vous insistez, je refuse de le laisser partir parce qu'il n'est pas question qu'un autre humain connaisse ce club.

Je fronçai les sourcils si fort que ce fut douloureux.

— Alors, qu'est-ce que ça veut dire ? Vous ne pouvez pas le garder ici pour toujours.

— Nous ferons ce qui est nécessaire pour protéger les nôtres.

Je me glaçai à ses mots.

— Oh, mon Dieu ! Vous allez le tuer, n'est-ce pas ? Vous ne valez pas mieux que les chasseurs ! Je refuse de rester là pour voir ça !

— Alors, partez.

Thierry se détourna de moi. Je ne pus supporter de jeter un dernier coup d'œil à Eugene. Je savais que Thierry ne changerait pas d'avis. Si je continuais à me disputer avec lui, je perdrais mon temps et je passerais pour une sale gamine geignarde qui se moquait du sort de « son espèce ». Quoi que cela veuille dire.

Je quittai le bureau et claquai la porte derrière moi, souhaitant que la tête de Thierry ait été prise au milieu. J'étais si furieuse que j'étais incapable de réfléchir. Il me fallut un moment pour retourner dans la salle et me frayer un chemin dans la foule pour atteindre le bar.

Zelda me sourit.

— Je croyais que tu étais partie.

— Sais-tu ce qui se passe dans le bureau de Thierry ?

— Non, quoi ?

Je l'étudiai un moment.

— Aucune importance.

— Ça va ?

Je secouai la tête, à la fois sonnée et blessée par ce que je venais de voir.

— Non. Et ça fait une semaine que ça dure. Je hais tout ça. Écoute… (Je levai les yeux pour rencontrer les siens.) À propos de ce remède dont nous parlions plus tôt, tu as des informations pour moi ? Quelqu'un à qui je pourrais parler ?

Elle arrêta d'agiter la margarita qu'elle faisait.

— Tu es sérieuse ?

— Très.

Elle sembla y réfléchir un instant, puis elle prit une serviette en papier au logo de l'*Éclipse de Minuit*.

— Tu as un stylo ?

J'ouvris mon petit sac à main, et écartai les deux pièces et l'éclat qui étaient à l'intérieur.

— Oui, répondis-je. Tiens.

Elle écrivit un nom et un numéro.

— La dernière fois que j'en ai entendu parler, on m'a dit que c'était cet homme qu'il fallait contacter. J'ignore s'il est toujours dans le coin, mais c'est un début.

Elle poussa la serviette vers moi. Je la pris, la pliai et la rangeai dans mon sac.

— Merci.

Elle me prit la main et la serra.

— Ce n'est pas si terrible. Être un vampire. Tu ne t'es même pas laissé une chance.

— J'aime seulement avoir le choix. Merci, encore, Zelda. Tu es une véritable amie.

Je me levai et me dirigeai vers la sortie. J'allais rentrer à la maison et, si je le pouvais, j'allais dormir là-dessus. Je savais que la seule chose que je verrais en fermant les yeux, c'était Eugene, attaché à une chaise, avec l'air d'un chiot impuissant et stupide.

— Je sais ce que vous ressentez, dit une voix apaisante.

Je levai mon regard larmoyant et flou. Véronique était appuyée à une table vide. Ses longs cheveux étaient rassemblés sur une épaule, telle une sombre cascade.

— Ce que les hommes font en temps de guerre est toujours malheureux.

— À qui le dites-vous !

— J'ai été témoin de nombreuses guerres, et c'est toujours pareil. Il y a ceux qui combattent et ceux qui se font blesser. Et à la fin, les deux camps sont perdants, même s'il ne s'agit que d'une partie de leur âme.

Je clignai des paupières.

— Si vous le dites. Je rentre chez moi.

— Vous ne travaillez pas, ce soir ?

— Je ne suis pas serveuse.

— Je croyais que vous étiez employée ici.

— Vous aviez tort. J'ai donné un coup de main l'autre soir, c'est tout.

— Quand vous êtes arrivée au club avec Thierry tôt ce matin… Vous êtes amis, n'est-ce pas ?

— Amis, ricanai-je. Oui, nous sommes amis. Du moins je le croyais avant d'avoir vu ce bel exemple d'attitude macho dans le bureau.

— Si ça peut vous consoler, Thierry fait rarement, voire jamais, son propre sale boulot.

— Non, ce n'est pas une consolation, Vée. Mais merci.

Elle plissa les yeux.

— Comment venez-vous de m'appeler ?

Oh. Oups.

— Vée. Désolée. Ça n'arrivera plus.

— Non, sourit-elle. J'aime bien. Je ne me rappelle pas la dernière fois que j'ai eu un surnom. Comment vais-je vous appeler ?

— Hum, je crains de n'être que Sarah. Cette bonne vieille Sarah.

Elle secoua la tête.

— Vous n'êtes pas juste « cette bonne vieille Sarah ». Mais je vois bien que vous êtes bouleversée par ce que vous avez vu. Puis-je vous payer un verre pour vous aider à retrouver la paix ?

— Il faudrait que ce soit un très grand verre. Mais je ne veux pas rester ici une minute de plus, alors, non merci.

— Non, pas ici. (Elle balaya la foule de vampires du regard.) Je pensais que nous pourrions aller dans un autre bar. Un bar humain, peut-être.

— Vous vivez à la frontière des deux mondes, hein ?

— Je vis, c'est tout, ma chère.

Voyons, avais-je envie de sortir en ville avec la magnifique épouse de Thierry ? Pas vraiment.

— D'accord, répondis-je. Allons-y.

Je n'avais jamais refusé un verre gratuit, après tout.

Nous quittâmes le club par l'institut de bronzage. Véronique montra le néon du *Clancy's* de la tête.

— Pourquoi pas celui-là ?

Je le regardai avec méfiance.

— Ça, Vée, c'est le repaire local des chasseurs de vampires. Je ne suis pas sûre que ce soit un bon choix.

Elle commença à traverser la rue, et je dus courir derrière elle. Elle avait de très longues jambes.

Je l'attrapai par le bras.

— Quelle partie de « repaire des chasseurs de vampires » n'avez-vous pas comprise ?

— Il ne s'agit que d'un verre. (Elle m'adressa un large sourire.) Cela fait-il si longtemps que je ne suis pas venue au Canada ? N'est-ce plus un pays libre ?

Je n'avais pas prévu de remettre les pieds au *Clancy's* avant, oh, un bon millier d'années, après ce qui s'y était passé la dernière fois. Mais Véronique traversa la rue sur ses talons de dix centimètres comme si elle possédait la chaussée et toutes les boutiques des alentours.

Je me sentis reléguée au rôle d'amie plus petite et moins belle, alors que j'allongeais le pas pour rester à sa hauteur. Peut-être aurais-je simplement dû dire : « Non, pas question que j'entre là-dedans. » Mais je n'en fis rien. À croire que je ne pouvais pas prendre mes propres décisions.

Véronique poussa la porte et entra dans le bar sans la moindre hésitation.

— Ah, oui, dit-elle, un sourire étirant ses lèvres pleines alors qu'elle embrassait du regard la salle enfumée du bar des chasseurs de vampires. Ça me rappelle une taverne en Allemagne. Je n'y suis pas allée depuis cinquante ans.

— D'accord, Vée, dis-je, alors qu'un homme immense passait près de moi. (Il portait une veste en cuir sur laquelle était écrit « TUER » avec des clous.) Si vous insistez pour être ici, mieux vaut ne pas avoir ce genre de *sionsavercon ed repivam*.

Elle se tourna vers moi.

— C'est du latin de cuisine ?

— Oui.

— Vous êtes tellement charmante.

C'était vrai, c'était ce que j'étais. Mais les compliments ne nous mèneraient nulle part si elle continuait à parler aussi librement. J'avais eu ma part de drame pour la soirée. Un verre, et je filerais d'ici. Je balayai la foule du regard avec autant de discrétion que possible. Je ne reconnus personne qui ait déjà essayé de me tuer. C'était un bon début.

Je m'assis sur le même tabouret que la nuit où j'avais rencontré Quinn. Cela me semblait faire des siècles.

Le barman me regarda.

— Tequila, dis-je. S'il vous plaît.

Véronique s'assit à côté de moi.

— Je prendrai un mimosa.

— C'est quoi, ça ? demanda le barman.

— Un mimosa ? Eh bien, du champagne et du jus d'orange, bien sûr.

— On n'a pas de champagne, votre majesté. (Il ravala un rire.) Vous vous croyez au *Ritz* ?

— Bien sûr que non, dit Véronique. *Le Ritz-Carlton* le plus proche est à Montréal.

— Donnez-lui une tequila, dis-je à l'homme.

Plus elle prendrait de temps pour commander, plus longtemps nous resterions dans ce coupe-gorge.

Véronique ne protesta pas, et elle se contenta de me sourire.

Je détestai que, même dans cette lumière bien plus crue que celle de l'*Éclipse de Minuit*, elle soit toujours aussi belle. J'espérai que plus je la regarderais, plus je verrais des défauts remonter à la surface. Peut-être un poil, ou un bouton. J'aurais même été contente de constater que sa zone T était plutôt grasse. Mais rien. Elle était aussi parfaite qu'un mannequin sur une couverture de magazine, et ces filles, elles, étaient retouchées.

En fait, le seul défaut que je lui trouvai, c'était qu'elle était mariée à Thierry. Mais je supposai que c'était un très gros défaut.

— Alors, chère Sarah, dit-elle après avoir bu une petite gorgée de tequila, comme une lady. Parlez-moi un peu de vous.

J'avalais mon verre cul sec, sans la moindre sophistication. Je ne pouvais plus me saouler en buvant juste de l'alcool, hein ? Eh bien, j'allais vérifier cela.

— Que voulez-vous savoir ?

— Voyons. (Elle réfléchit un instant.) Comment avez-vous connu mon Thierry ?

Je grimaçai aux mots « *mon* Thierry ».

— Il est devenu mon *protecteur* d'adoption. Il m'a aidée quand on a fait de moi une vamp… (Je regardai autour de moi et changeai de vocabulaire.) Quand je suis devenue une *assistance de direction de la nuit*. Il m'a sauvée des… euh, des méchants des ressources humaines.

— Il vous a sauvée ? (Heureusement, elle semblait avoir compris, et elle hocha la tête, amusée.) Intéressant. Et votre… *superviseur* ?

— Il a été transféré dans la grosse branche de la compagnie, qui est au ciel, si vous voyez ce que je veux dire.

— Oh… (Elle secoua la tête tout en faisant « tut-tut-tut ».) Comme c'est horrible. Et quand était-ce ?

— Ça fera une semaine demain.

Elle sembla surprise.

— Vraiment ? J'aurais cru que vous étiez plus vieille. Vous irradiez une énergie comme seule une… *assistante de direction* plus âgée peut le faire.

— Oui, c'est aussi ce que m'a dit Zelda. C'est parce que Thierry m'a donné son sang… euh, café. Oui, Thierry fait un café très fort, si vous voulez mon avis.

Elle hocha la tête.

— Oui, ça ne m'étonne pas. Son *café* doit être terriblement fort au bout de tout ce temps.

Je soupirai.

— Je n'en peux plus de ces analogies de bureau. Pourrions-nous parler d'autre chose ?

Elle m'étudia un moment.

— Je commence à croire que votre amitié avec mon mari… est plus que de l'amitié.

Je secouai la tête.

— Non, ne croyez pas ça. Ce n'est pas vrai. Nous sommes juste des amis, mais après ce qui s'est passé ce soir, je ne sais même plus.

— Que voulez-vous dire ?

— Désolée de sembler terriblement naïve, mais je n'ai pas aimé ce que j'ai vu. Qu'il puisse faire une chose pareille, c'est terrible. Même s'il croit le faire pour la bonne cause, je ne peux pas comprendre.

— C'est vrai. (Elle but une autre gorgée. À ce rythme, nous allions y passer la nuit.) C'est plus son style de se cacher quand le danger pointe son nez et de réapparaître quand la voie est libre.

Elle rit, et sa voix résonna comme un délicat carillon éolien.

— Excusez-moi ?

Elle sourit.

— Je vais vous dire une chose, ma chère, vous êtes très brave. Depuis une semaine, vous avez traversé tant d'épreuves, et pourtant, en vous regardant, on ne le dirait pas. Certains préfèrent se cacher la tête dans le sable comme des autruches en espérant qu'il ne leur sera fait aucun mal.

Je clignai des paupières.

— Vous essayez de me dire que Thierry est comme une autruche ?

Elle devait se tromper. Parlions-nous du même homme ? Peut-être avais-je zappé une partie de la conversation. Cela pouvait arriver.

— Il l'était. Oh, je pourrais vous raconter tellement d'histoires !

Je commandai un autre verre.

— Par exemple ?

— Non, non, je ne devrais pas. Je ne voudrais pas ruiner sa façade de chef brave et puissant des… *assistants de direction.*

Je repérai un box libre, dans un coin. Il nous offrirait un peu plus d'intimité. Mon cœur battait la chamade à l'idée d'en apprendre plus sur Thierry, surtout des choses qu'il n'aurait pas voulu que je sache.

Véronique me suivit quand je me frayai un passage dans la salle pleine de buveurs (et quelques buveuses) de bière musclés, pour gagner notre table.

— Je vous ai dit que nous nous étions rencontrés pendant l'épidémie de peste noire, en Europe, n'est-ce pas ? demanda-t-elle, rejetant ses magnifiques cheveux sombres sur une épaule à la peau de lait.

Je regardai un homme velu commencer une partie de billard par un coup si fort que plusieurs boules furent éjectées de la table.

Je me penchai pour ne pas avoir à élever la voix.

— Oui, vous l'avez mentionné.

— Avant la peste, la France connaissait une époque dorée. J'étais la fille d'un noble, et nous vivions sur une grande propriété. (Elle soupira.) C'était le bon temps, laissez-moi vous le dire.

— Pas d'eau courante, dis-je.

— Excusez-moi ?

— Il n'y avait pas l'eau courante, répétai-je. Je n'aurais pas pu vivre comme ça. Je ne peux même pas faire du camping.

» Ne faites pas attention à moi. Poursuivez, s'il vous plaît.

— Un jour, ma famille reçut un gentilhomme très riche, et très beau. Je tombai aussitôt amoureuse de lui.

Je hochai la tête.

— Thierry.

Elle éclata de rire.

— Non, petite sotte. Ce n'était pas Thierry. Il s'appelait Marcellus, et c'était un vampire puissant. Il me prit en affection et fit de moi ce que vous voyez aujourd'hui.

Une femme si parfaite que c'est agaçant ?

J'espérai n'avoir pas dit cela tout haut.

— Nous restâmes ensemble pendant vingt glorieuses années. Et permettez-moi d'ajouter qu'il était un amant magnifique et insatiable.

Je signalai au barman de m'apporter un autre verre. Immédiatement.

— Hélas, mon bonheur fut de courte durée, car un jour, il ne rentra pas à la maison. J'ignorais s'il avait été tué ou s'il avait simplement décidé qu'il était temps pour lui de passer à autre chose. Je préférais croire qu'il avait été assassiné.

— Logique, acquiesçai-je.

— Alors, la peste sévissait en Europe. Sans l'argent de Marcellus pour continuer à mener le train de vie auquel j'étais habituée, je dus me réfugier dans la rue. Il n'y avait plus de serviteur pour m'apporter mon sang dans un gobelet en argent. Je devais me débrouiller toute seule. Heureusement, durant une telle épidémie, il suffisait de se baisser pour se nourrir.

Le barman nous apporta trois verres de tequila chacune. Nous allions pouvoir tenir quelques minutes.

Véronique reprit quand il s'éloigna.

— Ce fut une période terrible pour moi. Les malades mouraient à vos pieds, formant des tas puants. C'était dégoûtant. Et sale. Pas étonnant qu'ils aient été si malades. Ils peuvent bien dire que c'était la faute des rats, mais laver le sol de sa maison, ça n'a jamais fait de mal à personne. Sauf à la servante chargée de le faire.

Je jetai un coup d'œil à ma montre. Il était presque 23 heures. J'espérai que cela n'allait pas être une histoire trop longue. J'étais la seule personne que je connaissais qui s'était endormie devant *Titanic*.

— Alors, comment avez-vous rencontré Thierry ? demandai-je d'un ton las.

— J'y arrive, ma chérie. Mais je dois d'abord vous brosser le tableau d'ensemble.

» Donc me voilà, une belle jeune femme sans défense, et immortelle, au milieu de l'Europe ravagée par la peste. Je me mis à errer sans but, à la recherche d'autres individus de ma race.

» Finalement, j'arrivai dans une petite ville appelée Le-Vieux-Cochon. La plupart des paysans étaient partis, mais leurs maisons étaient encore intactes. Je décidai de rester quelque temps, d'attendre que la peste ne soit plus qu'un souvenir. J'avais appris à être patiente. Je trouvai une maisonnette plutôt propre, et m'y installai avec l'espoir de ne pas être dérangée.

Elle fronça les sourcils.

— Mais je le fus. Un jour, on frappa à ma porte, et quand j'ouvris, un homme aux yeux fous se tenait sur le seuil. Il avait de longs cheveux crasseux, et il semblait désespéré. Il me supplia de le laisser entrer, car il était pourchassé par une foule en colère. Voyez-vous, il y avait les bien portants, et les malades. Si les premiers ne pouvaient pas chasser les pestiférés, ils les tuaient et brûlaient leurs corps en tas, pour empêcher la maladie de se répandre.

— Cet homme, dis-je. C'*était* Thierry.

— Oui. Il n'était pas tout à fait l'homme que vous connaissez aujourd'hui, mais le temps peut être une chose intéressante quand il s'agit de changement et d'évolution, *n'est-ce pas* ?

— Donc, vous l'avez aidé.

Des cris joyeux retentirent derrière nous, et je regardai par-dessus mon épaule. Un homme de la taille d'un petit éléphant venait de pousser la boule 8 dans un trou, gagnant la partie. Le perdant brisa la queue qu'il tenait sur son genou.

Charmant endroit.

Je me tournai de nouveau vers Véronique, qui ne semblait pas avoir remarqué quoi que ce soit d'étrange autour de nous.

— Non, bien sûr, je ne l'aidai pas, dit-elle, comme si c'était une suggestion saugrenue. Je lui claquai la porte au nez. Je ne voulais pas me mêler des problèmes des autres.

» Je vois que vous êtes surprise. Faites-moi confiance, vous auriez fait la même chose. Les choses alors étaient sans comparaison avec ce qu'elles sont maintenant. La paranoïa était à son comble. C'est très difficile à imaginer, de nos jours.

Elle attendit pour voir si j'avais quelque chose à ajouter. Comme je n'en fis rien, elle poursuivit.

— La foule finit par le rattraper. Il essaya de se cacher, mais sans succès. Le plus amusant, c'était qu'il n'était pas malade. Pas encore, du moins. Je suis sûre que cela n'aurait été qu'une question de temps avant qu'il le devienne. La foule le captura, et elle le passa au fil de l'épée.

— « Elle le passa au fil de l'épée » ? Qu'est-ce que ça veut dire ?

— Elle le tua, répondit-elle, comme si elle parlait du temps qu'il faisait. Du moins, c'est ce que ces gens pensèrent avoir fait. Ils jetèrent son corps ensanglanté sur un bûcher, et y mirent le feu.

— Et ensuite ? glapis-je.

— Sarah, chérie, vous devez apprendre à être patiente. Étant ce que vous êtes devenue, vous avez tout le temps. Utilisez-le bien, car il arrive que ce soit tout ce que nous ayons.

Je serrai les dents.

— Navrée. Poursuivez, s'il vous plaît.

— La foule se dispersa rapidement. Ces gens avaient vu assez de morts pour les en écœurer, et aucun d'eux ne resta pour voir le feu brûler cette maladie qui les effrayait tant. Quant à moi, j'avais un petit creux, alors je quittai la maison pour aller marcher au milieu des morts, et en goûter un ici et là. Autant vous dire que la majorité avait mauvais goût.

Je sentis un courant d'air glacé quand la porte s'ouvrit pour livrer passage à une dizaine d'hommes, qui envahirent le bar déjà bondé. J'essayai de ne pas leur prêter attention pour me concentrer sur le récit de Véronique.

— Je tombai sur l'homme… qui semblait davantage être un garçon à mes yeux. À cette époque, j'avais déjà près de cinquante ans, même si physiquement j'étais très semblable à celle que je suis aujourd'hui. Je crois que mes cheveux étaient un peu plus longs.

J'essayai d'être patiente. J'essayai vraiment. Mes articulations étaient toutes blanches tant je serrais mes genoux sous la table pour m'empêcher de lui flanquer un coup de poing.

— Il était encore en vie. Mais à peine. Ses blessures étaient graves, et il avait perdu beaucoup de sang. Il n'allait pas constituer un repas digne de ce nom pour moi. Mais alors, il ouvrit les yeux et il me regarda du haut du tas de corps en train de brûler. Ses yeux sont du ton de gris le plus étonnant. Surtout à la lueur des flammes.

» Soudain, je me sentis attirée vers lui, malgré la crasse et la sueur. Je le tirai du bûcher et l'emmenai chez moi. Je le nettoyai du mieux que je pus, puis le transformai. C'était idiot de faire cela sur un coup de tête, juste parce que j'avais trouvé qu'il avait de beaux yeux. Je suppose que je me sentais seule. J'avais besoin de compagnie. Cependant, le jour suivant, je regrettai mon geste, d'autant que je n'avais pas envie de m'occuper d'un novice. Je voulais qu'on prenne soin de moi. Mais ce qui était fait était fait, et je n'ai jamais tourné le dos à mes responsabilités.

» Quand il se réveilla, il était effrayé et perdu. Il n'avait jamais entendu parler de ce que j'étais, aussi dus-je tout lui expliquer. Il en fut terrifié. Il se mit à se cacher de moi quand il le pouvait. (Elle rit tout bas.) Il me traitait de démon. Ah, quels souvenirs !

Elle but une autre gorgée de tequila alors que j'avalais la quatrième.

— Finalement, il accepta ce qui était arrivé, et il chérit ce cadeau d'une seconde vie. Nous restâmes dans la petite ville quelques années avant de déménager à Paris. C'est là que nous rencontrâmes nos premiers chasseurs, car même moi j'ignorais leur existence. Marcellus avait omis de me dire que nous étions haïs et que certains nous voulaient du mal. Nous ne faisions pas mystère de notre immortalité, en parlant à nombre de gens, à la recherche d'autres vampires. Nous nous mariâmes à Paris, et pendant un temps, je crus que je pouvais être aussi heureuse avec Thierry que je l'aurais été avec Marcellus.

Je la vis serrer le bord de la table, et ses articulations pâlirent.

— Jusqu'à ce que je le revoie. Il était de l'autre côté de la Seine, avec une femme, une fille d'à peine seize ans, qui portait des marques fraîches sur le cou. Je pris conscience que Marcellus m'avait abandonnée… (Elle s'arrêta de parler et but, la main tremblante.) Parce que j'étais vieille.

Je secouai la tête.

— Mais vous n'aviez pas changé. Vous aviez cessé de vieillir.

— Les hommes…, répondit-elle, comme si cela expliquait tout.

Et en fait, c'était le cas.

— Thierry et moi allâmes à l'opéra ce soir-là. J'essayai d'oublier que j'avais revu Marcellus après tant d'années. Mais il était là, lui aussi. Il me parla en privé, me faisant compliment sur compliment pour mettre du baume sur mes sentiments blessés. Son charme était si fort, et peut-être étais-je une idiote de le croire, mais je lui pardonnai tout en un clin de ses beaux yeux.

Elle se tut un instant, alors que les hommes qui venaient d'entrer passaient près de notre table, leur verre à la main, pour aller faire un billard.

— Il nous emmena, Thierry et moi, dans un club secret, et cela nous ouvrit un monde nouveau. Cette nuit, Marcellus fut l'homme dont je me souvenais :

charismatique, électrique, séduisant. Je me sentais plus vivante que je ne l'avais été depuis qu'il m'avait quittée, une décennie plus tôt.

— Et Thierry ?

— Il m'observait de l'autre bout de la salle. Je sentais qu'il était jaloux, mais qu'y pouvais-je ? Mon véritable amour m'était revenu. Cependant, mon bonheur n'allait pas durer, car le club fut attaqué par des chasseurs. Ce fut le chaos. Ils fondirent sur nous comme la peste, massacrant tout sur leur passage. Marcellus se battit bravement, mais…

J'attendis.

Véronique renifla et elle s'empara d'une serviette en papier pour s'essuyer le coin des yeux.

— Il fut tué. Ils l'encerclèrent et ils le tuèrent avec des épées taillées dans du bois. Nos yeux se croisèrent juste avant qu'il se désintègre devant moi. Parti pour toujours. Mon véritable amour, Marcellus.

Elle sanglota dans la serviette.

— Et Thierry ?

Elle releva vivement la tête.

— Si je n'étais pas certaine du contraire, je pourrais croire que tout ce que vous voulez, c'est en apprendre davantage sur Thierry. La vie de Thierry. Le destin de Thierry. Mais c'est mon histoire. *Mon* histoire. Et mon amour était mort.

Elle éprouvait un tel chagrin pour une chose qui s'était passée six cents ans plus tôt que, durant un instant, mon cœur saigna pour elle. Juste un peu. Je décidai de ne pas la provoquer, de ne pas lui faire plus de mal. J'attendis qu'elle soit prête à continuer.

— Quand je compris qu'il était parti pour de bon, je fus submergée par la rage. Et la rage, le désir de vengeance, décuplèrent mes forces. Moi qui n'avais jamais rien combattu de ma vie de plus sérieux qu'un léger rhume, je pris les armes et me défendis contre les chasseurs. Et je ne fus pas la seule. Ce fut un véritable moment de gloire pour moi, alors que je me battais épaule contre épaule avec ceux que je n'avais jamais vus avant et qui me semblaient aussi proches que ma famille.

» À l'aube, quand ce fut enfin fini, je cherchai Thierry. Il n'était nulle part en vue, et je ressentis un coup au cœur.

— Un pieu ?

Elle me regarda.

— Un coup au cœur métaphorique. Pas littéral, ma chère. J'étais inquiète, car je croyais que mon jeune novice, sans parler de mon époux loyal et dévoué, avait subi le même sort que mon très cher Marcellus.

Elle secoua la tête.

— Il me fallut deux jours pour le retrouver. Au premier signe de danger, il s'était enfui. Il n'était revenu qu'au moment où il avait su qu'il ne risquait plus rien.

» Je ne l'accueillis pas à bras ouverts. J'étais en colère. Marcellus avait combattu bravement, et il était mort. Thierry s'était caché comme un lâche, et il avait survécu.

Je laissai mon cerveau assimiler son histoire. C'était ça, la preuve que Thierry n'était qu'un gros couard, parce que six cents ans plus tôt, il avait mis les voiles pendant un combat à mort ? Cela ne ressemblait pas au Thierry que je connaissais, un homme brave, fort et impénétrable. Mais j'étais certaine que six siècles, cela pouvait changer bien des gens.

Véronique me sourit, même si ses yeux étaient encore rouges d'avoir pensé à ce type, Marcellus. L'homme qui l'avait trompée et abandonnée sans un mot. Je comprenais qu'elle porte toujours son deuil. C'était un homme bien.

— Vous avez eu une vie intéressante.

Elle hocha solennellement la tête.

— Oui.

— Depuis combien de temps êtes-vous séparés ? demandai-je. J'ai eu l'impression que vous et Thierry ne vivez plus ensemble.

— C'est une question très personnelle, n'est-ce pas ? Mais j'ai le sentiment que nous sommes de vieilles amies, maintenant. Et je n'ai rien contre les questions indiscrètes venant de vieilles amies. Notre mariage n'est plus un vrai mariage depuis seulement un siècle. Avant cela, nous avions des hauts et des bas. Depuis l'incident de Paris, mes sentiments ont changé.

— Si Marcellus avait vécu, vous auriez quitté Thierry ?

Elle cligna des paupières.

— Quelle question ! Il était mon mari, comment aurais-je pu le quitter. J'aurais pris Marcellus comme amant, c'est tout.

— Oh.

Je vis quelqu'un approcher de notre box et me dis que c'était le barman, qui se demandait si nous voulions d'autres tequilas. Je levai les yeux et faillis m'étrangler quand je vis que le père de Quinn me regardait.

— Salut, couinai-je.

— Je vous reconnais. (Il agita un doigt vers moi.) Vous étiez ici, avec mon fils.

— Euh, oui.

Il fronça les sourcils.

— L'avez-vous vu ? Je n'arrive pas à le trouver.

Je déglutis péniblement.

— Euh, non.

Il secoua la tête.

— Il a épuisé ma patience. Cette fois, je n'aurais plus aucune pitié.

— Roger ? dit Véronique, et le père de Quinn se tourna vers elle.

— Véronique ? (Il haussa ses sourcils broussailleux.) Ça ne peut pas être toi ?

Elle se leva.

— Pourtant, si.

Il détailla sa robe noire et moulante.

— Renversante. Tu es telle que je t'ai connue, une vision de beauté incomparable.

— Tu as quelques rides de plus, répondit-elle avec un sourire. Mais ça te va bien. Tu es toujours aussi beau que dans mon souvenir.

Il lui rendit son sourire, mais le sien était concupiscent.

— Ça fait combien de temps ?

— Trente ans, peut-être plus ? Sarah, ma chère, voulez-vous bien nous excuser un moment ?

Je hochai la tête, puisque j'avais perdu ma langue. Je regardai Véronique suivre le père de Quinn, le chef des chasseurs de vampires, dans un coin sombre et enfumé du bar. Leurs visages se rapprochèrent, et ils se murmurèrent des choses et rirent ensemble, se touchant comme de vieux amis.

Savait-il qu'elle était une vampire ? Il le fallait. Je pensais qu'il était assez intelligent pour comprendre qu'une personne qui n'avait pas vieilli en trente ans, ce n'était pas normal. Il n'agissait pas comme je l'aurais cru, en pareille situation, mais je ne le connaissais pas, après tout. Tout ce que je savais, c'était ce que j'avais entendu le soir où il avait réprimandé Quinn comme s'il était un méchant garçon. Quinn avait été maltraité toute sa vie par ce zélote de père qui méprisait les vampires et avait voué sa vie à débarrasser la terre de leur espèce.

Alors pourquoi gloussait-il avec Véronique comme un collégien qui avait le béguin ? Cela n'avait pas de sens.

À moins que…

Une pensée si horrible que je la chassai aussitôt me traversa l'esprit. Mais elle revint à la charge et elle insista pour que j'y réfléchisse un peu.

Véronique pouvait-elle être le traître qui vendait les vampires ? Était-ce pour cela qu'elle était arrivée juste avant que les chasseurs mettent en pratique leur nouveau plan d'annihilation totale ? Véronique ne semblait s'intéresser qu'à une seule personne, et ce n'était pas Thierry. C'était elle-même.

Alors, ce devait être vrai. C'était logique. Elle était la taupe. Elle donnait des informations aux tueurs, elle leur fournissait les adresses des clubs secrets, et elle détournait sa charmante tête brune quand ils arrivaient pour massacrer tout le monde.

Je me glissai hors du box et quittai le bar sans que Véronique me voie. Je songeai brièvement à retourner de l'autre côté de la rue pour prévenir Thierry, mais je n'en fis rien. Je ne voulais pas être près de lui, après ce dont j'avais été témoin. L'histoire de Véronique ne m'avait pas fait changer d'avis, et elle n'avait pas adouci mon jugement concernant ce qu'il s'apprêtait à faire au pauvre Eugene : c'était mal, très mal.

Au lieu de cela, je rentrai chez moi. J'étais si fatiguée que je voulais dormir et oublier le monde réel. Tout ne me paraîtrait peut-être pas si désespéré au matin, même si j'avais le sentiment que je me faisais des illusions.

Je cherchai ma clé et la glissai dans la serrure, tournai la poignée et ouvris la porte. Je jetai mon trousseau sur le comptoir de la cuisine et lâchai un gros soupir dans l'obscurité. Cela faisait du bien d'être à la maison. C'était une chose normale à la fin d'une folle journée. Là, je pouvais prétendre que rien n'avait changé. Que j'étais toujours cette fille qui regardait *Sex and the City* en mangeant de la crème glacée Häagen-Dazs directement dans la boîte. Qui pouvait passer deux heures au téléphone avec Amy pour parler du garçon sexy avec qui l'une de nous sortait, même après une journée entière passée dans le même bureau. Dont le placard était rangé par couleurs, pour faciliter les coordonnés.

Oui, mon appartement était mon espace à moi. Ma zone de sécurité louée. Mon oasis décorée par *Ikea*.

J'allumai la lumière.

Et je hurlai.

Quinn était assis sur mon canapé. Il cligna des paupières dans la clarté soudaine.

— Que fais-tu ici ? réussis-je à dire, mon cœur battant follement dans ma poitrine. Comment es-tu entré ?

Il se leva et tendit les mains pour m'apaiser.

— Du calme. Je suis désolé, je… ce n'était pas très dur de trouver quel appartement était le tien. Dearly n'est pas un nom très répandu, tu sais.

Je fourrai la main dans mon sac pour trouver le couteau que j'avais volé au restaurant. Ce n'était qu'un couteau à beurre, pas très affûté, mais je pariai qu'il pouvait faire très mal. Au moins, il ferait un bel hématome. Je le brandis devant moi.

Quinn y jeta un coup d'œil et faillit sourire.

— Tu vas me chanter un air de *West Side Story* ?

— Je ne chante pas. Que fais-tu ici ?

— Je croyais que nous nous étions quittés bons amis. Que tu avais confiance en moi.

Il se rapprocha d'un pas.

Je reculai d'autant.

— « Confiance » s'efface de mon vocabulaire quand tu es concerné. Et tu viens de pénétrer dans mon appartement en mon absence. Ça ne va pas arranger les choses.

— Mais je n'avais nulle part où aller.

— Tu n'as jamais entendu parler d'*Holiday Inn* ? Il y en a un au coin de la rue. Pour le prix, tu as un petit déjeuner continental.

Il soupira.

— Ce n'est pas ce que je voulais dire, et tu le sais. Il fallait que je te voie. Et tu as dit que si j'avais besoin d'un truc, je ne devais pas hésiter à te le demander.

— Je voulais dire que tu devais demander à quelqu'un d'autre. Maintenant, je te suggère de te tirer d'ici avant…

Il combla la distance entre nous avant que j'aie fini ma phrase, et il m'arracha le couteau des mains. Je l'entendis tomber au sol, tandis que Quinn encadrait mon visage avec ses grandes mains chaudes et m'attirait vers lui, me coupant le souffle avec un baiser passionné.

Chapitre 20

Je recouvrai mes esprits alors que nous étions déjà sur mon lit. Je continuai à l'embrasser, m'accrochant à lui comme une femme qui se noie à une bouée de sauvetage. Et en effet, je me noyais.

— Non, dis-je en m'écartant et en le repoussant mollement. Nous ne pouvons pas faire ça.

Il ne m'écouta pas et fit glisser ses lèvres le long de mon cou. Je laissai entendre un gémissement tremblant avant de pouvoir rassembler toute ma volonté.

— Quinn, *non* !

Je le repoussai plus fort cette fois, et il tomba en arrière et atterrit sur le sol. Il resta là, à me regarder, les yeux assombris par le désir.

— Pourquoi pas ?

— Parce que, c'est tout. Ça ne te suffit pas ?

Il secoua la tête.

— Tu as envie de moi, je le sais. Ne le nie pas.

Je me levai et lissai la robe que j'avais achetée pour notre dîner. Je m'aperçus que mon collant était filé. Génial.

— Tu devrais partir.

Il se remit sur ses pieds et approcha trop près à mon goût.

— Sarah, dit-il d'une voix basse et sexy.

Je sentis mon corps répondre. Pourtant, je reculai et refusai de croiser son regard.

Il s'arrêta.

— C'est lui, n'est-ce pas ?

— Qui « lui » ?

Il soupira.

— Thierry. Tu es amoureuse de lui.

Je fronçai les sourcils.

— Ce n'est pas parce que je ne veux pas coucher avec le premier homme qui force ma porte que je suis amoureuse de Thierry.

Il se laissa tomber lourdement sur la chaise dans le coin de ma chambre.

— Il ne te mérite pas.

La seule mention du nom de Thierry faisait battre mon cœur douloureusement contre mes côtes.

— Va-t'en, Quinn.

Je l'entendis déglutir, et ses yeux se mirent à briller de larmes dans l'obscurité.

— Je croyais… que toi et moi nous avions une connexion. Je sens quelque chose quand je suis avec toi. Et tu le sens aussi. Oublie-le. Nous allons bien mieux ensemble, toi et moi.

— Je n'ai pas envie d'en parler. Sais-tu quel genre de journée je viens d'avoir ? Tout ce que je voulais, c'était rentrer chez moi et dormir, même si ce n'était que pour quelques heures. Je n'ai pas besoin d'autres complications.

— C'est tout ce que je suis pour toi ? Une complication ?

— Tu veux la vérité ? (Je vis son visage se crisper. Il avait eu une sale journée, lui aussi, et j'étais méchante.) Je suis navrée, Quinn. Je suis tellement désolée.

Je m'approchai de lui et le serrai dans mes bras. Il commença à sangloter contre moi. Nous restâmes ainsi un long moment, sans plus aucun désir, puisant du réconfort l'un en l'autre.

Au bout de quelques minutes, il me regarda.

— Je suis un vampire.

— J'en ai peur.

— Je hais cette situation. Je veux que tout redevienne comme avant. Alors, je savais quoi faire. Je savais comment me comporter, quoi penser. Je ne veux pas être un vampire.

— Moi non plus.

Je pleurai aussi à présent. Oui, nous faisions une belle paire. Les monstres hyperémotionnels de Toronto. Ils sont féroces, ils sont effrayants, ils ont besoin d'une boîte de Kleenex.

Attends une minute.

Je m'écartai de lui alors qu'une pensée me traversait l'esprit. Nous détestions tous les deux ce que nous étions devenus. Ni l'un ni l'autre ne voulait être un vampire.

Je me redressai et sortis de la chambre. J'attrapai mon sac sur le comptoir de la cuisine et le fouillai à la recherche de la serviette en papier. La serrant dans ma main, je retournai auprès de Quinn.

— Voilà la réponse.

— « La réponse » ? (Quinn releva la tête.) À quoi ?

— À tous nos problèmes.

— La réponse à tous nos problèmes est une serviette en papier ? Tes problèmes doivent être différents des miens.

— Non, ce sont les mêmes. (Je la lui tendis et je m'agenouillai près du fauteuil.) C'est le téléphone d'un type qui sait où trouver un remède contre le vampirisme. Nous n'avons pas besoin d'être des vampires. Il suffit de le convaincre de nous aider.

Il regarda le bout de papier.

— Il y a un remède ? Je l'ignorais.

— Alors, je suppose que c'est une bonne chose que tu me connaisses.

— L'as-tu déjà appelé ?

— Pas encore.

— Qui t'a donné ce numéro ?

Je lui repris la serviette et la repliai.

— Zelda, la barmaid du club.

Il resta là, sonné, tandis qu'il assimilait l'information.

— Il y a un remède.

— Oui, souris-je. Nous pouvons être de nouveau normaux.

— C'est trop beau pour être vrai. Il y a sans doute un piège.

— Tu ne peux pas te contenter d'être content ?

Il me sourit et écarta les cheveux de mon front d'une caresse.

— D'accord. Je suis content. Mais qu'est-ce que ça veut dire pour nous ?

— Comment ça ?

Il coula un regard vers le lit.

Je haussai les sourcils.

— Ça signifie que nous serons tous deux de nouveau humains. Et aussi que j'ai un canapé très confortable dans le salon. (Je me levai pour ramasser l'un de mes oreillers et le lui lançai.) Dors bien.

Je croyais que j'étais fatiguée. Je l'étais. Pourtant, je restai éveillée à cause d'une multitude de pensées qui tournaient dans ma tête. C'était la solution. J'allais prendre le remède. Être une vampire, c'était une maladie, et j'allais prendre le médicament qui arrangerait tout. Je pouvais être de nouveau normale. Je n'aurais plus à m'inquiéter d'être traquée comme un animal. Je perdrais mes crocs, et je récupérerais mon reflet.

J'aurais dû être heureuse. C'était tout ce que je voulais.

Alors, pourquoi ne pouvais-je pas dormir ? Je me tournai et me retournai dans mon lit, les événements de la semaine passée défilant dans mon esprit comme un petit film d'horreur.

Je dus m'assoupir, parce que lorsque je rouvris les yeux, il faisait jour. Je repoussai les couvertures et enfilai un pantalon bleu clair. Je n'avais pas oublié un instant que Quinn dormait sur mon canapé, à moins de trois mètres.

J'ouvris la porte de ma chambre et jetai un coup d'œil à l'extérieur. Il était au téléphone dans la cuisine. Quand il m'aperçut, il s'empressa de dire au revoir et de raccrocher. Je vis la serviette en papier sur le comptoir.

Il me regarda.

— J'ai appelé.

— Déjà ? Tu ne pouvais pas m'attendre ?

— Jusqu'à quand ? Il est midi.

— Vraiment ? (Je consultai l'horloge du four ; Quinn avait raison.) Alors, qu'a-t-il dit ?

— Il a accepté de nous rencontrer. Nous pourrions partir maintenant. Ça semble être réglo. Il y a bien un remède, et nous allons l'avoir. Va t'habiller.

— Je le suis déjà.

— On dirait un pyjama.

— Mais ça n'en est pas un. (Je levai les yeux au ciel.) Navrée de ne pas toujours m'habiller en minijupe et talons hauts. Bienvenue dans ma vraie vie. J'ai juste besoin de me laver le visage et de me brosser les dents.

— Très bien.

Quinn me tourna le dos.

D'accord. Parfait. Était-il d'une humeur de chien parce que je l'avais repoussé la veille ? Je pouvais presque voir les minuscules employés du bâtiment œuvrer autour de lui à l'érection d'un mur pour protéger son ego de mâle. Je me demandai comment il se serait comporté si je ne l'avais pas fait dormir sur mon canapé. Je n'avais pas de regret, non. J'étais très attirée par lui, je devais bien l'admettre. Mais ce n'était pas une raison pour compliquer encore plus ma vie déjà hyper compliquée.

Si les choses avaient été différentes…

Oh, je ne sais pas. Mieux valait que je n'y pense pas. Et commencer une relation après une tentative de meurtre ratée, ce n'était sans doute pas une fondation stable.

Et cela n'avait rien à voir avec Thierry. Absolument, positivement, rien à voir.

Le mystérieux scientifique vivait à quarante-cinq minutes dans la banlieue de Grimsby. Le taxi allait nous coûter une fortune. J'insistai pour nous arrêter prendre un café dans le premier *Tim Hortons* que nous croisâmes. Ce n'était pas parce que la caféine n'avait plus d'effet sur moi que je devais abandonner certaines de mes mauvaises habitudes, à condition qu'elles ne me fassent pas vomir. Quinn en prit un aussi. Noir, sans sucre. Ce n'était pas une grosse surprise.

Le taxi tourna finalement à gauche, quittant la route principale, et il roula dans la nature sur plusieurs kilomètres. Je devins nerveuse.

— Où vit ce type, hein ?

Quinn haussa les épaules.

— Quelque part par là, je suppose.

Génial. Le docteur et Bigfoot. J'aurais dû apporter mon appareil photo.

Le taxi s'arrêta devant un mobil-home délabré au milieu de nulle part. Quinn descendit pendant que je payais le chauffeur. Je demandai à ce dernier de rester dans le coin un moment.

J'ouvris ma portière et sortis directement dans une grosse flaque de boue. Je grimaçai quand l'humidité s'infiltra dans mes chaussures. Super. Au moins, j'avais eu la bonne idée de mettre des Nike.

Quinn ne m'attendit pas. Il se dirigea droit vers la porte et frappa. Puis il patienta.

Il n'y eut pas de réponse.

Je posai une main sur ma hanche.

— Tu es sûr que c'est la bonne adresse ?

— Oui, siffla-t-il.

— Quinn, je n'aime pas ton attitude. Nous sommes dans la même galère.

Il se retourna pour me foudroyer du regard, et je le vis écarquiller les yeux.

— Ne bouge pas.

Je me figeai.

— Quoi ?

— Ne bouge pas, c'est tout. Je suis sérieux, Sarah.

J'entendis quelque chose. Tout près. Des brindilles qui se brisaient. Une respiration bruyante. Des halètements.

Des halètements ?

Je baissai les yeux. Il y avait un très gros, et j'insiste sur *très gros,* chien à quelques centimètres. Il gronda de manière menaçante et montra les dents.

— Je n'aime pas les chiens, murmurai-je. Va-t'en. Ouste.

— Sois gentille, conseilla Quinn.

— Euh… (Je sentis de la sueur me couler dans le dos.) Gentil chien ? Oui, bon chien-chien.

Le grondement s'intensifia et il se rapprocha. Je n'aurais pas su dire de quelle race il était. Gros, noir et probablement enragé. Le genre de chien qui vous arrache la gorge et pose les questions ensuite.

— Gentil chien…

Il me sauta dessus, posant ses pattes boueuses contre ma poitrine. Je tombai à la renverse sur un gros tas de neige humide. Je hurlai et vis Quinn se précipiter vers moi.

Puis j'entendis un coup de feu.

Et je sentis une langue chaude et mouillée me lécher la joue gauche.

— Beurk.

J'essayai de repousser le museau.

Un autre coup de feu claqua, mais le chien ne bougea pas. Qui tirait ?

— Barkley ! cria une voix rude. Laisse la dame tranquille. Tout de suite !

Barkley gémit et, après un dernier coup de langue affectueux, il me libéra. J'étais trop sonnée pour me relever, alors je restai allongée sur le dos. Quinn entra dans mon champ de vision, l'air inquiet. Puis un autre homme apparut. Il était grand, mince, et avait des cheveux blancs épars et un peu trop longs, peignés près du crâne. Il portait une veste d'intérieur lie-de-vin, élimée. Si la folie avait un look, je l'avais trouvé.

Il pointa son fusil sur moi.

— Debout, vampire.

Il recula quand Quinn m'aida à me relever, puis il nous signala d'entrer en nous montrant la porte avec le bout du canon.

— Vous êtes le docteur Kalisan ?

— Fermez-la. Entrez.

Nous nous tournâmes vers la porte, et il nous poussa l'un après l'autre dans le dos, avec son fusil.

— Écoutez, dis-je. Nous pouvons repartir. Nous ne voulons pas vous ennuyer. Notre taxi…

Je regardai derrière moi. Il ne restait que deux traces de pneus dans la neige à l'endroit où avait été la voiture. Je secouai la tête.

— Oh, oubliez ça.

Kalisan nous poussa à l'intérieur du mobil-home et ferma la porte derrière nous. Nous fûmes aussitôt plongés dans l'obscurité.

— En bas.

Je sentis le canon au creux de mes reins.

Je m'accrochai au bras de Quinn. Nous descendîmes un escalier, nous enfonçant toujours plus bas. C'était si étrange. Je trébuchai plusieurs fois, avant d'arriver en terrain plat.

Des lampes fluorescentes s'allumèrent. Nous étions dans une grande salle de séjour, avec des canapés, une télévision, une stéréo et des bocaux contenant d'étranges embryons sur les étagères. Le mobil-home n'était que la partie émergée de l'iceberg. Nous étions dans un vrai repaire souterrain. D'accord, un repaire de banlieue.

Kalisan pointait toujours son arme sur nous, plissant les yeux. Barkley était assis à ses pieds, large et menaçant, même s'il haletait et remuait la queue.

— Pourquoi ne pas baisser votre fusil ? proposa Quinn, qui tenait toujours ma main moite.

— Que voulez-vous, vampires ?

Je fronçai les sourcils.

— Le remède, bien sûr. Nous avons appelé pour prendre rendez-vous.

— Vous croyez que c'est si facile ? Qu'il suffit d'appeler pour prendre rendez-vous ?

— Eh bien, oui.

Il plissa les yeux encore plus fort, jusqu'à ce qu'ils soient réduits à des fentes si petites qu'il ne devait plus rien voir.

— Qui êtes-vous ? Comment vous appelez-vous ?

Quinn me regarda et serra ma main.

— Je suis Michael Quinn, et elle, c'est Sarah Dearly.

Kalisan fronça les sourcils et baissa un peu son arme.

— Quinn, hein ?

— Oui, et alors ?

Le docteur recula sans nous quitter des yeux. Il prit un cadre photo sur une table près du téléviseur et il nous l'apporta, brandissant la photographie sous le nez de Quinn.

— Qui c'est ?

Elle montrait un Kalisan beaucoup plus jeune. Il portait un costume jaune et une cravate si large que j'aurais cru qu'il s'agissait d'un costume d'Halloween si mon père n'en avait pas eu un semblable. Il était encadré par un Roger Quinn plus jeune, et une belle jeune femme blonde.

Quinn arracha le cadre des mains de Kalisan.

— Ce sont mes parents.

Kalisan l'étudia un instant.

— Votre père est le grand chasseur de vampires Roger Quinn ?

Quinn ne cilla pas.

— Comme je vous l'ai dit, je cherche le remède.

— Je vois. (Il baissa son fusil.) Votre père est un homme admirable. Il serait très déçu d'apprendre ce qui vous est arrivé. Je suppose qu'il l'ignore ?

— Oui.

Kalisan me jeta un regard.

— Et quelle est votre histoire ?

Barkley était venu s'asseoir à mes pieds. Je lui tapotai la tête d'un geste absent.

— Je suis juste une fille qui a besoin d'un remède.

Il baissa les yeux sur le chien.

— Je suppose que vous ne pouvez pas être si mauvaise, si mon loup-garou vous aime bien.

Je retirai ma main.

— Loup-*quoi* ?

Kalisan sourit.

— Vous êtes donc une vampire qui ne croit pas à l'existence des loups-garous ?

Barkley me lécha les doigts, et je les essuyai aussitôt sur mon pantalon.

— Dégoûtant.

— Ce n'est pas sa faute s'il est mal élevé. Il est coincé dans ce corps depuis longtemps. Il a oublié ses bonnes manières. Je travaille sur un remède pour lui aussi, mais hélas, les universités n'allouent pas beaucoup de fonds à ce genre de recherches.

Je regardai Barkley.

— Méchant chien.

Il me lécha de nouveau la main.

Kalisan se tourna vers Quinn et reprit la photographie.

— Voulez-vous vraiment le remède ?

Quinn hocha la tête.

— Je vous le donnerai. (Il donna le fusil à Quinn.) Mais avant, vous devez tuer la femme.

J'entendis gémir, et je n'aurais su dire si c'était Barkley ou moi.

Quinn fronça les sourcils en regardant l'arme dans ses mains.

— Vous voulez que je…

Kalisan me montra du doigt.

— Tuez-la. C'est une vampire, vous êtes un chasseur. Ça ne devrait pas poser de problèmes.

Je reculai d'un pas.

— Quinn.

— Tais-toi, dit-il, puis il s'adressa au docteur : Vous dites que tout ce que j'ai à faire, pour avoir ce remède, c'est lui tirer dessus. Ici et maintenant. Et vous me le donnerez.

—Oui.

Quinn leva le fusil vers moi, et je reculai jusqu'au mur. Je respirai à peine et n'arrivai plus à réfléchir. Il n'y avait que le mot « non » qui résonnait à l'infini dans ma tête. Je n'aurais pas dû le faire dormir sur le canapé. Cela avait été une grave erreur.

—Juste tirer, dit Quinn en pointant le canon vers ma tête. Aussi simple que ça. (Puis il le tourna vers Kalisan.) Navré, doc. Les choses ont cessé d'être simples pour moi il y a quelque temps. Bien, si vous nous donniez ce remède ?

Le médecin l'étudia longuement, puis il écarta l'arme et se mit à rire.

—Il est chargé à blanc. Je vous testais.

Je n'avais pas bougé. J'avais été à « ça » d'avoir besoin d'une couche pour adulte, et je devais convaincre mon cerveau de se remettre en route.

Les armes sont mauvaises. Très mauvaises. Surtout quand elles sont pointées sur moi.

—Sarah, dit Quinn. Tu vas bien ?

—Bien sûr, aucun problème, couinai-je.

—Venez, dit Kalisan. Je vais faire du café.

Cinq minutes plus tard, j'étais assise dans la cuisine dernier cri du médecin et j'essayais de me calmer. Il m'avait tendu une tasse sur laquelle était écrit : « LES CHERCHEURS LE FONT DANS LES RÈGLES ». C'était sans doute censé être salace, mais je n'étais pas d'humeur à trouver cela amusant. Nous avions déjà appelé pour avoir un taxi. Là où nous étions, mieux valait en avoir un qui nous attende que d'être coincés dans ce trou pour toujours. Et en parlant de « trou », j'étais gentille.

— Vous êtes un couple ? demanda Kalisan en mordant dans un gâteau.

Quinn me coula un regard.

— Non. Nous sommes juste amis.

— Puis-je vous demander pourquoi vous voulez ce remède ?

— C'est simple, répondit Quinn. Nous voulons retrouver notre ancienne vie.

— Alors peut-être auriez-vous dû y réfléchir à deux fois avant d'être transformés.

Je secouai la tête.

— Nous l'avons été contre notre gré.

Il m'étudia un moment, sans doute pour décider si je lui mentais.

— Vous voudriez jouer les cobayes ?

Je n'aimais pas beaucoup cette idée.

— Le remède a-t-il déjà fonctionné ? demanda Quinn, prenant ma main sous la table.

— Oui, bien sûr. Mais c'est encore un médicament expérimental.

Il hocha la tête.

— Nous sommes intéressés.

Kalisan alla remplir de nouveau sa tasse et y ajouta de la crème et plusieurs cuillers de sucre.

— Alors, il reste la question du prix.

Je m'y attendais. On ne vous donnait plus rien gratuitement, pas même quand vous étiez volontaire pour jouer les cobayes. Je pouvais vendre mon canapé. Et j'avais ces assiettes à l'effigie de la princesse Diana, qui valaient leur pesant d'or sur eBay. De plus, il me restait encore un peu de l'argent que ma grand-mère m'avait légué. Ce n'était que quelques milliers de dollars, mais c'était mieux que rien, en cas de pépin. Et c'en était un gros.

— D'accord, dis-je. Combien ?

— Un million de dollars. (Kalisan but une gorgée de café.) Chacun.

Mes assiettes Princesse Diana ne me rapporteraient jamais autant, même s'il y avait une guerre d'enchères à la dernière minute.

— Quoi ? réussis-je à dire. Vous plaisantez ?

Je regardai Quinn. Son visage était rouge.

— C'est excessif. Il doit bien y avoir un autre moyen.

— Malheureusement, c'est le tarif, dit le docteur Kalisan d'un ton d'excuse. Ce n'est pas comme si j'avais un labo ici et que j'étais capable de mélanger les ingrédients facilement. C'est un procédé lent et coûteux. Les composants viennent des quatre coins du monde. Toute une étape est réalisée avec de la magie noire, et les sorciers ne sont pas donnés, ces temps-ci. Ils ont un tel ego, vous n'imaginez même pas !

J'attrapai le bras de Quinn. C'était une mauvaise nouvelle. Nous n'aurions pas ce remède. Il existait, mais c'était une question d'argent, comme tout le reste en ce bas monde. L'argent… toujours l'argent !

— Merci de nous avoir reçus. (Je tirai Quinn.) Nous garderons votre numéro, au cas où nous gagnerions à la loterie.

» Viens, Quinn. Allons attendre notre taxi dehors.

Et voilà, c'était fini. J'allais rester une vampire pour toujours.

— Un moment, je vous prie, dit Kalisan. Si vous n'avez pas d'argent, nous pouvons peut-être nous arranger.

Nous nous retournâmes avant de sortir.

— Vous êtes de Toronto, n'est-ce pas ?

Quinn croisa les bras sur sa poitrine.

— Oui, pourquoi ?

— Il y a dans cette ville un vampire que nombre de personnes recherchent. Il est vieux, très vieux, et impossible à tuer. C'est une légende. Sa tête a été mise à prix, et la récompense couvrirait davantage que ce que je vous demande. Si vous me donniez son adresse, information que je pourrais vendre à ceux qui veulent le retrouver, alors nous pourrions faire affaire ensemble.

— Vous nous donneriez le remède en échange de cette information ? s'étonna Quinn.

— Oui.

Je ne dis rien, mais ma bouche était devenue sèche. Il voulait des informations pour que les chasseurs puissent trouver et tuer un vampire assez vieux et assez puissant pour être considéré comme une légende ? Il n'y avait qu'un seul vampire vivant à Toronto qui corresponde à cette description, je le savais. Eh bien, eh bien, le monde était tout petit.

— Qui est-ce ? demanda Quinn.

— Son nom est Thierry de Bennicœur. (Il sourit.) De nombreux chasseurs voudraient pouvoir abattre le grand Thierry de Bennicœur. Et ils sont prêts à payer cher pour avoir cet honneur.

J'enfonçai mes ongles dans le bras de Quinn avant qu'il ait une chance de dire un mot.

— Nous ne le connaissons pas, dis-je.

— Peut-être pas. Mais je suis certain qu'il est dans la cité. Et je sens que vous êtes assez motivés pour trouver où il vit, son repaire, en échange du remède.

Quinn inhala profondément.

— Je ne sais pas.

Kalisan hocha la tête.

— Ah, la loyauté, je respecte ça. Une loyauté mal placée, mais de la loyauté quand même. Vous protégez les vôtres, que vous vouliez ou non rester des leurs. C'est un geste admirable.

Quinn ne dit rien, et je savais qu'il luttait contre lui-même. Il n'aimait pas beaucoup Thierry, après tout, mais il lui avait sauvé la vie. Quinn était honorable, et cela comptait pour lui.

— Il doit y avoir un autre moyen, dit-il.

— Je le voudrais bien. Mais je ne suis pas le seul impliqué dans cette histoire. Si ça ne dépendait que de moi, je vous donnerais le remède avec joie, gratuitement. Mais je crains que ça ne fonctionne pas comme ça.

— Alors, je suis navré que nous n'ayons pas pu nous entendre.

La voix de Quinn était étranglée.

La photo de Kalisan en compagnie de ses parents était maintenant placée sur l'étagère derrière le médecin. Il la regarda.

— Votre mère était une femme merveilleuse. Elle était belle, charmante, et c'était une épouse et une mère dévouée. J'ai eu l'occasion de la rencontrer plusieurs fois. Ce qui lui est arrivé est si terrible.

— Je ne suis pas venu ici pour discuter de ma famille, cracha Quinn. Je crois que tu as raison, Sarah. Nous devons partir.

Le docteur Kalisan hocha la tête.

— Un souvenir pénible. Oui, je comprends ça.

— Vous n'en avez pas la moindre idée.

Il n'y avait aucune chaleur dans le ton de Quinn. Il regardait notre hôte comme il m'avait regardée : sans émotion, sans compassion et sans le moindre sentiment. Il me prit par la main et m'entraîna vers l'escalier sans un mot de plus.

Kalisan se racla la gorge.

— Je vois que vous ignorez que c'est Thierry de Bennicœur qui est responsable de la mort de votre mère, car si vous le saviez, je pense que vous ne le protégeriez pas si farouchement.

Quinn se figea.

— Oui, il l'a assassinée, poursuivit Kalisan. C'est bien connu dans la communauté des chasseurs, mais je suppose que votre père a préféré vous protéger de certains détails malheureux. J'ai vu les papiers, les rapports. Je sais ce qu'il lui a fait avant qu'elle meure, et si je vous le disais, vous me le serviriez sur un plateau d'argent sans sourciller.

À ces mots, je hurlai intérieurement, mais essayai de ne pas le montrer. Je ne pouvais pas penser à démêler le faux du vrai. Je savais seulement que je devais faire sortir Quinn avant qu'il devienne fou.

Il était toujours rivé sur place. Il n'avait pas bougé d'un centimètre. Quand je lui touchai le bras, il tressaillit.

Quinn jeta un coup d'œil par-dessus son épaule.

— Nous allons réfléchir à votre offre.

Sa voix n'avait plus d'inflexions, elle était morte.

— Oui, faites donc. (Kalisan but une gorgée de café.) Vous avez mon numéro. Soyez gentils, fermez la porte derrière vous.

Chapitre 21

Le trajet de retour fut silencieux. Et ce ne fut pas seulement un silence inconfortable, mais une véritable torture.

Je ne savais pas quoi dire. J'ignorais ce que je devais penser. J'avais l'impression de vivre un cauchemar. Thierry avait tué la mère de Quinn ? Cela ne pouvait pas être vrai. Le docteur Kalisan mentait, c'était évident.

Le taxi s'arrêta devant mon immeuble. Je me tournai vers Quinn.

— Que vas-tu faire ?

Il ne croisa pas mon regard.

— Je ne sais pas.

— Où vas-tu aller maintenant ?

— Je ne sais pas.

— Je peux venir avec toi. Nous pouvons parler de tout ça. Il doit y avoir un autre moyen.

— J'ai envie d'être seul.

— Mais… tu ne vas pas… (Je déglutis.) Vas-tu rappeler le docteur Kalisan ?

Il leva les yeux vers moi, et je m'aperçus qu'ils étaient douloureux.

— Je ne sais pas.

— Il t'a… il nous a menti. Ce n'est pas possible.

— Je savais que tu penserais ça, dit-il avec mépris. Je l'ignore, Sarah. Je n'arrive plus à penser. J'ai besoin d'être seul. Si ce que le docteur m'a dit est vrai, si Thierry a vraiment fait ça à ma mère… (Sa voix se brisa.) Je ne crois pas que je lui dirai où il se trouve.

Je recommençai à respirer.

Il serra les dents.

— Je préférerais tuer Thierry moi-même, même si ça devait me coûter le remède.

— Quinn…

— Descends, Sarah.

— Mais…

Il se pencha pour ouvrir la portière et me poussa presque hors de la voiture.

— Descends.

Je fis de mon mieux pour ne pas tomber, et quand je me retournai pour ajouter quelque chose, la porte claqua et le taxi redémarra.

Si seulement je n'avais jamais entendu parler de ce remède. J'avais libéré bien trop de vers en ouvrant cette boîte de conserve. Et je détestais les vers.

J'ignorais vers qui ou quoi me tourner. Je ne savais pas où aller. Je songeai à rentrer chez moi et à me glisser dans mon lit, mais cela semblait une mauvaise idée.

Un signe. J'étais perdue et je ne savais pas quoi faire… J'avais besoin d'un signe pour m'indiquer le chemin.

Levant les yeux, j'aperçus un panneau avec l'affiche du spectacle *Mama Mia!* entouré par les critiques de plusieurs journaux.

Je fronçai les sourcils. Pas ce *genre* de signe.

Quelqu'un me bouscula en passant près de moi.

— Hé ! criai-je. Regardez un peu où vous allez, imbécile !

L'homme se retourna pour me regarder, et je haletai de surprise. C'était Eugene, encore plus nerveux, mais bel et bien vivant.

— Eugene !

Il eut peur en me voyant.

— Laissez-moi tranquille ! dit-il d'une voix tremblante. Ne me faites pas de mal !

Je courus pour le rattraper, et lui agrippai l'épaule. Il recula contre le mur et leva les mains pour se protéger le visage.

— Je ne vais pas vous faire de mal. Que faites-vous ici ? Ils vous ont laissé partir ?

— Ou-oui, bégaya-t-il. Ils m'ont relâché quand ils ont décidé que je disais la vérité.

— Ils vous ont laissé filer ? Juste comme ça ? Alors que vous connaissez l'adresse du club ?

— L'homme aux cheveux noirs, celui qui est effrayant, leur a dit de me laisser tranquille.

L'homme effrayant, aux cheveux noirs… Ce devait être Thierry. Laisser partir Eugene ne faisait pas partie de toutes les choses folles que j'avais imaginées, la nuit passée, à propos de ce que Thierry ferait.

J'inclinai la tête sur le côté et essayai de prendre l'air méchant.

— Et vous ne direz à personne où vous étiez ?

— Rien ! Pas un mot ! Je lui ai promis. Parole de scout !

— Et les chasseurs ?

— Je ne connais aucun chasseur. C'était l'idée de Mélanie. Elle désirait se venger de son ex-petit ami. Je ne voulais blesser personne. Toronto ne sera bientôt plus qu'un souvenir, alors je ne parlerai à personne. Je quitte le pays pour retourner dans le Wisconsin.

Je le lâchai.

— Parfait. Faites donc. Et, euh, bon voyage.

Il partit en courant presque, telle une souris apeurée qui venait d'échapper de justesse à un cobra. C'était bizarre de voir les gens me regarder comme s'ils avaient peur que je leur fasse du mal.

Thierry n'avait pas ordonné la mort d'Eugene. Il l'avait laissé partir. J'assimilai l'information.

Puis je pris le tramway jusqu'à Lakeside Drive. Je n'avais pas assez d'argent pour un taxi, alors les transports publics feraient l'affaire. Il était 15 heures. Le club ne serait probablement pas encore ouvert, mais j'essayai quand même la porte de devant. Bizarrement, elle n'était pas fermée.

J'entrai dans l'institut de bronzage, juste avant d'être attaquée.

Enfin, « attaquée » était peut-être un grand mot. Ce fut plutôt une étreinte farouche venue de nulle part.

Je repoussai mon assaillant pour le regarder, les yeux écarquillés. Ce n'était qu'Amy, qui me regardait avec un sourire éblouissant.

— Bonjour, rayon de soleil ! dit-elle. Comment vas-tu en ce jour merveilleux ?

— Amy. (J'essayai de reprendre mon calme, mais en vain.) Qu'est-ce que…

— J'ai eu une journée si parfaite que tu n'arriverais pas à me croire. Et la nuit dernière ? In-cro-ya-ble !

Oh, oui. La romance entre Amy et Barry. Épargnez-moi les détails.

Elle fronça les sourcils.

— Tu n'as pas l'air bien.

— Vraiment ? dis-je, feignant la surprise. C'est drôle, parce que je me sens dans une forme d'enfer. Tu n'aurais pas un million de dollars, par hasard ? Ce serait pour un emprunt.

— Non, désolée. Oh, je crois que je ne devrais pas étaler ainsi mon bonheur devant toi, alors que tu as une mauvaise journée…

— Une mauvaise semaine, oui.

Elle rit et rejeta ses longs cheveux blonds dans son dos. Je remarquai quelque chose d'étrange sur sa gorge. Cela ne pouvait pas être ce que je croyais, n'est-ce pas ? Je l'attrapai et écartai ses mèches dorées pour inspecter les marques qui guérissaient déjà, comme deux petits suçons sur sa jugulaire.

Elle porta une main à son cou, et m'adressa un sourire penaud.

— Je ne voulais pas que tu le voies.

J'attendis, sans rien dire.

— J'ai des nouvelles, dit-elle.

Je haussai un sourcil, mais ce n'était pas pour trahir mon intérêt.

Elle leva sa main gauche. Elle portait un anneau avec un petit diamant à l'annulaire.

— Je suis fiancée.

Je ne dis toujours rien. Son sourire faiblit.

— Tu n'es pas contente pour moi ?

Je sentis une migraine, ou bien cette tumeur au cerveau potentielle, se faire sentir, pile à l'heure.

— Amy, tu ne crois pas que tu vas un peu vite ? Je ne veux pas que tu sois blessée. Il fait sans doute ça pour pouvoir se nourrir de ton sang. C'est dégoûtant, mais ça n'en est pas moins vrai.

Elle eut l'air choquée.

— Se nourrir de mon sang ? Comment oses-tu dire ça de mon Barry ? Il ne s'est pas seulement nourri… (Elle marqua une pause, puis elle plongea ses yeux dans les miens.) Il m'a transformée en vampire, comme toi !

Elle dit cela avec tellement d'enthousiasme, tellement de joie, que j'en fus presque heureuse pour elle. On aurait dit qu'elle venait de gagner un voyage autour du monde en première classe. Mais elle n'irait nulle part. Elle était déjà en enfer.

Son sourire s'effaça peu à peu voyant que je ne sautais pas de joie à l'annonce de la « merveilleuse » nouvelle.

— Je suis si navrée, Amy. (Je sentis les larmes me monter aux yeux.) Je t'ai entraînée là-dedans. Ça ne serait jamais arrivé si je ne t'avais pas amenée ici la nuit dernière. Tout est ma faute.

Elle se rembrunit.

— De quoi parles-tu ? C'est la meilleure chose qui me soit jamais arrivée !

Je secouai la tête.

— Tu te fais des illusions ! Je n'arrive pas à le croire, Amy. Réveille-toi, bon sang ! Être un vampire, c'est horrible. Si les chasseurs ne te tuent pas, tu souffres dès que tu n'as pas de sang régulièrement. Tes crocs poussent, et tu perds ton reflet. Ce n'est pas normal, et ce n'est pas drôle. Pourquoi voudrais-tu ça ?

Son expression se fit glaciale.

— Tu es jalouse !

— « Jalouse » ? Ouais, c'est ça, je suis jalouse.

— Tu l'es, seulement tu ne le sais pas. (Elle croisa les bras sur sa poitrine en un geste défensif.) Je suis fiancée à un homme merveilleux. Je suis heureuse, et maintenant je suis une vampire, comme toi. Tu croyais que tu serais la seule ? Eh bien, j'ai un scoop pour toi : le monde ne tourne pas autour de toi !

— Tu sais quoi ? Il y a trois semaines, tu es allée t'acheter la même jupe que moi, juste parce que tu trouvais ça cool. Tu es une suiveuse, Amy. Et j'ai aussi un scoop pour toi : cette fois-ci, il ne s'agit pas d'une fringue que tu pourras rapporter. C'est ta vie, et tu viens de la ficher en l'air !

— Que t'est-il arrivé, Sarah ? (Sa déception était palpable.) Tu as tellement changé. Je ne te reconnais plus. Je veux dire, tu as l'air pareille, mais tu n'agis plus de la même façon.

Je ricanai.

— Oui, je suis sans doute censée agir comme une idiote, comme tu le fais. C'est drôle comme une semaine à échapper à la mort à chaque minute, ça peut changer une fille.

— C'est ta faute si tu ne peux pas voir le bon côté des choses. C'est en ça que nous sommes différentes. Je suis désolée que tu ne puisses pas te réjouir pour moi. Mais *je* suis heureuse pour moi. *Barry* est heureux pour moi. Et c'est tout ce qui compte.

Je levai les mains, exaspérée.

— Peu importe. Je ne veux pas en discuter maintenant.

— Alors ne le fais pas. (Sa lèvre inférieure tremblait.) Maintenant, si tu veux bien m'excuser, Barry a dit que je pouvais utiliser le salon de bronzage.

Elle me tourna le dos et entra dans l'une des pièces, dont elle claqua la porte blanche derrière elle.

Je restai là une minute, sonnée. Je ne pouvais pas y croire. Elle était tellement idiote. Était-ce ainsi que les gens me voyaient ? Croyaient-ils qu'il n'y avait rien dans ma tête, à part le désir de plaire et les vêtements que je portais ? C'était horrible.

Mais une partie de moi voulait la suivre et parler. Nous avions été amies si longtemps. Nous avions partagé tant de choses, et pas seulement des trucs insignifiants. J'espérais que notre amitié survivrait à cela. Je n'étais sûre de rien. Mais d'après ce que j'avais compris, nous aurions tout le temps de nous réconcilier.

Je secouai la tête. Où allais-je organiser son enterrement de vie de jeune fille ?

Peut-être que je réagissais trop vivement. Qui, moi ? J'avais surtout besoin d'un peu de temps pour me détendre, faire un peu de yoga. Trouver mon zen. Je me dis que je l'avais perdu en même temps que mon boulot. À condition que j'aie eu un zen, bien sûr. Maintenant que j'y pensais, je n'étais pas certaine de savoir ce qu'était un zen.

Je poussai la porte du club et entrai. Il était désert, mais je m'y attendais. Il n'ouvrirait pas avant 18 heures. Cela me fit bizarre d'être là toute seule, avec les chaises sur les tables et les lumières éteintes. Tout était silencieux et immobile.

J'allai au bar et me servis plusieurs verres de sang. C'était incroyable comme un truc si écœurant pouvait me rendre heureuse. Bizarrement, on se faisait aux choses les plus folles, avec le temps.

Le bureau de Thierry était vide. Il n'y avait personne, à part moi. Et Amy, dans le salon de bronzage. Cela me ferait du bien, un peu de paix et de calme. Je devais réfléchir avant de parler à Thierry.

Pour commencer, je devais savoir s'il avait quelque chose à voir avec la mort de la mère de Quinn. Je voulais aussi lui demander pourquoi il avait laissé partir Eugene, alors qu'il m'avait donné l'impression que le pauvre allait mourir.

Je m'assis dans le box de Thierry et posai la tête sur la table. Je dus m'assoupir.

Je me réveillai quand une vive douleur me traversa l'épaule. Quelqu'un me poussait du doigt.

— Quoi ? m'écriai-je en me redressant vivement.

— Salut, dit Zelda.

Je me frottai les yeux.

— Salut.

— Que fais-tu ici ? demanda-t-elle en se glissant sur la banquette en face de moi.

— Je voulais parler à Thierry, mais il n'est pas encore là.

— Comment es-tu entrée ?

— Amy est devant, en train de bronzer.

— Oh, oui. (Elle sourit.) Notre future mariée.

— Oui, dis-je, levant les yeux au ciel. Tu peux y croire, toi ?

— Je trouve que c'est mignon. (Elle poussa un « spécial bleu » vers moi.) J'ai fait ça pour toi.

— Oh, merci. (Je bus une gorgée, et le sang dilué me sembla fade maintenant que j'étais habituée à le boire pur.) Tu le penses vraiment ?

— Pourquoi pas ? L'amour, c'est toujours mignon.

Je ris avec amertume.

— Mouais, l'amour. Il me faudra du temps pour être convaincue que ces deux-là s'aiment. Et tu sais quoi ? Il l'a transformée ! La prochaine fois que je le vois, il va m'entendre, je te le dis. Et peut-être va-t-il tâter de mon poing, aussi.

Elle me sourit.

— Barry est inoffensif. Ton amie aurait pu tomber bien plus mal.

— Si tu le dis.

Elle m'observa un moment.

— Tu as l'air un peu déprimée.

— Vraiment ?

— Oui. Qu'est-ce qui ne va pas ?

J'avais terriblement besoin de me confier à quelqu'un. Normalement, cela aurait été Amy, mais elle ne me serait d'aucune aide, c'était évident. Or, j'avais besoin de l'avis de quelqu'un. Une personne de confiance.

Zelda attendit que je réponde. C'était drôle, mais alors que je la regardais, j'eus l'impression que j'avais ma jeune sœur en face de moi. Si j'en avais eu une. Zelda avait l'air d'une adolescente, et même si je savais qu'elle avait plus de trois cents ans, l'illusion était parfaite. Peut-être pourrions-nous nous natter mutuellement les cheveux, plus tard, et parler des garçons. Ou peut-être pas.

— Je suis allée voir ce type, dis-je. Celui qui vend le remède. Je l'ai rencontré.

— Vraiment ?

Son expression était un peu tendue. Sans doute ne savait-elle pas comment réagir. Était-ce une bonne ou une mauvaise nouvelle que j'aie fait cela ? Je devais admettre que je me posais la même question.

— Et c'est vrai. Il y a un remède.

— Tu es allée là-bas toute seule ? C'était très brave.

— En fait, Quinn était avec moi.

Elle écarquilla les yeux.

— L'homme qui a presque refait toute la déco l'autre nuit ? Le chasseur ?

— Oui, c'est lui. Il s'est un peu calmé. Il veut le remède, lui aussi, alors il m'a accompagnée.

— Logique, dit-elle. Alors, que s'est-il passé ?

Je soupirai.

— Tu ne croiras jamais combien ce remède coûte.

— Il a un prix ? Je n'y avais jamais pensé. Mais c'est logique. D'accord, combien ?

— Un million de dollars.

Elle haussa les sourcils.

— Eh bien… Ça fait un paquet de fric.

— Oui.

— Et il n'y a pas un moyen de le faire descendre ? Il ne fera pas un geste ?

— Pourquoi le ferait-il ? (Je haussai les épaules.) Il ne me connaît pas, pourquoi me ferait-il une fleur ?

— Dieu, Sarah, je ne sais pas quoi dire. Je sais que tu comptais là-dessus.

Je me mordillai la lèvre inférieure pendant que je décidais si je devais lui en dire davantage. Cela me rongeait de l'intérieur, comme des fourmis dans un vieux sandwich pourri. Il fallait que je mette tout sur la table !

Je la regardai.

— Il a dit qu'il y avait un autre moyen. Il n'est pas question que je fasse ce qu'il veut, mais il existe une autre solution.

— Il veut coucher avec toi ?

Je fis la grimace.

— Mon Dieu, non. Beurk. Tu aurais dû le voir… Crois-moi, je ne fais pas la difficile.

» Non, il voulait savoir où il pouvait trouver Thierry. Il dit qu'il peut vendre cette info aux chasseurs pour une montagne de billets. Qu'ils le considèrent comme une sorte de trophée à ajouter à leur tableau de chasse, parce qu'il est vieux, une vraie légende.

— Tu plaisantes ! (Zelda avait les yeux si écarquillés que je me serais probablement vue dedans si j'avais encore un reflet.) Et qu'as-tu répondu ?

— J'ai fait celle qui ne savait rien. Ça n'était pas difficile.

— Et Quinn ?

— Pareil. Il a nié le connaître. Mais alors ce type a dit que Thierry était responsable de la mort de sa mère. C'était horrible.

— Il a dit ça ? Et qu'a fait Quinn ?

— Je crois qu'il a eu une mini-attaque. Mais il n'a toujours rien dit. Je pense qu'il était trop sous le choc. Mais maintenant, tout est possible. Je ne sais pas quoi faire, Zelda. Dis-moi ce que tu en penses. Dois-je dire à Thierry que cet homme raconte des mensonges sur lui ?

Elle garda le silence un moment.

— Pourquoi crois-tu que ce soit un mensonge ?

Je clignai des paupières.

— Parce qu'il le faut. Thierry n'est pas un meurtrier. Il n'a pas pu faire ça, impossible.

Elle ne dit rien pour confirmer que j'avais raison. En fait, elle fit de son mieux pour ne pas croiser mon regard.

— Zelda. (Je sentis la panique me submerger.) Parle-moi.

— Thierry a toujours été bon avec moi, dit-elle. Je t'ai dit qu'il m'a aidée quand j'ai été transformée, non ?

Je hochai la tête.

— Il ne m'a pas donné son sang, non… (Elle me regarda.) Mais je lui dois beaucoup. Il a toujours été gentil avec moi, et j'ai toujours ressenti l'obligation de veiller sur lui et de ne rien faire qui puisse lui causer du tort. Je ne veux rien dire qui envenime davantage les choses.

— Je ne pense pas que ce soit possible. (Ma voix était montée dans les aigus.) S'il te plaît, Zelda. Dis-moi à quoi tu penses.

Elle haussa les épaules et remua sur son siège.

— Ne t'es-tu jamais demandé pourquoi il y a des chasseurs de vampires ?

— Pour nous rendre la vie plus intéressante ?

Elle secoua la tête.

— Ils font cela parce qu'ils croient honnêtement faire ce qui est bien. Et qu'ils sont les gentils, parce que nous sommes des démons vomis par les Enfers.

— Mais ils ont tort. Nous ne sommes pas démoniaques.

Elle marqua une pause.

— Ça n'a pas toujours été comme ça.

— D'accord, Zelda, cesse de tourner autour du pot. Dis-moi où tu veux en venir.

Son expression était sinistre. Elle ne voulait pas partager ses pensées avec moi. Je n'étais pas certaine de vouloir les entendre, mais je ne pouvais plus reculer.

— Pour commencer, essaie de garder à l'esprit que les choses n'ont pas toujours été aussi faciles pour nous.

— Qu'est-ce que ça veut dire ?

— Regarde autour de toi. Tu es dans un bar pour les vampires. Pour quelques dollars, tu peux boire tout le sang dont tu as besoin, avec ou sans alcool. Nous pouvons vivre une vie normale, interagir avec les gens normaux, travailler comme n'importe qui. Personne n'a besoin de savoir ce que nous sommes, à moins que nous le voulions.

Je serrai les poings. Je n'allais pas la frapper, mais cela m'aidait à me débarrasser de la tension. Ou peut-être était-ce le contraire. Je ne savais plus.

— Tu continues à tourner autour du pot. Écarte-t'en.

— Il y a des siècles, les choses n'étaient pas aussi simples. Nous avions besoin de sang pour survivre. Et peu de gens seraient prêts à dire : « Hé, vous pouvez prendre le mien ! Plantez vos crocs dans mon bras ou ma gorge, et servez-vous. » Quand nous ressentons la douleur de la faim, et je crois que tu en as fait l'expérience, nous sommes prêts à n'importe quoi pour obtenir ce qu'il nous faut.

Je serrai les poings si fort que mes ongles s'enfonçaient douloureusement dans ma chair.

— Il va falloir que tu sois plus précise, Zelda. Je suis lente à la compréhension.

Elle soupira.

— Je ne suis pas si vieille, dans le grand ordre des choses. Ça a été dur pour moi. Ça l'est toujours, en fait. Mais avant, c'était bien pire. Les vampires prenaient ce dont ils avaient besoin, et parfois, c'était trop.

— Et ils saignaient une personne par accident, dis-je.

— La faim est une chose terrible. Il y eut des morts accidentelles. Et au bout d'un moment, cela devint la norme. Je suppose que les vampires d'alors durent rationaliser ou devenir dingues.

— Qu'est-ce que ça a à voir avec la mère de Quinn ?

— Rien. Mais ça te dit pourquoi les vampires sont considérés comme des monstres.

— Parce qu'ils l'étaient, finis-je pour elle, le cœur battant douloureusement.

— C'est surtout un groupe originaire d'Europe qui nous a donné notre mauvaise réputation. C'étaient des fêtards. Ils buvaient tout ce qu'ils voulaient, et ils ne faisaient pas attention à la quantité qu'ils prélevaient à leurs victimes. De grandes quantités de sang, ça peut être enivrant, alors quand on en boit tout le temps... tu imagines.

Elle inspira en profondeur et attendit pour voir si j'avais quelque chose à dire.

— Les chasseurs de vampires se regroupèrent pour débarrasser le monde de cette bande d'assassins. Ils les chassèrent d'Europe, et les vampires s'égayèrent dans le reste du monde. La plupart furent tués durant les deux siècles suivants, mais j'en connais deux qui ont survécu jusqu'à nos jours.

— Laisse-moi deviner, dis-je d'un ton morne. Thierry et Véronique.

Zelda hocha la tête.

— Ils sont légendaires. Les plus vieux vampires que je connaisse, en tout cas.

— Donc, tu dis que Thierry a peut-être eu un problème de boisson dans le passé. Mais les choses sont différentes, maintenant. La mère de Quinn a été tuée il y a environ vingt-cinq ans. Navrée, mais cette explication ne me suffit pas.

— Tu es gentille, dit-elle. Et si jeune. Tu le regardes à travers des lunettes roses, parce qu'il est si beau et si puissant. Mais ne te fais pas d'illusion. Il est très dangereux et il l'a toujours été. Tous ceux qui se sont dressés sur sa route n'y sont pas restés très longtemps, si tu vois ce que je veux dire.

Je sentis mon froncement de sourcils s'accentuer. Je n'aimais pas beaucoup cette histoire.

— Véronique m'a parlé de leur vie. Elle a traité Thierry de lâche. D'après elle, il se cache dès que le moindre danger pointe son nez. Ça ne m'évoque pas un homme très dangereux.

— Véronique t'a dit ça ? (Elle rit tout bas.) Eh bien, considère ta source, d'accord ?

— Hein ?

— Véronique adore raconter des histoires qui la font briller, dans lesquelles tout le monde pâlit en comparaison.

— Tu prétends qu'elle a menti ?

— Les siècles peuvent colorer une histoire. Comme une vieille photo, les détails s'effacent et les bords se racornissent. Je ne crois pas que Thierry ait jamais été, ou sera jamais, un lâche. Mais je ne sais pas. Je ne connais que le Thierry d'aujourd'hui, et personne ne voudrait lui marcher sur les pieds. Je sais aussi qu'il hait les chasseurs. À part ça, tout le reste n'est que supposition.

Je me renfonçai dans mon siège. J'avais toujours détesté l'histoire au lycée. Il y avait bien trop de noms et de dates à retenir ! Et j'avais une nouvelle bonne raison de la haïr.

— Pourquoi me dis-tu ça ?

Je ne pleurais pas. J'étais trop sonnée pour cela.

Elle tendit le bras pour poser sa main sur les miennes, qui étaient sur la table, jointes si serrées que je ne les sentais plus.

— La connaissance, c'est le pouvoir. Mais ne dis pas à Thierry que je t'ai raconté tout ça.

— Promis.

— Je ferais bien d'aller préparer le bar. Nous ouvrons dans un peu plus d'une heure.

J'acquiesçai sans la regarder. Elle s'éloigna de la table, me laissant seule.

Je ne m'étais jamais sentie aussi désemparée.

Thierry était un méchant. Un vampire comme dans les livres, qui mordait ses victimes, buvait leur sang et abandonnait leurs cadavres. Le genre de monstre que l'on chasse et tue, dont les gens acclament la mort.

Le genre d'homme capable d'assassiner une épouse et une mère dévouée sans regarder en arrière.

Je me rendis compte que je m'étais levée. Je voulais partir. Rentrer chez moi. Non, je voulais trouver Quinn. Oui, trouver Quinn. Je devais lui parler. Lui dire… lui dire quoi ? Que tout ce que nous avions entendu raconter était vrai ? Que nous devrions vendre Thierry pour avoir le remède ? Méritait-il de mourir pour des crimes qu'il avait commis dans le passé ? Et si oui, avions-nous le droit de profiter de sa mort ?

Je mis mes pensées en attente. Je ne pouvais pas y réfléchir à la minute. J'avais besoin d'air frais. Non, ce dont j'avais besoin, c'était de me réveiller et de comprendre que cela n'était qu'un cauchemar.

Absolument tout. Jusqu'au moindre détail. Je voulais que tout disparaisse.

Je m'empressai de gagner la porte de derrière, et la poussai, sentant l'air froid soulever mes cheveux de mes épaules. Peut-être que si je courais assez vite, je pourrais tout laisser derrière moi ? Mettre une certaine distance entre moi et le monstre que j'étais devenue ? Courir, loin. Le courant d'air me révéla aussi mes larmes, tels des sillons humides et froids sur mes joues. Seigneur, j'avais pleuré bien plus durant la dernière semaine que depuis que j'avais eu vingt ans. Je n'avais même pas autant pleuré quand le garçon qui m'avait emmenée au bal de promo m'avait laissé tomber et que j'avais dû régler la facture de la limousine.

Je sentis quelqu'un m'attraper par le bras et m'arrêter. Il me tira et me retourna vers lui, pour que je croise ses étranges yeux argent.

— Sarah, dit Thierry. Qu'est-ce qui ne va pas ?

Chapitre 22

—Thierry, je… je partais.

—Avez-vous besoin de me parler ?

—Non. (J'ignorai quoi lui dire.) Il faut que j'y aille.

Je voyais mon souffle faire de petits nuages dans l'air glacé. Il ne me lâcha pas le bras, et je continuai à sentir la chaleur de sa main.

—Je n'aime pas la manière dont nous nous sommes quittés, la nuit dernière, dit-il. Nous avons des choses à nous dire.

Je secouai la tête.

—J'ai vu Eugene. Je sais que vous l'avez laissé partir. Merci.

Il m'étudia.

—Alors, pourquoi agissez-vous ainsi ?

—Comment ça ?

—Comme si vous ne pouviez pas supporter de me regarder.

Je déglutis et relevai les yeux du sol, me forçant à croiser son regard.

—Pourquoi les très vieux vampires n'en créent-ils pas d'autres ? demandai-je.

J'ignorai d'où cela m'était venu. La question me surprit autant que lui.

— Pardon ?

— Le lendemain de notre rencontre, vous m'avez dit que si les vieux vampires ne créent pas de jeunes vampires, c'est pour une bonne raison.

— Rentrons à l'intérieur pour en parler.

— Non… je ne préfère pas. Je voulais juste savoir.

Il soupira.

— Plus le vampire est vieux, plus son sang est puissant. Ça peut avoir certains effets secondaires indésirables chez le jeune vampire.

— Comme quoi ?

— Comme nombre de choses dont vous avez fait l'expérience. Votre reflet, pour commencer. Il s'est effacé bien trop tôt. Vos crocs ont également poussé de manière précoce. Je suppose que ce ne sont que des choses mineures, mais cela peut être déstabilisant quand les choses vont trop vite.

— Et c'est tout ? Juste un bouton « avance rapide » sur le magnétoscope du vampirisme ? Je savais déjà tout ça.

— Non. (Il marqua une pause et s'avança jusqu'à ce que son visage ne soit plus qu'à quelques centimètres du mien.) On dit que le lien psychique et émotionnel entre un créateur âgé et son jeune vampire est plus fort et plus profond. Mais je ne m'inquiéterais pas à votre place, puisque je ne suis pas votre créateur. Vous ne serez pas liée à moi plus longtemps que vous le désirez.

— Oh, eh bien, c'est super. Quoi qu'on ait pu vous dire, je n'aime pas être attachée, physiquement ou psychiquement.

Je restai là, ne sachant pas quoi ajouter. Normalement, j'étais un moulin à paroles, mais Thierry était le seul homme, la seule personne au monde, qui me laissait sans voix. Surtout quand il se tenait si près de moi.

Il y eut l'ombre d'un sourire sur ses lèvres.

— Vous allez me manquer, je crois.

— Pourquoi, où allez-vous ? (Son silence fut une réponse éloquente. Je secouai la tête.) Oh, c'est vrai. Comment ai-je pu l'oublier ?

— Inutile d'être triste. L'heure a sonné, c'est tout.

— Qui a dit que j'étais triste ? (Mes mots sonnèrent plus durement que je n'en avais l'intention.) J'ai promis de vous aider, non ? Dites-moi où et quand et j'y serai. C'est à ça que nous servons, nous les novices. Je ne semble être bonne à rien d'autre.

Il détourna enfin la tête et mit la main sur la poignée de la porte que j'avais entrouverte. Il l'ouvrit en grand et s'écarta. Il affichait toujours un sourire, mais il me sembla que « sourire » n'était plus le mot juste, dans ce cas précis. Un « sourire » trahissait la joie ou l'humour. Celui de Thierry était vide de sens, une simple pause qu'il faisait prendre à sa bouche.

Je pris conscience que si je ne le connaissais pas, si je le croisais dans la rue et que j'ignorais qu'il n'était pas humain, je n'aurais jamais deviné qu'il y avait quoi que ce soit d'anormal chez lui. De vieux et de légendaire. De maléfique, de meurtrier et de sans-cœur. Il avait l'air d'un trentenaire sexy et séduisant, et rien d'autre. Il paraissait un peu triste, mais parfaitement normal.

Comme les apparences pouvaient être trompeuses ! Thierry était un livre de milliers de pages, à la couverture en cuir inusable, mais les pages se fanaient. Et l'histoire qu'elles racontaient était de nature à vous tenir éveillé la nuit en vous demandant ce qui se tapissait dans le noir.

—À bientôt, Sarah, dit-il avant de disparaître dans le club.

Je restai figée un long moment alors que de gros flocons de neige atterrissaient sur ma tête et mon visage, et fondaient contre ma peau.

Je rentrai chez moi. En restant à l'*Éclipse de Minuit*, j'allais me sentir misérable. Je me dis que je pouvais également l'être dans mon appartement, roulée en boule sur mon canapé. Peut-être y aurait-il un peu de suçage de pouce. Du genre infantile, pas de celui qui suit une coupure à l'ouvre-lettres.

Je descendis du bus en face de mon immeuble et marchai vers lui, mettant un pied devant l'autre. Si je me concentrais sur les choses simples, les difficiles ne me sembleraient peut-être plus si impossibles.

Un pied devant l'autre. Une inspiration de l'air nocturne glacial après l'autre.

Une main se plaqua violemment sur ma bouche. Je fus si surprise que je n'essayai même pas de crier. Quel que soit mon agresseur, il m'avait passé un bras autour du corps, qui me maintenait contre lui aussi sûrement que le harnais d'un manège à sensation, et il pressait sa main contre ma bouche.

Il était fort, et il m'entraîna dans une ruelle déserte. Puis il me lâcha.

Je pivotai sur les talons, un hurlement montant dans ma gorge.

Pourquoi ne fus-je pas étonnée quand je découvris que c'était Quinn ? Il était entièrement vêtu de noir et il ne souriait pas.

—Je vais te botter le cul pour ça. (Je m'essuyai les lèvres avec le dos de ma main.) Mais bon sang, qu'est-ce que tu fabriques encore ?

Il mit la main dans sa poche et en tira une corde.

Je la regardai, mal à l'aise.

—Que comptes-tu en faire ?

Il croisa mon regard.

—Je sais que tu vas protester, mais tu dois venir avec moi.

—Je te suis, dis-je, levant les mains pour l'empêcher d'approcher. Pas la peine de jouer les psychos avec moi. Maintenant, dis-moi ce qui se passe avant que je panique.

Il marqua une pause, le temps de s'enrouler les bouts de la corde autour des avant-bras, comme un étrangleur le ferait. Ce n'était pas cela qui calmerait mes trépidations !

—Nous allons aller chercher le remède. Ce soir.

—Pas question. (Ma voix était ferme, quoiqu'un chouia hystérique.) Non, Quinn, nous ne pouvons pas faire ça.

—Moi, si. C'est la meilleure décision, et elle nous profitera à tous les deux. Alors, je vais t'obtenir ce remède, que tu le veuilles ou pas. Maintenant, nous pouvons faire ça avec ou sans bâillon, Sarah. C'est toi qui décides.

Inutile de préciser que le bâillon fut nécessaire. Dès qu'il recommença à approcher, je me mis à hurler, plus par réflexe que par peur. Bien sûr, personne ne vint à mon aide. N'y avait-il donc plus de bons Samaritains dans les villes ? Peut-être avaient-ils tous migré vers le sud pendant l'hiver, comme les oiseaux.

En moins d'une minute, il m'avait fagotée comme une dinde de Thanksgiving. Il ne me fit pas mal, je dois lui laisser cela. Je me demandais combien de femmes il avait ficelées comme une volaille dans une ruelle sombre, pour savoir si bien s'y prendre.

Une voiture attendait dans l'ombre. Je crus une seconde qu'il allait se la jouer gangster. Je l'imaginais déjà en train de me jeter dans le coffre d'une grosse berline noire. Au lieu de cela, j'atterris sur le siège avant d'une Volkswagen Beetle couleur argent. Quelle chance !

Pendant un temps, je fis autant de bruit que possible, le traitant de tous les noms, même si ma voix était étouffée par le bâillon et que tout ce que nous pouvions entendre, c'était quelque chose comme « Mmmmmhhf ! ». Je me débattis contre la corde. J'aurais sans doute pu me jeter contre lui, mais tout ce que je pouvais espérer en faisant cela, c'était qu'il perde le contrôle du véhicule. Je n'avais pas envie de me retrouver du mauvais côté de l'autoroute, le corps en miettes.

Je finis donc par rester tranquille, les yeux rivés droit devant, pour essayer de me calmer. Je savais qu'il ne me ferait pas de mal. Mais je ne pouvais pas promettre de ne pas lui en faire quand il m'aurait enfin libérée.

Il allait vendre Thierry au docteur Kalisan, et les chasseurs de vampires en feraient de la chair à pâté. Et il faisait cela parce que Thierry avait tué sa mère. Après tout ce que Zelda m'avait dit, je n'avais plus aucun argument pour sa défense. J'aurais aimé croire qu'il était innocent, qu'il n'avait jamais fait de mal à plus gros qu'une araignée. Mais je ne le pouvais pas.

Quinn s'arrêta devant le mobil-home du docteur et serra le frein à main si fort que la voiture fit un bond en avant. Heureusement, il avait bouclé ma ceinture avant de se lancer dans notre voyage vers l'enfer.

Il se pencha pour me détacher. Il croisa enfin mon regard furieux et en sentit la brûlure.

— Je sais ce que tu penses, mais c'est pour notre bien. Il ne s'agit pas seulement de vengeance. (Il se tut pendant qu'il enroulait la ceinture, puis il ajouta avec emphase :) C'est *vrai*.

C'est ça. Peut-être arrivait-il à y croire.

Il fit le tour de la voiture pour m'aider à sortir, mais je refusai de bouger. Il ne m'avait pas donné le choix avant de m'embarquer dans cette histoire, alors je n'allais pas lui faciliter la tâche.

Il grogna, agacé, et me jeta sur son épaule.

D'accord, si j'avais su qu'il ferait cela, j'aurais accepté de marcher toute seule. Il me porta jusqu'à la porte, tel un sac de patates de taille industrielle. Si je n'avais pas été folle de rage, je serais morte de honte.

Il frappa à la porte assez fort pour en faire trembler le chambranle. Je pus sentir la réverbération à travers moi. Deux minutes plus tard, le docteur Kalisan apparut. J'ignore quelle fut son expression quand il me vit, ou plutôt mon postérieur, au niveau de son visage. Il nous fit aussitôt entrer.

Quinn me porta en bas de l'escalier et me posa sur le canapé du salon. Puis il m'enleva enfin mon bâillon. Il s'attendait sans doute que je me mette à l'invectiver, mais je ne dis pas un mot.

Il ne me détacha pas. Il se contenta d'écarter quelques mèches de cheveux de mon visage et de les coincer derrière mes oreilles.

— Tu vas bien ? demanda-t-il, inquiet, en s'agenouillant près de moi. Je suis navré d'avoir dû faire ça.

Je détournai les yeux. J'avais décidé que je ne lui parlais plus. C'était officiel.

— C'était le seul moyen.

Il n'y avait aucune joie, aucune excitation dans son ton à l'idée d'être bientôt guéri.

Peut-être pouvais-je garder le traitement à base de silence pour une meilleure occasion.

— Il y a un autre moyen, dis-je.

— Lequel ? Dis-moi.

Je pris une profonde inspiration d'air souterrain. Je sentis une odeur de chien mouillé, mais ce ne fut pas une surprise. Je me demandai où était Barkley.

— Je l'ignore. Mais il doit bien y en avoir un. Il le faut. Si nous avions quelques jours…

— Mais dans quelques jours, la saison de la chasse sera finie, m'interrompit Kalisan. Et les chasseurs les plus influents seront partis. Les autres seront toujours intéressés, mais le prix ne sera plus le même. J'ai bien peur que le temps vous soit compté.

Quinn se leva.

— Comment procédons-nous ?

— Quinn !

— Sarah, je vais le faire, que tu le veuilles ou non. Je vais nous guérir tous les deux. Et quand ce sera fini, si tu ne veux plus jamais m'adresser la parole, eh bien, je suppose qu'il me faudra vivre avec.

— Il doit y avoir un autre moyen. Il le faut. Je ne te laisserai pas faire ça.

— Écoute… (Sa voix était plus dure cette fois.) Je sais que Thierry et toi, vous êtes… proches. Il m'a aidé aussi.

Mais il n'est pas question que je me sente coupable. Il a tué ma mère. Sais-tu ce que cette femme représentait pour moi ? (Je secouai la tête et baissai les yeux.) Je n'avais que cinq ans quand elle est morte. Même moi je ne sais pas bien ce qu'elle représentait à mes yeux. Mais je me souviens d'une femme qui aurait tout donné pour son fils, pour notre famille. En donnant son adresse, je me venge et je nous obtiens le remède. Il découlera plus de bien que de mal de cette situation.

Je poussai un soupir tremblant. Si seulement j'avais pu m'opposer à lui, mais je n'avais plus envie de me battre. Si Thierry avait tué sa mère, Quinn avait tous les droits de se venger. Je n'étais pas stupide. Je comprenais cela au moins. Mais le monde n'était pas ou tout noir ou tout blanc pour moi, contrairement à ce qu'il était pour lui. Quoi que Thierry ait pu faire par le passé, il ne méritait pas de payer le prix de ses crimes maintenant.

Mais d'un autre côté, Thierry voulait mourir. Il en avait assez de vivre, et il était possible qu'il soit en train de planifier son suicide à l'instant même. Alors, serait-ce si terrible de faire cela ? Enfin, pas de m'en charger moi-même, mais laisser Quinn agir sans même essayer de l'en empêcher ? Après tout, Thierry battrait peut-être les tueurs de vitesse. Comme ils seraient déçus ! Ou peut-être croiraient-ils qu'il s'était enfui, pour conserver sa réputation de maître vampire de légende intacte.

— C'est très simple, dit le docteur Kalisan. Vous me dites où on peut le trouver, et je vous donne le remède. Toute cette désagréable affaire sera réglée en quelques minutes.

Cela me donna une idée. Si Quinn lui donnait l'adresse de Thierry, et que le docteur Kalisan nous donnait le remède, je pourrais trouver un téléphone pour prévenir Thierry. Oui, tout cela était logique. Personne n'avait besoin d'être blessé. Mais nous aurions tous ce que nous voulions. J'allais devoir bien jouer mon rôle.

— Je dois savoir une chose, dit Quinn. Vous devez me promettre que personne d'autre ne sera blessé. L'endroit où vous trouverez Thierry est plein de gens innocents.

— Ne voulez-vous pas dire qu'il est plein d'autres vampires ? dit Kalisan, riant tout bas. Eh bien, les choses changent. Le grand chasseur est devenu l'une de ses proies.

Quinn le foudroya du regard.

— Il ne s'agit pas de ça. Toute violence supplémentaire serait inutile, c'est tout. Promettez-moi que personne d'autre ne sera blessé.

— Je ferai ce que je pourrai. Mais j'ai bien peur que lorsque l'information quittera mes mains, ce ne sera plus de mon ressort.

Le silence tomba. Je regardai Quinn, dont le front était barré de plis de contrariété. Cela l'ennuyait. Mais c'était le prix qu'il devrait payer. Croyait-il vraiment que tout pouvait se passer sans heurt ?

— Détache-moi, dis-je, et il posa son regard sur moi. Je promets que je ne tenterai rien.

Il sembla heureux d'avoir une bonne raison de retarder sa réponse en travaillant sur ses nœuds. Au bout d'une minute, la corde tomba, et je me frottai les poignets. Il croisa mon regard.

— Tu as promis, n'oublie pas.

— Je sais.

Je sentis l'engourdissement qui menaçait me gagner depuis quelques heures, comme un brouillard se lève.

Qui essayais-je de tromper ? En fait, le brouillard avait commencé à m'envelopper à la seconde où j'avais compris que j'étais une vampire, que ce n'était pas un rêve étrange.

Nous allions être guéris. Pourquoi ne me sentais-je pas plus heureuse ? Avec ou sans plan, cette situation craignait. Je décidai que lorsque tout serait fini, quand je serais de nouveau normale – si je savais encore ce que « normal » voulait dire – je partirais vivre très loin. Peut-être à Vancouver. J'y étais allée étant enfant, et je me rappelai avoir été enchantée par les montagnes et l'océan. Aujourd'hui, je serais ravie d'être enchantée par quoi que ce soit.

Quinn se tourna de nouveau vers le docteur Kalisan et il inspira profondément.

— Très bien. Vous pourrez trouver Thierry de Bennicœur au 217 Lakeside Drive, à Toronto. Il possède l'institut de bronzage, l'*Éclipse de Minuit*. Il y a un club secret pour les vampires, dans le fond.

Kalisan hocha la tête.

— Parfait.

J'essuyai une larme. C'était terminé. Cela n'avait pas pris plus de quelques secondes. Je me demandai combien de temps je pourrais encore rester calme avant de paniquer et de courir vers le téléphone le plus proche. Le compte à rebours avait commencé.

— Et maintenant, le remède ? (La voix de Quinn était étranglée, trahissant qu'il luttait contre ses propres émotions.) S'il vous plaît ?

Le docteur Kalisan acquiesça brièvement.

— Je vais aller vous le chercher. Je l'ai ici. Je sentais que vous reviendriez ce soir.

Il tourna les talons et nous laissa seuls. Quinn me regarda.

— Je suis désolé.

Je fus incapable de lui répondre. Je secouai simplement la tête. J'avais l'impression d'avoir enfoncé le premier pieu dans la poitrine de Thierry, et il y en aurait beaucoup d'autres. J'avais décidé que mon plan était stupide. Même si Thierry s'en sortait, le club ne serait plus que de l'histoire ancienne. Merde. C'était entièrement ma faute. J'aurais dû faire quelque chose pour arrêter cela. J'ignorais quoi, au juste. N'importe quoi.

— Sarah. (Il me toucha le bras, et je tressaillis.) Dis quelque chose.

— Que dirais-tu de : ne m'adresse plus jamais la parole ?

— D'accord.

Quelques minutes passèrent en silence. J'avais de plus en plus de regrets au sujet de ce que nous venions de faire. J'allais partir quand le docteur Kalisan revint de la cuisine. Il avait un petit sourire satisfait aux lèvres.

— Vous l'avez ? demanda Quinn.

— Qu'est-ce qui vous fait croire que le remède est dedans ? demanda le docteur.

Une autre personne arriva derrière lui. Un visage familier, ridé par les ans et l'expérience. L'homme avait une barbe grise bien taillée. Ses yeux étaient les mêmes que ceux de son fils, mais bien moins amicaux et sans aucune compassion.

— Oui, dit le père de Quinn en nous regardant, mais il parlait dans le téléphone portable. *L'Éclipse de Minuit*. C'est ça. Je vous retrouve là-bas.

Il ferma le téléphone et le fourra dans la poche intérieure de sa veste.

Merde. Deux fois merde. Mon estomac se serra.

Roger Quinn secoua la tête, montrant ainsi sa déception.

— Pourquoi ne suis-je pas surpris ? Mon fils unique salit le nom de notre famille. Je sens ta malfaisance d'ici.

— Je suis désolé.

Quinn fit un pas en avant. J'aurais voulu qu'il fasse n'importe quoi, mais surtout pas qu'il s'excuse. J'avais le sentiment qu'il avait passé sa vie à demander pardon à cet homme, même pour des choses qu'il n'avait pas faites.

— Ne gâche pas ta salive. Je n'ai plus rien à te dire.

— Mais, papa, je suis venu pour le remède. Je ne veux pas être ce que je suis devenu ! Et je refuse de le rester. Le docteur Kalisan a dit qu'il y avait un moyen de guérir. C'est pour ça que nous sommes ici.

— Imbécile, gronda Roger Quinn. Il n'y a pas de remède.

Chapitre 23

J'en restai bouche bée alors que ses paroles semblaient suspendues dans l'air. « Il n'y a pas de remède » ? Il plaisantait, n'est-ce pas ? Des gens allaient bondir de derrière le canapé et nous montrer où les caméras étaient cachées.

C'était une blague. Il fallait que ce soit une blague.

Je regardai le docteur, qui haussa les épaules.

— Navrée, ma chère. Il dit la vérité. Il n'y a pas de remède contre le vampirisme. Il n'y en a jamais eu et il n'y en aura jamais.

— Mais… pourquoi nous avez-vous menti ?

— Pour arriver à nos fins, je suppose. C'est une rumeur lancée par des chasseurs de vampires, pour faire sortir les vôtres de leur cachette. Ils ont laissé des indices ici et là. Il s'agit d'une expérience. Mon nom a filtré, à cause de mon passé de scientifique et de mon amitié avec Roger. C'est ma façon à moi de combattre le mal.

J'essayai de froncer les sourcils, mais mon visage semblait figé.

— Combien de fois vais-je devoir répéter que je ne suis pas démoniaque ?

— Les vampires sont mauvais par nature. Je ne vous blâme pas plus que je blâmerais un lion qui doit chasser pour survivre.

— Vous nous avez utilisés, dit Quinn. Pour savoir où trouver Thierry. C'est tout.

— L'occasion s'est présentée. Nous n'avions rien planifié, c'était juste une heureuse coïncidence.

— Mais il a tué ma mère.

Quinn coula un regard à son père.

Roger eut un sourire déplaisant.

— Comme tu me la rappelles en cet instant. Elle aussi a protesté, prétendu qu'elle était innocente, jusqu'à son dernier souffle.

— De quoi parles-tu ?

Roger soupira et secoua la tête.

— Je ne t'ai jamais dit la vérité au sujet de ta mère. Et maintenant c'est comme si je revivais ces jours terribles.

— Son meurtre…

— Sa *punition*, corrigea Roger. Il aurait été préférable que tu aies cru depuis le début que Thierry de Bennicœur l'avait assassinée. Mais au lieu de ça, je ne t'ai rien dit. J'avais cru que tu essaierais d'en savoir plus, mais tu n'as jamais cherché, et j'ai été déçu que ta curiosité se contente de si peu.

— Papa, mais de quoi parles-tu ?

— Ta mère était une catin, cracha Roger, sa colère toujours aussi palpable que vingt ans auparavant. Une catin adultère qui s'amusait avec les vampires.

— Quoi ?

Quinn ouvrit de grands yeux ronds.

— Quand je l'ai découvert, je l'ai confrontée, demandant à connaître la vérité. Elle n'a pas cherché à nier. Elle a dit qu'elle était amoureuse de l'un d'eux.

Il lâcha un rire plein de mépris.

— Aimer. Comme si un vampire savait ce que ça veut dire ! À l'époque, je l'aimais toujours, et je lui aurais pardonné ses écarts, mais elle avait déjà été transformée. Les marques étaient encore visibles sur son cou blanc. Elle comptait me quitter, et t'abandonner *toi aussi*, sans un mot d'explication.

Je sentis mon cœur battre violemment dans ma poitrine. Cette histoire me révoltait, et je pensai qu'elle avait le même effet sur Quinn. Il regardait un point sur le mur, à côté de la tête de son père. Il avait serré les poings, mais il n'émit aucun son pour que son père se taise.

— Ta mère était une pute vampire, et son cœur noir se réjouissait d'abandonner ceux qu'elle avait juré d'aimer et de chérir, à qui elle avait promis d'obéir, devant Dieu, jusqu'à ce que la mort l'en sépare.

— C'est vous qui l'avez tuée.

Je reconnus ma voix. Je n'avais pas eu l'intention de parler ; les mots jaillirent d'eux-mêmes.

Roger me regarda pour la première fois.

— J'ai fait mon devoir. Et j'ai su qu'à partir de ce jour, je devrais vouer ma vie à débarrasser la terre des pourritures dans son genre.

Ce n'était pas Thierry. Il n'avait pas tué la mère de Quinn. Cette nouvelle aurait dû me rendre heureuse, ou au moins me soulager, mais j'étais assommée. J'attendis que Quinn réagisse. Qu'allait-il faire ? Il venait d'apprendre au bout de vingt-cinq ans que son père avait massacré sa mère parce qu'elle était devenue ce qu'il était aujourd'hui.

— Vous ne sembliez pas avoir trop de scrupules, avec Véronique, dis-je.

Mais je savais déjà pourquoi. Elle était traîtresse à sa race. Roger Quinn aimait les vampires aussi longtemps qu'ils lui fournissaient les informations dont il avait besoin.

Un étrange sourire étira son visage ridé.

— Véronique est un cas spécial. Une rose rare au milieu d'un jardin de serpents. Mais je n'hésiterais pas à arracher son cœur de sa charmante poitrine si elle me provoquait.

Il me foudroya du regard, pour m'intimider, et cela fonctionna. Je détournai les yeux.

— Eh bien, tout cela est terriblement inconfortable, dit le docteur Kalisan. Et si nous allions dans la cuisine ? Je ferai du café.

— Malheureusement, mon ami, dit Roger en passant la main dans sa veste pour tirer un pieu en bois de l'autre poche intérieure, je n'ai pas le temps.

Quinn plissa les yeux.

— Que crois-tu faire avec ça, papa ?

— Ce qu'il faut que je fasse. Ne pense pas une seule seconde que je tirerai le moindre plaisir de ta mort. Je nourrissais de grands espoirs pour toi. Oui, de grands espoirs. Mais ils ne se réaliseront plus.

— Oui, j'ai été une grosse déception pour toi, n'est-ce pas ? (L'amertume de Quinn était si vive qu'elle en était presque palpable, comme une aura sinistre et épaisse autour de lui.) Tu m'as formé et tu as fait de moi un chasseur, et regarde ce que je suis devenu.

— Oui.

Roger testa la pointe du pieu contre son pouce. Je la trouvai bien trop affûtée à mon goût.

— Oui, c'est malheureux. Mais ce sont les risques du métier. Du moins, pour les faibles.

— Tu ne m'as jamais félicité pour tout le travail que je faisais. (La voix de Quinn prenait de la force, nourrie par ce qu'il venait d'entendre.) J'avais vu juste. Tu m'as élevé dans la pensée que les vampires sont des créatures démoniaques, qu'il faut tuer, comme s'ils n'étaient pas mieux que des insectes.

— Ils ne sont pas mieux, fils. Ne me rends pas les choses plus difficiles.

Roger fit un pas vers Quinn, menaçant comme le chasseur expérimenté qu'il était.

— Non! (Le bras de Quinn bougea si vite que je ne le vis pas faire son geste, mais il arracha le pieu de la main de son père.) Je ne suis pas mauvais. Sarah n'est pas mauvaise. J'ai passé des années à tuer des vampires au nom du bien. Et tout ce temps, j'ignorais que j'étais un des méchants. Que je mettais fin à des vies innocentes à cause de ta vendetta personnelle. Tu m'as menti. Menti. *Tu* as tué ma mère. C'était toi, et personne d'autre.

— Oui, c'était moi. J'ai fait ce que je devais faire. J'ai protégé mon fils unique de l'horrible vérité. Je n'ai aucun remords d'avoir mis fin aux jours de ta mère. Elle le méritait. Elle méritait même pire, mais malheureusement, elle est morte avant que je lui inflige toute la douleur que j'avais prévu de lui faire endurer.

— Je te hais, dit Quinn d'une voix aiguë, teintée d'hystérie. Je crois que je t'ai toujours haï.

Roger se pencha et tira une longue lame de sa botte.

— De l'argent, dit-il en la bougeant de manière que la lumière s'y reflète. Ça fonctionne aussi bien que le bois, sur les monstres comme vous.

Il se jeta sur Quinn avant que j'aie eu le temps de bouger ou de crier. Quinn essaya de le retenir, de garder le couteau loin de sa gorge, de sa poitrine. Le pieu en bois, la seule arme qu'il avait, tomba sur le sol. Il flanqua un coup de poing en pleine mâchoire à son père. Je vis du sang couler quand la lame entailla la joue de Quinn.

Puis j'entendis le coup de fusil. Et le corps s'écrasa lourdement au sol.

Quinn recula, s'éloignant du cadavre de son père. Il tremblait. Moi aussi. Je tournai la tête vers la cuisine. Le docteur Kalisan tenait son fusil encore fumant à la main. Il secoua tristement la tête.

— Je ne connaissais pas la vérité. Si j'avais su, je n'aurais jamais participé à ça. Pardonnez-moi.

Il tourna les talons et regagna la cuisine.

J'allai vers Quinn en titubant et l'attrapai par le bras pour l'empêcher de trembler.

Il était en état de choc. Je le vis quand il tourna ses yeux vides vers moi.

— Il est mort.

J'acquiesçai.

Quinn tomba à genoux près de son père. Il pleurait. Il pleurait cet homme qui avait assassiné sa mère de sang-froid. Qui avait fait de sa vie un enfer pendant les années qui avaient suivi. Il pleurait parce que son père était mort.

Puis il s'essuya le visage dans sa manche et prit une profonde inspiration.

Je m'agenouillai à côté de lui et le pris dans mes bras. Je m'attendis qu'il me repousse, mais il n'en fit rien. Il ne me rendit pas non plus mon étreinte ; il me laissa simplement faire.

Je sentis qu'on me poussait le bras et je sursautai. C'était Barkley. Il était venu voir ce qui causait tout ce raffut. Il était assis et haletait. J'adressai un petit sourire au loup-garou, puis je regardai Roger.

Dans les films, c'était toujours le moment que choisissait le méchant pour se redresser, pas du tout handicapé par ses blessures, et poursuivre ce qu'il croyait devoir faire.

Mais le père de Quinn n'irait nulle part. Il levait vers le plafond des yeux qui ne voyaient plus.

Le docteur avait dû revenir, parce que je l'entendis parler.

— Excusez-moi, dit-il, et levant les yeux, je vis qu'il s'était servi un grand verre d'un liquide ambré, probablement du scotch. (Il but une longue rasade et s'essuya les lèvres avec le dos de sa main.) Je ne veux pas vous interrompre.

Je clignai des paupières. Je ne savais pas quoi dire, ou ce que j'aurais pu faire.

— Je me sens coupable pour ce qui vient de se passer ici, poursuivit-il. J'ignore qui appeler pour les arrêter. Je ne connaissais que Roger.

Quinn ne releva pas la tête.

— De quoi parlez-vous ?

— L'information que vous m'avez donnée. Ça ne me semble pas juste que les chasseurs en profitent, maintenant que je sais la vérité.

Je lâchai Quinn et bondis sur mes pieds.

Thierry.

Je me souvins de ce que Roger avait dit à ses amis au téléphone : *« Je vous retrouve là-bas. »*

— Merde, il avait déjà tout dit à ses complices. Nous devons partir tout de suite.

— Mes excuses ne seront jamais suffisantes, dit le docteur Kalisan. Sachez seulement que si vous avez besoin de mon aide, je vous la donnerai sans hésiter.

Quinn et moi courûmes vers la Beetle. On aurait dit que des heures avaient passé depuis notre arrivée, mais je savais que cela ne faisait que quelques minutes. Les choses capables de changer des vies arrivent toujours très vite.

— J'ai besoin d'un téléphone portable.

Quinn me tendit le sien sans poser de question. Il nous faudrait un peu de temps pour rentrer à Toronto, mais je pouvais prévenir Thierry, lui dire de partir de l'*Éclipse de Minuit* avant qu'il soit trop tard.

Cela signifiait que j'allais devoir lui dire ce que nous venions de faire. Il me haïrait sans doute, mais au moins, il ne serait pas mort à cause de moi.

Je fis le numéro de mémoire. Pendant que cela sonnait, je jetai un coup d'œil à la montre du tableau de bord. Il était 21 h 15. Le club n'était ouvert que depuis quinze minutes.

— Allez, marmonnai-je tandis que Quinn démarrait. Répondez, bon sang.

Était-il déjà trop tard ? Et si les chasseurs avaient tous été au *Clancy's*, en train de boire une bière et de jouer au billard ? Il leur suffisait de traverser la rue, et peut-être de quelques minutes pour prendre d'assaut le club.

Cette pensée était trop horrible pour que je m'y attarde.

À la cinquième sonnerie, quelqu'un répondit.

— *Éclipse de Minuit*, dit la voix de Zelda.

Je poussai un énorme soupir.

— Seriez-vous une sorte de pervers ? demanda-t-elle, m'entendant respirer.

— Non. C'est Sarah.

— Dommage. J'espérais que c'était un pervers. Que se passe-t-il, Sarah ?

— Il faut que je parle à Thierry. C'est urgent.

— Navrée, chérie. Il vient de partir.

— Où est-il parti ? Quand sera-t-il de retour ?

— Hé, doucement. Il est parti parler à des gens. Je ne sais pas. Quelque chose au sujet de trouver qui est le traître. Quel est le problème ?

— « Le traître » ? répétai-je. Mais je sais déjà qui c'est.

— Vraiment ?

— Oui. Dieu, pourquoi ne vous l'ai-je pas dit plus tôt ? Il faut que Thierry le sache : c'est Véronique.

— Véronique ? Tu es sérieuse ?

— C'est elle. J'en suis sûre. Quand je suis allée boire un verre avec elle, elle m'a abandonnée pour flirter avec un chasseur. Soyez prudents. Elle est sans doute dangereuse.

— Où es-tu ? demanda Zelda.

— Nous montons sur l'autoroute. Nous revenons de Grimsby.

— Vous étiez à Grimsby ? Que faisiez-vous là-bas ?

Je regardai Quinn, mais il était tout à la conduite. Il avait sans doute besoin de toute sa concentration pour garder la voiture sur la route.

— J'ai fait une chose terrible, Zelda. Quinn et moi… sommes allés chercher le remède. Thierry est en danger. Dis-lui… dis-lui d'aller se cacher dans un endroit sûr. Je me sens si mal. Je ne sais pas quoi faire.

Zelda garda le silence un moment.

— Tu l'as vendu, dit-elle enfin. Pour un remède qui n'existe pas.

— Je sais. Je suis si stupide. Mais si les chasseurs ne sont pas encore là, alors il reste une chance… (Je me tus. Mon estomac se serra.) Attends. Comment sais-tu que ce remède n'existe pas ?

Il y eut un silence, puis Zelda rit doucement.

— Je crois que j'aurais dû te laisser continuer à parler. Au moins, tu es bonne à ça.

— Tu savais qu'il n'y en avait pas ? (Mon cerveau semblait sur le point d'exploser.) Mais c'est toi qui m'as donné le numéro de téléphone !

— Oui.

Un frisson me parcourut la colonne vertébrale.

— Mon Dieu ! Ce n'est pas Véronique, n'est-ce pas ? C'est toi. Tu es la traîtresse !

— Qu'en penses-tu, chérie ? Je crois que c'est toi qui viens de baiser Thierry. Pour autant que je sache, ce n'est pas la première fois, mais c'est ton problème, pas le mien.

— Comment as-tu pu ?

— La véritable question serait plutôt : comment ne l'aurais-je pas pu ? Nous faisons tous des choses pour avancer, Sarah. J'ai fait ce que j'ai fait pour une question d'argent.

— De l'argent ?

— J'ai vécu déjà très longtemps, et je n'ai jamais eu un sou. Je suis une barmaid de trois cent dix-neuf ans, pour l'amour de Dieu ! Tu as eu une transition facile, et tu ne le sais même pas. Thierry ne m'a jamais aidée comme il l'a fait pour toi, et je ne l'aurais jamais trahi comme tu viens de le faire. Mais d'un autre côté, j'ignorais qu'il valait autant, avant aujourd'hui. Cependant, personne d'autre que lui n'a levé le petit doigt pour moi. Eh bien, moi je lève un doigt. Le majeur… et je vais enfin avoir ce que je mérite.

Je serrai le téléphone plus fort.

— Oui, tu vas avoir ce que tu mérites. Dès que je serai là !

— Il faut que je te laisse, chérie. Le patron vient d'arriver, et il n'a pas l'air content. C'est drôle qu'il vaille si cher. Je le vois sous un nouveau jour. Tout cet argent, ça aurait été chouette, mais je suppose que tu m'as coiffée au poteau. *C'est la vie !*

Elle raccrocha.

Je hurlai dans le téléphone et je le cognai sauvagement contre le tableau de bord. Il se cassa en plusieurs morceaux.

Je coulai un regard vers Quinn.

— Oups. Navrée. Je t'en achèterai un autre.

— Oublie ça. Que se passe-t-il ?

Mon engourdissement se dissipait. Le brouillard se déchirait, remplacé par une rage brûlante.

— Zelda est la traîtresse. Je n'arrive pas à le croire. Je croyais qu'elle était mon amie.

— Qui est Zelda ?

— La barmaid de l'*Éclipse de Minuit*. On dirait une adolescente. (Je regardai la route par le pare-brise.) Dès que nous arriverons là-bas, je lui ferai sa fête !

Chapitre 24

Quinn écrasa l'accélérateur jusqu'à Toronto, et pourtant nous eûmes l'impression de nous traîner comme des escargots.

— C'est quoi, le plan ? demanda-t-il alors que nous apercevions la tour CN droit devant et le lac scintillant sur notre droite.

Je secouai la tête. Je n'allais pas paniquer. Je ne pouvais pas me payer ce luxe. Le temps manquait.

— Je ne sais pas. J'espère que nous arriverons à temps, pour ne serait-ce qu'avoir besoin d'un plan.

— Je suis désolé.

— Moi aussi. Je suis désolée au sujet de ton père. Vous auriez sans doute eu besoin d'un peu de temps pour parler de tout ça.

Il lâcha un rire sans joie.

— Je crois que c'est la seule chose au sujet de laquelle je ne suis pas désolé. Il a tué ma mère. Il m'a traité comme si j'étais de la merde collée sous sa semelle pendant près de trente ans. Est-ce mal d'être content qu'il soit mort ?

Je ne sus que répondre à cela.

Nous arrivâmes finalement au club. Il était un peu plus de 22 heures. Quinn ne prit pas la peine de bien garer la voiture, et nous la laissâmes avec une roue sur le trottoir. Je me précipitai vers l'*Éclipse de Minuit* et entrai, Quinn sur les talons.

L'institut était désert. Il n'y avait personne à la réception. De la musique jouait toute seule. Je me dirigeai vers la porte noire et l'ouvris.

Une musique très différente me vint aux oreilles. La porte noire devait être insonorisée, parce que du salon, on n'entendait rien de ce qui se passait à quelques mètres à peine. Le groupe habituel était sur la scène, et la chanteuse à la Bettie Page interprétait la chanson titre du film *Goldfinger*.

À première vue, la seule chose qui différait de d'habitude, c'était que le club était plein à craquer. Il devait y avoir au moins une centaine de vampires. Cela me sembla étrange, puis je me rappelai que plusieurs bars avaient fermé, soit parce qu'ils avaient été attaqués et brûlés, soit pour éviter qu'ils le soient.

Dire que j'avais pensé que Véronique voulait garder le club ouvert parce qu'elle était la traîtresse et qu'elle voulait faciliter la tâche aux chasseurs ! Je savais maintenant que ce n'était qu'une question de business. Il fallait beaucoup d'argent pour entretenir sa garde-robe haute couture. Et avec tous les vampires assoiffés qui étaient venus ce soir, elle devait en ramasser beaucoup.

— Sarah ! s'écria George en courant vers moi. (Ses cheveux étaient collés sur son crâne par la sueur.) Je suis content que tu sois là !

J'écarquillai les yeux et l'attrapai par son bras musclé.

— Qu'est-ce qui ne va pas ? Où est Thierry ?

— On s'en fout ! L'amour peut attendre, trésor. Tu vois tout ce monde ? Je deviens dingue. Prends un plateau et commence à noter les commandes. (Il regarda Quinn.) Toi aussi, beau gosse.

Je saisis sa chemise à deux mains.

— C'est sérieux, George ! Où est Thierry ?

Il haussa les sourcils.

— Il est par là. Je l'ai vu il y a une minute.

Je le lâchai et coulai un regard vers le bar.

— Où est Zelda ?

— Elle est partie. C'est juste le nouveau et moi, et il est complètement nul. Allez. Aide-moi. Je te revaudrai ça, quoi que tu exiges de moi.

— Je croyais que rien ne pouvait te faire transpirer ?

— J'ai menti ! Regarde-moi, je transpire à grosses gouttes. C'est dégoûtant. (Il regarda en direction du bar alors qu'un jeune vampire se penchait pour se resservir tout seul.) Hé, vous, bas les pattes !

Il courut pour l'arrêter.

Je regardai Quinn.

— Je ne suis pas d'humeur à servir aux tables ce soir, dit-il.

Je l'attrapai par sa chemise.

— Nous devons trouver Thierry.

Nous nous frayions un chemin entre les tables quand une main m'agrippa au passage. Je pivotai, prête à frapper l'audacieux.

— Chérie, dit un vampire aux cheveux noirs. (Il était avec une blonde, et tous deux étaient visiblement très éméchés.) Pouvez-vous nous apporter du O positif et du gin ? Ou plutôt, faites-nous deux rusty nails, d'accord, beauté ?

Je me détournai, prête à ne pas faire attention à lui, mais il me pinça la fesse assez fort pour que je lui fasse de nouveau face. Je dus serrer les poings pour ne pas le gifler.

— Dites, crétin, j'ai l'air d'une serveuse ?

— Vous l'étiez, l'autre nuit.

— Eh bien, pas ce soir. Et ne me touchez pas.

— Je vais me plaindre à la direction.

Mais j'étais déjà partie. Je coulai un regard à Quinn. Étant donné l'horrible nuit que nous passions, surtout lui, il avait l'audace d'avoir l'air amusé.

— Quoi ?

— « Crétin » ?

Je haussai les épaules.

— Eh bien, quoi ? C'est un crétin, et je les traite de ce qu'ils ont l'air.

— J'imagine facilement de quoi tu me traites en ce moment.

Son expression amusée s'évapora.

— Ne me fais pas le coup de la mélancolie. J'ai besoin que tu restes fort.

— Tu as besoin de moi ?

— Oui. Mais ne te fais aucune idée.

— Encore une discussion remise à plus tard ?

Il semblait plein d'espoir.

— Tu es impossible !

— Serait-ce un « oui » ?

— C'est un, oui, tu es impossible. À part ça, je ne te promets rien.

— Tu sais que nous sommes parfaits l'un pour l'autre, Sarah.

— Je n'arrive pas à croire que tu veuilles discuter de ça après tout ce qui s'est passé. Ce n'est pas le bon moment.

Il me sourit.

— J'apprécie le fait que tu ne me jettes pas tout simplement. J'ignore pourquoi tu refuses d'admettre que nous sommes faits l'un pour l'autre.

— Ai-je mentionné que j'allais te botter les fesses ? Tu ne paies rien pour attendre !

Son sourire s'élargit encore.

— Eh bien, ça nous ouvre toutes sortes de possibilités intéressantes.

Je répondis d'un grognement de frustration assez fort pour qu'il l'entende au-dessus de la musique.

— Tu as essayé de me tuer, idiot. Deux fois.

— Et maintenant je voudrais t'embrasser. Tout le temps. Donne-moi une raison pour que nous ne puissions pas être ensemble ?

Il était fou. Et c'était un très mauvais moment pour ce genre de discussion. Je me détournai, parce que je me sentis rougir. Mon regard balaya la foule de vampires sortis pour prendre du bon temps en famille, avec leurs amis, avec leur amour. Malgré le service qui laissait à désirer, ils s'amusaient. Finalement, mes yeux tombèrent sur le box de Thierry.

Celui-ci était appuyé à la table, et il me regardait.

— Thierry, dis-je.

Je lâchai un gros soupir de soulagement et me dirigeai droit vers lui.

— Ah, oui, dit Quinn d'une voix morne. Voilà la raison.

Je me frayai un chemin entre les clients pour atteindre Thierry et m'arrêtai devant lui.

— Sarah. (Il sourit lentement.) C'est bon de vous voir. (Il tourna ses yeux argent vers Quinn, qui avait ravalé sa fierté blessée pour rester à mes côtés.) Je vois que vous avez amené votre petit ami.

J'ouvris la bouche pour nier, puis je la fermai. Il y avait des choses bien plus urgentes à régler. La jalousie attendrait. Mais était-il vraiment jaloux ? Non, je ne devais pas penser à cela maintenant. Je ne pouvais pas me laisser distraire, mais il faisait cela si bien. Et je savais qu'il n'avait pas tué la mère de Quinn, désormais. Et Quinn le savait aussi, même si cela ne lui rendait pas Thierry beaucoup plus sympathique.

— Vous devez partir immédiatement.

— C'est mon club, répondit-il. Pourquoi devrais-je aller ailleurs ?

— Il le faut. Ici, ce n'est pas sûr.

Il m'étudia longuement, puis il nous invita à nous asseoir. Je me glissai dans le box, même si mon cerveau me criait de tout lui dire aussi vite que possible. Je ne savais pas par où commencer.

— Ce n'est sûr nulle part, Sarah. Ça ne signifie pas que nous devions nous cacher comme des lâches.

J'inclinai la tête sur le côté à ces mots. Ils m'étaient étonnamment familiers.

Il me sourit.

— Oui, Véronique m'a parlé de votre sortie « entre filles ». Elle craint de vous avoir fait fuir, ou d'avoir cassé mon image, parce que vous êtes partie sans dire un mot. Je sais qu'elle vous a parlé de notre vie passée. Je comprends que c'est à cause de cela que vous agissiez si bizarrement, plus tôt.

— Je ne l'ai pas crue.

Quinn gardait le silence, les mains croisées sur la table.

— Pourquoi pas ? Elle a dit la vérité, même si c'était il y a très longtemps. Et vous n'avez pas besoin de croire que je suis resté le même homme.

— Non. Je veux dire, ce n'est pas ce que je crois.

— Alors pourquoi me demandez-vous de me cacher comme un enfant qui a peur de l'orage ?

J'allais tout lui dire, que j'avais été horrible, que je l'avais vendu, et que les chasseurs arrivaient. En d'autres termes, j'allais passer aux aveux. Mais Quinn me devança.

— C'est ma faute, dit-il. Les chasseurs connaissent l'existence de cet endroit, et vous les intéressez tout particulièrement. Je leur ai vendu ces informations pour avoir le remède. Pour Sarah et pour moi. Je voulais que nous soyons de nouveau humains.

Thierry l'étudia à son tour. Je m'attendais qu'il tue Quinn sur-le-champ, ou au moins qu'il lui crie dessus, qu'il menace sa vie. Mais il resta calme, stoïque, comme une statue.

— Il n'y a pas de remède.

— Nous le savons, admit Quinn. Maintenant, du moins. Mais il est trop tard. Ils nous ont tendu un piège, et maintenant vous devez partir.

— Je n'irai nulle part.

— Mais, Thierry. (J'entendis au son de ma voix que j'étais au bord de la panique.) Il le faut. Ils vont vous tuer !

Ses yeux croisèrent lentement les miens, et il soutint mon regard un instant.

— Oui.

Je secouai la tête.

— Et ça vous est égal ?

— Oui. Comme vous le savez très bien, Sarah, mon départ a été remis trop longtemps. Si je dois mourir cette nuit, des mains des chasseurs, alors je l'accepte. C'est le destin. Je n'ai pas peur.

J'entendais mon cœur battre très fort, le sang bourdonner à mes oreilles. Tout me semblait résonner, tout à coup. Mais pourquoi ?

Non. Il ne s'agissait pas de moi. Le silence était tombé sur le club. La musique s'était arrêtée. Les conversations s'étaient tues dans la salle enfumée.

Je me tournai vers le groupe. La chanteuse aux cheveux noirs serrait très fort le micro sur son pied. Elle restait là, sans bouger, sans chanter. Elle avait une drôle d'expression. Surprise ? Choc ? Mais avant que j'aie pu me décider, une large tache rouge s'étala sur son chemisier blanc. Puis elle tomba, et cela sembla prendre une éternité, face la première contre la scène.

Peter se tenait derrière elle, un pieu ensanglanté à la main. Il prit le micro et le tira près de sa bouche, haussant un sourcil. Celui qui n'était pas couvert par un bandeau.

— Y a-t-il une Sarah Dearly dans l'assistance, ce soir ? demanda-t-il d'une voix forte et claire. Si elle est là, qu'elle vienne nous retrouver sur la scène.

Chapitre 25

Le silence était assourdissant. Je me tassai sur mon siège. Comment Peter savait-il que j'étais là ? Ou n'était-ce qu'une supposition ? Il espérait pouvoir se venger, à cause de ce que j'avais fait à son œil.

Thierry voulut se lever, mais je lui attrapai le poignet, et le serrai aussi fort que possible.

— Restez assis, sifflai-je. *S*'il vous plaît.

Thierry croisa mon regard et il secoua la tête. Il plaça sa main sur la mienne et me força à lâcher prise. Puis il se leva, et se tourna vers la scène.

— Quittez ce club. Vous n'êtes pas le bienvenu.

— Vous n'êtes pas Sarah, dit Peter, puis il sourit. Mais je suppose que vous êtes le célèbre Thierry ?

— Correct. Mon nom est Thierry de Bennicœur.

— Quel nom pompeux. Je hais les Français. Ne vous inquiétez pas, nous nous occuperons de vous dans une minute. Mes amis et moi, nous avons toute la nuit.

» Et maintenant, où cachez-vous cette garce ? Livrez-la-moi, et peut-être vous laisserais-je la vie sauve.

Plusieurs brutes vinrent flanquer Peter. J'en reconnus un ou deux, rencontrés la nuit où j'avais été transformée, et quelques-uns, croisés au *Clancy's*. Je n'avais jamais vu les autres. Ils regardaient les vampires figés comme des lions n'ayant que l'embarras du choix de proies faibles et sans défense.

Je sentis un corps chaud nous rejoindre, Quinn et moi. C'était George. Il avait l'air pétrifié.

— Que diable, murmura-t-il. Pourquoi est-ce toi qu'ils veulent ?

— C'est difficile d'être si populaire, répondis-je dans un souffle.

— Toi, dit George à Quinn. Ce sont tes amis. Fais quelque chose !

L'expression de Quinn se fit chagrine.

— Plus maintenant. Je ne peux rien faire.

— Alors, viens, dit George en me tirant par le bras. Filons par la porte de derrière.

Je secouai la tête.

— Non, il y a trop de gens ici qui pourraient être blessés. Et Thierry va se faire tuer si nous ne faisons rien.

Je balayai la clientèle du regard et aperçus Amy et Barry, assis à une table près de la scène. Elle me fit un petit signe de la main et articula :

— Quoi encore ?

Elle s'accrochait au corps frêle de Barry comme s'il était la seule chose qui l'empêchait de tomber dans l'abîme. Celui-ci regardait vers la scène avec une expression farouche.

Pour toute réponse, je haussai les épaules. Honnêtement, j'ignorais quoi faire. Tout ce que je savais, c'était que je ne pouvais pas partir en rampant pour sauver ma peau, mais pas celle des autres. Cela n'aurait pas été poli.

— Si vous avez un problème, adressez-vous à moi, dit Thierry à Peter d'un ton sans réplique. Vous pouvez m'avoir. Sarah n'a rien à voir dans tout ça.

Peter s'empara du micro et le pressa contre ses lèvres, pour que ses mots résonnent.

— Sa-rah, Sa-rah. Montre-toi, montre-toi, où que tu sois. Je crois que je commencerai par ton œil, et je descendrai le long de ton joli petit corps. Allez, viens. Ne me fais pas attendre.

Quinn me passa par-dessus pour aller se tenir près de Thierry.

— Peter ! cria-t-il. Ne fais pas ça.

Peter sourit à son ancien camarade.

— Eh bien, ne serait-ce pas Michael Quinn ? Content que tu sois là. Je voulais te remercier de m'avoir laissé au restaurant dans cet état. Ils ont dû m'emmener à l'hôpital pour me faire un lavage d'estomac. J'ai failli mourir.

— Tuer ou être tué. Les temps ont changé.

— Oui, tu as raison. Écoute, Quinn, je vais te faire une faveur, en souvenir du bon vieux temps. Je te laisse partir. Fiche le camp tout de suite, et je fermerai les yeux. Bien sûr, je te chasserai une autre fois. Mais ce soir, je veux seulement cette garce.

Quinn était debout entre Peter et moi, pour que celui-ci ne me voie pas. Il secoua la tête.

— Je ne peux pas faire ça. Tu en as fait mon combat.

— Encore une décision stupide. Ton père avait peut-être raison à ton sujet.

— Mon père est mort.

Peter haussa les sourcils. Il lui fallut un moment avant de reprendre la parole.

— Bien, je pense que c'est ta décision. D'accord, vous autres… (Il se tourna vers les vampires.) Que le spectacle commence. Le temps, c'est de l'argent.

Il sauta de la scène et arracha Amy des bras de Barry. Puis il la traîna sur la scène, un bras autour du cou.

— Salut, chérie. (Il l'embrassa sur la joue avec un bruit humide.) C'est bon de te revoir.

Je ne me sentis pas bouger, pourtant je bondis sur mes pieds.

— Hé, abruti ! appelai-je. Lâche-la tout de suite !

Thierry se retourna pour me jeter un regard noir, parce que j'avais trahi ma présence. Quinn fit de même. Mes deux beaux protecteurs. J'avais une chance folle.

Peter me sourit, mais sans faire mine de libérer son ex-petite amie.

— Je serais heureux de la relâcher. Viens donc prendre sa place.

— Non, Sarah ! cria Amy d'une voix étranglée.

Thierry, Quinn et George m'empoignèrent par les bras pour m'empêcher d'avancer, mais j'étais déterminée. Je marchai au milieu de la foule, qui s'ouvrit devant moi comme la mer Rouge, et je m'arrêtai devant Peter.

— Me voici, salopard borgne.

— Viens un peu plus près. Ne sois pas timide.

Il baissa son œil sur moi, et j'y vis brûler une rage meurtrière. Il allait me tuer. À cause de ce que je lui avais fait en voulant me défendre.

J'hésitai. Après tout, je n'avais pas envie de mourir. J'avais toujours été forte en gueule, mais quand il s'agissait d'agir, je n'étais plus là. Si mes souvenirs étaient bons, c'était ce que mes camarades de lycée avaient pensé. Mais je ne voulais pas que quelqu'un meure. Qu'est-ce qui n'allait pas chez ces chasseurs ? Ne comprenaient-ils pas que ce qu'ils faisaient était mal ? Nous n'étions pas mauvais. Nous n'étions pas des monstres.

Mais c'était ainsi qu'ils nous voyaient.

Je retins mon souffle. Ils nous voyaient comme des monstres buveurs de sang, qu'ils devaient éliminer comme des insectes.

Oui, c'était la réponse !

J'essayai de parler aussi calmement que possible.

— Tu peux m'avoir, Peter. Faire ce que tu veux de moi. Mais puis-je dire quelques mots aux autres avant ?

— Tu plaisantes, hein ?

— Les condamnés à mort ont toujours droit à leurs dernières paroles. Ils ont aussi un dernier repas, mais je n'ai pas faim. Tout ce que je veux, ce sont mes quelques minutes de gloire. Allez, sois fair-play.

Il m'étudia un moment, puis il ricana.

— Bien sûr. Pourquoi pas, chérie ? Dis ce que tu as à dire. Et après ça, tu seras mienne.

Son sourire m'apprit toutes les horreurs qu'il me ferait subir si mon stratagème échouait. Si seulement j'avais eu un plan B. Mieux vaut toujours être bien préparé.

Je montai sur la scène. Peter lâcha Amy après lui avoir léché la joue, et il la poussa vers la foule. Quelques personnes l'attrapèrent pour qu'elle ne se fasse pas mal ou qu'elle n'atterrisse pas sur le cadavre de la chanteuse.

Le sourire de Peter s'élargit alors qu'il me cédait le micro, m'indiquant d'un geste que c'était mon tour. J'étais maintenant assez près de lui pour qu'il puisse me tordre le cou sans peine. Mais il avait promis de me laisser m'exprimer. Je supposai que c'était un homme de parole, même si cela se résumait à un mot : connard. Il rengaina son pieu et croisa les bras sur sa poitrine.

Je tapotai le micro. Les lumières étaient bien trop vives, et les visages de ceux qui étaient devant moi étaient sinistres. Je pus voir que j'avais l'attention de tous, cependant. Dans le fond, j'aperçus deux tueurs encadrer la porte, pour que personne ne sorte. Je les comptai dans ma tête. Ils étaient douze.

Je me tournai vers Thierry et Quinn. George s'était levé pour mieux voir. Tous trois me regardaient, désespérés. Ils ignoraient ce que j'allais faire, à part que j'allais me faire tuer.

— Bonsoir tout le monde, dis-je dans le micro. Je n'ai pas grand-chose à vous dire. Je sais que Peter, ici présent, est pressé. Les hommes, vous savez… Le fait est qu'il commet ce qu'il croit être juste en me tuant, et peut-être en vous tuant aussi, après moi. C'est ce que font les chasseurs. Ils tuent les vampires. Je veux dire, regardez ce que Hollywood a fait de nous. Rien que des monstres meurtriers et buveurs de sang. Des créatures au teint de papier mâché qui peuvent se transformer en chauve-souris. Des prédateurs nocturnes hideux et dégoûtants. Ou d'un autre côté, vous avez le vampire sexy, l'amant fabuleux. Ceux-là sont mes préférés, bien sûr, même s'ils restent malfaisants.

Je retirai le micro de son pied pour pouvoir le tenir plus près de ma bouche.

— Et une chose mauvaise doit être tuée, n'est-ce pas ? Si nous étions des gens normaux, des docteurs, des avocats, des professeurs, avec une vie normale… ce serait différent. Nous ne mériterions pas de mourir à cause de cela. Alors, ces chasseurs seraient des meurtriers, non ? Mais nous ne sommes pas ces choses normales et ennuyeuses.

J'inspirai profondément, et continuai.

— Nous sommes des monstres. Des monstres à longs crocs, démoniaques et effrayants. Nous sommes forts et dangereux, car parfaitement capables de veiller sur nos familles et nos amis. Nous en donnons aux chasseurs pour leur argent, hein ? Nous ne leur rendons pas la tâche facile, et ils aiment ça, un peu trop même. Nous tuer est devenu un jeu, un passe-temps. C'est le pied. Ils nous tuent, et ils se sentent puissants et importants.

» Ils ont des armes, c'est sûr. Ils savent travailler en équipe. Mais à la fin de la journée, aux dernières lueurs du jour, regardez autour de vous, mes amis monstrueux… nous avons l'avantage du nombre.

J'entendis des remous dans la foule, quand les vampires se regardèrent les uns les autres et commencèrent à murmurer entre eux. J'avais fait passer mon message, et j'espérai qu'ils l'avaient reçu cinq sur cinq.

Du coin de l'œil, je vis Barry monter sur sa chaise.

— Elle a raison ! cria-t-il. Nous sommes des monstres ! Et nous sommes bien plus nombreux qu'eux !

Il y eut un silence, puis un autre vampire se leva, et un autre, et ainsi de suite, jusqu'à ce que la centaine de vampires présents dans le club soit debout. Ils regardaient les chasseurs, leurs crocs réfléchissant le peu de lumière. J'entendis un grondement monter, de plus en plus puissant, et je serrai le micro de plus en plus fort, au fur et à mesure que la tension montait.

Je me tournai vers Peter. Il était si inquiet qu'on lui voyait le blanc des yeux, et il avait le front couvert de sueur.

Je lui souris.

— Je n'ai rien à ajouter.

Chapitre 26

Mon armée de monstres fit un pas vers la scène. Je reposai le micro sur son pied et mis une main en visière pour me protéger de la lumière trop vive. Je regardai Peter.

— Bien, où en étions-nous ?

— Salle petite garce, dit-il entre ses dents, mais j'entendis de la peur enrober ses mots, comme un bonbon.

Les vampires n'avaient jamais pensé à se battre ensemble contre les chasseurs. Ils s'étaient toujours considérés comme des victimes fauchées au hasard, l'une après l'autre. Ils ignoraient comment se défendre contre cela, à part en essayant d'éviter la menace. Mais cela n'apportait pas grand-chose dans la vie. Dans ce cas, cela signifiait souvent la mort.

Alors, je m'étais dit que, puisque les chasseurs pensaient que nous étions des monstres maléfiques, eh bien, ils devaient affronter des monstres maléfiques. Et nous verrions s'ils trouvaient cela toujours aussi drôle.

Peter fit un pas vers moi, mais je sentis quelqu'un m'enlacer de ses bras forts et me tirer en bas de la scène. Je me retournai et vis que c'était Quinn.

— Excellent plan, dit-il.

— Merci. J'ai eu environ trente secondes pour y réfléchir.

Peter s'empara du micro.

— Oui, c'est un plan génial, salope. Mais nous avons plus d'un tour pour vous tuer, sales merdes. Vous n'en avez pas vu un dixième. Vous serez tous morts dans les deux jours qui viennent, et vous ne saurez jamais pourquoi.

— Et comment comptez-vous nous tuer dans la situation actuelle ? demandai-je d'un ton suave.

— Je ne vais rien faire du tout. (Il rit, et je compris qu'il était bien près de la folie.) Vous vous tuez vous-mêmes. En venant ici. En buvant ici. C'est si simple. Vous êtes tellement stupides que vous ne vous méfiez de rien.

Je sentis la main de Thierry dans le creux de mes reins. Je levai les yeux et croisai les siens, puis il les tourna vers Peter.

— Voulez-vous dire que vous avez empoisonné nos réserves de sang ?

Un cri étouffé ponctua sa question.

Peter haussa un sourcil.

— Bien vu. Oui, votre sang a été trafiqué. C'était mon idée, je dois l'avouer. Nous avons les Livreurs de Sang dans notre poche depuis des semaines. Nous ne leur avons pas laissé le choix. Désormais, vous avez tous assez de poison dans votre système pour mourir dans d'atroces souffrances dans les jours qui viennent. Et il n'y a pas d'antidote.

Je regardai Thierry sans ciller.

Oh, mon Dieu ! Du sang empoisonné ?

Tous ceux que je connaissais achetaient leur sang. Plus un seul vampire ne « mangeait » à l'ancienne manière.

Et alors que nous venions enfin de nous dresser contre notre ennemi, nous étions déjà condamnés.

Thierry hocha la tête.

— Un plan brillant. Mais j'ai récemment cessé de m'approvisionner chez les Livreurs de Sang. Je fais désormais appel aux Conducteurs du Sang. Ils sont un peu plus chers, mais cela en vaut la peine, n'est-ce pas ? L'échange d'uniforme que je leur ai demandé de faire a dû vous tromper. Les vrais Livreurs de Sang n'ont pas fait une seule livraison ici depuis plus d'une semaine. Et tous les autres clubs et bars de la ville ont fait la même chose. Je m'en suis personnellement assuré.

Le visage de Peter s'était empourpré.

— Vous saviez ? Comment ?

— Zelda, dis-je dans un souffle pour détourner l'attention que Thierry portait à Peter. Zelda est leur informatrice.

— Je sais.

— Vraiment ? Mais qu'êtes-vous donc ? Un devin ? demandai-je.

Il me sourit.

— Non, simplement un bon juge de caractère. Et Zelda a cessé de boire le sang qui était livré ici. Elle apportait le sien, et le gardait sous le bar. Les petits détails parlent d'eux-mêmes.

— Où est Zelda ?

— Dans mon bureau. (Il marqua une pause.) Avec Véronique.

Je haussai un sourcil.

— Pauvre Zelda.

— En effet.

— Fermez-la ! hurla Peter. Tous les deux. Fermez-la ! Je me fiche de ce que vous avez fait. Je me fiche de combien vous êtes ici. Savez-vous combien des vôtres j'ai massacrés ? Moi non plus, parce qu'il y en a eu trop ! Je peux massacrer la moitié d'entre vous cette nuit, les yeux fermés.

Il regarda ses amis. Tous semblaient un peu moins sûrs d'eux que lorsqu'ils étaient entrés. Mais ils tenaient chacun une arme faite pour trancher, découper en menus morceaux, et tuer. Et ils étaient poussés par l'énergie du désespoir et par la rage.

Peter bondit sur l'assemblée, qui se leva pour aller à sa rencontre.

Et ce fut le chaos.

C'était une chose de dire aux vampires qu'ils pouvaient se défendre, mais quand le moment vint de se dresser contre leurs ennemis, nombre d'entre eux préférèrent se ruer vers la sortie, écartant les chasseurs figés qui se dressaient devant eux. Je fus emportée par la foule, loin de Thierry et de Quinn.

J'essayai de retourner auprès d'eux, mais j'étais bousculée de toutes parts. Les gens devenaient fous. Soit ils se battaient contre la dizaine de chasseurs, soit ils essayaient de filer. Une main se tendit de sous une table et m'y tira. C'était George.

— Reste ici, dit-il. Tout sera bientôt fini.

— Mais, Thierry…

— Thierry veut mourir. Tout le monde le sait. Alors, sauve ta propre vie, trésor.

Il ne voulait pas être cruel. Il voulait m'aider, je le savais. Je l'attirai plus près et l'embrassai sur la joue.

— Essaie de ne pas encore te faire planter, dis-je.

Et je lui faussai compagnie.

— J'essaierai, répondit-il avec tristesse. Toi aussi.

Je cherchai un visage connu, mais je ne vis que des inconnus en colère, confus ou effrayés. Où étaient Thierry et Quinn ? Pourquoi n'arrivais-je pas à trouver Amy et Barry ?

Véronique savait-elle ce qui se passait ? Je devais aller la prévenir. J'étais près du bar, et l'utilisai pour gagner la porte dans le fond. Quand je l'eus franchi, je courus le long du couloir, ouvris la porte et entrai.

Puis je regardai autour de moi.

Zelda était devant moi, un sourire suave aux lèvres.

— Salut, Sarah, dit-elle, avant de me gifler. Contente que tu aies pu te joindre à nous.

Je vis trente-six chandelles. Je tombai à la renverse et essayai de me relever, sonnée par la douleur. Que s'était-il passé ? Je pensais que Véronique surveillait la barmaid.

Je levai les yeux. Véronique était étendue sur le canapé, inconsciente. Un pieu en bois dépassait de son ample poitrine. Sa robe de couturier était fichue, et l'une de ses chaussures hors de prix n'avait plus de talon, qui traînait à l'autre bout de la pièce.

Je rampai jusqu'au bureau de Thierry, et m'y appuyai pour me relever. Mes oreilles tintaient encore du coup que je venais de prendre. J'ignorais que les filles pouvaient frapper si fort, mais Zelda n'était pas une fille. C'était une vampire de plus de trois cents ans avec une puce dans l'épaule.

Nous n'étions pas toutes seules dans la pièce. Peter émergea d'un coin sombre et il me sourit.

— Joli coup, chérie. Je n'ai rien vu venir.

— Eh bien, j'ai l'impression que tu ne vois pas grand-chose arriver, ces jours-ci. (Je reconnus le goût familier du sang dans ma bouche.) Du moins pas quand ça arrive sur ta gauche.

Son sourire disparut, et il fronça les sourcils.

— Tu as quelque chose à me dire ? demanda Zelda.

— Non, répondis-je, refusant de lui donner la moindre indication. Rien du tout.

Elle eut presque l'air déçue. Puis elle haussa les épaules.

— D'accord, Peter. Je m'en vais maintenant. J'ai fait tout ce que vous vouliez.

Il la regarda.

— Merci. Tu nous as bien aidés. Même si je ne suis pas vraiment content de la manière dont les choses se déroulent.

— Ce n'est pas ma faute. Je veux ma récompense.

— Ta récompense ?

— C'est ça, dis-je. Après tout, notre chère petite Zelda doit avoir ce qu'elle mérite.

Je sentis presque une sorte de communion entre Peter et moi, mais c'était impossible, parce que c'était un psychopathe, et la dernière fois que j'avais vérifié… je n'en étais pas une. Le visage de Peter se fendit sur un grand sourire.

— Elle veut avoir ce qu'elle mérite, hein ?

— Allez, dit Zelda avec impatience. Je n'ai pas toute la nuit.

Peter tira son pieu et le lui planta dans la poitrine. Je me réfugiai un peu plus derrière le bureau, alors que la cupidité de Zelda se muait en surprise.

— Mais… (Elle leva les yeux vers Peter.) Ce n'est pas ce que je voulais dire.

Elle tomba face contre terre, comme la pauvre chanteuse un peu plus tôt. Mais contrairement à celle-ci, qui devait être beaucoup plus jeune et était restée pareille à ce qu'elle était vivante, Zelda se ratatina et noircit. Il ne resta bientôt plus rien que des vêtements vides, un pieu et une tache écœurante sur le tapis. Thierry allait devoir faire appel à des professionnels pour la faire enlever.

Peter se baissa pour ramasser le pieu. Il étudia la flaque visqueuse, et fit la grimace. Puis il avança vers moi tout en coulant un regard à Véronique.

— Elle est canon. Heureusement qu'elle n'est pas encore morte. J'ai bien l'intention de m'amuser avec elle.

J'avais glissé la main dans le tiroir de Thierry, et je la refermai sur la crosse de l'arme qu'il m'avait prêtée quelques jours plus tôt pour me défendre contre Quinn.

Peter approcha jusqu'à ce qu'il soit de l'autre côté de la table.

— Oui, on a tout ce qu'on mérite, tôt ou tard, hein, chérie ? Maintenant, c'est ton tour.

Son sourire s'élargit quand il m'atteignit.

— Toi d'abord.

Je pointai le canon vers sa poitrine et appuyai sur la détente. Le bruit fut assourdissant, et le recul me projeta contre le mur.

Peter fit encore un pas, puis il baissa les yeux. Comme la chanteuse qu'il avait assassinée plus tôt, une grosse tache rouge s'élargissait sur sa poitrine. Il lâcha le pieu et appuya avec la paume contre sa blessure, comme si cela pouvait faire la différence.

— Désolée, dis-je, et j'étais sincère.

D'abord, son œil, et maintenant cela. Il aurait dû me laisser tranquille.

— Salope.

Sa voix était partagée entre l'étonnement et la tristesse.

— La bave du crapaud… Tu sais, Peter.

Il recula d'un pas, puis ses genoux cédèrent sous lui. Il s'écroula au beau milieu de la flaque qui avait été Zelda, et j'entendis son dernier souffle quitter son corps en sifflant.

Les mains tremblantes, je remis l'arme dans le tiroir et allai près de Véronique. Elle respirait encore. Dieu merci !

— Véronique !

Je regardai par-dessus mon épaule pour m'assurer que Peter n'allait pas refaire une apparition, mais il était aussi mort qu'on pouvait l'être. Un pieu en bois dans le cœur pour un vampire, une balle en cuivre pour un humain. Cela marchait à tous les coups.

Je déglutis. J'allais attendre pour paniquer à l'idée d'avoir tué quelqu'un, même si ce quelqu'un l'avait cherché. Chaque seconde comptait.

— Véronique, répétai-je, et je la giflai.

Ses longs cils papillonnèrent, et ses paupières se soulevèrent.

— Sarah. Que s'est-il passé ?

— Ne bougez pas. Vous êtes blessée.

Elle baissa les yeux sur le pieu et les écarquilla.

— Je vais devoir le retirer, dis-je.

Je touchai le pieu, mais elle repoussa ma main. Elle plaça la sienne à la base du bout de bois et tira dessus d'un coup. Je frémis, mais elle n'émit pas un son. Quand elle eut fini, elle s'assit avec précaution.

— Si j'avais eu un penny chaque fois que j'avais été embrochée… (Elle m'adressa un regard las.) D'accord, j'aurais environ deux dollars. Mais ce n'est jamais une expérience amusante.

— Ça va aller ?

J'étais surprise qu'elle ait pu retirer le pieu toute seule. Elle était vraiment forte.

— Non, répondit-elle, baissant les yeux sur sa poitrine. Cette robe était un modèle unique. Je suis bouleversée. Allons tirer encore sur ce chasseur.

— Vous m'avez vue le tuer ? Je croyais que vous étiez inconsciente.

— Oui, mais il est allongé là, avec un trou dans la poitrine. Ce qui s'est passé est plutôt évident.

Je souris et l'aidai à se lever. Nous contournâmes les restes de Peter et de Zelda, et j'ouvris la porte pour regarder dehors. Tout était calme. Trop calme.

— Vous devriez rester là, conseillai-je.

Véronique secoua la tête.

— Non, allons-y.

Nous gagnâmes lentement la salle. Il n'y avait presque plus personne. Le combat était fini. Il y avait quelques corps éparpillés ici et là, des vampires et des chasseurs. Certains remuaient encore. On aurait dit un champ de bataille à peine éclairé et enfumé, avec des médecins et des infirmières de fortune.

George se précipita vers moi avec un grand sourire.

— Tu vas bien !

— Oui. Et toi aussi ! (Je lui rendis son sourire.) Tu es resté en sécurité sous ta table ?

— Non. Je suis sorti pour me battre. C'était bien plus drôle que je le pensais !

— C'est génial.

— Sarah.

Quinn se fraya un chemin pour nous rejoindre au bar. Il boitait, et avait une coupure au front pour aller avec celle que son père lui avait faite plus tôt à la joue.

Il m'attrapa et m'étreignit très fort. J'étais si heureuse qu'il aille bien que je faillis éclater en sanglots.

— Tu as une tête à faire peur.

— Tu n'as jamais été aussi belle.

Je levai les yeux au ciel.

— Il va falloir que tu changes ton baratin. Sérieusement.

Il grimaça.

— Je ne crois pas en avoir besoin avant longtemps, mais je n'oublierai pas ton conseil. (Il se tourna vers Véronique.) Et qui êtes-vous ?

— Véronique.

Elle lui tendit la main en grimaçant de douleur.

Il prit la main offerte, mais ne la serra pas.

— Content de rencontrer une camarade guerrière affichant fièrement ses cicatrices.

Elle secoua la tête.

— Je n'ai pas l'intention d'avoir une cicatrice. Ma blessure devrait guérir sans problème.

Il la lâcha.

— Ce n'était qu'une façon de parler.

Amy et Barry arrivèrent. Barry était blessé, mais il souriait. Amy me serra très fort.

— Contente que tu ailles bien, dis-je.

— Pareil.

— Nous ne sommes plus fâchées ?

— Non. Nous avons été amies trop longtemps. Je veux seulement que tu sois heureuse pour moi.

Je regardai Barry, et il croisa mon regard.

— Je l'aime, dit-elle. Je sais que c'est soudain, mais parfois la vie est comme ça.

— Très bien. (Je lui souris.) Alors, félicitations à tous les deux. Quand aura lieu le grand jour ?

— Nous partons ce soir, répondit Amy. Nous allons nous marier aux chutes du Niagara.

— Vous allez aux chutes du Niagara pour votre mariage ? Comme c'est romantique ! J'adore.

Amy marqua une pause.

— Tu sais que ça veut dire que je n'irai pas au Mexique avec toi, n'est-ce pas ?

— Oui, j'avais deviné. Et après tout ce qui vient de se passer, je ne suis pas sûre de vouloir y aller moi-même. Je veux dire, une vampire, au Mexique ? Ce serait tellement bizarre ! (Je regardai autour de moi.) Où est Thierry ?

George balaya la salle du regard.

— Sais pas. Je ne l'ai pas vu depuis que la bataille a eu lieu.

Mon souffle me resta en travers de la gorge et une larme sillonna ma joue.

— Oh non. Ne me dites pas qu'ils l'ont tué…

Quinn me toucha le bras.

— Non, il n'est pas mort. Il s'est battu comme un lion contre les chasseurs, mais il n'est pas mort. Je l'ai vu quitter les lieux par l'institut de bronzage il y a cinq minutes. Il n'a pas dit où il allait.

Je lâchai un long soupir tremblant et m'essuyai la joue. Puis j'essayai de sourire.

— Vous tenez à lui, n'est-ce pas ? demanda Véronique. La première fois, vous avez nié, mais vous ne pouvez pas me tromper.

Je me mordis la lèvre.

— Écoutez, je sais qu'il est votre mari…

Elle m'interrompit d'un geste de la main et rit jusqu'à ce que la douleur l'oblige à s'arrêter.

— Aucun problème. Nous nous sommes mariés il y a longtemps, mais nous n'avons pas été mari et femme depuis des siècles. Je ne me souviens même plus comment c'était. J'ai eu de nombreux amants depuis, et je n'espère pas une seconde que Thierry me soit resté fidèle tout ce temps. Alors, ma chérie, répondez-moi : tenez-vous à lui ?

Je reniflai.

— Oui. Mais je croyais, puisque vous étiez revenue après tout ce temps, que vous vouliez vous remettre avec lui.

Elle sourit, puis son expression redevint aussitôt sérieuse.

— Je suis venue parce que je le devais. Thierry me l'a demandé.

— Pourquoi ?

— Il y a quelque chose que vous devez savoir, dit-elle gravement. Thierry veut mettre fin à ses jours. Il est fatigué de vivre. Il n'a plus aucune envie. Six cents ans, c'est long.

— Je sais déjà ça. Mais pourquoi vous a-t-il demandé de venir ?

— Il sait que j'ai un don pour les affaires. Il m'a demandé de veiller sur ses clubs après son départ, soit en les dirigeant moi-même, soit en les vendant à quelqu'un qui les gardera ouverts. Il ne veut pas que ses employés et ses clients se retrouvent à la rue. J'ai accepté, parce que je me sens responsable de lui. Je l'ai créé, après tout, et il a été mon époux, à une époque. Aussi, il se trouve que je cherche un but à ma propre vie, en ce moment. Moi aussi je suis lasse, mais pas encore assez pour en finir. J'ignore si je le serai jamais. Alors, cela semble être la réponse à mes attentes.

— Mais vous n'avez pas essayé de dissuader Thierry de faire ça ?

Elle marqua une pause.

— Non. C'est sa décision. Je ne crois pas que quoi que j'aie pu dire aurait fait la moindre différence.

— Il faut que je lui parle. Dites-moi où il est allé.

Nul ne dit mot.

Je sentis l'anxiété envahir mon corps tout entier.

— Il est parti pour le faire ce soir, c'est ça ? Où ? Où est-il allé ?

Ils s'entre-regardèrent.

George secoua la tête.

— Désolé, il n'a rien dit.

Je lâchai une expiration tremblante et désespérée.

— Je ne peux pas, pas après tout ce qui s'est passé. Je ne peux pas le perdre.

Je sentis une main sur mon épaule. C'était Véronique. Elle me sourit, et son beau visage était plus chaleureux qu'il ne l'avait jamais été. Ou peut-être ne l'avais-je pas regardé vraiment.

— S'il y a une chose que j'ai apprise au cours de ma longue vie, c'est celle-ci : quand le monde est devenu fou et que vous êtes perdu, il faut se fier à votre cœur pour vous conduire où vous voulez aller.

Je clignai des paupières à travers mes larmes.

— C'est la chose la plus stupide que j'aie jamais entendue.

Pourtant, je savais que c'était la vérité. La seule chose à laquelle je m'étais fiée durant ces derniers jours, c'était ce que mon cœur me disait, qu'il ait raison ou tort. Et il me soufflait qu'il n'était pas trop tard.

« Il y a une raison pour que les vampires aussi vieux que moi ne créent pas d'autres vampires. »

Je fermai les yeux. Thierry m'avait dit que les créateurs et ceux qu'ils créaient avaient une connexion, parfois rendue plus forte par l'ancienneté. D'accord, il n'était pas réellement mon créateur, mais bon sang, il fallait que cela fonctionne. Je vidai mon esprit. Je me concentrai. C'était comme au mariage de Missy, quand j'avais cherché les vampires. Un sixième sens comme celui de Spider-Man.

Mais il ne se passa rien. Rien.

Rien.

Et puis…

J'ouvris les yeux.

— Je crois savoir où il est. J'ai besoin qu'on m'y emmène. Tout de suite. Il n'y a pas de temps à perdre.

Barry s'avança.

— Ma voiture est derrière. Amy et moi devons partir, de toute manière. Nous t'emmènerons où tu voudras.

J'exhalai longuement.

— Merci. Tu commences à me plaire. Un peu.

— Un sentiment partagé.

Amy et Barry gagnèrent la porte de derrière. Je me tournai vers les autres.

— Merci. Pour tout. Souhaitez-moi bonne chance.

Quinn m'attrapa par le poignet. Ses yeux étaient tristes, mais il essaya de me sourire.

— Bonne chance. Je suis sincère.

Je l'embrassai, et même s'il ne s'agissait que d'un baiser, je le donnai de tout mon cœur. Je voulais qu'il sache combien il comptait pour moi. Si les choses avaient été différentes, qui sait ? Mais ce n'était pas le cas. Je voulais être avec Thierry. Et je devais l'arrêter avant qu'il réussisse ce qu'il avait entrepris.

J'envoyai un baiser aux autres alors que je reculais vers la sortie. Puis je me retournai pour rejoindre Amy et Barry dehors, dans la voiture.

Je les conduisis au Bloor Viaduct, le pont où Thierry et moi nous étions rencontrés. Celui sur lequel les chasseurs m'avaient poursuivie. La Don passait dessous, froide et sombre. De mauvais augure.

Je descendis et claquai la portière de la voiture. Je balayai rapidement le pont du regard. Je ne le vis pas, mais je savais qu'il était là.

— Devons-nous attendre ? demanda Amy.

— Non, tout ira bien. Allez-y.

— Tu es sûre ?

— Absolument. (Je me détournai, puis je leur coulai un regard par-dessus mon épaule.) Merci, les amis. Navrée d'avoir été méchante.

— On est comme on est, dit Barry, puis le petit emmerdeur me fit un clin d'œil. Bonne chance. Ramène le maître à la maison en un seul morceau.

Je hochai la tête et les regardai partir. Puis je focalisai mon attention sur le pont, le sondant sur toute sa longueur.

Durant un instant, je crus avoir fait une erreur. Il n'était pas là. J'avais mis tous mes œufs dans le même panier, et j'avais eu tort. Il était perdu pour toujours.

Puis je le vis. À mi-chemin de l'autre rive, de l'autre côté des tiges de protection, sur une poutrelle. Il semblait observer la nuit autour de lui. Il ne me regarda pas alors que j'approchais, mais il devait savoir que j'étais là.

— Thierry ! appelai-je.

Je vis qu'il avait un pieu en bois à la main. Il était donc sérieux, cette fois. Si je ne réussissais pas à l'arrêter, il se donnerait la mort. Il mettrait fin à une vie qui avait déjà duré six siècles. Cela semblait être le genre d'événement qu'auraient dû couvrir les journaux et les infos de 18 heures. C'était une affaire de grande importance. Mais ils l'ignoraient. Il ne serait qu'un suicidé de plus. Ce n'était pas le genre de chose qui les empêcherait de dormir.

Il releva la tête et la secoua.

— Vous n'auriez pas dû venir.

Je grimpai sur la barrière en ciment et me glissai jusqu'à lui à travers l'ouverture dans les barres en métal, qu'il avait faite la semaine précédente. À une époque, être si haut m'aurait paralysée. J'aurais été incapable de fonctionner. J'aurais eu peur de tomber, et de mourir. Mais la première fois que je m'étais réfugiée là, c'était parce que je craignais pour ma vie. Et cette fois, je craignais pour la sienne. Mon vertige disparaissait en cas de grand stress.

Finalement, je me tins à une longueur de bras de lui, sur une langue de métal. Ses yeux ne semblaient plus argentés. Il faisait trop sombre. Ils étaient comme deux puits noirs, inexpressifs, en harmonie avec l'eau en contrebas.

— Jolie vue, dis-je.

— Partez, Sarah. Vous ne m'arrêterez pas.

— Qui a dit que je voulais vous arrêter ?

— Pardon ?

Il semblait surpris.

— J'ai dit que je ne suis pas ici pour vous arrêter.

— C'est étonnant. Mais vous n'avez cessé de m'étonner depuis notre rencontre. Alors, dites-moi, pourquoi êtes-vous ici, si votre esprit industrieux n'essaie pas de m'empêcher de faire ce que je veux ?

Je sortis le pieu déjà plus tout neuf de Peter de la poche arrière de mon jogging bleu clair. Je l'avais mis là pour le mettre à l'abri. Ce n'était pas la chose la plus confortable à trimballer partout, surtout quand on était assis sur le siège arrière de la voiture de Barry.

Je clignai des paupières.

— Je suis venue me joindre à vous.

— Quoi ?

— J'ai l'intention de me tuer.

— S'il vous plaît, Sarah, soyez sérieuse. Je ne suis pas d'humeur à écouter vos plaisanteries.

Je secouai la tête.

— Moi non plus. J'en ai assez de faire de l'humour. Je suis sérieuse. Très sérieuse.

J'avais sa complète attention.

— Vous ne pouvez pas faire ça.

— Pourquoi pas ?

— Vous êtes jeune et belle. Vous avez une vie passionnante et excitante devant vous. Il y a tant de choses qu'il vous reste à découvrir. Vous ne pouvez pas vous suicider cette nuit.

Je haussai les épaules et étudiai le pieu.

— Je ne suis pas heureuse. Je croyais qu'être une vampire, ce serait cool. Eh bien, j'avais tort. Je croyais qu'il y avait un remède. Mais c'est faux. J'ai lutté contre l'image qui faisait de moi un monstre meurtrier et assoiffé de sang. Et, voyons, je viens de tuer Peter. Et mon régime est désormais entièrement composé de sang.

— Et c'est pour ça que vous voulez me rejoindre dans la tombe ?

— Non. (Je clignai des paupières pour chasser mes larmes. J'essayai de ne pas craquer, vraiment, mais plus je restais ici, plus le risque était grand.) Ce que j'essaie de dire, c'est qu'être une vampire, ça craint. Et je sais maintenant qu'il n'y a pas d'échappatoire. Pas de pilule magique qui arrangera les choses. Être une vampire avec vous bien vivant, c'est déjà bien assez dur, Thierry. Je refuse d'affronter ça quand vous serez parti.

— Sarah…

— Fermez-la. Laissez-moi finir, bon sang. Vous auriez pu me tourner le dos la semaine dernière et laisser les chasseurs me tuer. Ça ne vous aurait pas chagriné. Mais vous n'en avez rien fait. Vous m'avez aidée.

— Bien sûr.

— Vous parlez encore.

— Désolé.

— J'ai cru que vous étiez un con. Un salopard doublé d'un je-sais-tout pompeux. Je crois vous avoir exprimé ce sentiment plusieurs fois.

Il ouvrit la bouche pour répondre, puis il se ravisa. Bien. Il apprenait vite.

— Mais durant tout ce temps, je savais que je m'entichais de vous. Il ne s'agit pas de votre apparence physique, du pouvoir ou de l'argent, même si j'admets que ces choses sont plutôt un bonus. C'était *vous*. Je pouvais vous voir derrière cette façade, et j'ai aimé ce que je voyais. Et même beaucoup.

» Puis votre maudite femme est sortie de nulle part. Je ne savais pas quoi penser. Et vous m'avez repoussée. Vous m'avez fait me sentir comme si je n'avais été rien de plus qu'une simple aventure sans importance. Je crois d'ailleurs que c'étaient vos paroles.

Il détourna la tête.

— Elle m'a rappelé mes plans. J'ai fait cela pour que vous ne soyez pas blessée davantage.

— Oui, aujourd'hui, je le sais, mais sur le coup, tout ce que j'ai vu, c'est qu'elle était tout ce que je ne serais jamais. Très belle et puissante, en plus d'avoir un passé avec vous. Comment étais-je censée lutter ?

— Alors vous avez commencé à sortir avec Quinn, dit-il avec amertume.

— Quinn et moi, nous ne sommes jamais sortis ensemble. J'ai dit ça pour me venger et vous faire mal. Mais qui sait ? Ailleurs, à une époque différente, dans une autre vie, nous aurions peut-être été ensemble. Mais pas dans celle-ci.

— Pourquoi pas ?

— Parce que, idiot, je suis folle de vous.

Il cligna ses yeux si sombres.

— Ou peut-être êtes-vous juste un peu folle.

— C'est une possibilité. Mais voilà, Thierry, je crois que je vous aime. Ça n'a aucune importance si vous ne partagez pas mes sentiments. C'est la vérité. Je vous aime. Et si cela ne signifie rien pour vous, si vous voulez sauter parce qu'il ne vous reste rien dans cette vie, alors faites-le. Mais sachez que je serai juste derrière vous.

Le silence tomba quand je fus enfin à court de mots. Des larmes roulaient sur mes joues. Voilà. Mes sentiments étaient à nu.

Je l'aime.

Je n'avais pas compris cela moi-même avant de m'entendre le dire. Un béguin ? Certainement. Une amourette ? Sans aucun doute. Mais l'amour ? Pas étonnant que je ne pouvais pas être heureuse avec Quinn, même si je l'aimais bien, à tel point que cela en était douloureux.

Mais j'*aimais* Thierry.

— Sarah…

Sa voix était étranglée par ses propres émotions. Le vent, qui s'était levé, emporta ses paroles. Une tempête se préparait. Ce serait la première grosse tempête de neige de l'année. Je la sentais venir de toutes les fibres de mon corps. De plus, j'en avais entendu parler dans la voiture de Barry, en venant. Nous attendions cinquante centimètres de neige blanche entre cette nuit et demain.

Il fit un pas vers moi, et je voulus le rencontrer à mi-chemin, mais mon pied glissa. Avec un cri surpris, griffant l'air, je commençai à tomber.

Thierry lâcha son pieu et me rattrapa par le poignet, mes pieds dans le vide, au-dessus de la Don. Je lui adressai un regard frénétique.

— Remontez-moi !

Il inclina la tête sur le côté.

— Je croyais que vous vouliez sauter ?

— J'ai changé d'avis ! Remontez-moi.

— Revenez-vous également sur toutes les autres choses que vous m'avez dites ? Avez-vous changé d'avis concernant vos sentiments pour moi ?

Je déglutis et baissai les yeux.

— Non, je vous aime vraiment.

— Alors peut-être devrais-je vous remonter.

— Cessez de faire l'imbécile et faites-le !

Il sourit. Il était suffisamment fort pour me tenir ainsi toute la nuit s'il le voulait.

— Il va falloir apprendre les bonnes manières, Sarah. Mais très bien.

Il s'arc-bouta sur la poutrelle pour me remonter, mais une bourrasque le frappa avant qu'il soit en parfait équilibre. Il tituba un instant, tout en me jetant un regard inquiet. Puis il glissa à son tour.

— Oh, merde ! criai-je alors que nous faisions notre second plongeon vers les eaux noires et glacées.

Chapitre 27

Trois semaines plus tard, j'étais allongée sur une plage à Puerto Vallarta. Mon immense chapeau et mes grosses lunettes noires étaient bien en place. J'avais emporté quatre Bikinis, et je portais présentement le rouge, qui faisait beaucoup d'effet sur ma peau blanche. Je n'avais pas opté pour un hâle. Le soleil était bien trop aveuglant pour cela. Quant aux autobronzants, ils étaient bien trop difficiles à appliquer. Et ne me lancez surtout pas sur le sujet des instituts de bronzage. Il n'en était pas question !

Je soupirai de contentement en regardant le soleil rouge disparaître à l'horizon. Le Mexique était si beau. Je sentais le sable frais entre mes orteils et j'entendais le murmure des vagues qui venaient s'échouer sur la rive.

La plage était presque déserte à cette heure de la soirée. La plupart des vacanciers dînaient encore ou commençaient leur concours de boissons alcoolisées, puisque après tout nous étions en *all inclusive*. Ils servaient sur la plage, si vous le vouliez. Ils le faisaient à contrecœur, mais la politique de la maison était que le client avait toujours raison.

Je n'avais pas prévu de venir là. Après tout ce qui s'était passé, cela ne m'avait pas semblé juste de continuer comme si de rien n'était et d'aller en vacances. Mais j'avais besoin de m'évader. De m'éclaircir les idées. De me remettre des drames, de la tristesse et de la douleur. Alors je me disais que je le méritais.

Le serveur approcha prudemment avec son plateau. Il sourit poliment et me tendit une tequila sunrise. Je bus une gorgée.

— Délicieux ! *Muchas gracias.*

— *De nada.* Votre jus de canneberge, monsieur.

Thierry tendit la main pour prendre le verre.

— *Gracias.*

— J'espère que vous passez de merveilleuses vacances, dit le serveur.

— Oh, mais certainement.

Je regardai Thierry, et nous trinquâmes alors que l'homme s'éloignait.

— À quoi buvons-nous ? demandai-je.

Il croisa mon regard et me sourit.

— Aux nouveaux départs, répondit-il.

Nous bûmes à cela, et je me pelotonnai contre lui. Je n'avais pas réussi à le convaincre de porter un maillot, mais je n'avais pas dit mon dernier mot.

Amy et Barry étaient toujours en lune de miel prolongée aux chutes du Niagara. Thierry avait fermé le club pendant quelques semaines et donné à tout le monde, ou du moins à George, Barry et le nouveau, un congé avec solde. Il avait mis l'*Éclipse de Minuit* en vente, car des chasseurs avaient réussi à s'échapper, et ils connaissaient désormais cette adresse. Thierry avait repéré une propriété pour ouvrir un autre club dans le quartier des Plages, à Toronto. Très chic.

Quinn était heureux que Thierry et moi soyons ensemble. Ou du moins était-ce ce qu'il avait dit. En privé, il m'avait dit qu'un jour il me reprendrait. Ce qui était drôle, car il ne m'avait jamais eue. J'avais hoché la tête et lui avais conseillé de trouver quelqu'un en attendant. Histoire de m'embêter, il s'était lancé dans une romance torride avec Véronique. Il avait même appris quelques mots de français, principalement des cochonneries. Croyez-le ou pas, ils devaient venir nous rejoindre pour le week-end. Une charmante petite famille, non ?

Oui, tout était parfait. Je regardai Thierry alors qu'il observait l'horizon, et il finit par se tourner vers moi. Je faisais de mon mieux pour le rendre heureux. Et jusqu'ici, je n'avais eu aucune réclamation.

Je bus une autre gorgée de mon cocktail tout en admirant le coucher de soleil. Peut-être qu'au fond, les vampires pouvaient être des héros de contes de fées et vivre heureux ensemble, pour toujours.

Qui sait ?

Ou peut-être était-ce encore la tequila qui parlait.

EN AVANT-PREMIÈRE

Découvrez un extrait de la suite des aventures
de Sarah Dearly

ACCRO
(version non corrigée)

Traduit de l'anglais (États-Unis) par Anne-Virginie Tarall

Chapitre premier

Le jogging c'est super pour faire de l'exercice. Courir pour garder la vie sauve… c'est encore mieux.

Du moins essayais-je de m'en convaincre.

Tout était dans ma nouvelle tenue. Je me sentais comme *J. Lo* dans mon survêt en velours fuchsia (même s'il datait un peu, car je l'avais acheté à moitié prix) alors que je sortais pour un petit jogging de fin d'après-midi. Je pouvais profiter de l'air froid de février grâce à ma dernière paire de lunettes de soleil fermement en place.

Je suppose que je n'aurais pas dû sourire au garçon craquant, debout près du stand de hot-dog, au pied de mon immeuble. Premièrement, parce que, hé ! je suis prise, merci beaucoup.

Deuxièmement, à cause de mes crocs.

Les crocs ne passent pas bien auprès des chasseurs de vampires.

Donc, au lieu de faire un peu d'exercice, car aussi surprenant que cela puisse paraître, un régime uniquement à base de sang n'est pas sans calorie, je me retrouvais à traverser un parc quasi désert avec un chasseur sur les talons de mes Reebok.

Je jetai un coup d'œil par-dessus mon épaule.

— Fiche-moi la paix !

— Arrête-toi, vampire ! brailla-t-il.

Je zieutai le pieu dans sa main droite, puis accélérai, dépassant deux marcheurs qui ne nous accordèrent même pas un regard.

Un mois entier s'était presque écoulé sans que je rencontre un chasseur et j'avais baissé ma garde.

Pas bon du tout ça.

— Je vais t'attraper ! cria le chasseur, quelques foulées derrière moi. Alors pourquoi tu ne t'arrêtes pas tout de suite, histoire de me faire gagner du temps ?

Je fis un bond en passant sous des arbres à feuilles persistantes et m'emparai d'un gros glaçon. Puis je stoppai net et fis volte-face, serrant l'arme pointue dans mon poing.

Mon poursuivant s'arrêta dans une glissade et faillit me rentrer dedans. Il avait l'air étonné.

— Tu m'as obéi.

— J'essaie d'être plus proactive. Alors, approche, viens que je t'enfonce (Je jetai un coup d'œil à mon bout de glace dégoulinant.) Ce truc dans l'œil.

Mon cœur cognait si fort dans ma poitrine qu'il allait sans doute en jaillir comme la petite créature visqueuse d'*Alien*. Le cœur d'un vampire bat aussi vite que celui d'un humain, ce que j'ignorais avant d'en devenir un. Je croyais que les vampires étaient des morts-vivants. Mais c'est faux. Ils sont bien vivants. Et pour entrer dans cette catégorie, il faut que le cœur continue à battre. Autrement, quelle différence pourrait bien faire le fameux pieu en bois ?

Mon chasseur était mignon. La vingtaine, il avait des cheveux sombres, ébouriffés à la dernière mode, et un visage fin et séduisant, aux grands yeux marron de cocker. Il portait une veste en cuir noir sur un pantalon Dockers beige ?

J'allais m'en débarrasser en moins de deux.

— Proactive ?

Il haussa un sourcil et fit passer son pieu dans son autre main. L'air glacé formait un petit nuage devant sa bouche chaque fois qu'il exhalait.

Je frissonnai, et pas seulement à cause de la température.

— Oui, ça veut dire que j'agis par avance pour affronter une difficulté inattendue. J'ai vérifié dans le dico. Autrement dit, au lieu de courir comme un poulet à qui on vient de couper la tête pardonne-moi le cliché je confronte mon assaillant et je règle le problème avec calme et détermination.

— Tu es intelligente pour un vampire, dit-il.

Cette remarque me fit hausser les sourcils.

— Vraiment ?

— Un vampire sur le point de mourir.

Je me raidis et serrai mon autre poing. Depuis deux semaines, ma meilleure amie Amy et moi prenions des cours d'autodéfense. Quelques heures n'allaient pas me permettre de remporter la médaille du plus beau « bottage » de derrière, c'est vrai, mais je me sentais plus confiante dans ma situation de femme en danger. Un *petit peu* plus.

Proactive avec un grand « P ». C'était moi.

D'accord, je frissonnais *et* je transpirais désormais. Je devais revenir sur ce que j'avais dit. Je n'étais pas sûre de moi. Pas le moins du monde.

Ce chasseur allait me planter son pieu dans le cœur. Facilement.

— Comment tu t'appelles ? bafouillai-je.

— Chad.

— Vraiment ?

— Oui. Pourquoi ?

— C'est un diminutif ?

— Oui, de « je vais te zigouiller maintenant ». (Il fronça les sourcils.) Tu ferais bien de la boucler.

Il me désarma d'un coup de pied. Le glaçon atterrit sur le sol et se brisa. Je clignai des yeux.

Je levai ma main tremblante devant moi.

— Écoute Chad, va t'en tout de suite. Tu ne veux pas te mesurer à moi.

Comment allais-je pouvoir me tirer de cette situation ? Me défendre ? Je commencerais par frapper à l'aine. C'était toujours un bon début. Et une excellente fin.

— Laisse-moi te dire un truc…

Il marqua une pause et m'invita à le renseigner.

— Sarah, répondis-je sans réfléchir.

Idiote.

— La seule raison pour laquelle tu parles encore, Sarah, c'est parce que je le permets. Je n'en ai peut-être pas l'air, mais j'ai transformé plus d'une dizaine de vampires en poussière cette année.

Je déglutis avec difficulté et sentis de la sueur dégouliner le long de ma colonne vertébrale.

— Si tu en as vraiment tué autant, tu devrais savoir qu'ils ne se transforment pas en poussière, remarquai-je, encore moins confiante, si c'était possible. Ils forment une mare gluante.

— Peu importe. (Il regarda son pieu et fit courir son pouce le long de la pointe, puis il me regarda de nouveau.) Que la fête commence !

Zut, il avait pourtant l'air inoffensif avec son Dockers et tout. Il faut croire qu'on ne pouvait plus juger un homme à son pantalon résistant aux tâches.

Je fis volte-face pour m'enfoncer plus loin dans le parc, le long du chemin pavé couvert de neige, mais avant que j'aie pu faire plus de quelques pas, je sentis une main se refermer sur mon épaule, m'arrêtant à mi-foulée. Il me força à lui faire face et il me poussa si fort que je tombai sur les fesses. Je rampai à reculons, regardant autour de moi avec frénésie. Nous étions seuls. Pourquoi n'y avait-il personne ? Où étaient les témoins quand j'avais besoin d'eux ?

— Je ferai ça vite. (Chad me fit un clin d'œil.) Si tu te tiens tranquille.

Ouais, dans tes rêves !

— Tu as conscience que le méchant, c'est toi ?

Ce qui le stoppa net, mais son expression dure ne changea pas.

— Quoi ?

Je reculai un peu plus, sentant la neige glacée sous mes mains.

— Les chasseurs de vampire sont des assassins maléfiques qui tuent pour le plaisir. C'est eux les méchants. Les vampires sont sans défense. Comme de petits lapins à longues dents.

Il avança d'un pas en riant.

— C'est ça !

Je levai une main pour l'empêcher d'avancer et me relevai tant bien que mal.

Continue à le faire parler, pensai-je.

J'essayai de sourire et sentis mes joues vibrer de spasmes.

— Prenons du recul, d'accord, Chad ? Sais-tu ce que m'assassiner fera de toi ?

— Te transformer en poussière, tu veux dire.

Je secouai la tête.

— Tu n'es pas un acteur dans un film hollywoodien. Tu m'*assassinerais*. Juste parce que tu me prends pour un monstre. Mais je n'en suis pas un. La seule différence entre nous, ce sont mes dents.

Il m'observa un instant, son expression se faisant de plus en plus hésitante.

— Tu bois du sang, non ?

Je fis la grimace. Dit comme ça, ça avait l'air dégoûtant.

— C'est vrai. Mais il est fourni par des donneurs volontaires. Il arrive dans des fûts, et j'espère qu'il a été purifié et homogénéisé, ou quoi qu'on lui fasse pour qu'il ne contienne pas de maladie.

— Tu es un mort-vivant, une créature de la nuit.

Fronçant les sourcils, il pointa son pieu dans la direction générale de ma poitrine.

Je levai les yeux et montrai le ciel de l'index.

— Le soleil est encore levé, n'est-ce pas ? Et je respire. Mon cœur bat. Sérieusement, tu devrais mieux te renseigner sur le sujet. Prends des notes.

Chad poussa un profond soupir.

— Tu prétends que tout ce qu'on m'a toujours dit, tout ce que j'ai cru toute ma vie, n'est qu'un ramassis de conneries ? Que je n'ai pas rendu un service à l'humanité en débarrassant le monde des suceurs de sang, mais que j'ai tué des innocents.

Je hochai la tête avec enthousiasme.

— Bingo !

Il me regarda un moment, puis il ricana.

— Tu es drôle. J'ai presque envie de te laisser partir. Mais tu sais quoi ? Ça n'arrivera pas.

Ou pas « bingo ».

Je voulus lui échapper, mais il attrapa ma jambe couverte de velours fuchsia et me tira en arrière jusqu'à ce qu'il soit complètement au-dessus de moi, clouant mes bras au sol avec ses genoux. Je me débattis comme un phoque blessé. Il m'attrapa la mâchoire et serra pour que j'ouvre la bouche, afin de pouvoir examiner ma dentition. Il passa le pouce sur l'un de mes crocs.

— Je les arrache aux jeunes vampires que je tue. J'ai déjà un beau collier.

J'enfonçai mes dents, crocs inclus, dans sa main. Il la retira, surpris, et poussa un cri de douleur.

Il me frappa au visage.

— Tu n'aurais pas dû faire ça, vampire !

— Touche-moi encore et mon petit ami t'arrachera le cœur, sifflai-je.

— Ouais ? (Il sourit d'un air méprisant et regarda autour de lui.) Je ne le vois nulle part. D'ailleurs, il n'y a pas un chat. C'est entre toi et moi.

— C'est un maître vampire et il n'est pas très fan des chasseurs. Cœur ? Arraché ? Dois-je me répéter ?

Cela retint son attention.

— Un maître vampire ? À Toronto ? Il n'y en a qu'un, à ma connaissance.

— C'est lui. Alors, faut-il que j'insiste sur ce qu'il fera à ton cœur ?

Il baissa un peu son pieu et il fronça les sourcils.

— Tu as dit t'appeler Sarah, non ?

— Et alors ?

— Sarah *Dearly* ?

Je continuais à lutter pour me dégager, mais en vain.

— Libère-moi, salaud !

À ma grande surprise, il obtempéra. Telle une marionnette dont on aurait tiré sur les fils, il bondit sur ses pieds et m'observa, le front barré de plis pensifs, tandis que je me relevais et époussetais mes vêtements.

— Sarah Dearly, répéta-t-il. La petite amie du maître vampire.

Je le considérai d'un air soupçonneux.

— Comment connais-tu mon nom ?

Chad écarquilla les yeux. Il inspira vivement et expira avec lenteur avant de répondre :

— Tout le monde te connaît.

— Tout le monde ?

— La Tueuse de Tueurs, souffla-t-il, reculant d'un pas.

— La *quoi* ?

— Le mois dernier le massacre dans le repaire de vampires. Tu as tué tellement de chasseurs tellement

Sa voix mourut et il porta une main à sa bouche.

Mais de quoi parlait-il, à la fin ?

Il fit encore un pas en arrière et butta contre le tronc épais d'un grand chêne qui poussait près d'un banc.

— Je… je n'aurais jamais dû… (Il regardait de tous les côtés, et je remarquai que sa main tremblait.) Par pitié, épargne-moi. Ce que j'ai fait plus tôt jouer les durs c'était du vent. Les autres chasseurs sont méchants, ils croient que je suis faible. J'étais juste sorti pour un hot-dog et un Coca. Pitié, ne me fais pas de mal ! Je plaisantais, pour le collier de crocs ! Je le jure !

Le mois précédent, il y avait eu une bataille entre les vampires et les chasseurs à *L'Éclipse de Minuit*, le club secret réservé aux vampires dont mon petit ami Thierry est le propriétaire. Je sais, « petit ami » semble une drôle de façon de qualifier un vampire de plus de six cents ans, mais c'était bien ce qu'il était.

C'est vrai, cette soirée-là avait été marquante. Il y avait eu beaucoup de blessés, vampires et chasseurs, et il était même possible que j'aie dû tuer un chasseur du nom de Peter, le salopard. Mais en légitime défense ! Pourtant même si je savais qu'il avait mérité son sort, j'en éprouvais toujours de la culpabilité. Et puis, je m'étais servi d'une arme à feu, pas de mes dents comme Chad semblait le croire, vu l'expression j'ai-peur-pour-ma-vie qu'affichait son visage désormais emperlé de sueur.

Tout le monde connaissait mon nom ?

Le thème musical de *Cheers* commença à résonner dans ma tête.

Je fis un pas vers lui, et il tomba à genoux, lâchant son pieu. Il joignit les mains et se mit à prier dans un murmure à peine cohérent. De ses doigts tremblant, il s'empara d'une grosse croix en argent cachée sous sa chemise et la brandit devant lui.

Je soupirai.

Mieux vaut tuer ça dans l'œuf.

Je comblai la distance entre nous et lui arrachai la croix pour lui prouver que cela ne me faisait pas mal du tout. En fait, elle était plutôt jolie. Et brillante. Chad écarquilla les yeux de terreur.

Je l'attrapai par le col de sa chemise et le remis sur ses pieds, ce que je n'eus aucun mal à faire, car il était aussi docile qu'une poupée de chiffon. Puis je collai mon nez au sien pour le regarder droit dans les yeux.

— Je te laisserai vivre… *aujourd'hui*, dis-je d'un ton dangereusement calme. (Autrefois, j'aspirais à devenir une actrice mondialement connue. Je fis appel à mes dons discutables pour jouer la comédie afin de conférer plus de poids à mes paroles.) Mais si toi ou tes amis vous m'approchez encore, je me baignerai dans votre sang.

Beurk. J'avais vraiment dit ça ? C'était dégoûtant.

Mais Chad avait reçu le message. Il recula en hochant la tête comme un fou.

— Oui, oui, je le promets, répétait-il encore et encore.

Il se releva en tremblant et, avec un dernier regard terrifié, du genre de ceux qu'on avait avant de perdre le contrôle de sa vessie, il quitta le parc en courant comme si l'enfer était à ses trousses.

Je me baissai pour ramasser le pieu que Chad le Tueur de Vampires avait abandonné et l'étudiai un moment. Je devais aller trouver Thierry pour lui dire ce qui venait de se passer et lui demander ce que je devais faire. Si quelqu'un pouvait répondre à mes questions, ce serait bien lui. Mais il n'allait pas apprécier la nouvelle.

La Tueuses de Tueurs, hein ? pensai-je.

Je jetai le pieu dans une poubelle.

Ce nouveau surnom allait revenir me hanter, bien sûr.

J'appelai aussitôt Thierry sur son téléphone portable, mais je tombai sur sa messagerie vocale, ce qui m'agaça plus que d'habitude. Il n'était pas non plus chez lui. Je revins donc à mon appartement pour me changer, puis je fis les cent pas jusqu'à 20 heures, moment auquel j'étais sûre de trouver quelqu'un à son nouveau club. Il n'ouvrirait pas avant encore une heure, mais le personnel serait déjà là pour tout préparer.

Le Refuge n'était ouvert que depuis une semaine. Je ne l'aimais pas autant que *L'Éclipse de Minuit*. Au lieu d'être dissimulée derrière la façade d'un salon de bronzage, l'entrée du *Refuge* n'était qu'une simple porte s'ouvrant sur une ruelle abandonnée. Sans tambour ni trompette. Seul un videur vampire de cent kilos répondant au nom d'Angel (malheureusement, sans aucun lien ni ressemblance avec David Boreanaz), jaugeait les clients qui venaient y frapper.

Bien sûr, l'entrée était également gardée par Barry Jordan, le directeur du club. Il était très petit et toujours vêtu d'un smoking, et il affichait immanquablement une expression amère et agacée. Ce type nourrissait une haine farouche à mon égard, et je ne pouvais pas prétendre que je le portais dans mon cœur. Malheureusement, il venait d'épouser ma meilleure amie Amy, qui semblait follement amoureuse de lui pour quelque étrange raison.

Barry avait l'habitude irritante d'appeler Thierry « le maître », ce qui me foutait la trouille. D'autant qu'il avait un réel problème avec tout individu qui ne faisait comme lui. Autrement dit, *moi*.

Barry n'était pas au *Refuge*. Sûrement son soir de congé.

Le club était petit et intime, avec des murs peints en noir et des tables et des chaises sculptées en merisier. Les carrelages bleu et tilleul apportaient une touche de couleur. Ils étaient censés former un motif représentant un tourbillon, mais si vous voulez mon avis, on aurait plutôt dit une chasse d'eau. Des lustres modernes descendaient du plafond, produisant une douce lumière tremblotante qui n'avait rien pour me mettre à l'aise. Quand j'arrivai enfin, j'étais sur les nerfs.

— Où est Thierry ? demandai-je en passant la porte.

George allumait une bougie sur une table toute proche. Il leva la tête.

— Sais-tu que tu poses presque toujours la même question en entrant ?

Je clignai des yeux.

— Tu pourrais varier et dire : « Salut, George. Comment vas-tu, George ? », continua-t-il. Mais, *non*. Il n'y en a que pour Thierry.

Je fus submergée par une vague d'anxiété.

— Il faut que je lui parle. J'ai un gros problème.

Il leva les yeux au ciel. George était serveur. Il l'était déjà à l'époque de *L'Éclipse de Minuit*, et je le considérais comme l'un de mes meilleurs amis à crocs. Il était aussi d'une beauté à couper le souffle. Il avait des cheveux blonds coupés aux épaules, une mâchoire carrée, des pommettes hautes, des lèvres pleines et un regard ensorceleur. De plus, il était fait comme un Chippendale ou l'un de ces modèles que l'on voyait sur les couvertures des romans à l'eau de rose. Oui, George était super attirant.

Malheureusement, il jouait pour l'autre équipe.

— Marco m'a largué, annonça-t-il.

— Qui est Marco ?

— Mon petit ami. (Il se rembrunit.) Tu le sais bien.

Je haussai les épaules, trop distraite pour me concentrer sur ce qu'il disait.

— C'était l'un des ouvriers qui ont travaillé au club.

— Oh. Eh bien, je suis navrée. Je suis sûre que je ne sais pas tu rencontreras quelqu'un d'autre. (Je sondai l'obscurité alentour.) Alors, où est Thierry ?

Il soupira et s'appuya à la table.

— Je prends note de ton manque de compassion pour ma profonde dépression. Puis-je savoir quel est le traumatisme du jour ?

Je lui expliquai en quelques mots ce qui s'était passé, commençant par mon petit jogging et terminant par mon nouveau surnom. George siffla.

— Ça explique toutes les folles rumeurs que j'ai entendues, dit-il. Sur un méchant vampire qui serait en ville. Sans vouloir t'offenser, je n'avais pas compris que c'était toi.

Mon anxiété monta encore d'un cran.

— Il y a des rumeurs ? Déjà ? Qu'est-ce que je vais faire ?

Il sembla réfléchir à la question.

— Tu devrais sans doute en parler à Thierry.

— Sans blague ?

Je sentis qu'on me tapait sur l'épaule et je me retournai. Un homme costaud en veste de ski bleue m'adressa un large sourire.

— C'est vous, Véronique ?

Je le regardai d'un air perplexe.

— Perdu. Qui êtes-vous ?

— Le chauffeur qui doit l'emmener à l'aéroport.

Il y eut comme un changement dans l'air, et je sus sans le moindre doute que celle dont nous parlions venait d'entrer. L'odeur d'un parfum hors de prix me chatouilla les narines. J'avais été transformée en vampire exactement sept semaines plus tôt, et mon odorat se développait de jour en jour. C'était parfois un avantage, parfois (selon le quartier où je me promenais) un inconvénient.

Je pivotai et je la vis traverser la salle avec grâce.

Véronique observa le chauffeur et esquissa un demi-sourire de ses lèvres rouges.

— J'apprécierais beaucoup que vous m'accordiez un instant pour faire mes adieux à mon amie.

Il opina du chef, déjà sous le charme de la magnifique femme aux cheveux aile de corbeau, à la peau de lait et aux crocs blancs et élégants.

Elle regarda George et plissa les yeux.

— Ne devriez-vous pas travailler ?

— J'étais je faisais juste , balbutia-t-il, avant de m'adresser un regard coupable. Je vais chercher Thierry.

Sur ces mots, il partit.

Son charme n'opérait pas sur tout le monde. Mais j'aimais bien Véronique. En fait, je l'aimais même beaucoup, même s'il y avait une chose chez elle que je n'appréciais pas du tout.

Elle était l'épouse de Thierry.

On m'avait assuré que leur mariage n'était plus qu'un terme vide de sens après six cents ans. Pour être franche, je ne pouvais pas m'imaginer vivre avec la même personne pendant trente ans, alors pendant six siècles encore moins. Mais je ne m'étais toujours pas faite à la situation. Sortir avec un homme marié, même si sa femme n'y trouvait rien à redire, me semblait terriblement mal.

Récemment, j'avais enfin pris mon courage à deux mains pour demander à Véronique si elle envisageait le divorce. Elle avait écarté ma question d'un rire.

— Après tout ce temps, pourquoi le voudrais-je ?

Mouais. J'avais réussi à réprimer la pulsion d'enfoncer mes ongles dans ses globes oculaires parfaits. Mais tout juste.

Donc, comme je le disais, j'aimais bien Véronique. Pourtant je n'avais pas le cœur brisé par sa décision de revenir à sa fabuleuse vie en France.

Elle m'étreignit, puis elle m'embrassa sur les deux joues.

— *Au revoir**. (Elle recula.) Tout va bien, ma chère ?

Je me forçai à sourire.

— Oui. Bon vol. Au revoir.

— En êtes-vous bien sûre ? Vous avez l'air un peu *malheureux**.

— J'étais nulle en français au lycée. Mais je vais bien.

Je haussai les épaules.

Excepté que j'ai échappé de peu à la mort il y a quelques heures à peine, pensai-je. *Encore.*

---

* En français dans le texte.

Je regardai par-dessus mon épaule. Bon sang, où était donc Thierry ?

— Je crois deviner de quoi il s'agit. (Un sourire apparut sur ses lèvres parfaitement dessinées.) Vous avez peur d'admettre que je vais vous manquer. Je comprends. Mais le temps où on avait besoin de moi ici est révolu, et le vôtre vient de commencer.

Je haussai les sourcils. Parlait-elle de Thierry ? Peut-être avait-elle réfléchi à cette histoire de divorce, après tout. Je passai d'un pied sur l'autre, lesquels n'étaient plus chaussés des Reebok de mon jogging presque mortel mais de Tender Tootsies à talons bas, parfaits avec mon jean noir. Mes chaussures à la dernière mode avaient été reléguées au fond de mon placard au profit de choses qui me permettaient de détaler à la moindre alerte.

Proactive = Moi.

Véronique enfouit la main dans son minuscule sac Fendi, en tira une carte de visite et me la tendit.

— C'est mon numéro à Paris. Si vous avez besoin de parler à quelqu'un, n'hésitez pas à m'appeler. Je sais que les choses seront très vite difficiles pour vous.

Je regardai la carte, puis la fourrai dans la poche de mon pantalon.

— Vous savez donc, pour l'intérêt que me portent les chasseurs ? Eh bien, les rumeurs vont vite, hein ?

Elle haussa les sourcils de manière charmante.

— Non quoique cela doive vous inquiéter. Je faisais référence à votre détresse, quand mon Thierry vous aura quittée.

— Hein ? (J'imitai son expression, le charme en moins, et balayai le club du regard.) Quoi ? Il me quitte ? Quand est-ce arrivé ?

Elle secoua la tête.

— Non, pas encore. Je dis simplement que quand cela se produira, vous pouvez me téléphoner. Je vous donnerai de précieux conseil pour réparer votre cœur brisé.

J'écarquillai un peu plus les yeux à chacun de ses mots.

Le chauffeur approcha d'elle.

— Nous devrions partir immédiatement, madame.

Je ne quittai pas Véronique du regard.

— Thierry vous a dit quelque chose ? C'est pour ça que je n'arrive pas à le trouver ? Il m'évite ?

Elle m'adressa un sourire patient.

— C'est tellement mignon de voir à quel point vous avez le béguin pour lui. Je n'avais pas l'intention de vous alarmer, mais il me semble évident que votre relation sera de courte durée.

— De courte durée ?

— Vous le connaissez depuis quoi moins de deux mois, non ? Je sais qu'il se sent responsable de votre sécurité. Étant donné l'attention qu'il vous a manifestée, il n'est pas étonnant que vous vous soyez entichée de lui.

— Entichée ? crachai-je. Vous croyez que je suis seulement *entichée* ?

Elle fronça les sourcils.

— Thierry a presque sept cents ans. Vous avez quoi ? La petite trentaine ?

— J'AI VINGT-HUIT ANS !

— Inutile de crier, ma chère. J'essaie d'être amicale et de vous dire les choses comme elles sont, afin que vous ne soyez pas surprise par ce qui arrivera. Je connais Thierry depuis bien longtemps. Je le connais mieux que quiconque. Vous devez vous attendre à ce que son intérêt décline. (Elle me toucha le bras.) Je suis désolée.

Le chauffeur se racla bruyamment la gorge.

— Si nous ne partons pas tout de suite, j'ai peur que vous ratiez votre avion, madame, et ensuite je…

Je me tournai vers lui.

— Et ensuite vous ferez *quoi*? demandai-je d'un ton sec.

Il recula d'un pas.

— Peu importe. Prenez votre temps.

Véronique secoua la tête.

— *Mon dieu** j'aurais dû me taire. Tout ce que je veux, c'est le bonheur de ceux qui me sont chers. Aimer un homme tel que Thierry ne vous apportera pas le bonheur. Il est trop vieux pour vous. Il y a trop de secrets. Tout est contre vous. Je m'excuse d'avoir été si brutale, mais je l'ai fait par amitié.

Il était difficile d'être amies avec une personne qui était parfaite sans devoir faire le moindre effort depuis sept siècles. Elle avait tout vu, et tout fait, au moins une fois. Et elle avait des cheveux extraordinaires.

Ainsi que la mauvaise habitude d'avoir souvent raison.

Je passai vivement la main sur mon nez, reniflai et essayai de recouvrer mon calme.

— Vous feriez bien d'y aller. Je ne veux pas que vous ratiez votre vol.

Véronique acquiesça.

— Bien sûr. Prenez soin de vous, ma chère.

Elle m'observa encore un instant avec inquiétude. Puis, avec un bref regard au chauffeur, elle quitta le club sans rien ajouter.

« Quand mon Thierry vous quittera. » Ses paroles se répétaient encore et encore dans mon esprit. *« Il me semble évident que votre relation sera de courte durée. »*

Je secouai la tête. Non. Thierry ne me briserait pas le cœur. Notre relation était fondée sur des bases solides. De la roche.

Même s'il était absolument parfait et que j'étais loin de l'être. Je ferais tout ce qu'il faudrait pour lui prouver que j'étais la femme qu'il lui fallait.

Bien sûr, il avait été un peu distrait dernièrement, parce qu'il avait dû ouvrir ce club en un temps record. Je l'avais à

---

* En français dans le texte.

peine vu durant les deux dernières semaines, mais cela ne voulait rien dire.

Rien du tout.

Nous étions rentrés près de trois semaines plus tôt de notre fantastique voyage au Mexique. Romance. Margaritas. Crème solaire.

Même en restant à l'abri du soleil aveuglant, j'avais réussi à attraper un coup de soleil dans le dos. Impossible de bouger sans hurler de douleur. Thierry m'avait prévenu de ne pas m'exposer, mais je ne l'avais pas écouté. Les vampires ne sont pas tués par le soleil, contrairement à la croyance populaire. Mais la « grosse boule de feu mortel », nom que je lui donnais depuis ma mésaventure, nous rendait moins fort, et sa luminosité était irritante. Surtout après avoir utilisé des tonnes de Biafine pour guérir. Voilà qui avait jeté un froid sur notre vie amoureuse.

Et quand nous étions rentrés, Thierry s'était occupé du club. Mais il était ouvert, désormais

Je regardai autour de moi. Où était-il, bon sang ?

Non. Je ne devais pas penser à cela maintenant. Les rumeurs étaient bien assez inquiétantes. Et je devais me cacher des chasseurs. *Etcetera*.

Véronique était folle. Thierry et moi, nous étions bien ensemble. Bien sûr, il était un peu distant, mais il était comme ça. Nous avions un *lien* romantique profond.

Eh bien…

Sauf que nous n'avions pas fait l'amour depuis le Mexique. Oh, j'avais oublié de le mentionner, n'est-ce pas ? Oui. C'était peut-être un problème.

Je déglutis.

Véronique n'est peut-être pas si folle.

— Sarah dit une voix grave et familière derrière moi. George dit que tu me cherches ?

Achevé d'imprimer en juillet 2010
Par CPI Brodard & Taupin - La Flèche (France)
N° d'impression : 57820
Dépôt légal : juillet 2010
Imprimé en France
81120379-1